아름다운 것들의 추한 역사

아름다운
것들의
추한 역사
욕망이
소비주의를
만날 때

이채현 옮김

케이티 켈러허

The Ugly History of Beautiful Things

청미래

THE UGLY HISTORY OF BEAUTIFUL THINGS : Essays on
Desire and Consumption

by Katy Kelleher

역자 이채현(李采炫)
중앙대학교 영어영문학과, 이화여자대학교 통역번역대학원을 졸업했다.
교육출판 기업 공동대표로 수학 교육 콘텐츠를 개발했다. 현재 번역 에
이전시 엔터스코리아에서 번역가로 활동 중이다. 옮긴 책으로는 『청소년
을 위한 향모를 땋으며』, 『우리는 늘 바라는 대로 이루고 있다』 등이 있
으며, 『커넥트 수학』을 집필했다.

편집, 교정_김나무

아름다운 것들의 추한 역사 : 욕망이 소비주의를 만날 때
저자/케이티 켈러허
역자/이채현
발행처/도서출판 청미래
발행인/김실
주소/서울시 용산구 서빙고로 67, 파크타워 103동 1003호
전화/02 · 739 · 1661
팩시밀리/02 · 723 · 4591
홈페이지/www.cheongmirae.co.kr
전자우편/cheongmirae@hotmail.com
등록번호/1-2623
등록일/2000. 1. 18
초판 1쇄 발행일/2024. 11. 20
값/뒤표지에 쓰여 있음
ISBN 978-89-86836-63-9 03840

주니퍼에게

세상 곳곳에 아름다운 것들이 우리의 의식을 일깨워주는
자명종처럼 놓여 있다. 그리고 그것들은 우리의 느슨해진
경각심을 가장 민감한 수준으로 되돌려놓는다.
세상의 아름다움은 우리를 높은 의식 수준에 머물게 하고,
우리가 그것을 찾아내지 못해도 그 아름다움이 우리를 찾아온다.
―일레인 스캐리, 『아름다움과 정의로움에 대하여』

대상에 대한 자신의 욕망을 이해하지 못하고
그것을 생생하고 아름답게 활용할 줄 모르는 자에게
이 세상은 무의미하다. 아름다움은 대상 속에 있지 않고
우리가 그것에 부여하는 감정 속에 있기 때문이다.
―카를 융, 『무의식의 심리학』

차례

들어가는 말

몇 년 전 나는 만성 우울증으로 치료를 받았다. 당시 의사는 내게 간단한 질문을 하나 던졌는데, 그다지 살고 싶지 않다고 수천 번도 넘게 말했었기 때문에 내가 삶에 대한 의욕이 없다는 것을 그녀도 알고 있었다. 하지만 그렇다고 딱히 죽고 싶은 것도 아니었으므로, 자살보다는 내가 느끼는 존재론적인 두려움과 우주에 대한 계속된 실망감에 대한 이야기를 나누었다. 바로 그때, 대개는 신통치 않던 그녀가 마침내 중요한 질문을 던졌다.

"모든 일이 그렇게 지겹다면서 무엇 때문에 매일 아침 눈을 뜨고 자리에서 일어나는 거죠?" 그녀의 표현이 이것보다는 훨씬 완곡했을 수도 있지만, 내 기억으로는 이렇게 물었다. 질문에 대해 잠시 생각한 뒤에 내가 했던 말은 우리 두 사람 모두를 깜짝 놀라게 했다. "아름다움이요." 내가 대답했다. "아름다운 것을 보거나 만져보려고 일어나요." 그녀는 두 손을 모으면서 "그거 특이하네요"라고 중얼거렸다.

특이하다고? 그럴지도 모른다. 하지만 지난 수년간 나는 아름다움이 나와 내 주변인들의 삶에 얼마나 큰 영향을 미치는지 깨달았다. 아름다움을 향한 희망은 내가 욕창이 생길 때까지 이불 속에 누워 있는 대신 매일 아침 자리에서 일어나게 한다. 아름다움을 향한 욕망은 아름다운 곳으로 가는 비행기 표를 사고, 아름다운 물건을 구입하고, 아름다운 작품을 만드는 사람들을 지원하기 위한 돈을 벌 수 있도록 나를 일하게 만든다. 아름다움을 나누고픈 욕구는 내가 글을 쓰고, 창작하고, 다른 사람들과 교류하도록 한다.

아름다움과 우울증은 내 삶의 두 가지 핵심 요소이다. 아름다움은 어둠을 밝히고 내게 희망과 목적의식을 준다. 하지만 아름다움이 모두 무지갯빛으로 밝게 빛나기만 하는 것은 아니다. 아름다운 것들도 어둡고 때로는 추하기도 하다. 지금껏 아름다움을 추구하면서 인간의 탐욕으로 타락하지 않았거나 세월의 화학작용으로 흠집이 나지 않은 사물은 본 적이 없다. 이 세상에 순수한 것은 없다. 살아 있는 모든 것은 해악을 끼치고, 존재하는 모든 것은 타락한다. 그런데도 많은 사람들이 예쁘고 타락한 것에 이끌린다. 우리를 두렵게 하는 바로 그것을 소유하고 어루만지고 싶어한다.

에드거 앨런 포의 글을 지독히도 탐독하고 집에서 일광욕을 하면서 자살을 고민하던 감성 충만하던 10대 시절부터 나는 인력과 그것에 대한 반발력의 역학에 관심이 많았다. 약에 찌들어 있던 내 친구들처럼 나도 음악 문화의 음습한 측면에 끌렸고, 비극적이고 굶주린 알코올 중독 예술가의 모습에 얼마간은 집착하기도 했다.

불안을 겪는 많은 청소년들이 그렇듯 괴로움이 나를 독특하게 만들고 고통과 그에 대한 집착이 나에게 어떤 어두운 매력을 부여한다고 믿었다. 하지만 성장하면서 어른들이 이런 병적인 태도를 불편해한다는 것을 알게 된 뒤부터는 계속되었던 나의 우울증 투병 사실을 입에 올리지 않게 되었다. 더 이상은 자살에 대한 가족력을 파티에서 아무렇지 않게 꺼낼 수 없었고, 자해의 자국은 꽃 문신으로 가렸다.

20대에는 집과 디자인에 대한 글을 쓰는 일을 하면서 햇볕이 잘 드는 주방과 인조 대리석으로 만든 조리대에 대한 글을 주로 썼다. 일은 재미있었지만 예쁜 것에만 집중하다 보니 약간의 공허함을 느꼈다(자본주의라는 기계의 부속품처럼 느껴지기도 했다). 나는 아름다운 물건과 그 다양한 매력에 대한 글을 썼고 독자들에게 손으로 빚은 도자기나 천연 염색 리넨 시트에 돈을 쓰라고 공공연하게 권유했다(분명히 말하지만 나는 여전히 이런 물건들을 소유하는 것은 좋다고 생각한다). 하지만 혼자 있는 시간에는 독과 광기, 제의적인 고행, 그리고 동물실험에 관한 이야기를 주로 읽었다. 나도 모르게 자꾸만 세상의 추악함으로 회귀했던 것인데, 그것이 그만큼 매혹적이면서도 친숙했기 때문이다. 내가 그저 구경꾼에 불과했음을 인정할 수밖에 없지만, 나는 적어도 내가 진실이라고 믿을 수 있는 무엇인가에 대한 증거를 찾고 있었다. 미적 경험은 그것이 긍정적이든 부정적이든 간에 우리 문화가 기꺼이 인정하는 것보다도 훨씬 더 중요하다. 아름다움과 추함은 서로 깊숙이 얽혀 있는 것 같았다. 그런데도 우리의 감각적 경험은 서서히 침식되고 퇴화되어 가상 현실과 멸균 처리된 디지털 표현으로 대체되고 있다고 느꼈다.

그러던 중 2018년에 내 칼럼이 「롱리즈*Longreads*」에 실리는 꿈같은 일이 일어났다. 제목을 "아름다운 것들의 추한 역사"라고 지었는데, 이 칼럼을 통해 마침내 나의 다양한 관심사와 내가 좋아하는 일을 결합할 방법을 찾게 되었다. 나는 시간이 날 때마다 역사를 훑어보고 이야기를 수집하기 시작했다. 향수 조향학, 중세 화장품의 제조법, 독일의 백색 도자기에 대한 집착을 담은 책을 읽는 데에 시간을 할애했다. 저주받은 보석에 관한 라디오 방송을 듣고 역사적으로 악명 높은 열대의 꽃을 보러 식물원을 방문하기도 했다. 연체동물의 조용하고 복잡한 삶과 조리대를 자르는 위험한 작업에 대해서도 배웠다. 이런 시간들을 통해서 우리가 과거의 범죄를 얼마나 교묘하게 덮어왔는지, 허울뿐인 아름다움 뒤에 얼마나 많은 추악함의 증거들을 철저하게 숨겨왔는지, 그리고 자신의 쾌락을 위해서라면 타인의 고통을 얼마나 빨리 잊을 수 있는지를 알게 되었다. 나 자신의 안일함과 나의 생활방식이 일으키는 해악을 정당화하는 내 모습에 역겨움을 느꼈다. 더 많은 물건을 사야 하고, 더 아름다워져야 하고, 더 많은 돈을 써야 한다는 끊임없는 메시지로 도배된 소비주의의 선전에 내가 얼마나 철저하게 세뇌당했는지 깨닫기 시작했다. 나는 소비재에 대한 내 욕망을 일종의 병으로 여기게 되었다. 욕망은 섹스처럼 삶을 긍정하는 좋은 느낌일 수도 있지만, 끊임없이 결핍을 상기시키는 끔찍한 느낌일 수도 있다. 결코 충족되지 않는 이러한 욕망은 종국에는 우리가 파멸을 갈망하도록 만들 수도 있다.

수년이 걸렸지만 나는 결국 욕망과 혐오는 짝을 이루어 존재한다는 것을, 가장 통렬한 아름다움은 추악함과 실타래처럼 엮여 있다는 사실을 받아들이게 되었다. 해를 끼치지 않고 살아가는 방법은 없다. 하지만 그렇더라도 우리는 계속 노력한다. 적어도 나는 그렇다.

내 생활방식이 자연계에 해를 끼치는데도 자연은 놀랍도록 아름다운 풍경과 소리와 향기로 나를 계속 살게 한다. 내가 더 이상 죽음을 꿈꾸지 않는 시점에 다다르기까지 의사와 다양한 종류의 약물, 그리고 많은 사람들의 도움이 있었다. 그러니 아름다움이 내 생명을 구했다고 말하는 것은 정확하지 않을지도 모른다. 삶에는 분명 아름다움 외에도 소중한 것들이 훨씬 더 많이 있으니까. 하지만 나는 아름다움이 설렘과 영감을 주는 삶의 필수적인 부분이라고 믿는다. 아름다움을 원하는 것은 얕은 충동이 아니다. 미적 경험은 우리에게 경외감을 줄 수 있다. 평화를 가져다줄 수 있다. 아름다운 것과의 만남이 우리의 사고방식과 세상을 살아가는 방식을 바꿀 수 있다. 그것은 끝없이 얽혀 있는 우주의 물질과 연결되는 감각을 강화할 수도 있고, 우리가 현재의 순간과 연결된 닻을 내려서 우리 몸 안에 잘 머무르는 데에 도움이 될 수 있다. 21세기를 살아가는 우리에게 사물을 소비하고 경험하는 방식을 바꿔야 할 도덕적 의무가 있다고 생각하지만, 아름다움을 사랑하고 아름다움에 더 가까이 다가가고 싶어하는 인간이 악하거나 나약하다고는 생각하지 않는다. 아름다운 것과의 만남이 가져다주는 기분을 느끼고 싶은 것은 자연스러운 일이다. 그것은 정상이다.

 아름다움은 지극히 개인적인 것이기도 하다. 아름다움은 우리의 감각과 비판적 능력을 함께 사용할 때 경험하는 것으로, 우리의 마음속에서 일어난다. 우리는 물리적 대상의 특성을 인식한 다음 그것을 아름답다고 판단한다. 일반적으로 이것은 좋은 느낌이다. 하지만 당신의 감각을 만족시키는 것과 나의 감각을 만족시키는 것은 다르다. 우리는 서로 다른 향기, 소리, 색상, 질감을 좋아한다. 우리가 좋아하는 것과 싫어하는 것은 타고난 것이 아니라 개인의 경험과 문화적 가치관에서 비롯된다.

 이 책에서 나는 환하게 타오르며 탐욕스러운 욕망에 불을 붙이고, 평생의 헌신을 불러일으킨 여러 가지 사물들을 살펴본다. 나는 정리 정돈을 거의 하지 않는 편이지만(책상은 거의 침대처럼 사용하고, 정작 침대는 엉망진창이다), 이 책은 원칙에 따라 정리했다. 거울을 바라보던 어린 시절부터 대리석에 대한 최근의 집착에 이르기까지 내가 아름다운 물건들을 욕망하기 시작한 순서대로 배치했다. 이 책에서는 유독 빅토리아 시대의 취향이 드리운 그림자가 짙게 감지되는데, 이는 이 시기에 생겨난 새로운 명품의 과잉 공급과 화려한 약탈품들을 문화적으로 부각시켰던 역사 때문일 수 있다. 사람들은 난초에 열광하고, 저주받은 돌에 흥분하고, 도자기에 탐닉하고, 감성에 취해 있었다. 나는 빅토리아 시대 사람은 아니지만, 사회적 격변의 시대에 견고해 보이는 사물의 세계에서 피난처를 찾고자 했던 열망을 이해한다. 나는 전형적인 미국의 중산층 여성이어서 쓸모없는 물건으로 집을 가득 채우고 값싼 옷으로 옷장을 꽉 채우고 있다. 우리 모두는 마케팅과 잡지의 영향 속에 살고 있기 때문에 나의 욕망 역시 유행하는 방향을 따라 움직일 가능성이 높지만, 누구에게나 조금쯤은 특이한 사랑도 있기 마련이다. 아름다움에 대한 나의 갈망은 조그맣게 시작해서 점점 커졌다. 반짝이는 장신구를 원하던 것에서 점차 빈티지 유리잔과 손으로 직접 칠한 도자기 접시에 집착하게 되었다. 다이아몬드를 비웃던 나는 어느새 왼손에 반짝이는 보석 하나만 있었으면 하고 간절히 원하게 되었다.

나는 20세기의 끝이 보이던 시절의 미국에서 태어나고 자랐으며, 이 책은 이러한 사실에 크게 영향을 받았다. 어린 시절에는 메마른 뉴멕시코 주에 있던 집 뒷마당에서 야생화를 꺾고 돌을 주웠다. 나중에 매사추세츠 주로 이사한 후에는 차가운 해변에서 하얀 조개를 줍기도 했다. 나이가 들면서 나를 사로잡는 아름다움은 점점 더 심오해졌고 종종 더 물질적이 되어갔다. 방과 후 식료품점에서 아르바이트를 하던 10대 시절, 직원 할인으로 얼굴과 몸을 아름답게 가꾸기 위한 물건들을 구입했다. 2000년대 당시에 나는 마르고, 금발에, 우울하고, 굶주린 상태였다. 케이트 모스나 피오나 애플, 또는 에이미 와인하우스처럼 보이고 싶었다. 밤늦게까지 술을 마셔서 눈이 충혈된 연약하고 상처 입은 모습으로 보이고 싶었다. 나만의 고유한 향기를 찾고, 특별한 모습을 연출하고, 다른 사람들이 아름답다고 여기는 욕망의 대상이 되고 싶었다. 나는 철저히 미디어가 원해야 한다고 말하는 것을 원했다.

그 단계를 벗어난 후에도 여전히 화장을 하고 향수를 뿌리고 결 섬이 많은 내 몸을 아프로니테처럼 보이게 해줄 완벽한 실크 드레스를 쇼핑한다. 하지만 나의 욕망은 점차 집의 영역으로 옮겨간다. 소녀에서 10대를 거쳐 여성으로 성장하면서 마침내 가정생활과 공동체 의식의 아름다움과 가치를 이해하게 되었다. 어렸을 때는 당연하게 생각했고 10대 때는 우습게 여겼던 백색의 도자기 접시, 값비싼 조리대, 유리 샹들리에가 이제는 의미심장한 울림으로 다가온다. 2020년의 팬데믹은 사람들을 집 안에 가두었다. 나는 재택근무를 하며 집과 디자인에 관한 글을 쓰면서 동영상으로 우리 집보다 훨씬 더 멋진 집을 구경할 기회가 많았다. 부자들이 집을 어떻게 꾸미는지 볼 수 있었던 것이다. 부자들의 화려한 집을 보면 무척 부럽기도 했지만, 나와 내 가족이 누리고 있는 안전한 보금자리에 감사하는 마음도 생겼다. 고급 식기는 단지 전시용이 아니었다. 소중한 사람들을 초대해서 좋은 음식을 대접하고 추억을 나누기 위한 것이었다. 대리석은 박물관의 조각품이 될 뿐만 아니라 젊은 생명을 잃은 슬픔을 추모하는 묘비에도 사용되었다. 이 부드러운 돌은 함께 나누는 슬픔의 고통을 형상화하기도 했고, 더 깊은 무엇인가를 가리키기도 했다. 이 모든 석조물들은 21세기 미국에서의 내 삶의 근간이 되는 억압의 시스템을, 즉 이 나라의 기반을 가리키고 있었다.

가끔은 이런 이야기가 무거울 수 있다는 것을 인정한다. 나치에 연루된 공장이나 해양생태계의 종말로 텅 빈 바다 이야기는 쉽게 읽히지 않는다. 이러한 범죄는 그저 과거의 일인 경우도 있지만 상당수는 현재 진행형이다. 글로벌 패션 업계에서는 여전히 어린이들을 고용해서 뜨거운 액체가 담긴 통 안에서 누에고치를 소독하게 하고 있으며, 지금 이 순간에도 콜로라도에서는 작업장에서 걸린 규폐증(규소 먼지를 흡인해서 걸리는 심각한 폐 질환/역주)을 치료받기 위해서 젊은이들이 싸우고 있다.

그러나 모든 물건이 그 제작 방식 때문에 추악해지는 것은 아니다. 꽃이나 강가의 돌멩이처럼 겉보기에는 무해해 보이는 아름다운 물건이 악의적인 용도로 사용되기도 한다. 나는 세상을 선명하게 볼 수 있게 해주는 기적의 재료인 유리가 한때 어떻게 세련된 파리지앵 청중을 위해 유령을 불러내는 데에 사용되었는지 설명할 것이다. 화장품에 관한 장에서는 나의 필수 아이템 하나를 공개하고 여전히 논란거리인 "해부된 미녀" 현상을 이야기해보겠다. 이 책에 등장하는 추악함 중에는 문자 그대로의 추악함도 있고, 상징적인 추악함도 있으며, 도덕적인 추악함도 있고, 정치적인 추악함도 있다. 어떤 경우에는 매우 개인적인 측면과 관련되어 있기도 하다.

이 책은 내 감정으로 그늘지고, 얼룩지고, 채색되었다. 페이지마다 감사, 자부심, 사랑이 담겨 있고, 죄책감, 불편함, 좌절감 그리고 두려움도 스며 있다. 나는 쓰레기가 넘쳐나는 세상에 쓰레기를 버리고, 플라스틱으로 포장된 물건을 사고, 땅을 파서 캐낸 돌로 만든 장신구를 좋아한다는 사실에 죄책감을 느낀다. 이미 충분히 가졌다는 것을 알면서도 항상 더 많은 것을 원하는 나의 욕망에 불편함을 느낀다. 나의 취향이라는 것도 결국 사회가 구축한 관습에 매여 있음을 확인할 때마다 좌절감을 느낀다. 조금이라도 더 나아지려는 나의 노력이 결국 아무런 의미도 없을까 봐 두렵다. 세상은 변화하지 않고 항상 후퇴한다면서, 결국 언젠가는 나도 세상일에 상관하지 않게 될까 봐 겁이 난다.

내가 아름답다고 생각하는 것들을 살펴보고, 사물을 아름답게 만드는 자질이 무엇인지 질문함으로써, 여러분 자신의 삶에서 아름다움을 찾는 능력과 그것을 음미하는 능력이 확장되기를 바란다. 여러분이 사랑하는 물건을 망쳐놓거나 여러분의 행복을 훔치고 싶지는 않다. 이 욕망은 내 욕망이고 이 이야기는 내 이야기이기 때문에 여러분으로 하여금 이 책으로 인해 받아들인 것을 판단하게 만들고 싶지도 않다. 가능하다면 여러분이 세상을 더 명확하고 관대하게 바라볼 수 있도록 돕고 싶다. 나는 실크와 같이 내가 수년간 양가감정을 느껴온 것들에 대해 글을 써왔다. 처음 이 묘한 동물성 직물에 대해 연구하기 시작했을 때만 해도 나는 실크에 그다지 매력을 느끼지 못했다. 졸업 파티를 할 때는 실크 드레스를 입었지만 사무실에 출퇴근을 하거나 파티에 참석할 일이 많지 않은 나에게 실크는 지나치게 까다롭기만 할 뿐 내 생활에는 어울리지 않는 옷감으로 여겨졌다. 하지만 수개월에 걸쳐 책을 읽고 글을 쓰다 보니 어느새 서서히 실크에 빠져들고 말았다. 실크 가운을 입고 돌아다니고, 실크 잠옷 차림으로 호화롭게 지내고 싶었고, 실크로 된 이브닝 드레스를 사서 멋진 곳에서 입고 싶었다. 결국 나는 중고로 실크 드레스를 구입해서 바닷가에 갈 때 수영복 위에 그 드레스를 입었다. 좋은 옷을 이렇게 다뤄서는 안 되겠지만 어쨌든 입어야 한다고 생각했고, 그밖에는 달리 입을 만한 곳이 없었다.

다행히도 가족과 함께 고립된 채 독서와 연구를 하며 조용히 보낸 몇 달 동안의 시간은 내 소비 욕구보다는 자연과의 관계를 훨씬 더 근본적으로 고양시켰다. 밀린 집안일을 처리하듯 의무적으로 하던 산책을 설레는 마음으로 기다리게 되었다. 해안가를 걷다 보면 파도 위로 까딱대는 물범의 반들거리는 머리가 보일지도 모른다. 들판에서는 선명한 주황색 날개를 펄럭이는 제왕나비를 만날지도 모른다. 습지에서의 산책은 기쁨으로 가득 찬 시간을 선사할지도 모른다. 작은 분홍색 난초, 습지 목화의 하얀 솜털, 진홍색으로 물든 블루베리 밭. 이제 이런 평범한 풍경이 나를 멈춰 서게 하고, 걱정거리에서 벗어나게 하며, 잠시나마 경외심과 감사함을 느끼게 한다.

수천 년 동안 철학자와 시인들은 아름다움이 우리에게 어떤 느낌을 주는지 다양한 방식으로 설명하려고 노력했다. 플라톤부터 칸트까지, 아름다움에 대한 글들은 깊은 우물처럼 때로는 뚫을 수 없을 정도로 난해하고 때로는 구식처럼 보이기도 한다. 이 책에서 미학을 다루지는 않았지만, 나의 글은 내가 그동안 받아온 교육(공식적인 것과 자기 주도적인 것 모두) 그리고 이러한 역사적인 문헌에 대한 나의 지속적인 관심으로부터 영향을 받았다. 또한 아름다움의 문제를 고민하는 현대 작가들의 작품을 읽으면서 큰 기쁨을 느꼈다. 움베르토 에코, 어슐러 르 귄, 클로이 쿠퍼 존스, 일레인 스캐리, 크리스핀 사트웰 등의 작가들은 나의 글쓰기에 많은 영감을 주었다. 이 작가들은 모두 미학에 대한 명쾌하고 심도 있는 탐구를 발표했으며, 그들의 작업이 나 자신의 생각을 정립하는 데에 많은 도움이 되었다.

움베르토 에코는 그의 저서 『미의 역사*Storia Della Bellezza*』에서 무엇보다도 아름다움을 중시했던 19세기의 예술가와 시인들에 대해서 논하며, 그들이 "사물에 내재된 황홀경"과 아름다운 것을 마주하는 동안에 생겨날 수 있는 "계시적인 통찰"을 추구했다고 말한다.[1] 에코는 그들의 철학을 이렇게 요약한다. "인생은 이러한 경험을 축적하기 위해서일 때만 살 가치가 있다." 사실 나도 약간은 구식이어서 아름다운 사물을 계시의 잠재적인 원천으로 보는 낭만주의적 해석에 끌린다. 아름다움이 나의 불안한 사고의 흐름으로부터 나 자신을 벗어나게 해주는 순간을 위해 살아간다. 작가 클로이 쿠퍼 존스는 회고록 『이지 뷰티*Easy Beauty*』에서 철학자이자 소설가인 아이리스 머독의 작품을 바탕으로 "자아를 확장시키는"[2] 미학의 힘을 강조한다. 이 체계에 따르면 아름다움은 에고$_{ego}$의 욕구와 사회적 자아가 하는 걱정을 잠재울 정도로 강렬한 정신적 경험이다. 쿠퍼 존스는 아름다움이 우리의 마음을 열고 인식을 전환한 다음, 행동을 전환하는 기회를 제공한다고 본다. 예컨대 수천 년 된 대리석으로 둘러싸인 이탈리아의 미술관이나 비욘세 콘서트장에서 함성을 지르는 군중 속에서 자아가 사라지는 경험을 할 수 있다. 머독은 창문을 통해 급강하하는 황조롱이에게서 이 아이디어가 구체화되는 것을 보았다.

그러나 우리는 항상 지상으로 다시 내려와야 한다. 생명을 불어

넣는 짜릿한 절정의 순간이 영원히 지속될 수는 없고, 그것만이 삶을 가치 있게 만드는 것도 아니니까. 이 책은 내 삶과 마찬가지로 단순히 아름다운 물건을 사는 것 이상의 이야기를 담고 있다. 이 이야기는 아름다운 것을 찾고, 나누고, 놓아주고, 때로는 거부하는 것에 관한 것이다. 너무나도 사랑스럽고 때로는 견딜 수 없을 정도로 슬픈 세상을 살아가는 것에 관한 이야기이자, 근본적으로 욕망이 항상 아름다움의 일부로서 존재한다는 사실을 인정하는 것에 대한 이야기이기도 하다. 아름다움에 관한 한 결코 만족이란 있을 수 없다(물론 이미 충분하다는 뜻이기도 하다). 크리스핀 사트웰은 『아름다움의 여섯 가지 이름』*Six Names of Beauty*에서 이렇게 말했다. "우리는 만족하는 것을 원하는 것이 아니라 욕망하는 것도 원한다",[3] "욕망한다는 것은 내 안의 생명력을 강렬하게 느낀다는 뜻이다."

나는 아름다움을 이해하는 것이 아름다움을 낳는다는 것을 알게 되었다. 그런 면에서 아름다움은 사랑과 비슷하다. 감각이 주는 기쁨의 특별할 것 없는 특성을 파악함으로써 훨씬 더 많은 쾌락을 발견할 수 있었던 것처럼, 가족의 특별한 점을 알아차림으로써 우리의 끈끈한 유대를 더 잘 이해할 수 있었다. 내가 가진 아름다움에 대한 사랑과 어두운 성향 모두를 이 책에 쏟아부었다. 물론 여러분이 더욱 현명한 소비자가 되기를 바라지만, 그것이 나의 유일한 최종 목표는 아니다. 여러분이 이 책을 읽고 이미 여러분을 둘러싸고 있는 아름다움, 여러분의 도시와 집, 뒷마당에 존재하는 아름다움에 눈을 뜰 수 있게 된다면 이상적일 것이다. 그 아름다움이 어떻게 생겨났는지, 어떤 대가를 누가 치렀는지를 알고, 박물관을 방문하거나 해변을 걷거나 그림을 의뢰하는 등 세상의 아름다움에 가장 윤리적으로 참여하는 방법이 무엇인지 이해하게 되기를 바란다. 여러분이 아름다움과 맺는 관계가 확장되고 깊어졌다고 느낄 수 있기를 바란다. 아름다운 사물들뿐만 아니라 개인적인 취향, 욕구, 필요에 대해서도 더 많이 알게 되었다는 느낌이 들었으면 한다. 고통을 목격하고 심연을 응시하는 데에서 오는 도덕적, 육체적 혐오감을 넘어 수용의 느낌, 어쩌면 활력을 되찾을 수 있기를 바란다.

1

수은으로 칠한 마법의 주문, 거울

보는 것과

보이는 것에 관하여

나는 거울 보기를 좋아한다. 하지만 영상으로 촬영된 내 모습을 보거나 녹음된 내 목소리를 듣거나 사진으로 내 얼굴을 보는 것은 좋아하지 않는다. 모순적으로 들릴 수도 있지만 나는 그렇게 생각하지 않는다. 추억이 담긴 오래된 사진이나 훌륭한 사진작가의 작품의 가치는 인정하지만, 카메라가 무엇을 담을 수 있는지에 대해서는 그다지 관심이 없다. 내 모습을 볼 때는 실시간으로 내 얼굴을 마주 보는 편을 선호한다. 나는 거울의 매끈하고 반짝이는 표면이 익숙하다. 가장 아름답고, 가장 꾸밈없고, 가장 나답게 보이는 곳이 바로 내 진짜 얼굴이 있는 곳이다. 화장실에 혼자 있을 때 비로소 경계심을 내려놓을 수 있고, 타인을 위해 쓰는 가면을 다시 쓰는 연습도 할 수 있다.

거울 보기를 좋아한다고 인정하는 데에는 약간의 죄책감이 따르기 쉽지만 나는 그렇지 않다. 나도 거울 보기를 좋아한다는 것에 그다지 떳떳하지 못했던 적이 있다. 거울에 대한 내 호기심을 숨기려

했던 시절이었다. 거울 앞에서 얼마나 많은 시간을 보내는지를 부정하고, 휴대용 손거울을 가지고 다니지도, 옹이가 박힌 원목 프레임에 들어 있는 빈티지 거울이나 침대 옆의 확대 거울을 당당하게 가지지도 못했다. 이제 우리 집에는 거울이 어지럽게 놓여 있다. 은빛 표면은 유리나 플라스틱으로 이루어져 있고, 오래된 것과 새로운 것이 함께한다. 그중에는 스테인드글라스 판으로 둘러싸인 거울도 있고, 조잡한 금박 프레임으로 장식된 거울도 있으며, 인도에서 수입한 격자무늬 조각으로 감싼 거울도 있다. 증조할머니의 이니셜이 앞면에 새겨진 금으로 된 작은 거울도 물려받았다. 지금은 돌아가셨지만 할아버지가 건강하게 살아 계시던 시절에 애디론댁 산맥에 있던 가족 별장에 걸었던 큰 거울도 있다. 메인 주 북부의 고물상에서 구한 오래된 거울도 있는데, 그 거울은 유리 뒷면에 실제 수은이 칠해져 있다. 아마도 이것이 내가 가장 좋아하는 거울인지도 모른다. 뒷면에 반짝이는 독이 묻어 있어서 벗겨질 때까지 유리를 핥으면 정신이 나가버리고 말 것 같은 그런 거울이다(기이하게도 나는 이런 상상을 한다). 이 거울에서는 내 얼굴이 비틀리고 물빛이 도는 듯하며, 형체가 없는 꿈결처럼 보인다. 너무나 마음에 든다.

처음 거울을 보았던 때가 언제였는지는 기억이 나지 않는다. 내 삶은 항상 거울과 함께였으며, 나 자신에 대한 인식은 거울에 의해 형성되었다. 적어도 한 명의 철학자에 따르면, 어린 시절 자아의 발달은 거울을 들여다보며 우리가 감정이나 충동의 파편이 아니라 몸이라는 경계를 가진 사람이라는 것을 깨달을 때 일어난다고 한다.

프랑스의 정신분석학자 자크 라캉은 이 시기를 인간 발달의 "거울 단계"라고 명명했다.[1] 그는 인식이라는 상징적인 순간이 우리의 조그만 뇌 안에 작은 위기를 일으킨다고 말한다. 스스로가 무한하지 않고, 통제력도 없으며, 팔다리를 움직이거나 자신의 필요를 충족시키는 데에도 능숙하지 않다는 것을 깨닫는 순간이다. 라캉의 정신 모형은 상처받고, 궁핍하고, 욕구하는 자아를 전면에 내세운다는 점에서 매력적이다. 내가 스스로를 통제하고 소유하고 있다고 느낄 때조차 그런 감정을 항상 조금은 느끼기 마련이니까.

거울은 나에게 복잡한 기쁨을 선사한다. 반짝이고 빛나는 것에 대한 단순하고 어린아이 같은 동경과 함께, 좌절감(내 외모와 신체 중립성 부족)과 슬픔(자기혐오와 비난으로 잃어버린 시간에 대한)이 소용돌이친다. 그런데도 은빛 표면을 가로질러 물처럼 하늘처럼 빛이 움직이고 반짝이는 것을 바라보는 데에는 기쁨이 있다. 그것은 반사와 굴절의 아름다움이라는 단순한 것이다. 빛은 아마도 아름다움의 첫 번째 요소일 것이다. 색깔을 구분하는 능력을 갖추기 전인 유아기에도 우리는 빛을 볼 수 있다.

일부 과학자들은 우리가 빛의 반사에 이끌리는 데에는 진화론적인 목적이 있다는 이론을 세웠다. 말하자면 우리가 반짝이는 보석이나 빛을 반사하는 물체를 좋아하는 것은 생명의 원천인 물을 연상시키기 때문이라는 것이다.[2] 이것은 하나의 이론에 불과하지만 충분히 흥미롭다. 이는 반짝이고 윤이 나는 금속과 결정 구조로 배열된 원자들에 대한 전 세계적인 열광을 부분적으로 설명해준다.

심지어 아기들도 칙칙한 접시보다는 반짝이는 접시에 더 많은 관심을 보인다(접시를 집어 들고 입에 넣으면서 보여준다). 이웃과 사원을 놓고 경쟁할 필요가 없었던 문화권에서도 사람들은 금과 보석을 비축했다. 부의 상징을 과시하거나 거래의 수단으로 부를 축적해야 할 필요성이 없었는데도 말이다. 이들에게 금은 그저 돌멩이에 불과했어야 마땅하지만, 그렇지 않았다. 우리는 반짝이는 것을 좋아하기 때문이다.

우리는 또한 자기 자신의 모습을 바라보는 것을 좋아한다. 자신의 모습을 비춰보려고 만든 것이라면 무엇이든지 거울이 될 수 있다. "거울mirror"은 라틴어 "바라보다mirare"와 "감탄하다mirari"에서 따온 이름이다. 거울은 돌, 금속, 유리, 플라스틱, 심지어 물로도 만들 수 있다.

인간이 언제 처음으로 거울을 발견했는지는 정확히 알 수 없지만, 많은 사람들이 그 순간을 상상해보려고 노력했다. 마크 펜더그라스트는 2003년 저서 『거울아, 거울아Mirror, Mirror』에서 못에 물을 마시러 온 어느 원인原人의 마치 꿈같이 흔들거리는 모습을 묘사했다.[3] 그는 "장면 : 계절성 폭우가 쏟아진 직후의 아프리카 사바나"라고 썼다. 호기심에 이마를 찡그리고 있는 이 이름 모를 인물은 "자신을 바라보는 동료 생명체"를 보고 혼란스러워한다. 처음에는 조심스럽다. "적인가?" 그는 궁금해한다. 그러다가 곧 장난스러워진다. 이제는 자신에게 윙크를 하고, 코를 만지고, 이를 드러낸다. 펜더그라스트는 이렇게 결론짓는다. "그는 적어도 한 수준에서는 이해하고 있다. 그들이 같으면서도 다르다는 것을."

물론 이런 일이 일어났을 수도 있다. 그리스인들이 나르키소스 이야기에서 상상했듯이 한 사람씩 천천히 자신의 모습과 사랑에 빠졌는지도. 그래서 어둡고 신비로운 자신의 눈을 응시하며 천천히 익사했는지도 모른다.

아니면 돌고래나 코끼리, 까치처럼 행동했을 수도 있다. 동물 심리학자 다이애나 라이스에 따르면, 동물은 여러 단계를 거쳐 거울에 비친 자기 모습을 인식한다.[4] 그들은 먼저 거울 뒤에 무엇이 있는지 확인하려고 시도하다가, 자기 몸의 움직임과 거울에 비친 모습 사이의 관계를 파악하기 위해 이상한 동작을 반복하는 "그루초 단계Groucho stage"를 거치는 경우가 많다. 자신이 무엇을 보고 있는지 깨닫고 나면, 많은 동물들이 거울을 사용하여 이전에는 볼 수 없었던 자신의 부분들을 관찰하기 시작한다.

어쩌면 나르키소스는 쌍둥이에게 반하는 대신 엉덩이를 물웅덩이로 향하고 아름다운 어깨 너머로 자신의 뒷모습을 확인했을지도 모른다. 하지만 우리는 나르키소스가 자기 자신을 사랑한 것에 대한 벌을 받아야 한다고 생각하기 때문에 그가 하염없이 자신의 아름다운 얼굴을 바라보다가 쇠약해졌다고 (또는 신화의 출처에 따라서 익사했다고) 생각하는 편이다. 이 이야기에는 허영과 아름다움을 경고하는 교훈이 담겨 있다. 또한 거울에 비친 상像이 가지는 힘에 대한 우화이기도 한 이 이야기는 시대를 초월한 공감대를 형성하기 때문에 지금도 전해지고 있다. 우리는 거울을 좋아하지만 인정하기는 꺼린다. 우리는 모두 자신의 모습에 이끌린 적이 있다. 우리는 모두 은이나 물, 유리에 비친 자기 모습에 매료된 적이 있다. 우리가 인정하든 인정하지 않든 외모는 중요하다. 외모는 직업과 연애 및 결혼의 가능성을 바꾸고 삶의 질에 영향을 미친다(이를 "매력 자본erotic capital"이라고도 한다).[5] 우리는 저마다 다른 사람들의 신체를 다르게 평가하며, 지배적인 문화가 아름답다고 정의내린 신체에 더 높은 가치가 매겨진다는 것은 껄끄럽지만 명백한 진실이다. 권력과 생존을 원한다면 세상이 나를 바라보는 방식대로 나 자신을 바라보아야 한다.

그래서인지 거울은 오랫동안 마법과 연관되었다. 평소에 볼 수 없는 것을 볼 수 있게 해준다면, 어쩌면 시야 너머의 다른 것을 보여줄지도 모르기 때문이다. 영혼이나 유령, 심지어는 미래의 모습을 보여줄 수도 있다. 그래서인지 전 세계의 여러 문화권에서 거울에 대한 저마다의 고유한 신화가 발달했는데, 주로 거울의 빛을 굴절시키는 성질과 불을 피우는 용도에 초점을 맞추고 있다. 많은 고대 문화권에서 거울은 태양신과 연관되어 따뜻함, 희망, 보호의 상징으로 여겨졌다. 가장 오래된 거울은 흑요석 조각을 연마하여 석고로 장식한 것인데, 8,000년이나 된 이 유물은 튀르키예의 고대 정착촌인 차탈회위크의 여러 여성들의 무덤에서 발견되었다. 점토벽으로 둘러싸인 이 신석기 시대 마을은 자원을 평등하게 분배하는 고대의 "유토피아"로 묘사되었다.[6] 또한 많은 사람들은 이 마을이 인류 사회 발전의 비밀, 심지어 "집의 기원"이라는 발상까지 담고 있다고 믿는다.[7] 전 발굴 책임자이자 고고학자인 이안 호더는 현장에서 발굴된 여러 거울들을 조사할 기회를 얻었다. 그는 전화 통화로 거울을 "아름다운 물건"이라고 표현하며 이렇게 덧붙였다. "이렇게 먼 옛날에도 거울 같은 물건이 있었으리라고는 아무도 예상하지 못했습니다. 이곳은 인류가 수렵과 채집 생활을 시작한 후 처음으로 형성된 정착지였습니다. 여러 면에서 매우 단순한 사회였기 때문에 거울의 존재는 특이하다고 할 수 있습니다." 같은 무덤에서 화장품과 페이스 페인트의 증거가 발견되었기 때문에 연구자들은 이들도 오늘날 우리가 거울을 사용하듯이 거울을 사용했을 것으로 추측하지만, 어둡고 반짝이는 표면이 신석기 사회 구성원들에게 영적인 의미를 가졌을 가능성도 있다. 호더는 이렇게 말했다. "당시의 인류는 거울에 비친 이미지를 통해 미래를 예측하거나 영적인 세계를 이해하려고 했을 수도 있습니다."

『위칸의 예언과 징조 사전The Wiccan's Dictionary of Prophecy and Omens』에는 "카톱트로맨시catoptromancy"라는 항목이 나온다.[8] 이는 "특별한 렌즈나 마법의 거울을 이용한 점술"로 정의된다. 이 문헌에 따르면 고대 그리스인들은 거울을 사용하여 달빛을 포착하고 이를 응시함으로써 미래를 내다볼 수 있다고 믿었다고 한다(같은 시대에 행해졌던 또다른 종류의 점술은 새를 관찰하는 것으로, "조류ornis"라는 단어는 현대의 "징조omen"라는 단어의 어원이다). 로마의 "눈을 가린 소년blindfolded boys"은 거울 표면에 맺힌 옅은 이슬에서 미래의 이미지를 불러낼 수 있는 특별한 점술가였다.[9] 한 전설에 따르면 눈을 가린 소년이 거울을 바라보면서 주문을 외우고 숨을 깊게 내쉰 뒤, 거울에 맺힌 물기 속에서 황제의 임박한 죽음을 예고하는 환영이 나타나는 것을 보고 디디우스 율리아누스의 죽음을 예견했다고 한다.

16세기 프랑스의 점성술사이자 예언가인 노스트라다무스는 뛰어난 예지력으로 명성을 떨쳤다.[10] 전설에 따르면 통풍에 시달리던 이 예언자는 초자연적인 지식을 수집하는 여러 가지 방법의 하나로 검은 거울이나 어두운 물웅덩이를 사용했다고 한다. 일부 출처에 따르면, 노스트라다무스는 러시아의 우크라이나 침공에서부터 일론 머스크의 천문학적 성공에 이르기까지 현재 우리가 마주한 여러 문제들을 예언했다고 한다.[11] 이제 더는 무덤 속에 거울을 두지는 않지만 사람들은 여전히 풍수에 거울을 사용하며,[12] 사회적으로 허용되는 수정水晶 점술도 많이 있다. 거울에게 자신의 진정한 인연을 보여달라고 간청하던 빅토리아 시대의 여인들처럼, 미국 전역에서 사람들은 여전히 거울을 들여다보며 빠른 성공을 향한 희망을 되새긴다.

요즘은 30달러면 온라인에서 반질반질한 흑요석 거울을 쉽게 구입할 수 있다. 50달러만 내면 뉴올리언스 마녀에게 흑요석 거울로 점치는 법을 배울 수도 있다. 주머니 사정이 여의치 않다면 직접 광택이 나는 검은 돌을 구해서 유튜브 동영상을 보면서 점을 쳐볼 수도 있다. 저 깊은 내면을 오랫동안 열심히 들여다볼 마음만 있다면 충분하다.

최초의 위대한 유리 거울은 이탈리아의 베네치아 석호에 있는 무라노 섬에서 탄생했다.[13] 베네치아는 13세기부터 유리 공예가들에게 꿈의 도시였다. 유럽 전역의 뛰어난 공예가들이 더 나은 삶에 대한 희망을 안고 베네치아로 모여들었다. 사빈 멜쉬오르 보네는 저서 『거울 : 하나의 역사 *The Mirror : A History*』에서 이렇게 말했다. "베네치아 공화국은 유리 공예가들을 장인이라기보다는 예술가처럼 키우고 대우했다."[14] 비록 이러한 정부의 보호가 때때로 억압적인 경우도 있었지만, 다른 공예인들보다 더 많은 사회적 신분 상승의 기회를 제공했다. 그들은 귀족의 딸과 결혼할 수 있었고, 일부 부유한 유리 공예가 집안은 명사의 지위에 오르기도 했다. 베네치아 사람들은 자신들의 산업과 그 산업이 도시에 가져다주는 풍요에 자부심을 가지고 있었고, 그 영광은 근면한 유리 공예가들에게 퍼져나갔다.

베네치아의 유명한 반투명 유리를 만드는 공식을 누가 고안했는지, 누가 처음으로 판유리의 뒷면에 금속을 녹인 혼합물을 발라 최초의 현대식 거울을 만들었는지는 확실하지 않다. 무라노의 유리 공예가들과 베네치아 정부는 비법을 빈틈없이 보호했다. 기밀을 누설하면 사형에 처해질 수 있었고, 유리 공예가가 무라노를 떠나려고 하면 가족을 인질로 잡아서 돌아오도록 재촉했다. 하지만 이렇게 비밀스러운 공예인 공동체 안에서도 협업과 실험은 이루어졌다. 거울 제작자들은 더 크고 인상적인 거울을 만들기 위한 공식뿐만 아니라, 항상 작품의 미적 가치를 향상시킬 수 있는 방법을 찾고자 노력했다. 어떤 사람들은 유리에 납을 첨가했고, 어떤 사람들은 표면에 반짝이는 금박 조각을 박아넣기도 했다. 그들은 광택을 낸 은이나 아말감으로 거울을 감쌌다. 이러한 재료들을 다루는 일은 안전하지 않았고, 특히 수은은 독성이 강한 물질이었다. 수은 연기를 흡입한 거울 공예가들은 행동과 성격에 변화를 겪기도 했다.[15] 신장이 망가지거나 손이 떨리기도 했고, 기억 상실, 불면증, 우울증, 때로는 섬망과 환각을 경험할 수도 있다. "미친 모자 제작자mad hatters"(과거에는 모자 공장에서 펠트를 제조할 때 질산수은을 사용했기 때문에 모자 제작자들이 수은 중독에 걸리는 경우가 많았다고 한다/역주)에 대해 들어본 적이 있다면 이러한 증상을 알고 있을 것이다. 이는 모자 제작자만큼이나 거울 제작자들 사이에서도 널리 퍼져 있었다. 이들은 병의 원인을 정확히 알고 있었지만 다른 선택을 할 경제적 여유가 없는 경우가 많았다. 1713년 베르나르디노 라마치니는 거울 제작자들의 고충을 기록했다. "거울을 만드는 사람들은 수은을 다루다 보니 중풍과 천식을 앓게 된다. 거대한 거울을 만드는 무라노 섬에서는 거울을 통해서 고통으로 일그러진 자신의 얼굴을 바라보며 자신이 선택한 직업을 저주하는 장인들을 자주 볼 수 있다."[16]

그러나 그만두기란 쉬운 일이 아니었다. 당시 귀족들에게 베네치아의 거울은 호화로움의 정점이었기 때문에 제품에 대한 수요가 터무니없이 많았던 것이다. 독일, 이란, 프랑스의 귀족들은 궁전에 베네치아산 거울을 설치했고, 상류층 여성들 사이에서는 프랑스의 왕비 카트린 드 메디시스를 따라 자신만의 "거울의 방"을 만드는 것이 유행이 되었다.[17] 당연하게도 파리의 모든 사람들이 거울을 원했다. 당시의 기록에 따르면 은으로 액자를 씌운 베네치아산 거울은 라파엘로의 그림 한 점보다 비싼 가격에 팔렸다고 한다. 프랑스의 국왕 앙리 4세는 거울 제작자를 고용하려고 했지만, 결국 자신만의 유리 공방을 차리는 데에 성공하지 못했다. 루이 14세가 왕위에 오를 무렵 귀족들은 이탈리아에서 들여온 귀중한 유리 압연 기술을 공방, 공장, 상점에서 활용할 수 있는 새로운 방법을 고안하기 위해 수년간 공을 들였다.

1660년대 초, 루이 14세 시대의 재무장관이었던 장 바티스트 콜베르는 무라노에서 소수의 유리 제작자들을 데려와 공장을 설립하는 데에 성공했다. 하지만 1667년, 이탈리아가 보복할 것이라는 소문이 퍼지면서 공방은 공포에 휩싸였다. 몇몇 최고의 장인들이 독살되었다는 소문이 돌았다. 한 명은 갑작스러운 고열과 며칠간의 극심한 통증에 시달리다 사망했고, 또다른 한 명은 원인을 알 수 없는 복통을 겪다가 사망했다. 그들은 중금속과 유독 가스를 다루는 일을 하고 있었지만, 그들의 죽음은 작업장 환경 탓이 아니었다. 공포가 공기 중으로 퍼져나가기 시작했고, 살아남은 거울 제작자들의 마음은 불길한 연기로 혼탁해졌다. 공장장은 조사를 요청했다. 그는 베네치아 공화국을 사망의 원인으로 지목했고, 그렇게 생각했던 것은 그 혼자만이 아니었다.

거울 때문에 시작된 잔인함은 그 끝이 보이지 않았다. 1547년, 베네치아의 거울 제작자 두 명이 독일로 이민을 시도하던 중 암살당했고,[18] 어떤 거울 제작자는 나라를 떠나기로 했다는 이유로 그의 가족들을 갤리 선 노역에 처한다는 판결을 받기도 했다(일종의 대리 처벌이었지만, 가족을 투옥하기보다는 벌금형이나 재산 압류가 더 일반적이었다). 폭력과 음모의 소용돌이는 10여 년 동안 계속되었다. 이탈리아는 프랑스에 첩자를 보냈고 프랑스는 이탈리아에 첩자를 보냈다. 프랑스는 거울 제작자들의 아내를 데려오려고 했고, 이탈리아는 이를 저지하고자 했다(어둠 속에 숨어 국외로 탈출해 새로운 삶을 살 수만 있다면 얼마든지 병에 걸린 척할 준비가 되어 있었던 베네치아 여성들의 기만술 덕분에 결국 프랑스가 승리했다). 거울 제작자들은 돈은 많이 벌었지만, 변덕스러운 통치자에 의해 속박당하는 삶을 살고, 또한 살해당하기도 했다. 두 나라는 서로에게 그 혐의를 덮어씌웠다.

1670년, 프랑스 왕실의 지원을 받은 콜베르의 회사가 마침내 대형 판유리를 불어서 평평하게 만들고, 코팅하고, 광택을 내는 방법을 알아냈다. 그야말로 대박이 터진 셈이었고, 콜베르의 직원들은 곧 그 지식을 프랑스 장인들에게 전파하기 시작했다. 그리고 1684년 베르사유에 거울의 방이 열리면서, 철저히 감추어져 있던 무라노의 거울 제작의 비밀이 돌이킬 수 없이 만천하에 공개되었음이 명백해졌다.

거울의 역사가 추악한 이유는 거울의 뒷면에 칠한 수은의 독성 때문만은 아니다. 17세기 유럽에서 이와 같은 피비린내 나는 살인 사건이 끊이지 않았기 때문이기도 하다. 이러한 사건들 자체도 분명 끔찍하지만, 외모에 대한 우리의 문화적인 집착과 사회가 요구하는 외모 기준에 부합하지 못하는 사람들이 겪는 조용하고 은근한 고통이 어쩌면 훨씬 더 끔찍하고 무서운 것인지도 모른다.

거울이 마법과 연관되어 있을 때 우리는 거울의 힘에 더 경외심을 가졌다. 그것이 값을 매길 수 없을 만큼 귀했던 시절, 거울은 그 자체로 아름다움의 대상이자 투영의 도구로서 인정받았다. 오늘날 마법은 주변부로 밀려났고 거울은 단순히 허영의 상징이 되었다. 일반적으로 거울을 보는 여성의 행위는 더 깊은 자아나 조상과의 연결, 더 숭고한 힘과의 접촉을 찾는 것으로 해석되기보다는 단 한 가지, 자신의 이미지를 비춰보기 위한 행위로 이해된다. 한때 왕들이 수집했던 거울은 이제 모든 사람들이 사용하지만 대체로 여성스러운 물건으로 여겨진다. 거울의 마법적인 성격이 제거되면서 그저 반짝이는 표면만 남았기 때문에 거울을 보는 습관이 있는 여성을 조롱하기는 더욱 쉬워졌다.

미술사를 공부하는 학생이라면 사랑에 빠진 듯한 표정으로 거울을 들여다보는 여성을 표현한 작품들을 수없이 보았을 것이다. 티치아노, 드가, 쿠르베, 마네를 비롯한 수많은 화가들이 은빛 표면에 비친 여성의 몸을 표현하는 데에 자신의 재능을 사용했다. 거울을 보는 행위가 여성에게는 중요한 생존 기법이라는 사실을 포착하지 못하고, 심지어 어떤 화가는 작품의 제목을 "허영심" 또는 "허영의 우화"라고 붙이기도 했다. 사실 거울 앞에 선 여성은 연습을 하고 있는 것이다. 그녀는 남성이 자신을 어떻게 보는지, 사회가 자신을 어떻게 보는지를 관찰한다. 자신의 가치를 스스로 평가하고 어떻게 하면 자신의 가치와 힘을 더 끌어올릴 수 있을지 고민한다.

이 남성 중심적 시각을 가진 화가들은 거울을 얄팍한 도구로 간주하며 사랑스러운 그림들을 탄생시켰지만, 그들 중 다수는 작품에서 거울을 통해 자신을 드러내고 작품 뒤에 숨은 창작자를 보여주고자 했다. 이 화가들은 장면에 자신을 삽입하는 동시에 자신의 테크닉을 보여주기 위해 거울을 활용했다. 같은 사물도 여성의 신체와 결합하면서 여성을 비하하는 힘을 가지게 된다. 여성은 남성 예술가들처럼 작업하는 모습이 아니라, 그저 거울을 응시하는 모습으로만 거울에 비춰진다. 미술 평론가 존 버거는 "당신은 나체를 보는 것이 즐거워서 나체인 여성을 그렸고, 그녀의 손에 거울을 쥐여주고 그 그림을 허영이라고 불렀으며, 자신의 즐거움을 위해 나체로 표현한 여성을 도덕적으로 비난했다"라는 유명한 글을 남겼다.[19] 이 두 가지 주제(거울과 여성)는 너무나 자주 연관되고, 경멸적으로 묘사되어왔기 때문에 우리의 집단의식에 대체로 그렇게 각인되고 말았다.

우리는 거울이 사람에게 행사할 수 있는 통제력에 대해서 좀처럼 이야기하지 않는다. 대신에 우리는 거울의 힘을 부정하면서 거울이 우리의 인식을 바꾸고 행복을 감소시키도록 내버려둔다. 거울을 보는 것은 그저 우리가 하는 행동, 또는 여성들이 하는 행동일 뿐이다. 이러한 충동을 허영심으로 보는 데에 너무 익숙해진 우리 대부분은 거울을 응시하는 행위 자체에서 오는 경외감을 잊었다. 판단이나 두려움이 아닌 즐거운 발견과 희망의 감각으로 거울을 마주하는 방법도 잊어버렸다. 대신에 우리는 세상이 나를 어떻게 보는지 알고 싶어하는 것은 어딘가 잘못된 욕망이라는 막연한 의심을 품고 거울을 마주한다.

현대 문화에서는 주로 메이크업의 예술성과 힘을 수용하고 지지함으로써, 메이크업의 시각적 상징을 재정립하고 거울을 보는 행위의 의미를 되찾으려는 움직임이 일고 있다. 요즘 유튜버들은 거울을 응시하며 눈매를 강조하는 아이라이너, 무지갯빛 아이섀도, 옴브레 립, 인어 메이크업을 정성스럽게 완성하는 과정을 보여준다. 이들에게 거울은 필수품이며, 메이크업은 결점을 감추기 위한 수단이 아니라 수입을 창출하는 예술의 한 형태이다. 거울을 이용해서 인간의 얼굴을 보다 사실적으로 묘사했던 과거의 예술가들과 달리, 이들은 거울을 활용해 자신을 기발하고 환상적인 작품으로 변모시키고 있다. 최근 몇 년 동안 가장 흥미롭게 느껴졌던 트렌드 중 하나는 "어글리 메이크업" 운동으로, 눈꺼풀에 작은 진주를 붙여서 오팔색opalescent 사마귀처럼 보이게 하거나, 안개꽃을 이용해서 풍성한 가짜 눈썹을 만들어 붙이고, 불길한 느낌을 주는 핏빛으로 눈꺼풀을 칠하는 등 초현실적인 메이크업을 장려하는 움직임이었다. "어글리 메이크업"이라는 키워드로 해시태그 검색을 해보면 아무도 섹시하게 보이려고 하지 않는다는 것을 금방 알 수 있다. 그들은 과열되어 보이거나, 늙어 보이거나, 퀴어처럼 보이려고 애를 쓴다. 이들은 화장품을 사용하여 아름다움이 아닌 다른 것, 소위 전통적인 아름다움보다 더 흥미로운 것을 구현하고 있다. 보기에는 다소 당황스럽기도 하지만 거울에 비친 이들의 얼굴에는 일종의 기발한 힘이 있다. 어린아이 같은 장난기가 거울이라는 공간으로 들어와 거울에 비친 진지함과 위엄을 벗겨낸다. 이렇게 "못생긴" 작품들을 많이 보다 보니 반짝이와 물감으로 장난을 치고 싶어졌다. 거울을 보고 얼굴을 마구 잡아당기며 일그러뜨려보고, 눈썹을 초록색으로 칠하면서 격리 기간의 지루함을 달랠 수 있었다. 어머니 집의 큰 거울 앞에서 삼대가 혀를 내밀고 눈썹을 구기며 깔깔거리던 기억이 떠오른다.

　나는 의심보다는 호기심과 열린 마음으로 거울을 대하는 것이 가장 좋은 방법이라고 생각한다. 결점이나 위대한 진실을 찾기보다는, 얼굴의 특징, 표정의 변화, 온전하고 생동하는 자신의 이미지를 찾는 것이다. 하지만 거울, 심지어 전신 거울도 이야기의 일부를 보여줄 뿐이라는 사실을 기억하는 것 역시 중요하다. "보이는 것이 전부"라는 잘못된 현대 사회의 신화에 휩쓸려서 우리는 너무나 쉽게 진실을 잊고 만다. 보이는 것은 제한적이며, 눈에 보이는 것이 곧바로 지식이 될 수는 없다. 거울은 사람들이 유령과 영혼을 믿도록 속이기 위해 가짜 현실을 만드는 데에 사용되었다. 우리는 종종 거울에 비친 자신의 모습이 완전한 것처럼, 즉 충분히 자아가 있고, 진실하게 표현된 것이라고 생각한다. 하지만 거울은 다른 사람 눈에 보이는 모습을 보여줄 수 있을 뿐이다. 거울은 사람의 가치가 신체적 특징인 외모에 있으며, 외모를 살펴보고 변화시킴으로써 우리의 가치를 바꿀 수 있다는 생각을 강화할 수 있다. 거울은 외모의 중요성을 상기시키며, 소셜 미디어에 올린 셀피selfie에 달리는 좋아요와 칭찬 댓글은 일부 신체적 특징이 다른 특징보다 더 값어치가 있다는 잘못된 생각을 강화할 수 있다. 나도 이 사실을 논리적으로는 알고 있지만 시장에서 더 높은 가치로 평가받고, 낯선 사람들에게 외모를 칭찬받고, 매력적이며 가치 있는 사람으로 인정받고 싶은 욕구로부터는 자유롭지 못하다. 거울에 비친 내 얼굴을 보면 진짜 나 자신은 보이지 않고 다른 사람들이 나를 어떻게 볼지, 다른 사람들이 나를 원할 것인지만 생각하게 된다. 가끔은 거울 대신 카메라를 사용하기도 한다. 회의에 참석하기 전에 아이폰을 얼굴 쪽으로 돌려 작은 화면으로 치아 상태를 확인한다. 화면 속의 나는 평면화되고 압축되어 실제의 나 자신보다 작아 보인다. 이 이미지를 통해서 정보를 얻기도 하지만, 그 속에서 길을 잃거나 이미지에 압도당할 수도 있다. 사진 속에 정지된 2차원의 나라는 존재가 전부라고 믿게 되는 것이다.

자아가 숭배의 장면에서 제외되고 마법이 제거되면서, 거울로서 표현되는 공적인 자아의 이미지는 더욱 평면화되고 압축되고 있으며, 사적인 개인과 공적인 이미지 사이의 간격은 좁아지고 있다. 이것이 바로 폐소 공포증을 일으키는 지점이다. 모든 것이 다 보이지만 정작 중요한 것은 아무것도 보이지 않는다. 우리는 거울이 속임수이자 함정이라는 것을 알고 있다. 그러나 임의적으로 가치를 부여하고, 적절하게 대처하거나 순응하지 않는 사람들에게 불이익을 주는 고장난 시스템 속에서 성공하기 위해 필요한 도구라는 것 또한 잘 알고 있다. 어쩌면 이것이 거울의 가장 추악한 점일지도 모른다. 거울은 개인보다는 사회의 진실에 대해 더 많은 것을 드러낸다.

2

꽃잎으로 가득 찬 입, 밀랍으로 가득 찬 혈관

훔치고, 먹고, 기도하고,
꽃과 함께 노는 것에 대하여

나는 나의 기억이 닿는 어린 시절부터 늘 꽃을 먹어왔다. 나에게 제비꽃과 괭이밥을 먹을 수 있다고 가르쳐준 사람이 누구였는지는 기억나지 않지만, 어린 시절 매사추세츠의 잔디밭에서 맨발로 뛰어다니다 숲이 잔디와 만나는 곳에서 제비꽃을 따서 입에 넣던 기억이 난다. 향기로운 작은 보라색 꽃 한 줌과 완두콩 싹처럼 촉촉한 줄기를 한 다발로 모아 손에 쥐고 다녔다. 지치지도 않고 몇 시간 동안이나 제비꽃을 따다가 한 손에 쥘 수 없을 정도로 많아지면 비로소 멈췄다. 모은 꽃다발은 어머니에게 선물했고, 어머니는 그것들을 싱크대 옆에 있는 유리컵에 꽂았다. 딸로서 해야 할 의무를 다했다고 생각되면, 그제야 나 자신을 위한 꽃을 따기 시작했다.

어렸을 때 나는 제비꽃으로 만든 여러 가지 공예품들을 가지고 놀았다. 꽃을 납작하게 만들어서 설탕에 절이기도 했다. 향수를 만들려던 나의 의도와는 달리 끈적끈적한 식물성 물질이 점점이 박힌 탁하고 악취가 나는 물병이 되고 말았다. 몇 년 후에는 제비꽃 향이 나는 제법 근사한 시럽을 만들어서 탄산수와 진$_{gin}$을 섞은 칵테일에 붓고 흰 제비꽃으로 장식했다. 이 여성스럽고 하늘하늘한 음료는 서른두 번째 생일을 맞은 나 자신을 축하하기 위한 것이었다. 수십 년의 세월에도 불구하고 내 취향은 어찌나 한결같은지 가끔 놀랄 때가 있다.

내게 꽃을 먹는 일은 거부할 수 없는 즐거움이다. 채집을 즐겨하는 어느 친구가 성공적인 손님 접대 비결을 알려준 적이 있는데, 뒷마당에서 딴 야래향, 민들레, 금잔화 꽃잎으로 염소 치즈를 말아 크래커와 함께 양배추에 얹어서 내놓으면 모두가 좋아한다고 말해주었다. 나는 이 레시피를 나만의 방식으로 수용했다. 그 친구처럼 나도 옥잠화 꽃봉오리를 볶음 요리나 수프에 넣어 먹곤 한다. 특히 꿀로 단맛을 낸 라벤더 아이스크림을 좋아하고, 장미 향이 나는 튀르키예식 페이스트리는 절대 거절하지 않는다. 멕시코시티의 한 레스토랑에서는 30가지가 넘는 꽃으로 만든 수프를 주문한 적도 있다. 부드럽고 감미로운 오렌지색 수프 한 그릇에는 고소한 햇살이 가득했다.

나는 시장에서 식용 꽃으로 꽃다발을 만들어 판매하기 시작했다. 식용 꽃은 소셜 미디어에 자주 등장하며, 종종 "코티지코어$_{cottage-core}$" 미학으로 분류된다. 아기자기하고 향수를 불러일으키는 자연 친화적인 라이프스타일을 좋아하는 사람들에게 식용 꽃은 필수품이다. 아직 대중에게 널리 알려지지는 않았지만, 나와 같은 사람들을 가리켜 "연꽃 먹는 사람$_{lotus-eater}$" 또는 "로토파기$_{lotophagi}$"라고 부른다. 이 별명은 17세기 초에 영어로 처음 번역된 『오디세이아 *Odysseia*』에서 유래되었으며, 얼마 지나지 않아 시인과 극작가들의 작품에 "연꽃 먹는 사람"이라는 문구가 등장하기 시작했다. 이 이야기에서 오디세우스의 배는 신이 보낸 거친 바람에 의해 항로를 벗어나 푸른 나무와 신선한 과일, 그리고 물이 가득한 아름다운 섬에 닻을 내린다. 이 섬에는 꽃과 과일을 먹고 햇볕을 쬐는 일 외에는 별다른 일을 하지 않는 원주민들이 살고 있었다. 섬에서 표류한 지 얼마 지나지 않아, 오디세우스는 원주민들이 나누어준 맛있는 식물성 음식을 먹고 부하들이 너무 온순해졌다는 사실을 알게 된다. 그들은 자신의 삶과 의무를 잊어버리고 말았다. 오디세우스는 발을 구르고 소리를 지르며 선원들을 배로 끌고 갔고, 선원들은 주인공인 오디세우스가 집으로 돌아갈 수 있도록 다시 오랫동안 고된 노동을 해야 했다.

역사의 아버지라고 불리는 헤로도토스를 비롯한 고대 그리스의 역사가들은 연꽃을 먹는 사람들의 섬이 실재한다고 믿었다. 이 게으른 낙원으로 지목된 곳은 여러 장소가 있었지만, 일반적으로 연꽃 먹는 사람들은 북아프리카에 살았다. 햇볕을 쬐며 낮잠을 자는 평화로운 채식주의자 부족의 삶이라니, 나에게는 무척 매력적이고 건전하게 들리지만, 영국과 미국의 작가들은 오디세우스의 평가에 동의하는 경향이 있었다. 그들은 이 부족을 게으르다고 보았고, 지배적인 기독교 문화에 따르면 게으름은 단순한 비행이 아니었다. 그것은 죄였다.

누군가를 "연꽃 먹는 사람"이라고 부르는 것은 결코 칭찬이 아니다. 앨프리드 테니슨 경, W. 서머싯 몸, 제임스 조이스를 비롯한 많은 시인과 작가들이 연꽃 먹는 사람들 에피소드에서 영감을 얻었고, 많은 음악가와 영화 제작자들도 마찬가지였다. 작품들의 내용은 모두 다르지만 연꽃 먹는 사람들의 여유로운 생활방식에 매료될지언정, 그들을 모방해서는 안 된다는 메시지는 동일하다. 테니슨의 유명한 시 "연꽃 먹는 사람들The Lotos-Eaters"에서 시인은 왜 우리가 "온화한 눈빛의 우울한 연꽃 먹는 사람들"의 "어두운 얼굴" 속에 머물고 싶어지는지, 그리고 강직한 그리스의 선원은 왜 그러한 유혹에 흔들리지 않는지를 명확하게 설명한다. 그들은 만족스럽고 자유롭고 평화로운 집단처럼 보이지만 사실상 섬에서의 삶은 "공허하다"는 것이다. 거의 모든 소설이나 시 등의 문학 작품에서 연꽃 먹는 사람들은 목적도 없고 신앙심도 없는 사람들로 암시된다. 불경하고 야망 없는, 그들이 둘 중 어느 쪽을 더 나쁘게 생각했는지는 모르겠다.

이 별명은 실제 꽃잎을 먹는 사람보다는 마약에 중독된 외국인이 등장하는 소설에서 더 자주 보이는데, 그 개념 자체가 비╫백인 사회의 문화와 관습을 검열하고, 에로틱하고 이국적인 것으로 묘사하려는 경향을 보여준다. 호메로스의 서사시에 묘사된 꽃은 실제 연꽃일 가능성도 낮은 데다가, 많은 비백인 문화권에서 신성시하는 꽃에 영어권 사람들이 이러한 부정적인 의미를 부여했다는 점은 의미심장하다. 원예 역사가 제니퍼 포터는 저서인 『일곱 가지 꽃Seven

Flowers』에서 "인류 사회에 불을 지핀 모든 꽃들 중에서 연꽃이 단연 그 첫 번째"라고 말한다.[1] 그녀는 연꽃이 지구상의 다른 어떤 꽃보다 종교적, 문화적 상징으로서 가장 많은 사람들에게 큰 역할을 해왔다고 주장한다. 이집트에서 인도, 일본, 중국에 이르기까지 이 수생 꽃은 최고의 꽃으로 군림하고 있다.

파란색 이집트 연꽃은 고대 이집트인들의 창조 신화와 매장埋葬 의식의 핵심이었다. 아침에 피었다가 정오 무렵에 닫히는 이 꽃은 그들에게 재생의 상징이었으며, 태양신 라의 탄생과 관련된 창조 신화와도 연결되었다. 또한 연꽃은 대중들의 세속적인 삶에도 녹아들었다. 사람들은 연회에서 파란 연꽃 왕관을 쓰고, 꽃잎과 뿌리를 먹고, 증류하여 향수로 만들고, 신선한 파란 연꽃이 담긴 그릇으로 집을 장식했다. 고고학자들은 투탕카멘 왕의 무덤에서 설화석으로 조각한 빼어난 연꽃 모양의 성배와 은으로 된 연꽃 모양의 나팔 세트, 그리고 파란 연꽃에서 영감을 받은 예술품들과 말린 꽃잎들을 발견했다.

남아시아에서는 분홍빛을 띤 "성스러운 연꽃sacred lotus"이 이야기꾼들과 예술가들의 마음을 사로잡았다.[2] 이 성스러운 연꽃은 뾰족하고 길쭉한 파란 연꽃의 꽃잎에 비해 둥글고 붉고 부드러우며, 꽃의 가운데는 달걀 노른자 같은 밝은 노란색을 띤다. 독특한 주걱 모양인 연꽃 씨방의 불규칙한 간격의 구멍들 안에는 먹을 수 있고 영양이 풍부한 씨앗(연자라고도 함)이 들어 있다. 성스러운 연꽃은 아시아의 따뜻한 지역이 원산지이지만 요즘에는 오스트레일리아, 러시아, 남아메리카에 이르기까지 전 세계에서 볼 수 있다. 연꽃의 사진 또한 널리 퍼져 있어서 찾으려고만 한다면 어디에서나 볼 수 있다(특히 여러분이 요가를 하거나 근처의 채식 레스토랑을 자주 찾는다면 더욱 그렇다). 하지만 연꽃이 히피족과 웰빙족을 가리키는 속어가 되기 훨씬 이전부터 예술가들은 연꽃으로 헌신을 표현했다.

그 이름에서도 알 수 있듯이, 영어권 사람들은 성스러운 연꽃이 여러 문화의 요리, 신화, 예술, 종교에서 중요한 역할을 한다는 사실을 오랫동안 알고 있었다. 가톨릭 신자인 나로서는 연꽃을 십자가에 비유하지 않을 수 없다. 나는 어디를 가든 작은 금색 십자가 목걸이를 착용하곤 했는데, 그 단순한 십자 모양이 내가 나의 종교를 사랑한다는 것을 상기시켜주었기 때문이다. 나에게 십자가는 믿음, 보호, 선을 향한 분투를 의미했고, 목걸이를 착용하는 것은 이러한 나의 가치관과 다시 연결되는 방법이었다. 형상은 매우 다르지만, 불교와 힌두교의 예술품과 장식품에 자주 등장하는 연꽃 모양은 많은 사람들에게 비슷한 기능을 하는 것 같다. 연꽃의 뾰족한 꽃잎은 종종 하늘에 뜬 초승달로 추상화된다. 샐리 쿨타드의 『꽃말의 탄생Floriography』에 따르면 연꽃은 불교에서 "순수성의 상징"이라고 한다.[3] 연잎 효과lotus effect라고 불리는 현상 덕분에 연꽃의 꽃잎은 소수성疏水性이 강해서 자연적으로 물에 잘 젖지 않고 자정 능력이 있다. 따라서 이슬방울과 진흙은 모두 꽃 표면에서 쉽게 미끄러진다. 힌두교에서 연꽃은 아름다움의 원형이자 물질적 집착에 대한 거부를 상징한다. 두 종교에서 모두 연꽃의 활짝 핀 꽃잎은 인간이 영혼의 꽃을 피우는 것에 대한 비유로 사용된다. 연꽃을 본다는 것은 잠재된 선, 초월의 가능성, 성장에 대한 소망을 떠올리는 행위이다.

이러한 지식들은 모든 수련에 대한 나의 감상을 풍부하게 만들어주었다. 하지만 동시에 부티크에서 볼 수 있는 연꽃 모양의 보석, 스티커, 양초, 조각상에는 그림자를 드리웠다. 나는 이제 십자가 목걸이를 착용하지 않는다. 십자가가 더 이상 나에게 상징적인 영역과 연결되어 있다는 느낌을 주지 않기 때문이다. 그것은 현재 나의 가치관과도 맞지 않고 오히려 연꽃이 더 잘 맞는 것 같지만, 마찬가지로 그러한 상징을 착용하고 싶지는 않다. 나는 상징의 미묘한 힘을 가볍게 여기고 싶지 않다. 아무리 흔하게 사용되는 상징일지라도 중요하게 생각하고, 신중하게 선택하려고 노력한다(소라 껍데기에 대해서도 같은 깨달음을 얻었지만 여기에 대해서는 나중에 다시 설명하겠다).

꽃을 먹는 행위가 왜 이렇게 풍부한 은유를 가지는지 이해하기는 하지만, 사실 전 세계 사람들은 매일매일 아무 생각 없이 그 은유들을 수용하고 있다. 노골적으로 비하하는 것에 더불어, 그러한 은유들은 또한 아름다움을 너무 사랑해서 줄기부터 수술까지 모두 섭취하고 싶어하는 사람들을 폄하하는 추악한 경향을 보여주기도 한다. 요즘에는 쾌락에 굶주린 사람들을 더 직접적으로 비하하는 새롭고 거친 단어들이 많아서 이러한 은유들을 더 이상 자주 듣지는 않지만, 꽃의 역사를 따라 걷는 동안은 분명 기억할 가치가 있는 표현이다. 꽃에 대한 인간의 욕망에 공감하는 대신에 꽃을 그들과 우리가 어떻게 다른지를 나타내는 상징으로 만들고, 육체적 쾌락을 추구하는 욕망을 수치심의 근원으로 만들어버렸다.

나는 꽃에 관해서는 여러모로 열성적인 사람이다. 봄이 되면 아직 피지 않은 수선화 꽃다발을 사서 집 안 곳곳의 꽃병과 항아리에 꽂아둔다. 그리고 한 송이 한 송이가 꽃을 피우고 낯선 향기를 퍼뜨리기를 간절히 기다린다. 여름에는 루피너스와 데이지 같은 길가에 핀 야생화를 잔뜩 꺾어서 꽃병에 꽂아두기도 한다. 가을에는 과꽃을 꺾어오고, 겨울에는 길가의 농장에서 드라이플라워 다발을 구입한다.

나는 나의 이런 행동을 받아들이는 데에 아무런 거리낌도 없다. 꽃을 사랑하는 것은 매우 인간적인 특성이며, 일부 진화 생물학자들은 꽃과 사람이 함께 진화했다는 이론을 내놓기도 했다. 럿거스 대학교의 명예 교수인 지넷 하빌랜드 존스는 꺾은 꽃을 선물로 받았을 때 느끼는 자연스러운 기쁨에 대한 연구를 통해서 꽃의 진화가 개의 가축화와 비슷한 방식으로 이루어졌을 수도 있다고 주장했다. 어쩌면 꽃은 "종을 초월한 정서적인 지원"의 또다른 예일지도 모른다.[4] 즉, 우리가 아름다움을 사랑하기 때문에 꽃이 아름답게 진화했을 수도 있다는 것이다.

우리는 또한 섹스를 좋아하지만, 성적 욕망을 이렇게 쉽고 분명하게 말하기는 어렵다. 꽃을 성기의 의미로 취하거나 몸에서 접힌 채 숨겨진 부분들을 모호하게 표현하는 방법으로 사용하는 이유를 전적으로 이해한다. 꽃은 외설적인 이야기를 순전한 과학 이야기로 가장하여 빠져나갈 구멍을 만들어준다. 다른 여성의 외음부가 놀랍다고 인정하는 것보다는 조지아 오키프가 그린 붓꽃 그림의 무성한 보라색 꽃잎에 감탄하는 편이 더 쉽다는 것을 이해한다. 신혼부부의 침대에 붉은 장미 꽃잎을 던지는 것은 여전히 전통이자, 다가올 달콤한 장면을 알리는 진홍빛 전조이며, 우리는 여전히 꽃을 인간의 짝짓기 의식의 일부로 간주한다. 우리는 몸에 꽃향기를 뿌리고, 연인에게 꽃을 선물한다. 심지어 어떤 사람들은 "꽃을 피운다"라는 표현으로 첫날밤을 묘사하기도 한다.

사람들은 시대적인 이행기에 꽃을 찾는다. 빅토리아 시대는 사회적으로 큰 격변의 시기였고, 이 이상했던 수십 년 동안 사람들은 꽃, 특히 난초에 매우 열광했다. 난초과 식물은 남극을 제외한 모든 대륙, 즉 사람이 사는 모든 대륙에서 자란다. 스웨덴의 온대 삼림지대에도, 미국 애리조나의 건조하고 바위가 많은 토양에서도 서식한다. 습한 열대림의 나무에 매달려 있거나 중동의 산을 장식하기도 한다. 하지만 대부분의 사람들이 눈을 감고 난초를 상상할 때면 대체로 열대 품종을 떠올린다. 아마도 거의 모든 식료품점이나 선물 가게에서 구입할 수 있는 호접란moth orchid을 떠올릴 것이다. 이 난초는 커다란 자홍색 또는 흰색 꽃잎과 꽃받침이 섬세한 비율의 "입술 꽃잎"과 "목구멍"(즉, 꽃의 생식 기관)을 둘러싸고 있다. 아니면 아카데미상 후보에 오른 영화 「어댑테이션」의 원작인 수전 올리언의 책 『난초 도둑The Orchid Thief』의 소재인 창백하고 섬뜩한 유령 난초를 떠올릴 수도 있다.[5] 꽃이 작은 원숭이 얼굴을 닮은 드라큘라 난초나, 커다란 음경처럼 생긴 막대기 모양의 이탈리아 난초(그래서 "벌거벗은 남자 난초"라는 별명을 얻었다)의 사진을 본 적이 있을 것이다. 뾰족한 녹색 늪지 난초green bog orchid나 평범한 여인의 머리처럼 생긴 난초처럼, 난초인지도 모를 난초들은 더 많이 있다. 이런 북아메리카와 영국의 토종 난초들은 생태계에는 중요하지만, 찰스 다윈의 눈을 사로잡은 난초는 따로 있었다.

동물 연구에 대한 다윈의 업적은 잘 알려져 있지만, 사람들은 종종 식물 연구에 대한 그의 헌신은 잊곤 한다. 다윈은 난초에 관한 그의 저서에서 난초 구조의 "모든 사소한 세부 설계들"은 곤충을 유혹하여 털이 있는 부분(생식 기관)으로 유인하기 위해 수 세기에 걸쳐 진화한 결과라고 주장했다.[6] 난초는 꽃 한 송이 안에 암수의 기관(수술과 암술)이 모두 들어 있지만, 난초는 자신의 난소에서 수분을 하지 않는다. 대신에 곤충의 도움을 받아서 근친교배가 아닌 다른 난초와 교배하여 수분을 한다. 다윈의 이러한 주장에는 그의 개인사가 반영되었는지도 모른다.[7] 그는 자신의 사촌과 결혼한 것에 상당한 죄책감을 느꼈는데, 이는 한 작가가 "다소 병약하다"라고 묘사하기도 했던 그의 자식들의 죽음과 그것이 관련이 있을 수 있다고 생각했기 때문이다.

다른 난초들은 더 영양가가 높은 꽃의 색상과 모양을 흉내내어 곤충을 유인한다. 파리나 송장벌레가 수분하는 난초는 종종 갈색이며 썩은 살냄새가 난다. 복주머니란slipper orchid은 가장 교활한 난초 중 하나로, 커다란 양동이 모양의 꽃받침을 이용해서 벌과 벌레를 잡는다. 벌레들은 달콤한 꿀을 얻을 수 있을 거라고 생각하고 날아들었다가 빈 구멍에 갇히게 된다. 잡힌 벌레가 빠져나갈 수 있는 방법은 벌레 한 마리가 겨우 지나갈 수 있을 만한 크기의 털로 뒤덮인 구멍을 통과하는 것뿐이다. 배고픈 곤충이 밖으로 나오려는 과정에서 꽃가루로 뒤덮인 꽃받침 속의 털에 몸을 비비게 되고, 이 곤충은 난초의 정액으로 뒤범벅이 된 채로 떠나게 되는 것이다.

미이클 폴란은 이러한 적응력을 가진 난초를 "꽃 왕국의 섹스 토이", "성적 속임수"의 숙련된 전문가라고 불렀다.[8] 폴란에 따르면 난초는 곤충과 함께 진화한 환상적인 거짓말쟁이로, "아주 이상한 섹스"를 약속하며 곤충을 유혹한다.

다윈이 난초를 이렇게 면밀히 연구할 수 있었던 것은 난초를 가까이서 관찰할 수 있었기 때문이다. 다른 연구는 그를 전 세계로 돌아다니게 했지만, 난초는 영국에서 가족들과 함께 지내는 동안에도 연구할 수 있었다. 뒷마당 온실에서 열대 난초를 키우는 것은 당시 중상류층 남성들 사이에서 유행하던 취미생활이었다.[9]

난초를 키우는 데에 드는 높은 비용도 꽃 열풍을 막지는 못했다. 직접 참여할 수 없는 사람들은 식물 밀렵꾼들의 전설적인 기행담을 통해 대리 만족을 느낄 수 있었다. 사람들은 이국적인 꽃을 갈망했고, 그 꽃을 채집하는 이야기에도 마찬가지로 열광했다. 그렇게 수많은 난초 사냥꾼들이 해외에서 질병, 사고 또는 범죄로 목숨을 잃었다. 1891년, 앨버트 밀리컨이라는 영국인이 난초 사냥에 관한 회고록인 『북 안데스 산맥의 난초 사냥꾼의 여행과 모험Travels and Adventures of an Orchid Hunter in the Northern Andes』을 출간했다. 이 책에 따르면 난초를 찾아 산을 다니는 동안 그는 여러 원주민 남성과 여성을 만나게 되는데, 그들을 각각 경멸하고 또 욕망한다. 그는 동료들이 독화살을 맞고 죽어가는 것을 보고도 그다지 동요하지 않는다. 또한 난초를 그렇게까지 좋아하지도 않는 것 같다. 그에게 난초는 목적을 위한 수단일 뿐이니까.

『난초 도둑』에서 올리언은 밀리컨의 책이 출간된 지 10년 후에 필리핀에서 있었던 특히 위험천만한 탐험에 대해 자세히 설명한다. 8명의 남자가 난초로 한몫을 잡기 위해 모험을 떠났지만, 몇 주 만에 1명으로 줄어들었다. "한 달 만에 한 명은 호랑이에게 잡아먹혔고, 다른 한 명은 기름에 흠뻑 젖어 산 채로 불태워졌으며, 다섯 명은 허공으로 사라졌고, 한 명만이 겨우 목숨을 건졌다"라고 올리언은 기록한다.[10] 행운의 주인공은 출처에 따라 7,000개에서 많게는 4만 7,000개의 난초를 가지고 정글을 빠져나왔다고 전해진다. 밀렵꾼들은 일반적으로 가능한 한에서 많은 표본을 채취하는 한편, 개체수를 늘릴 수 있는 구근을 남기지 않았다. 물론 일부 난초 사냥꾼은 과학의 발전에도 관심이 있었겠지만, 대부분은 더 많은 돈과 명성을 노렸다. 살아남기만 한다면 그들은 고가의 난초와 야생 표범과 여성, 그리고 식인종과 정복에 대한 흥미진진한 모험담을 가지고 돌아올 수 있었다.

19세기의 막바지에 이르면서 난초와 죽음 사이의 연결은 더욱 견고해졌다. 난초를 구하기 위한 탐험에서 사람들이 죽었을 뿐만 아니라, 난초 자체가 치명적인 것으로 여겨졌기 때문이다. 항간에는 묘지나 시체에서 난초가 자라는 것을 보았다는 이야기가 퍼져나갔다. 그리고 뉴기니를 여행하던 한 영국인 여행자가 묘지에서 새로운 품종의 난초를 발견하자마자 정신없이 무덤을 파헤쳐서 새싹과 뿌리를 가지고 떠났다는 이야기도 전해졌다(그는 조상의 시신을 훼손한 대가로 인근 마을 사람들에게 유리구슬 몇 개를 주었다고 한다).[11] 또다른 난초 사냥꾼은 정강이뼈와 갈비뼈에 붙어 있는 식물을 집으로 보내왔고, 또다른 사냥꾼은 사람의 두개골에서 자라는 꽃을 찾아왔다. 이 마지막 발견은 런던에서 경매에 부쳐졌고,[12] 이 괴기스러운 호기심을 자극하는 피 묻은 난초는 많은 이야깃거리를 탄생시켰다.

　실제 삶에서와 마찬가지로 소설에서도 19세기와 20세기의 대중 문학은 위험한 꽃에 대한 이야기로 가득 차 있다. 내가 가장 좋아하는 작품은 H. G. 웰스의 『이상한 난초_The Flowering of the Strange Orchid_』라는 소설이다.[13] 1894년에 처음 출간된 이 소설은 윈터-웨더번이라는 키가 작은 난초 수집가의 이야기로, 그가 가정부에게 "내게는 아무 일도 생기지 않는다"라며 한탄하는 장면으로 시작한다. 어느 늦은 밤, 그는 런던으로 가서 난초 뿌리 몇 개를 사서 돌아온다. 대부분은 판매자가 신원을 밝혔지만 난초 하나는 베일에 싸여 있었다. "모양이 마음에 들지 않아요." 그의 가정부는 "죽은 척하는 거미" 또는 "당신을 덮치려는 손가락"에 비유하며 그 문제의 난초 뿌리에 대한 혐오감을 드러낸다. 그녀는 "좋고 싫음은 어쩔 수 없어요"라며 방어적으로 말한다. 하지만 웨더번에게 그 미지의 뿌리는 기회였다. 그는 어떤 일이라도 일어나기를 바랐으니까.

물론 무슨 일이 일어나고야 만다. 굉장히 더운 온실에서 시간을 보낸 난초는 꽃을 피운다. 꽃의 "풍부하고 진한 달콤한" 향기는 온실의 다른 모든 냄새를 압도했고, 그 향기에 취한 웨더번은 정신을 잃고 만다. 기절한 웨더번은 얼마 후 그의 믿음직한 가정부에게 발견되지만, 안타깝게도 발견 당시에 그는 간신히 목숨만 붙어 있는 상태였다. 손가락 모양의 난초 뿌리가 그의 온몸을 뒤덮고 있었고, "거머리 같은 빨판이 달린 회색 밧줄이 뒤엉켜서 온몸을 팽팽하게 휘감고" 있었기 때문이다. 가정부는 창문을 깨고 그를 밖으로 끌어내서 불쌍한 웨더번을 구출한다. 피에 굶주린 난초는 웨더번의 다른 식물들과 함께 추위 속에 남겨져 죽게 된다.

회복한 웨더번은 자신의 작은 모험에 감격한다. 그렇게 그는 이국적이고 남성적인 난초 사냥의 세계에 뛰어들어 결국 정상에 오른다. 조용하고 유약했던 한 작은 남성이 이루어낸 대단한 업적이었다.

나는 일곱 살 때 난초 도둑이 되었다. 난초 섬망orchidelirium(난초 수집과 발견에 대한 광기 어린 집착증/역주)에 걸렸다고 생각할 수도 있겠지만 그건 사실이 아니다. 나는 이웃집 정원에서 꽃을 꺾고, 어머니가 아끼는 화초에서 하트 모양의 가지를 훔치는 등 전반적인 꽃 섬망flower delirium이 있었다. 나는 식료품점의 꽃다발에서 꽃 머리를 훔치기도 했다. 색이 마음에 들었기 때문이다. 셀로판지로 싼 염색한 카네이션부터 심지어는 우리 동네 늪지대에서 자라는 물봉선화까지 모두 갖고 싶었다. 난초가 희귀한 꽃인 줄은 몰랐지만, 알았다고 해도 그 순간의 나를 멈추게 했을지는 모르겠다. 나는 어렸고 어느 정도는 예뻐질 자격이 있다고 느꼈다. 조개껍데기 안쪽이나 어머니의 손톱처럼 옅은 분홍색 주머니가 달린 꽃이 갖고 싶어서 그런 꽃을 꺾었다. 이 사실을 알게 된 어머니는 나를 앉혀놓고 보호종과 멸종률에 대해 설명해주었다. 어머니를 실망시킬까 봐 다시는 복주머니란을 꺾지 않았다.

돌이켜보면 복주머니란의 유혹을 거부하는 것은 어렵지 않았을 것이다. 복주머니란은 좀 못생긴 편이니까. 뉴잉글랜드 품종은 거미줄 같은 정맥으로 덮인 인간의 고환을 연상시키며 화려하기보다는 다육질이다.

난초는 고대부터 고환과 연관되어왔기 때문에 이 비유가 그렇게까지 상상력이 풍부한 것은 아니다. "난초orchid"라는 단어는 고환을 뜻하는 그리스어 "오르키스órkhis"에서 유래했는데, 그리스인들은 이 식물의 둥근 덩이뿌리에서 영감을 얻었다.[14] 그것은 종종 한 개의 쌍으로 자라나기도 하며 그럴 경우에 하나는 크고 하나는 작다. 고대 의사들은 덩이뿌리의 크기에 따라서 발기를 유발하거나 발기를 멈출 수 있다고 믿었다(성욕 억제제와 정력제는 비슷한 방법으로 만들어지는데, 염소젖이나 뜨거운 물로 뿌리를 삶아 그 국물을 마시고 기나린다. 큰 것은 성기를 부풀게 하고, 약간 작고 딱딱한 것은 정욕을 가라앉혔다). 중세 유럽에서 난초는 종종 여우 돌, 토끼 불알, 스위트 컬리온, 개 돌, 염소 돌과 같은 민속적인 이름으로 불렸다(참고로 "돌", "불알", "컬리온"은 모두 고환을 가리키는 저속한 동의어이다).

해부학적으로 남성의 특정 부분과 연관되어 있음에도 불구하고, 난초 열풍이 한창일 때 이 꽃은 종종 본질적으로 여성적인 것으로 이해되었다. 여기에는 어느 정도 시각적인 이유가 있다. 뿌리를 제외하면 난초는 남근보다 여성의 질처럼 보이는 경향이 있다. 하지만 꽃이 어떻게 생겼는지는 중요하지 않다. 그보다는 꽃이 어떻게 수집되고, 수확되고, 정복되고, 재배되었는지에 기인한다. 그리고 (늘 그렇듯이) 이는 성차별에 관한 이야기이기도 하다. 꽃은 당시의 여성들처럼 생식에서 수동적인 존재였다. 19세기의 재배 방법에 따르면 "난초는 놀랍도록 유순하다. 여성이나 카멜레온과 마찬가지로 그들의 삶은 주변 환경을 그대로 반영한다"라고 설명한다.[15]

난초에게 마법의 힘이 있다고 했을 때, 이는 결코 좋은 것이 아니었다. 달콤한 향기로 사람을 유혹하고, 아름다운 자태로 사람을 속여서 어리석은 짓을 하게 만들고, 말없이 존재감만으로 남자를 광기로 몰아넣기도 했다. 난초는 꽃 세계의 팜 파탈femmes fatales이었는데, 남성적이기도 하고 여성적이기도 하며 소극적이기도 하고 공격적이기도 했다. 그리고 때로는 이 모든 면모들을 동시에 드러내기도 했다. 프레드 M. 화이트의 「퍼플 테러_The Purple Terror_」(1898), 존 블런트의 「오키드 호러_The Orchid Horror_」(1911)와 같은 인기 단편소설과 마빈 힐 다나의 『오키드의 여인_The Woman of Orchids_』(1901)과 같은 소설은 꽃과 여성의 경계를 모호하게 만든다. 이러한 이야기에서 독자는 멋진 꽃을 손에 넣을 수 있다는 기대와 매혹적이고 이국적인 여성에게 더 가까이 다가가고 싶다는 욕망에 사로잡힌 남성 탐험가의 지위에 놓이게 된다. 『난초 : 하나의 문화사_Orchid : A Cultural History_』의 저자 짐 엔더스비에게 이 이야기는 여성의 사회적 역할 변화에 대한 두려움뿐만 아니라 열대 지방에 대한 (그리고 열망에 대한) 두려움도 보여주는데, "매혹적이고 이국적으로 그려진 여성을 질병과 계략을 꾸미는 사악한 원주민"으로 묘사한다.[16] 그는 이어서 웨더번의 난초와 같은 위험한 난초는 "여성에게 혐오감과 매혹적인 특성을 동시에 부여하는 것 같다"라고 설명한다.

따라서 난초 수집가의 역할은 위험한 여성을 길들이는 것이었다. 그들은 그녀를 소유하고, 안전하고 통제된 공간에서 그녀의 아름다움을 이끌어낸다. 그녀를 자연 서식지에서 데리고 나와서, 자신이 그녀에게 어떻게 살아야 하는지를 알려준다는 성취감으로 난초를 키우는 것이다. 여기에서 그들은 마치 자연에 자신의 의지를 투영한 것처럼 자신의 강인함과 남성다움을 느낄 수 있었다. 온실의 깔끔한 벽 안에서 자기만의 작은 아내들의 주인이 될 수 있었던 것이다. 휴 헤프너(미국의 성인 잡지 「플레이보이_Playboy_」의 창간인/역주)가 100년 전에 태어났다면 난초를 키웠을 것이라고 상상해본다.

20세기에 들어서자 난초는 더 이상 대중의 사랑을 받지 못했다. 많은 수집가들에게는 여전히 숭배의 대상이지만 이제는 전시할 만한 가장 세련된 꽃은 아니었다. 이제 왕좌는 꽃의 아름다움 자체보다는 소비의 범주로 넘어갔다. 온실에서 꽃을 키우기보다 꺾인 꽃을 사서 선물하고 예쁘게 꽂아두는 편이 훨씬 더 보편화되었다.

꺾인 꽃은 현대의 발명품이 아니다. 이집트, 중국, 중동의 사람들은 모두 꽃을 꽃병에 담아 실내로 가져왔으며 고대 미술품에서 그 증거를 찾을 수 있다. 심지어 중세의 유명한 책에는 솔로몬 왕에게 꽃을 바쳤다는 구절이 있다. 바쳐진 꽃에는 생화와 가짜 꽃이 섞여 있었다. 시바 여왕은 가짜 중에서 진짜를 찾아내라는 임무를 그에게 맡겼고, 그는 벌의 도움으로 향기 없는 가짜를 찾아냈다. 수 세기 동안 예술가들은 꽃병에 든 꽃을 그렸는데, 주로 근처 정원과 들판에서 채집한 꽃들이었다. 특히 네덜란드의 메멘토 모리Memento mori 장르(네덜란드에서 그려진 정물화는 시든 꽃이나 벌레 먹은 과일, 또는 징그러운 애벌레 등을 사실적으로 표현하여 죽음을 기억하라는 메시지를 전달했다/역주)처럼 가장 좋아하는 꽃이 전성기를 지나 처지고 물방울을 떨구며 시들어가는 장면을 그린 꽃 정물화만큼 나를 기분 좋게 하는 장르는 드물다. 꽃은 항상 우리 가정에 자리했지만, 거대한 온실과 냉장 화물선, 첨단 유전자 변형 기술로 일 년 내내, 심지어 한겨울에도 알스트로메리아 꽃이나 카네이션을 볼 수 있게 된 것은 1960년대에 이르러서였다.[17] 그리고 1960년대와 1970년대가 되면 사람들은 2월의 추운 날씨에도 장미 꽃다발을 구매할 수 있게 되었다.

미국의 장미 소비는 밸런타인데이에 절정에 이르지만, 엔터테인먼트 업계에서는 장미가 항상 유행한다. 나는 10년 넘게 「더 배첼러」(2002년부터 방영된 미국 ABC 방송사의 연애 리얼리티 쇼/역주)와 같은 TV 프로그램을 꾸준히 시청하고 있다. ABC 최고의 리얼리티 데이트 쇼에 투자한 시간을 세고 싶지는 않지만, 나는 정말 많은 시간을 투자했다. 이브닝 웨어를 입고 멋진 헤어스타일을 한 사람이 다른 멋진 헤어스타일을 한 사람에게 애정의 표시로, 또는 "아직은 당신을 차버리지 않겠다"라는 의미로 줄기가 긴 빨간 장미를 건네는 세리머니를 수백 번은 보았을 것이다. 이 극적인 장면은 촬영 장소도 다양하다. 제작팀은 심지어 추운 비행기 격납고에서 장미 세리머니를 진행하기도 한다. 때로는 열대 해변에서 땀을 흘리고 있는 참가자에게 장미를 건네주기도 한다. 많은 요소들이 바뀔 수 있지만 결코 변하지 않는 한 가지는 "아메리칸 스피릿American Spirit"이다.[18]

2016년 「뉴욕 포스트New York Post」의 기사에 따르면 아메리칸 스피릿은 쇼 제작팀이 로맨스를 표현하기 위해 선택한 꽃 품종의 이름이다. 작가 케이스 위크먼은 프로그램 미술 감독과의 인터뷰를 통해 장미를 어떻게 손질하고, 풍성하게 만들고, 카메라 화면에 맞게 다듬는지 알아봤다. 제작진은 시즌 초반의 에피소드마다 약 100송이의 장미를 구매했고, 이 큰 꽃다발 중 20송이도 채 되지 않는 장미만 실제로 촬영에 사용했다(나머지는 버려지거나, 운이 좋다면 제작진이 회수하여 다시 누군가에게 선물할 수도 있다). 다른 나라에서 쇼를 촬영할 때는 제작진이 전세기를 타고 비상용 장미를 날랐다. 그렇다고 데이지나 튤립과 같은 다른 종류의 꽃을 사용할 수는 없다.

많은 긴 줄기의 붉은 장미들과 마찬가지로 아메리칸 스피릿은 비공식적으로 "하이브리드 티hybrid tea"로 알려진 품종에 속한다. 꽃집에서 볼 수 있는 대부분의 절화 장미는 슈퍼마켓에서 파는 대부분의 장미와 마찬가지로 이 품종에 속한다. 빨간색, 분홍색, 주황색, 노란색의 하이브리드 티 장미를 구입할 수 있지만 대부분의 소비자는 빨간 립스틱 색상 품종을 선호한다. 화훼 업계에서는 이 꽃을 레드 파리, 그랑프리, 크라이슬러 임페리얼, 딥 시크릿 등, 매우 진부한 여러 가지 이름들로 부른다. 생물학적으로 다른 품종이라는 것은 알지만, 어떤 차이가 있는지는 알기 어렵다. 길쭉한 로마 토마토Roma tomato나 크고 둥근 비프스테이크 토마토Beefsteak tomato처럼 요리하는 사람이라면 누구나 쉽게 구분할 수 있는 토마토 품종과는 다르다. 그만큼 더 전문적이고, 별로 의미 없는 구분이기도 하다.

이 새빨간 장미의 일부는 캘리포니아에서 재배되지만 대부분은 해외에서 수입된다.[19] 에콰도르나 콜롬비아에서 수정되고, 길러지고, 수확되는 과정을 거친 후 마이애미로 (보통 화물기로) 운송된다. 그런 다음 거대한 냉장 격납고에 내려져서 세관 및 국경 보호국의 검사를 받은 후 냉장 트럭에 실린다. 그렇게 꽃 시장으로 이동하면 플로리스트가 구매하고, 자신의 가게로 가져와 물통에 꽂는다.

이 여정의 세부 사항은 다양하지만 기본 구조는 일반적으로 동일하다. 장미가 농장에서 부엌까지 오는 데는 몇 주가 걸릴 수 있으며 때로는 더 오래 걸릴 수도 있다.

그 결과 절화 장미의 형태는 시장의 요구에 따라 강제적으로 형성되었다. 지난 50년 동안 장미는 해외 운송에 적합하도록 개량되었다. 가장 인기 있는 장미 품종은 모두 줄기가 길고, 꽃이 크며, 꽃잎이 촘촘하고, 향기가 강하지 않다. 이들 중 일부는 재래식 육종 기술을 사용하여 개발되었고, 다른 일부는 유전공학을 통해 탄생했다. 다른 많은 작물들과 마찬가지로 현대의 장미도 핵 방사선 발견의 수혜를 입었다.[20] 1950년대와 1960년대에는 이른바 원자력 정원 또는 감마 정원 열풍이 미국 전역을 휩쓸었다.[21] 1953년 아이젠하워 대통령의 "원자력의 평화적 이용 Atoms for Peace" 연설에서 영감을 받은 이 연구용 정원은 비 ‖군사 산업에서 원자력 기술 사용을 촉진하려는 노력의 일환이었다. 방사성 동위원소에서 나오는 감마선을 식물에 조사하여 식물의 DNA를 변형시킬 수 있었다. 그 결과 일부 돌연변이는 맛있거나 유용했고, 우리는 이러한 품종을 계속 사용했다. 농업에 방사선을 사용하는 것은 더 이상 현명한 방법으로 간주되지 않지만, 이 기술은 여전히 활용되고 있다. 게다가 어떤 품종이 감마선 원예에서 나온 것이고 어떤 품종이 전통적인 교차 수분으로 만들어진 것인지는 명확하지 않다. 심지어 감마선 정원에서 자란 씨앗을 판매자의 "가보家寶"로 알고 구입하는 경우도 있다. 대부분의 농업 분야가 그렇듯이 이러한 품종 명칭은 그렇게 정확하지 않다.

방사선을 맞은 조상에게서 자란 꽃은 해롭지는 않지만 실망감을 안겨줄 수 있다. 장거리 운송이 가능할 정도로 오래 지속되는 장미를 키우기 위해 우리는 아무 냄새도 나지 않는 장미를 만들었다. 유지도 쉽고 배송도 쉬울지 모르겠으나 그들에게는 필수적인 요소가 결여되어 있다. 몇 년 전 고급 호텔에서 3일 동안 열린 화훼 산업 회담에 참석한 적이 있다. 주 연회장에는 윈우드Wynwood 벽화를 연상시키는 꽃으로 장식된 6개의 이동식 벽이 있었다. 장미가 가장 많이 사용되었으며, 마케팅 담당 임원이 한쪽 벽면은 남아메리카산 하이브리드 티 장미인 "크렘 드 라 크렘crème de la crème"으로 만들었다고 설명했다. 선명한 붉은색과 형광 분홍색의 장미에는 간단한 메시지가 적혀 있었다. 사랑. 행사장 안에는 아주 신선하고 아름답게 배치된 수백 송이의 꽃이 놓여 있었는데도, 공기에서는 근처 옥상 수영장에서 나는 희미한 수영장 물 냄새가 날 뿐이었다.

어떤 면에서 이 여행은 말 그대로 화려했다. 커다란 장미꽃, 계속해서 채워지는 샴페인 잔, 일몰 시간의 크루즈, 도시의 스카이라인을 수놓는 불꽃놀이로 가득 찬 일정이었다. 하지만 이 모든 것은 엄격하게 통제되고 의도적으로 제작된 것이었다. 이런 것들이 아이코닉하고 고전적인 것이라고 주장할 수도 있지만, 나는 벽에 걸린 이 모든 빨간 꽃들에서 뭔가 불길한 느낌이 든다고 생각했다. 이 꽃들은 명백한 소비재이며, 세계 무역으로 형성되고, 저임금 노동자들이 재배하고, 비싼 연료를 많이 소모하는 제트기에 실려서 부유한 식민지 지배 국가로 날아간다. 그런 다음 우리는 광고, 영화, TV가

성문화한 짝짓기 의식을 무의식적으로 흉내내는 데에 그 꽃을 소비한다.

"더 배첼러" 시리즈는 더 이상 아메리칸 스피릿을 사용하지 않지만(요즘 세트장에서는 다른 하이브리드 티 장미인 "아메리칸 뷰티"가 사용된다), 결국 불행하게 끝나는 소용돌이 로맨스와 뒤통수 치는 우정을 다룬 쇼가 왜 이 상징물을 선택했는지 이해할 수 있다. 이 시리즈의 시청자들이 특정한 꽃이나 참가자들의 사소한 부분들에 주의를 기울여서는 안 된다. 시청자들은 사랑이라는 일반적인 감정, 아름다움의 모호성, 사치를 부릴 수 있다는 환상, 부드러운 조명, 레드 카펫, 반짝이는 드레스, 새하얀 치아, 기둥 양초, 빨간 장미에 마음을 온통 빼앗겨야 한다. 시리즈 전반에 걸쳐서 장미는 어디에나 있다. 광고판을 향해 수줍은 포즈를 취하는 주인공의 입에도 있고, "배첼러의 저택" 테이블 위에도 높이 쌓여 있으며, 때로는 꽃병에 담겨서 등장하기도 한다. 수년 동안 이 텔레비전 쇼는 빨간 장미와 백인의 이미지로 자신을 브랜드화했다. 이 시리즈에서 파생된 프로그램에서는 다양한 참가자와 주인공들이 등장하면서 다소 변화가 일어나고 있지만, 여전히 매우 동질적인 판타지이다. 쇼에 출연하는 여성들은 인종이나 민족적 배경에 관계없이 항상 미모로 어필한다. 대다수가 기독교 신자이고 대부분 마른 체형이다. 또한 그들은 비슷한 드레스를 입고 페디큐어를 한 발에 위협적인 하이힐을 신는 경향이 있다. 물론 장미는 언제나 붉은색이어야 한다.

아메리칸 스피릿이나 아메리칸 뷰티에 대해 남기고 싶은 딱히 좋은 말은 없지만, 적어도 이 꽃이 살아 있다는 것만은 분명하다. 그것들이 뻔한 공식으로 재배되었을지는 몰라도, 여전히 죽을 수 있는 능력은 있다. 지금 내 침대 옆의 탁자에 놓여 있는 장미에 대해서는 잘 모르겠다. 이것은 엄밀히 말하면 장미이기는 하다. 밝고 화려한 청록색이라는 점을 제외하면 장미처럼 생기기는 했다. 하지만 장미 냄새도 나지 않고 장미처럼 느껴지지도 않는다. 꽃잎은 너무 종이 같아서 생화의 꽃의 벨벳 같은 부드러움이 없다. 꽃잎을 한입 베어서 먹어보지 않았기 때문에 장미 맛이 나는지는 모르겠다. 장미 꽃잎은 원래 먹을 수 있지만, 이 꽃들은 먹을 수 없다. 잎맥이 밀랍으로 가득 차 있기 때문이다.

"이터니티 로즈_eternity rose"("인피니티 로즈"라고도 한다)는 2020년대 초에 인기를 끌기 시작한 소비자 트렌드이다. 무려 30년 전인 1990년대 후반부터 프리저브드_preserved 장미를 판매해온 포에버 로즈라는 회사가 있었지만, 유리 케이스에 담긴 "미녀와 야수"라는 이 회사의 상품은 큰 인기를 끌지 못했다.[22] 당시에는 포에버 로즈의 성장을 가속할 수 있는 틱톡이나 인스타그램이 없었기 때문이다. 이 장미는 미각, 촉각, 후각과 같은 직관적인 즐거움보다 2차원적인 완벽함이 훨씬 더 중요한 소셜 미디어에 더 적합했다.

처음 이 꽃에 관해 들었을 때 나는 호기심을 느꼈다. 이 장미는 물 없이도 1년 동안 싱싱함을 유지할 수 있게 유전적으로 조작되었으므로 오래도록 지속되리라 생각했다. 하지만 그것은 불가능하다. 세포의 죽음은 장미를 포함한 모든 생명체에게 찾아오니까. 이 장미가 일종의 좀비 품종이라고 믿게 된 것은 나의 잘못이 아니라, 제품의 본질을 흐리려고 교묘하게 기획된 마케팅 때문이었다. 어떤 회사도 이것을 프리저브드 장미 또는 방부 처리된 장미라고 부르지 않는다. 그들은 "영원"과 같은 개념을 이야기하면서 스웨이드 질감의 상자, 금색 엠보싱, 프랑스어 이름을 사용하여 제품을 세련되고 고급스럽게 보이도록 한다. 잡지 기자들도 이 속임수를 홍보하는 데에 일조했다. 2018년 「하우스 뷰티풀House Beautiful」(1896년부터 발행된 영국의 인테리어 잡지/역주)은 "일 년 내내 지속되고 물을 줄 필요가 없는 6가지 진짜 생화"라는 제목의 기사를 게재했다.[23] 이 목록에는 비너스 에 플뢰르, 프레타 플뢰르, 플뢰르 드 파리(이 중 프랑스에 본사를 둔 브랜드는 없다) 등의 부케와 박스가 포함되어 있었다. 나는 그중에서 마침 세일 중이던 르 자르댕 인피니(역시 프랑스 회사는 아니다)에서 주문을 했다. 광고 문구와 「하우스 뷰티풀」 기자의 설명대로라면, 파란색 스웨이드 상자에 담긴 프리저브드 장미와 꽃집에서 산 생화는 분간이 안 가야 했다. 하지만 나는 구분할 수 있었다. 누구라도 구분할 수 있다.

"진짜" 꽃인지는 몰라도 이 꽃들은 분명히 "살아 있는" 꽃은 아니었다. 말린 장미 같기도 하고, 꽃잎은 종이처럼 얇으며, 아주 약간은 쭈글쭈글했다. 꽃잎의 가장자리는 부자연스럽게 굽어 있다. 생화가 가진 탱탱한 무게감이 없으며 은은하게 플라스틱 냄새가 난다. 멀리서 보면 살아 있는 장미처럼 보이지만 그건 종이, 플라스틱 또는 실크로 만든 꽃도 마찬가지이다. 그리고 고유의 예술성으로 매력을 더하는 조화와 달리 이 "영원한 장미"는 식물학적으로 기묘한 경계에 존재한다. 살아 있는 것도 아니고 확실하게 죽은 것도 아니다. 진짜도 아니고 가짜도 아니다. 동화 속의 저주받은 공주처럼 죽지 않기 때문에 최대 1년 동안 전시할 수 있다. 시들어가는 꽃에는 어떤 품격이 있다. 나는 항상 시들어가는 튤립보다 더 아름다운 튤립은 없다고 생각해왔다. 이 "영원한 장미"는 느슨해진 꽃 머리에서 비극적으로 꽃잎이 떨어지지도 않고, 꽃꿀이 썩어갈 때 나는 강렬하고 기분 좋은 향기를 풍기지도 않는다. 녹색 줄기와 잎사귀도 없고, 가시도 없고, 알맹이도 없다. 멀리서 보면 장미처럼 보이기는 하지만 누가 그렇게 멀리서 꽃을 경험하고 싶어할까?

『꽃의 은밀함*Flower Confidential*』의 저자 에이미 스튜어트는 꽃 산업을 거의 운명론적으로 받아들이게 만드는 꽃에 대한 자신의 "지저분한" 사랑을 인정한다.[24] 책의 첫 장에서 그녀는 매년 밸런타인데이마다 "피로 물든 장미"에 대한 기사를 쓰려고 줄을 서는 기자들에게 경멸을 표한다. 이런 형식적으로 쓰인 기사들은 "모든 라틴아메리카나 아프리카의 장미 뒤에는 착취당하는 노동자와 독극물로 오염된 강이 있다"라고 독자들에게 경고한다. 물론 그들이 전 세계를 취재한 결과, 일부 꽃은 인도적인 환경에서 재배되지만 대부분이 그렇지 않다는 사실이 밝혀졌다. 노동자들은 살충제와 살균제에 노출되어 있으며, 고된 노동에 대한 대가를 거의 받지 못한다. 농업 유출수는 야생동물을 죽이고 생태계를 파괴한다. 스튜어트는 저서를 통해서 다음과 같이 말한다. "한편으로는, 화훼 농장에서의 노동

72

은 저임금의 고된 노동이며 위험하기까지 하다. 이 모든 것은 더 좋은 꽃을 더 낮은 가격에 구매하려는 미국인들을 위해 수명이 짧은 사치품을 생산하기 위해서이다. 하지만 다른 한편으로는 이 지역의 사람들에게는 여전히 일자리가 필요하다."[25] 이는 농업 산업에 대한 우울한 요약이며 상상력이 결여된 설명이다. 임금 노예제도가 존재하지만 개혁은 가능하다. 노동자 권리 운동으로 지방정부에 노동자 개인을 보호하는 법을 제정하도록 압력을 가할 수 있으며, 이는 과거에도 일어났고 앞으로도 일어날 수 있는 일이다. 전 세계 자유 시장은 대다수의 사람들에게 도움이 되지 않는다. 부의 피라미드 꼭대기에 있는 사람들에게는 잘 작동하지만, 낮은 소득으로 살아가는 사람들은 고통받고 있다. 자유 시장은 인간적인 시스템이 아니며, 인간적이라고 말하는 사람은 거짓말을 하고 있는 것이다. 다른 나라의 기업 관행을 바꾸기 위해 우리가 할 수 있는 일은 거의 없지만, 국내 선거에서 누구에게 투표할지는 여전히 중요하다. 노조를 지지하는 정치인을 뽑는 것은 기업주를 지지하는 정치인보다 항상 더 공정한 선택이 될 것이며, 자신이 봉사해야 하는 바로 그 사람들을 경멸하는 정치인을 결코 신뢰해서는 안 된다. 우리는 세계화된 자본주의가 규제가 없을 때 어떻게 작동하는지 보았으며, 그것은 결코 아름답지 않았다.

사람들이 공정한 보상을 받는 세상은 불가능하지 않지만, 그 목표를 달성하기 위해서는 시간과 노력, 그리고 희생이 필요하다. 허무주의는 누구에게도 도움이 되지 않으며, 현재 상태를 계속 받아들이는 것도 유익하지 않다. 소수의 사람들이 지역 농장에서 물건을 구입한다고 해서 대규모 생산 체계가 바뀌지는 않겠지만, 이러한 선택은 여전히 중요하다. 이러한 선택의 효과는 합산되어 누적된다. 소규모 농장이 번성할 수 있도록 돕는 것은 올바른 방향으로 나아가는 한 걸음이다. 우리는 어딘지 모를 멀리 떨어진 의심스러운 환경에서 재배된 슈퍼마켓에서 파는 꽃을 사지 않을 수 있다. 집에 꽃을 들이는 더 친환경적인 방법도 있다. 현재 나는 재배한 꽃을 말려 그것으로 만든 화환을 판매하는 한 가족 소유의 농장 근처에 살고 있다. 매년 가을마다 그곳에서 새 꽃을 사서 벽을 동그란 꽃송이, 뾰족한 말린 달리아 꽃, 덤불 같은 황금톱풀로 가득 채운다. 내 친구 중 한 명은 유기농 화훼 농장에서 일하는데, 이 농장은 충성도 높은 공동체 지원 농업 회원들이 없었다면 살아남지 못했을 것이다. 도시에 사는 사람들도 동네 꽃집을 이용하거나 종이꽃을 사거나 화분을 가꾸는 방법을 선택할 수 있다. 개인적으로 나는 잡초와 채집한 나뭇가지를 화병에 꽂아 예술적으로 배열하는 방법을 연구하면서 실제로 많은 즐거움을 느꼈다. 그중에서도 인테리어 스타일리스트가 알려준 비법을 애용하는데, 하나는 짧고 하나는 긴 나뭇가지 두 개를 입구가 좁은 도자기 화병에 꽂는 것이다. 이 야생적인 배열의 우아함은 아름다운 삶을 살기 위해 꼭 긴 줄기의 빨간 장미가 필요하지는 않다는 것을 항상 상기시켜준다.

다시는 "영원한 장미"를 사지 않을 것이고, 요즘은 대부분의 꽃을 직접 키우고 있다. 집 뒤뜰에는 지역 종묘장에서 산 가시가 많은 60센티미터 높이의 "늪 장미" 덤불이 있는데, 우리 집 뒤뜰의 토양이 거칠고 물기가 많아서 이 식물을 선택했다. 이 듬성듬성한 식물은 늦여름에 꽃을 피운다. 이 꽃은 찢어지기 쉬운 연약한 한 겹의 분홍색 꽃잎을 가졌는데, 금세 시들어서 갈색으로 변하고 작고 단단하며 붉은 열매를 맺는다. 하지만 이 덤불을 키우는 일이, 오래 지속되는 고급 장미보다 내게 훨씬 더 큰 만족감을 가져다주었다. 늪 장미는 나처럼 생태계와 함께 고군분투하고 번성하며 조경에 참여한다. "영원한 장미"는 영원히 지속되지 않는다. 트렌드로서도 내가 가진 상품으로서도 영원할 수 없다. 모든 꽃이 그렇듯 장미에도 유통기한이 있다. 1년 후에는 버려야 한다. 그러나 1년 후에는 다시 늪 장미가 피고, 진딧물이 돌아와서 잔치를 벌이고, 벌집에서 나온 벌들은 길지는 않지만 진한 향기를 풍기며 피어나는 분홍색 꽃잎에 모여들 것이다. 어쩌면 올해에는 꽃잎을 따다가 반짝이는 설탕을 발라 사탕으로 만든 후, 잠깐 동안 아름답게 보존할지도 모르겠다. 그것들을 간직할 수도 있겠지만 그럴 일은 없을 것이다. 첫서리가 내리기 훨씬 전에 모두 사라질 테니까.

3

빛나는 푸른색, 저주받은 컷

보석, 걱정 돌,
그리고 다이아몬드의 위엄에 대하여

거의 30년 전, 묻혀 있던 보물을 발견한 적이 있다. 당시 로스앨러모스에 있는 집 뒷마당에서 남동생이 막대기를 가지고 노는 동안 나는 그네를 타고 바닥의 흙을 발로 차고 있었다. 그때 갈색 흙 속에서 무엇인가가 나를 향해 하늘색 빛으로 반짝 윙크를 하더니 다시 먼지구름 아래로 숨어버렸다. 그래서 황급히 네 발로 엎드려서 그것을 찾았던 기억이 난다. 남동생까지 가세해서 우리는 손이 더러워지고 손톱이 아플 때까지 그네 주변을 샅샅이 파헤쳤다. 그리고 결국 선명한 파란색과 갈색이 살짝 섞인 터키석 조각 두 개를 찾아냈다.

어머니는 우리가 자연적으로 발생하는 천연 터키석 원석을 우연히 발견했다고, 광부들처럼 땅에서 돌을 캐냈다고 믿게 만들었다. 돌이켜보면 사실이 아니었던 것 같다. 누군가가 이 조각들을 떨어뜨렸을 것이고, 우리는 그저 그것을 주웠을 뿐이다. 하지만 우리는 그후 1년 동안 생각날 때마다 그 자리로 돌아가서 땅을 다시 파보

곤 했다. 대부분의 광산에서도 한 개 이상의 보석을 발견하기가 힘들다는 사실을 우리는 뉴욕의 가넷 광산과 산타페 근처의 터키석 광산을 방문해보고서 알게 되었다. 우리는 어쩌면 금을 (또는 최소한 구리를) 발견할 수 있을지도 모른다고 생각했던 것이다.

우리 부모님은 실용적이고 논리적인 좌뇌형 인간이었기 때문에 우리를 동굴, 광산, 수목원, 식물원, 천문관, 과학 박물관 등에 데리고 다니면서 많은 시간을 보냈다. 이러한 곳들에도 아름다움은 존재했지만 어디까지나 부수적인 것이었다. 돌과 나무, 별자리가 경외감을 불러일으키기 때문이 아니라, 지식과 교훈을 주기 때문에 본 것이었다. 핵물리학자인 나의 아버지는 내가 암석 형성에서부터 원자폭탄에 이르기까지 사물이 어떻게 작동하는지 이해하기를 바랐다. 뉴멕시코 주에 있던 우리 집 거실의 카펫에 앉아서 아버지에게 자이로스코프의 메커니즘을 들었던 기억이 난다. 작은 금속 장치가 공중에 떠서 강한 검은 자석을 붙인 합판 위를 맴돌고 있었다. 아버지는 사무실에 이런 자이로스코프를 여러 대 가지고 있었고, 날아다니는 장난감을 이용해서 내 몸을 구성하는 쿼크와 양성자, 허블 망원경, 미사일의 궤도를 제어하기 위해 회전하는 작은 금속 조각을 사용하는 방법 등, 어린 나로서는 이해할 수 없는 개념들을 설명해주었다. 당시에는 그 조각들이 어떻게 서로 맞물려 있는지 이해하지 못했지만 자이로스코프가 냉전 시대에 핵 잠수함에서 근무했던 아버지의 직업과 관련이 있다는 것은 알았고, 이는 그림책과 부모님을 통해서 배운 히로시마의 원자폭탄과도 관련이 있다는 것도 알았다. 또한 아버지의 일 중에는 내가 결코 물어볼 수 없는 것, 어머니도 듣지 못한 것, 정부 기밀에 해당하는 것들이 있다는 것도 알고 있었다. 아버지의 직업은 무기가 더 효율적으로 날아가고 목표물을 더 정확하게 타격할 수 있도록 만드는 것이었고, 아버지는 그 일이 세계 평화를 가져올 수 있는 좋은 일이라고 주장했다. 이런 일상적인 세뇌의 결과로 나는 과학의 발전이 치명적이고 끔찍한 일이 될 수 있다는 것을 항상 인식하고 있었다. 과학은 단순히 돌을 분류하는 데에만 쓰이는 것이 아니라, 불과 연기를 내뿜으며 돌을 없애버리는 데에도 쓰일 수 있다는 것을 나는 항상 알고 있었다.

세상의 종말에 대한 걱정이 없던 시절에는 자유롭게 세상을 탐험할 수 있었다. 뉴욕에서 뉴멕시코, 매사추세츠에 이르기까지 우리 집은 모두 자연으로 둘러싸여 있었고, 부모님은 교육과 발견에 대한 몬테소리식 교육관을 가지고 있었다. 예를 들어 부모님은 우리가 돌과 같은 한 가지 주제에 관심을 보이면 그 관심을 키워주려고 노력했다. 그 결과 나는 항상 보석과 수정, 큰 돌과 작은 돌, 매끄러운 돌과 울퉁불퉁한 돌을 포함한 그럴듯한 나만의 컬렉션을 가질 수 있었다. 돌의 이름을 배우고, 탄생 과정을 이해하며, 영감을 얻어서 나 역시도 과학기술 분야에서 경력을 쌓기를 바랐기 때문이다. 아버지는 실망했겠지만 그 계획은 실패로 돌아갔다. 나는 돌을 해체하고 싶지도 않았고, 직접 돌을 만들고 싶지도 않았다. 나에게 과학은 항상 너무 딱딱했고, 수정 만들기 키트는 결국 아무런 효과도 없었다.

그보다는 신화와 전설에 나오는 것처럼 돌로 마법을 부리고 싶었다. 그때는 그런 일이 실제로 가능하다고 믿었다. 나는 다른 사람을 지배하는 힘이 아닌, 나의 내면을 통제하는 힘을 찾고 있었다. 불안을 해결하고, 정신적 상처를 치유하고, 어쩌면 더 높은 힘에 대한 통제력을 가지고 싶었다.

나는 무기의 파괴적인 힘에 대해서 오래 전부터 잘 알고 있었지만, 지구의 물질에 대해 우리가 행사할 수 있는 지배력의 수준을 완전히 이해하지는 못했다. 어찌 보면 너무 오랫동안 수정과 보석, 온갖 종류의 예쁜 돌들에 대해 그저 어린아이 같은 경외심만 간직하고 있었는지도 모른다. 어떤 의미에서 나는 그것들이 인간 너머의 세계에 대한 증거라고 생각했던 것이다. 이제는 안다. 우리가 보석과 그 보석이 상징하는 힘을 가지기 위해 지구를 폭파시켜버릴 수도 있다는 것을. 실험실에서 보석을 만들 수도 있고, 잿더미로 다이아몬드를 만들 수도 있으며, 칙칙한 갈색 암석을 방사능으로 폭파시켜 보라색과 파란색으로 빛나는 보석으로 변환할 수도 있다. 이 작업이 완료되면 희귀성, 용도, 고유한 매력과는 관계없이 하나의 돌에 다른 돌보다 더 높은 가격을 책정하는 가치 체계가 형성될 수 있다. 우리는 이 단단하고 반짝이는 것들에 대한 엄청난 힘을 가지고 있다. 우리의 실험실과 가마, 끌, 톱이 없었다면 대부분의 보석은 빛을 발하지 못했을 것이다.

"보석"은 과학 용어가 아니라 자본주의적 용어이다. 보석은 장신구로 사용될 수 있는 값지고 단단한 물질이다. "보석"의 범주에는 상아, 산호, 진주처럼 전혀 돌이 아닌 다양한 종류의 유기물질들도 포함되며, 화석화되거나 석화된 유기물질 중에서 우리가 충분히 매력적이라고 생각하는 것들도 보석으로 간주할 수 있다. 중요한 것은 광물인지의 여부가 아니라 물질적 가치가 있는지, 있다면 그 가치가 얼마인가 하는 점이다. 루비, 다이아몬드, 에메랄드, 사파이어 등 돈으로 환산할 수 있는 가치가 가장 높은 돌은 "보석"으로 간주되며, 가끔 어떤 고급 준보석은 보석보다 더 가치가 있기도 하지만, 어쨌든 나머지는 모두 "준보석"으로 분류된다. 이 말이 헛소리처럼 들리더라도 어쩔 수 없다. 시장이란 원래 그런 것이니까.

보석의 모양은 그것이 만들어진 장소(지각 또는 맨틀)와 방법(어떤 보석은 자라나고, 어떤 보석은 압착되고, 어떤 보석은 생물체에서 채취된다)에 따라 크게 달라진다. 나는 진주를 발견한 적은 없지만 굴 껍데기에서 무지갯빛의 보석을 캐본 적이 있고, 쌀알보다 큰 보석을 발견한 적은 없지만 토르말린 자갈을 찾기 위해 모래와 돌양동이들을 샅샅이 뒤져본 적도 있다. 한번은 아카디아 국립공원 외곽에 있는 유명 관광지에서 통째로 뜯어낸 정동geode(둥글거나 둥근 형태를 띠는 광물로, 속에 작은 결정들이 들어차 있는 광물/역주) 한 덩어리를 샀다. 망치로 깨면 텅 빈 내부의 표면에 아름다운 수정이 빽빽하게 들어차 있다는 울퉁불퉁하고 둥근 회색 덩어리였는데, 마침내 용기를 내서 망치로 깨뜨리자 수십 개의 눈탁한 조각으로 산산조각이 났다. 하지만 광고에서 본 것처럼 반짝이는 수정으로 이루어진 비밀 동굴은커녕, 갈색 얼룩이 섞인 평범한 회백색 석영만 나왔다.

나는 40달러로 보잘것없는 돌로 보물찾기를 할 기회를 샀던 셈이다. 당시에는 바가지를 쓴 것 같았지만, 지금 생각해보니 내가 산 것은 돌 그 자체가 아니라 아름다움에 대한 소망, 어린아이처럼 새로운 것을 발견할 기회였음을 깨달았다. 비록 형체가 없는 것에 돈을 지불한 것이지만, 드문 일은 아니다. 우리는 힘들게 번 돈을 허술한 전제와 과장된 주장("영원한 장미", 기억하는가?)에 끊임없이 소비하고 있다. 보석의 가치를 평가할 때, 우리가 돈을 지불하게 만드는 가장 큰 요인은 **인지된** 욕구이다. 사람들은 어떤 물질에 얼마까지 기꺼이 돈을 쓸까? 매력적일수록 가격은 더 올라간다. "매력적"이라는 말은 과학적인 용어가 아니며, "아름답다"는 의미로 사용되는 것도 아니다. 자연에서 형성된 대부분의 보석은 특히 땅에서 처음 캐내거나 바다에서 채취했을 때 그다지 예쁘거나 화려하지 않다. 하지만 우리는 이 작고 사랑스러운 다양한 물체들을 거의 같은 범주에 넣는다. 이 모두를 장식품이라는 비슷한 방식으로 사용하기 때문이다. 우리는 자르고, 닦고, 키우고, 염색하고, 구멍을 뚫고, 끈으로 묶고, 세공하는 등, 인간의 다양한 개입을 통해 그것들을 매력적으로 만든다. 그러고 나서 마치 그 고유의 "자연적인" 특성 때문에 그것이 우리의 욕망과 믿음을 얻게 되었다고 생각한다.

보석 마법에 관한 크고 두꺼운 『크리스털 바이블*The Crystal Bible*』이라는 책이 있는데,[1] 그 책에서 소개하는 마법들 중에서 딱히 믿지는 않지만 그래도 실천하고 있는 것들이 있다. 나에게는 햇빛에 비추면 귤색과 연두색으로 반짝이는 오팔opal 조각이 있는데, 글쓰기가 특히 막히는 날에는 이 돌을 손에 쥐고 이리저리 굴리는 것을 좋아한다. 오팔은 창의력을 촉진한다고 알려져 있다. 블루 레이스 마노는 평온함을, 로즈 쿼츠는 (물론) 사랑을 상징한다. 유난히 달이 밝은 겨울밤에 돌 몇 개를 밖으로 가져가 그것들에게 달빛을 쪼여준 적이 있다. 추운 2월 아침, 나는 그 돌들을 다시 집으로 가져와 침대 머리맡에 놓았다. 불규칙한 모양의 마노는 얼음처럼 차가워지고 달빛에 물들었지만, 다른 것은 변함없이 그대로였다.

이 예쁜 보석이 내 모든 문제를 아직 해결해주지는 못했지만, 딱 맞는 보석 하나가 모든 것을 바꿀 수도 있다. 여성의 재산 소유가 허용되기 전인 19세기 후반까지만 해도 유럽의 상류층 여성들은 유사 금융 안전망으로 보석을 수집했다. 남편이 당신을 빈털터리로 만들고 인도로 도망가버렸다면, 다이아몬드를 팔아서 미스 하비샴(찰스 디킨스의 소설 『위대한 유산』에 나오는 인물로, 결혼식 날 약혼자에게 버림을 받는다/역주)과 같이 적어도 미래를 살아갈 수 있는 작고 소박한 가구가 놓인 방을 마련할 수 있을지도 모른다. 보석은 여전히 어떤 사람들에게는 모든 것이 바뀌는 계기가 된다. 다이아몬드 약혼반지로 중고 시장에서 큰돈을 벌 수는 없지만, 곧 법적 지위가 바뀌고 세금 감면 혜택을 받을 수 있다는 신호는 될 수 있다.

우리는 알게 모르게 돌에 대한 많은 믿음들을 가지고 있으며, 구원받기 위해서 돌에 의지하고 때로는 돌의 분노를 두려워하기도 한다. 저주받은 보석 이야기는 전 세계에서 전해지지만,[2] 빅토리아 시대에 모든 푸른 카벙클(원래 카벙클은 붉은색을 띠는 보석을 이르는 말로, 현재는 쓰이지 않는다. "푸른 카벙클"은 아서 코난 도일의 책 제목에서 온 말이다/역주)과 노란색 월장석이 갑자기 의심스러운 존재가 되면서 본격적으로 귀신 들린 보석 이야기가 시작되었다. 희망 다이아몬드의 저주를 비롯한 많은 이야기들이 마케팅 전략으로 만들어졌다. 윌키 콜린스, 아서 코넌 도일, 애거사 크리스티 등 많은 유명 작가들이 저주받은 보석에 대한 이야기를 써서 인기를 끌었다. 이러한 이야기는 "식민지"의 사원이나 신전에서 돌을 도난하고, 돌을 영국으로 가져오고, 그 돌의 주인이 죽고, 또다시 돌을 도난당하고, 돌을 되찾고, 그 미스터리가 풀리는 등 상당히 견고한 패턴을 따른다. 나는 이런 이야기들을 좋아하는데, 얄팍하게나마 나의 죄책감을 위장해준다는 느낌이 들기 때문이다. 나는 정직하게 얻은 돌은 내 두 손으로 직접 땅에서 캐낸 돌뿐이라고 생각한다. 사실 모든 돌들은 의심스러운데, 이 돌이 내 손에 들어오기까지 누군가의 성지가 더럽혀졌는지, 어떤 사람의 무덤이 도굴당했는지, 그 반짝이는 표면에 누구의 피가 흘렀는지 알 수 없기 때문이다.

영국 왕실의 다이아몬드 티아라부터 할리우드 스타들이 착용하는 요란한 약혼반지까지, 화려하게 세공된 커다란 보석은 어딘가 섬뜩한 느낌을 준다. 작은 공간에 너무 많은 부가 담겨 있기 때문이다. 그런 것을 함부로 착용하다가는 목숨을 잃을 수도 있다. 수백만 달러를 간편히 몸에 차고 돌아다니는 것은 오만하게 보이기도 한다. 보석 때문에 공격을 당한 사람들이 그런 일을 당해도 싸다는 뜻은 물론 아니다. 나는 킴 카다시안이라는 유명인에 대해 잘 모르지만, 2016년에 그녀가 공격당한 사건에 대한 기사를 읽으며 묘한 기분을 느꼈던 기억이 있다. 사건을 자세히 알면 끔찍하다.[3] 파리 패션 위크 기간에 이 슈퍼스타는 호텔 방에서 총을 든 강도에게 인질로 잡혔고, 강도들은 그녀의 짐을 뒤졌다. 그녀는 결박당한 상태로 화장실에 강제로 끌려갔다. 이후에 그녀는 탈출을 시도했다가는 죽을 것 같았으며 총을 맞을까 봐 너무 두려웠다고 가족들에게 털어놓았다고 한다. 강도들은 그녀가 침대에 누워 있을 때 경찰 조끼를 입고 침입하여 에메랄드로 된 두 번째 약혼반지(400만 달러 상당)를 포함해 약 1,000만 달러 상당의 보석을 훔쳐 도망쳤다. 그 경험은 그녀에게 폭력적일 뿐만 아니라 모욕적이었다. 이 사건을 겪은 후 그녀는 트라우마에 시달렸고 공공장소에서 자신의 고급 보석을 착용하는 것을 꺼리게 되었다고 한다. 아무리 재산이 많다고 해도 그 누구도 이런 일을 당해서는 안 된다.

보석에 대한 나의 관점은 영화, 가십성 칼럼, 박물관, 책을 통해서 형성되었다. 우리는 미디어로 무엇을 욕망해야 하는지 배운다. 절도범이었던 도리스 페인은 회고록 『다이아몬드 도리스_Diamond Doris_』에서 흑인 여성에게 안정과 부를 획득할 수 있는 기회가 없던 시절에 자신이 어떻게 길을 개척했는지 설명한다.[4] 그녀는 혼자서 전 세

계 상점에서 수백만 달러 상당의 보석과 장신구를 훔친 보석 절도
범이었다. 1950년대 오하이오에서 가족 및 자녀들과 함께 살던 젊
은 엄마였던 그녀는 상점에서 보석을 훔치기 시작했다. 늘 빈털터
리였던 페인은 보석상들을 속여 자신이 전혀 다른 삶을 사는 화려
하고 돈이 많은 사람이라고 믿게 만들었다. 페인은 회고록에서 여
성 잡지를 읽으며 화려함을 갈망하고 부를 흉내내는 법을 배웠다고
설명한다.

  어렸을 때 페인은 어머니의 잡지를 읽고, 「타운 앤드 컨트리 *Town &
Country*」와 「하퍼스 바자 *Harper's Bazaar*」를 훑어보며 영화배우와 사교계
인사들이 어떤 옷을 입고, 어떤 헤어스타일을 하고, 어떤 보석을 사
는지 학습했다.[5] 그녀는 "나 자신이 잡지에 등장하는 젊은 여성들보
다 전혀 뒤처지는 부분이 없다고 느꼈어요"라고 말한다.[6] "스타일
은 매력을 강화하고 부러움을 사고 선망의 대상이 되기 위한 것이
었고, 나는 패션과 아름다운 헤어스타일, 클래식한 외모를 동경했
어요. 세상이 어떤 여성들은 다른 여성들과 차별 대우한다는 사실
을 어린 나이에 어떻게 알았겠어요?" 페인은 평생 겪은 인종차별을
기록했지만, 그녀의 주된 초점은 그녀가 맞닥뜨린 장애물이 아니라
손에 넣은 승리의 열매였다. 페인은 다이아몬드가 상징하는 것 때
문에 다이아몬드를 사랑했다. 다이아몬드는 그녀가 집을 살 수 있
게 해주었고, 그녀의 삶을 변화시켰다. 잠깐이나마 그녀는 여성 잡
지에 등장하는 백인 여성과 같은 안락한 삶을 살았다. 그녀는 일등
석을 타고 여행을 다녔고, 부유한 연인을 사귀었다가 버렸으며, 허

리가 꽉 끼는 옷을 입었다. 손가락에서 반짝이는 고급 다이아몬드로 이 모든 일을 해낸 것이다.

페인과 나의 삶은 너무나 다르고 나는 보석 도둑이 되고 싶은 욕망은 없지만, 광택이 나는 잡지에 대한 페인의 집착만큼은 공감한다. 우리 둘 다 잡지를 특정 유형의 여성이 되는 방법에 대한 지침서로 사용했다. 페인은 잡지를 통해서 보석 가게 점원들이 가장 비싼물건을 기꺼이 내어주며 착용도 해보게 해줄 만큼 지위와 부를 과시하는 방법을 배웠다. 책을 읽으면서 나는 페인의 도둑질을 정당화하고, 그녀의 로빈 후드 같은 악행에 동조하는 나 자신을 발견했다. 어느 순간부터 페인은 그녀의 어머니에게 훔치는 것이 아니라 "가져가는 것"이라고 말한다.[7] 다이아몬드는 아프리카의 광산에서 훔친것이다. 왜 그녀가 그것을 다시 가져가서는 안 되는가? 그녀는 상점들이 보험 회사와 고객들을 상대로 사기를 치고 있으며, 보석 가격을 비싸게 책정하고 이 예쁜 물건의 가치에 대해 거짓말을 하고있다고 주장한다. 모두가 속임수를 쓰는데 왜 그녀는 안 되는가?

경제학에서는 다이아몬드-물의 역설diamond-water paradox 또는 더 일반적으로는 가치의 역설paradox of value이라고 불리는 현상이 있다.[8] 철학자들은 이 차이를 설명하려고 노력했지만, 경제학의 아버지라고 불리는 애덤 스미스가 1776년에 이 현상을 가장 우아하게 요약했다. 그는 "물보다 더 유용한 것은 없지만, 물로는 거의 아무것도 살 수 없고 어떤 것과도 교환할 수 없다. 반대로 다이아몬드는 사용 가치는 거의 없지만, 거의 모든 재화로 쉽게 교환할 수 있다"라고 썼다. 다이아몬드는 유용하기 때문이 아니라 아름답고 단단하며 이국적이기 때문에 가치가 있다고 주장할 수도 있고, 다이아몬드를 값어치 있게 만드는 다른 본질적인 특성이 있다고 주장할 수도 있다. 그러나 이러한 요인들 중 어느 것도 사람들이 다이아몬드에 기꺼이 많은 돈을 지불하는 이유를 완전히 설명하지는 못한다. 정답은 스토리텔링의 힘과 매력적인 광고, 집단 숭배가 비춰주는 광휘가 다이아몬드의 물리적인 특성과 결합된 결과이다. 다이아몬드가 가치 있는 이유는 이미 다이아몬드를 가진 사람들이 다이아몬드가 가치 있다고 정했기 때문이다. 다이아몬드의 아름다움(또한 경도, 희소성, 투명도 등)은 그다지 중요하지 않다. 다이아몬드를 소유한 사람들은 탄소 조각에 대한 이야기를 되풀이하는데, 그 이유는 그것이 그들의 부를 유지하는 데에 도움이 되기 때문이다. 인간은 욕망을 부추기는 데에 있어 놀라울 정도로 능숙하다.

나는 스스로 다이아몬드 반지를 좋아하는 여자라고 생각해본 적이 없다. 약혼하기 전에는 남편에게 다이아몬드 반지를 살 바에야 그 돈을 다른 더 중요한 곳에 쓰자고 했다(남편은 그 돈으로 매년 노바스코샤로 떠나는 캠핑 여행을 위한 캠핑카 트레일러를 장만했다). 우리는 법원에서 결혼식을 올리기 전날 밤 직접 만든 나무 반지를 서로 교환했다. 우리의 결혼은 당시 내 건강보험이 상실되면서 갑작스럽게 결정되었고, 반지도 마찬가지로 실용적이고 검소한 물건으로 골랐다. 당시 나는 정신과 진료를 받아야 했기 때문에 남편과 결혼했고, 나무 반지를 교환한 것은 마침 가지고 있던 것이 그 것이었기 때문이다. 그런데도 결혼식은 엄청나게 낭만적이었다(포틀랜드의 눈 내리는 3월 저녁, 하얀 라넌큘러스와 안개 꽃다발, 호텔 바에서 마셨던 샴페인 한 잔, 친구들과의 건배……. 검소할 때조차 나는 화려함을 찾았다).

결혼 후 생활이 어느 정도 안정되자 보석과 반짝임이 가미된 전통적인 반지를 가지고 싶다는 생각이 들었다. 친구들이 약혼할 때마다 결혼반지에 대한 명백한 자부심은 말할 것도 없고, 예비 신부가 뻗은 손을 부드럽게 잡고 감탄사를 연발하는 여성들의 세심한 관심이 부러웠다. 나도 그들처럼 자랑스레 손을 내밀고, 사랑을 인정받고, 행복을 나누고, 점심 식탁에 둘러앉은 모든 사람들과 기쁨을 함께하고 싶었다. 내 손을 바라보는 것으로 우리가 했던 약속을 상기하고 싶었지만, 나의 삶을 다른 사람과 온전히 나누기로 결심하는 것은 역시 쉬운 일은 아니었다. 나는 내 자율성의 일부를 포기해야 했고(다른 사람을 받아들일 때마다 항상 그렇듯이), 이 거대한 내적 변화에 대한 외적인 증거를 원했다. 나의 욕망은 더 이상 무시할 수 없을 만큼 커졌다. 마침내 나는 굴복했다. 내가 진정으로 원하는 것, 내가 결코 원하지 않으리라고 생각했던 것, 내가 원하지 않는다고 말했던 것, 나는 정말로 원하지 않는다고 믿었던 것을 요구했다. 우리는 함께 우리의 라이프스타일과 예산, 그리고 겨울 풍경의 아름다움을 좋아하는 나의 취향에 맞는 반지를 찾았다. 이제 왼손 약지에는 한쪽 면에 7개의 "소금과 후추" (즉, 회색) 다이아몬드가 세공된 화이트 골드 반지를 끼고 있다. 이 다이아몬드는 탄소를 채굴할 때 생겨난 작고 불순한 부산물의 작은 얼룩에 불과하지만, 별처럼 반짝이는 모습은 나를 기쁘게 한다. 다이아몬드를 제대로 감상하려면 결국엔 손가락에 껴보아야 한다. 그리고 나는 그 모습이 마음에 든다.

다이아몬드 반지의 위상이 이렇게 드높아진 것이 비교적 최근의 일이라는 사실은 이미 잘 알려져 있다. 이것은 또한 정보화 시대에 민첩하게 적응한 현재 진행형인 프로젝트이기도 하다. 많은 사람들이 다이아몬드가 사랑을 표현하거나 반짝임을 몸에 걸치는 유일한 방법이 아니라는 것을 논리적으로는 알고 있다. 하지만 묘하게도 우리는 이 익숙한 상징이 안전하다고 느끼기 때문에 계속해서 다이아몬드를 찾는다. 다이아몬드는 공적인 무대에서 명료한 감정 표현을 할 수 있게 해준다. 다이아몬드라는 기호는 가독성이 뛰어나다. 다이아몬드는 우리의 관계 상태와 사회적 지위를 보여준다. 사파이어나 토파즈도 똑같은 만족감을 주었을 것 같지만, 내가 생각하는 가격대에서 이런 보석이 박힌 결혼 반지를 찾기는 훨씬 더 어렵다. 오히려 다이아몬드 쪽이 선택의 폭이 더 넓다. 다이아몬드는 현대 로맨스의 표준 보석으로, 대부분의 소비자들은 물론 대부분의 보석상들도 다이아몬드가 기본이다. 다이아몬드는 사파이어, 루비, 에메랄드를 포함한 네 가지 "귀중한 돌" 중에서 가장 가치가 높지만, 가장 흔하고 복잡하지 않은 보석이기도 하다. 많은 사람들이 사랑하는 사람을 위해서 가능한 한 가장 큰 보석을 구하려고 돈을 아끼고 또 아낀다. 빅토리아 핀레이는 저서 『보석 : 비밀스러운 역사 *Jewels : A Secret History*』에서 "남성들은 자신이 다이아몬드의 가격을 감당하기 가장 힘든 시점에 다이아몬드를 구입하는 경우가 많다"라고 꼬집는다.[9] 또한 그녀는 다이아몬드가 구매 직후부터 어떻게 가치를 잃어가는지 설명한다. 보석 가게를 나서는 순간부터 (또는 다이아몬드가 보석상을 떠나는 순간부터) 다이아몬드의 가치는 50퍼센트 이상 손실된다. 일부 신부는 다른 원석(큐빅 지르코니아 또는 모이사나이트가 인기 있는 대안이다)을 선택하기도 하지만, 이러한 원석에는 사회적인 낙인이 찍혀 있다. 심지어 지구의 가장 깊은 곳에서 뽑아낸 다이아몬드와 화학적으로 구별이 불가능한 실험실 다이아몬드조차도 오명을 가지고 있다. 좋든 나쁘든 다이아몬드는 미국 문화에서 약속을 나타내는 최고의 상징으로 남아 있다.

그러나 다이아몬드가 항상 아름다움으로 사랑받았던 것은 아니다. 처음에 사람들은 주로 깨지지 않는 단단함 때문에 다이아몬드를 소중히 여겼다. 이는 그 이름에도 반영되어 있는데, 다이아몬드라는 영어 단어는 "불굴의"라는 뜻의 그리스어 "아다마스adamas"에서 유래했다.[10] 다이아몬드는 매우 단단해서 당시의 기술로는 다이아몬드를 자르거나 모양을 만들 수 없었으므로 원석 그대로 사용했다. 거친 원석 다이아몬드도 못생기지는 않았지만, 오늘날 우리가 흔히 보는 것처럼 영롱한 빛을 띠지는 못했다. 그보다는 해변에서 볼 수 있는 유리나 석영 크리스털처럼 보였고, 색이 거의 없고 자연스러운 광택이 거의 나지 않는 반투명 돌이었다.

고대 중국에서는 기원전 2500년경부터 사람들이 다이아몬드를 사용하여 제의용 도끼를 갈았다는 증거가 있다.[11] 그러나 다이아몬드에 대한 대부분의 지식은 서기 1년 전후에 축적되기 시작한다. 기원후 1세기에 그리스와 로마 사람들이 무역을 통해 아시아와 북아프리카에서 유럽으로 다이아몬드를 수입했고, 다이아몬드는 활비비(구멍을 뚫거나, 불을 피우기 위한 간단한 수동 도구/역주)와 숫돌에 사용되었다. 구슬을 만드는 공방에서는 다이아몬드로 다채로운 유리, 조개, 돌 조각에 구멍을 뚫고 조각했으며, 칼을 만드는 장인들은 칼날의 가장자리를 연마하는 데에 사용했다.[12] 수천 년 동안 다이아몬드는 예쁜 것을 더 예쁘게, 치명적인 것을 더 치명적으로 만드는 강화제였다. 이때까지는 아직 장식용으로 사용되지 않았다. 다이아몬드로 다른 보석을 더욱 화려하게 조각하고, 모양을 만들거나 연마할 수 있었지만, 정작 금속에 박아서 몸에 착용하는 것은 루비, 토파즈, 에메랄드 같은 다른 돌들이었다.

다이아몬드는 거울이나 도자기 컵처럼 때때로 그것의 주인을 더 강하고, 더 풍요롭게 하고, 질병과 폭력 및 여러 불행을 막아주는 마법의 물건, 수호 도구로 숭배되어 방패와 갑옷에 부착되기도 했다. 이렇듯 초기 다이아몬드의 사례를 보면 왜 유럽과 아시아의 왕족들이 진주나 루비 또는 밋밋하지만 번쩍이는 금을 선호했는지 쉽게 알 수 있다. 다른 보석들에 비해 다이아몬드는 칙칙하고 불순한 회색의 작은 덩어리일 뿐이었다.

그러나 중세 말기에 플랑드르의 보석 세공인이 다이아몬드를 면 처리할 수 있는 연마 휠을 발명하면서 상황은 완전히 달라졌다.[13] 이 발명은 다이아몬드를 완전히 새로운 차원으로 끌어올렸고, 다이아몬드의 가치는 그에 따라 상승했다. 사람들은 갑자기 다이아몬드의 안을 들여다볼 수 있게 되었고, 단단하게 배열된 탄소 원자들의 내부에서 빛이 반사되는 것을 볼 수도 있었다. 흑연과 마찬가지로 다이아몬드는 순수한 탄소로 만들어진다. 다이아몬드를 특별하게 하는 것은 탄소 원자가 사면체로 배열되어 압력에 강하고 광선을 산란시키는 능력이 뛰어나다는 점이다. 자르고 연마하면 딱딱한 조약돌이었던 다이아몬드가 잠재력을 발휘하여 반짝이는 무지개별 또는 한 손에 잡히는 작은 불꽃으로 변한다.

15세기부터 18세기 중반까지 세계 최고의 다이아몬드는 골콘다 술탄국(현재 인도 하이데라바드에 위치)의 광산에서 채굴되었다. 특히 14세기 데칸 술탄국에서 채굴된 다이아몬드는 질소(보석에 노란빛을 띠게 하는 불순물)가 전혀 없어서 세계적으로 매우 투명한 다이아몬드로 유명했다. 골콘다 다이아몬드는 매우 귀했기 때문에 골콘다라는 이름은 보석 상인들과 경매사들 사이에서 여전히 높은 품질의 상징으로 회자되고 있다. 18세기 포르투갈의 식민지 개척자들은 브라질에서 노예 노동력을 이용해 다이아몬드를 채굴하기 시작했고,[14] 이 관행은 다음 세기까지 계속되었다. 잔인하고 끔찍한 역사의 한 장이었다. 수만 명의 노예들이 아프리카에서 브라질로 끌려왔고, 원주민들을 붙잡아다가 위험한 땅굴의 노동을 강요했다. 그들은 일상적으로 구타와 감금을 비롯한 학대를 당하면서 다이아몬드뿐만 아니라 다른 보석과 귀금속 등 돈이 되는 온갖 광석들을 캐냈다. 그들이 캐낸 결실은 해외로 보내져 포르투갈 정부에더 많은 부를 가져다주었다. 1822년 브라질이 해방되면서 이러한 착취의 일부는 중단되었지만, 노예제도는 그후로도 60년 이상 지속되었다. 2021년의 보고서는 2008년 이후에도 브라질의 불법 광산에서 "노예 노동 환경"으로부터 300명 이상의 사람들이 구출되었다고 밝혔다.[15] 다만 지금 그들이 캐는 것은 거의 고갈된 다이아몬드가아니라 금, 자수정, 고령토(도자기 제조에 사용되는), 주석 등 돈이되는 다른 것들이다.

브라질의 다이아몬드는 고갈되었지만 그렇다고 다이아몬드가 바닥난 것은 아니다. 지구 지각에는 아직 많은 다이아몬드가 있다. 미국 아칸소 주에도 있고, 캐나다, 러시아에도 있으며, 가장 중요한것은 아프리카에도 아직 많은 다이아몬드가 있다는 사실이다.

남아프리카 최초의 다이아몬드는 1860년대 후반 오렌지 강 유역에서 열다섯 살의 농장 소년이 발견했다.[16] 이후 이 돌은 "유레카"라고 불렸지만, 어쩌면 "야누스"라는 이름이 더 적절했을지도 모른다. 이 돌은 국가와 국민에게 두 얼굴을 가진 축복이었기 때문이다. 단기적으로는 이 시골 지역에 거주하던 식민지 주민들이 이 발견의 혜택을 받았지만, 시간이 지나면서 이 땅에서 캐낸 부는 이 지역에 머물지 않을뿐더러 이미 억압받고 있던 원주민들에게도 도움이 되지않는다는 사실이 분명해졌다. 이 지역에서 처음 발견된 충적암 몇 개가 킴벌리 다이아몬드 러시(다이아몬드를 찾으려는 사람들이 남아프리카 공화국의 도시 킴벌리로 몰려들었던 사건/역주)를 촉발했고, 영국의 탐험가들은 "킴벌라이트 파이프kimberlite pipes"가 나오는 땅을 사려고 달려들었다.

처음에는 여러 명의 영국인들이 다이아몬드를 차지하기 위해서 경쟁했지만, 1888년에는 한 사람이 정상에 올랐다. 바로 세실 존 로즈였다. 그는 자신의 광산 지분을 다른 지역의 광산 거물과 합병하여 드비어스 통합 광산을 설립했고, 사실상 독과점 체제를 구축했다. 킴벌리 광산은 담보 노동력을 활용한 덕분에 경쟁사보다 생산성이 훨씬 높았다. 1871년 남아프리카에 도착한 로즈는 거의 20년 동안 다이아몬드 광산을 감독한 경험을 바탕으로 "무자비한" 경쟁력을 갖추고 있었다.[17] 1884년 로즈는 정부와 계약을 체결하고 드비어스 광산에서 죄수들을 고용하기 시작했다. 역사학자 마틴 메레디스에 따르면, 드비어스 죄수 수용소는 "암울한" 곳이었다고 한다.[18] 광부들은 잔인한 대우를 받았고 모든 개인 생활을 박탈당한 것은 물론, 인간의 기본적인 존엄성마저 부정당했다. 광부들은 매일 밤 작은 감방에 발가벗겨진 채로 쇠사슬에 묶여 있어야 했다. 형기가 끝나면 나체로 가죽 장갑에 손이 묶여서 독방에 갇혔다. 이는 다이아몬드를 삼키거나 몸에 숨기지 못하게 하려는 조치였다. 핀레이는 작업장의 안전과 관련하여 "킴벌리 광산은 남아프리카 공화국에서 최악이었다"라고 말한다.[19] 무려 수백 명의 노동자들이 드비어스 광산에서 질병, 화재, 질식 등으로 사망했다.

대부분의 사람들은 세실 존 로즈를 유명한 학자로 알고 있지만, 그는 사애로운 사람은 아니었다. 그는 확고한 세국주의사였으며 영국의 아프리카 대륙 지배의 정당성을 굳게 믿었다. 한동안 그의 이름을 딴 국가(로디지아)가 존재하기도 했지만, 이후 해방되어 짐바브웨와 잠비아로 분리되었다. 일부 사람들은 여전히 로즈를 옹호하며 아프리카 사람들과 개인적으로는 우호적인 관계를 맺었다는 사실을 볼 때 그가 "생물학적 인종 차별주의자"가 아니었다고 주장하지만, 그가 마음속으로 무엇을 느꼈는지는 중요하지 않다. 그는 평생 식민 통치체제를 유지하고 확장하기 위해 노력했으며, 다이아몬드는 그 방정식의 일부였다. 그는 다이아몬드로 얻은 부로 군사 작전에 자금을 지원했고, 점점 더 많은 땅을 장악하여 채굴을 시도하면서 더 큰 부와 권력, 그리고 많은 유혈 사태를 초래했다.

다이아몬드가 새롭게 시장으로 쏟아지면서 가치는 하락했다. 사람들은 다이아몬드의 반짝임과 광채를 좋아하게 되었고, 세공 예술가들은 다이아몬드를 세공하여 빛을 굴절시키는 능력을 과시하는 일에 능숙해졌지만, 다이아몬드는 여전히 수많은 보석들 중 하나인 예쁜 보석일 뿐이었다. 하지만 로즈의 카르텔은 민첩할 뿐만 아니라 놀라울 정도로 강력했다. 1800년대 후반부터 이 회사는 자원 통합(모든 광산을 인수했다), 일률적으로 높은 가격 책정(드비어스는 세일을 하지 않았다), 희소성 착시 효과(가격이 너무 낮을 때마다 인내심을 가지고 다이아몬드를 비축했다) 등 수익성을 유지하기 위해 다양한 전략들을 반복적으로 사용했다.[20] 로즈는 매년 시장에

출시하는 다이아몬드 개수가 약혼 건수와 거의 일치해야 한다는 출시의 일반적인 규칙을 시행했다. 그렇게 해서 확보한 다이아몬드는 "완충재고buffer stock"를 형성했다.

1902년 로즈가 사망한 후, 경영권은 이해관계자들과 경쟁 회사들의 합병에 의해 잠시 통제되었다. 결국 어니스트 오펜하이머라는 독일인이 그 정상에 올랐다. 오펜하이머는 광산을 매입하고 토지를 점령하여 다이아몬드 독점을 계속 강화했다. 그러나 이러한 잔인한 권력의 과시는 계속 다이아몬드와 부를 백인들의 손에 쥐어줄 수는 있었지만, 이전처럼 일반 대중이 다이아몬드를 계속 원하게 하지는 못했다. 게다가 다이아몬드가 실제로는 그렇게 희귀하지 않았기 때문에 사람들이 반드시 드비어스로부터 다이아몬드를 구매해야 한다고 설득하는 것은 점점 더 어려워졌다. 그들은 공급뿐만 아니라 수요도 조절해야 했다.[21] 다이아몬드는 항상 제조업에서 유용하게 쓰였고 다이아몬드 가루의 연마 능력에 대한 수요는 항상 있었지만, 보석으로서의 다이아몬드는 선택 사항일 뿐이었다. 대공황 기간에 다이아몬드의 가격은 하락했고, 미국 경제가 회복되기 시작했을 때도 수요는 회복되지 않았다. 핀레이는 미국 젊은이들이 점점 더 "마치 전쟁 시기처럼 색이 없는 다이아몬드가 아니라" 대담하고 화려한 보석을 구매했다고 말한다.[22]

1939년 「뉴요커The New Yorker」에 게재된 광고 회사 N.W. 에이어 앤 선과 함께한 드비어스의 새로운 캠페인의 첫 번째 대형 광고는 투명한 암석의 중요성과 매력에 대해 대중을 재교육하기 위한 다각적인 노력의 일환이었다.[23] 광고에는 "다이아몬드의 아름다운 불꽃은 꺼지지 않습니다"라는 카피가 적혀 있었다. "당신이 선택한 다이아몬드는 당신의 일생 동안 그리고 그후에도 당신의 영원한 상징이 될 것입니다. 아무리 검소한 아내라도 더 풍요로운 삶을 위해 결코 다이아몬드를 포기하지는 않을 것입니다." 분명 이 메시지는 더 간결해야 했다. 1947년, 카피라이터 메리 프랜시스 게러티는 늦은 밤 머리를 쥐어짜며 다이아몬드 업계 전체를 평정하는 데에 기여한 역사적인 슬로건을 만들었다. "다이아몬드는 영원하다A Diamond Is Forever." 단순하지만 천재적인 아이디어였다. 이 슬로건은 다이아몬드를 진정으로 차별화하는 한 가지 요소, 즉 다이아몬드의 경도와 화학 구조를 강조하는 동시에 재판매를 차단하는 역할을 했다. 다이아몬드는 영원한 사랑과 한 개인의 가치를 상징했기 때문에, 전당포에 가져갈 것이 아니라 고이 보관해야 하는 것이 되었다. 다이아몬드의 크기는 단순히 소비할 수 있는 금액 자체가 아니라 얼마나 소비할 의사가 있는지를 반영했다. 그리고 무엇보다도 큰 효능은 바로 그것이 눈길을 사로잡는다는 것이었다.

이 캠페인을 통해서 드비어스는 사람들이 오래된 다이아몬드를 처분하는 것을 막았을 뿐만 아니라, 다이아몬드에 드리우기 시작한 광업의 어두운 역사를 보석의 반짝거림에 통합하는 정교한 거짓 내러티브의 발판을 마련하기도 했다. 드비어스뿐만 아니라 많은 상인들이 이 게임에서 한 가지 이상의 역할을 담당했다. 보석상, 다이아몬드 딜러, 잡지 기자들의 도움으로 다이아몬드를 팔아버리는 것은 "불운"을 불러온다는 소문이 퍼졌다. 오래 전부터 다이아몬드를 세공하는 일은 위험하고 유독한 일이라는 소문이 있었고, 출처를 알 수 없는 다이아몬드에는 종종 저주나 유령의 이미지가 덧씌워져서 다이아몬드의 전설적인 위상을 더욱 드높였다. 이런 이야기에는 어두운 낭만과 영화적인 매력이 있고, 이는 서사에 대한 인간의 욕구를 대변하는 것이기도 하다. 실제로 다이아몬드 광부들은 끔찍한 처우로 인해 수없이 죽어갔고, 식민지 땅에서 착취당하는 사람들에게서 다이아몬드를 빼앗는 경우가 많았으며, 특히 다이아몬드를 사기 위해 빚을 지는 경우 한 사람의 인생을 망칠 수도 있었다. 그러나 이러한 사실은 유령이나 저주받은 돌의 마법과 신비에 비하면 다소 지루한 이야기였다. 보석 산업은 그들이 만들어낸 신화에 약간의 어둠이 스며들게 하여 채굴이 환경에 끼치는 죄악과 해외에서 벌어지는 실제적이지만 진부한 분쟁과 인권 범죄에 자금을 지원한다는 사실을 가리는 연막 역할을 하도록 했다. 또한 다이아몬드의 생산 원가가 최종 제품의 가격과 전혀 무관하다는 진실을 더욱 모호하게 만들었다. 드비어스가 다이아몬드를 사랑의 궁극적인 표현으로 마케팅하기 시작했을 때, 그들은 다이아몬드 시장이 다시는 붕괴되지 않는 세상을 만들고자 노력했고, 그들의 계획은 지금까지도 훌륭하게 성공하고 있다.

드비어스는 할리우드 블록버스터 영화에서 부패한 악당으로 캐스팅된 후에도 살아남았다. 2006년에는 영화 「블러드 다이아몬드 Blood Diamond」가 전 세계적으로 흥행하면서 회사 홍보에 위기가 찾아왔다. 드비어스가 직접적으로 언급되지는 않았지만, 눈치 빠른 관객들은 작중에서 반 드 카프Van De Kaap 다이아몬드 카르텔이 로즈 가문의 유산을 은폐하기 위해서 가면을 쓴 조직임을 충분히 알 수 있었다. 레오나르도 디카프리오가 백인 로디지아 용병으로, 자이먼 운수가 멘데족 어부로 등장한 이 액션 영화는 전쟁으로 황폐해진 시에라리온에서 같은 핑크 다이아몬드를 노리는 두 용병의 이야기를 통해서 현재까지도 진행 중인 문제에 대한 대중의 관심을 불러일으켰다. 영화에서는 군벌들이 노예 노동력을 동원해서 채굴한 것으로 추정되는 다이아몬드가 여러 중개인의 도움을 받아 드비어스 창고로 유통되고 있었다. 다이아몬드는 돈으로 바뀌어 탱크, 기관총 및 기타 대량 살상 도구를 구입하는 데에 쓰였다. 잔혹한 분쟁에 자금을 지원한 동일한 보석이 보석 세공사의 손을 거쳐 멋진 반지나 브릴리언트 컷 귀걸이 세트로 재탄생했다. 하지만 드비어스는 언제나처럼 교묘했다.[24] 의심스러운 구매 관행에 대한 보도가 나오기 시작하자 경영 컨설턴트를 고용하여 공급망 문제를 개혁하고 제품에 대한 호감도를 높이기 위해 노력했다. 저널리스트 앨런 코웰이 업계의 "깨끗한 십자군"이라고 명명했듯이 "분쟁 없는conflict-free" 원석을 공급하겠다고 선언함으로써, 브랜드를 재정립하고 새로운 로고인 "포에버마크Forevermark"를 도입하여 시중의 다른 원석과 차별화 지점을 마련했다. 「뉴욕 타임스The New York Times」의 코웰은 드비어스가 꼭 필요한 경우에 한해 일부 관행을 바꾼 것에 불과한데도, 이 회사는 결국 제품에 대한 문화적 거부감을 어떻게든 "미덕"으로 바꿰놓는 데에 성공했다고 말했다.

실험실에서 만든 다이아몬드가 시장에서 인기를 끌기까지는 수십 년이 걸렸지만, 마침내 미국 보석 시장에서 "진짜" 다이아몬드와 경쟁할 준비가 된 것 같다. 한동안 "합성" 다이아몬드라는 오명이 너무 컸으나 2017년부터 2019년까지 채굴된 다이아몬드의 판매량은 감소한 반면, 랩 다이아몬드의 판매량은 20퍼센트 증가한 것으로 알려졌다.[25] 일부에서는 이것을 결혼 적령기에 접어든 신세대 소비자들의 가치관 때문이라고 설명하기도 한다. 밀레니얼 세대와 Z세대는 이전 세대의 미국인들과 달리, 전반적으로 물질적으로 풍요롭지 못하고 다이아몬드 약혼반지에 대한 애착이 약하다. 2018년에 실시한 연구에 따르면, 밀레니얼 세대 응답자의 약 70퍼센트가 약혼반지로 랩 다이아몬드를 구매할 의향이 있다고 답했다.[26] 또한 같은 보고서에 따르면 소매 업체 거의 절반이 인공 다이아몬드가 천연 다이아몬드에 대한 수요를 "절대적으로" 감소시키고 있다고 답했다. 메건 마클이 랩 다이아몬드 귀걸이를 착용한 모습이 포착된 후부터, 미국의 밀레니얼 세대 여성으로서 나도 이 트렌드에 주목하고 있다.

그러나 이것을 새로운 친환경 옵션이 오랫동안 피와 오염으로 얼룩진 선택지들을 극복한 이야기로 볼 수는 없다. 랩 다이아몬드가 어느 정도는 더 윤리적이지만, 이 과정이 탄소 중립적이라는 주장에 대해서는 많은 논란이 있고, 다이아몬드를 만드는 데에는 많은 자원이 사용된다. 실험실에서 다이아몬드를 만들려면 "시드 다이아몬드"(채굴된 다이아몬드의 작은 조각)를 가져다가 흑연과 같은 순수한 탄소로 둘러싸는 과정이 필요하다. 그런 다음 여기에 높은 열과 압력을 가한다. 이러한 방식으로 다이아몬드를 키우는 데는 몇 주일이 걸릴 수 있으며, 흑연의 원자가 본래의 결합을 끊고 다이아몬드를 매우 단단하고 투명한 입방체의 결정 구조로 재형성하도록 유도하려면 상당한 양의 에너지(주로 화석연료에서 추출)가 필요하다. 하지만 일부 실험실 작업자들은 일반 흑연만을 원료로 사용하지 않는다. 일정 비용을 지불하면 사랑하는 사람의 유골을 다이아몬드로 만들 수도 있다.[27] 우리 몸은 평균적으로 약 18퍼센트의 탄소 원자로 구성되어 있기 때문에 원한다면 시신의 일부를 화학적으로 재배열하고 귀금속에 세공하여 착용할 수도 있다.

천연 다이아몬드로 이익을 창출했던 기업들도 조용히 상황을 지켜보고만 있지는 않았다. 오히려 적극적으로 랩그로운lab-grown 다이아몬드 산업에 가담하고 있다. 2018년 5월, 드비어스는 "영원히 지속되지는 않겠지만" "지금 당장 사용하기에 완벽한" 다채로운 색상의 랩그로운 다이아몬드 파스텔 브랜드 라인인 라이트박스 주얼리를 출시할 것이라고 발표했다(CEO 브루스 클리버에 따르면 그렇다).[28] 이러한 움직임은 다이아몬드 업계에 놀라움과 충격을 안겨주었는데, 이는 부분적으로는 이전 드비어스 대표들이 자기 시장 잠식cannibalization(같은 기업의 다른 제품이 서로 경쟁이 붙어 판매를 감소시키는 현상)을 하지 않겠다고 공공연히 다짐해왔기 때문이다.[29] 그러나 라이트박스가 클래식 솔리테어 반지(한 개의 보석만이 세공된

반지/역주)를 대체하기 위한 것이 아니라, 여성의 평범한 일상에 반짝임을 더하기 위한 제품이라는 사실은 금세 분명해졌다. 약혼은 한 번(또는 두 번, 혹은 세 번)에 불과하지만 생일은 수십 번이니, 라이트박스로 핑크 또는 블루 스톤을 구매할 기회는 수십 번이나 있다. 드비어스의 마케팅팀은 온라인 홍보물을 통해 천연 다이아몬드는 "매우 희귀한" 반면, 인공 다이아몬드에는 "한계가 없다"는 점을 주의 깊게 언급했다. 랩 다이아몬드를 판매할 때도 광산에 대해 언급하는 것은 잊지 않는다. 결국 랩 다이아몬드를 구입하는 행위도 다이아몬드의 신화를 유지하는 데에 기여할 뿐만 아니라, 다이아몬드 생산으로 이익을 얻는 기업에도 보탬이 되고 있는 것이다.

　나의 작은 회색 다이아몬드는 "재생" 돌이지만 마찬가지로 이 시스템과 관련이 있다. 이것이 고가의 탄소 파편이라는 것은 잘 알고 있었지만 그래도 나는 여전히 가지고 싶었다. 욕망이라는 것은 늘 그렇듯 모든 상식을 넘어선다. 때때로 충분한 의지력과 분석적인 사고를 통해서 욕망을 의식적으로 변화시킬 수도 있지만, 그런 시도가 항상 통하는 것은 아니다. 가끔은 아름다움을 향한 열정이 나를 여러 인격으로 나누는 것처럼 느껴질 때가 있다. 무모하게 욕망하고, 세상의 모든 반짝임과 빛을 쾌락적으로 갈망하며, 훔쳐서라도 그것을 소유하고 쌓아두고 싶어하는 인격체가 있다. 그런가 하면 그런 욕망의 그림자를 알아차리고, 그것에 집착하고, 생각하며, 의심하고 스스로를 비난하는 인격체도 있다.

　위대하고 부인할 수 없는 아름다움 앞에서 때때로 드러나는 내 모습의 마지막 버전이 있다. 그녀는 단지 경외심에 사로잡히고 싶어 할 뿐이다. 당신의 반지가 아름답다고 진심을 담아 말하고 싶고, 단순하고 순수하게 반짝이는 광채를 감상하고 싶어한다. 아름다움을 충분히 음미한 다음 가볍게 놓아준다. 그녀가 바로 내가 되고 싶은 모습이다.

내 마음속에서 터키석은 항상 다이아몬드의 정반대의 지점에 있다. 우리가 다이아몬드를 좋아하는 이유는 견고하고 기하학적인 형태가 불처럼 빛나고 반짝이기 때문이지만, 동그란 무광택의 천연 터키석은 그렇지 않기 때문이다. 하지만 면을 다듬고 세공해야 하는 다이아몬드와 달리, 터키석은 날것 그대로의 형태가 놀라움을 준다. 인간의 손길이 거의 필요 없는 터키석에는 어떤 마법이 있다. 터키석이 청록색이라고 말하는 것은 지나치게 단순화된 표현이다. 터키석은 추운 겨울의 하늘색부터 회녹색의 꽃잎 색에 이르기까지 다양한 색조를 띤다. 늦봄의 이끼처럼 화사하고 무성해 보이기도 하고, 갓 부화한 로빈새의 알처럼 연약하고 달콤해 보이기도 한다. 주로 건조한 지역에서 발견되어 이 돌이 지닌 파란색과 초록색이 더욱 놀라움을 준다. 형용할 수 없이 화려한 형광색의 꽃과 새가 흔한 열대지방과 달리 지구의 건조한 지역들은 주로 무채색으로 가득한데, 이러한 배경에서 터키석은 홀로 큰 존재감을 드러낸다.

　구리, 알루미늄, 인, 수소, 산소 등 비교적 흔한 원소로 이루어진 광물인 터키석은 인류가 발견한 가장 초기의 보석 중 하나이다. 난초와 마찬가지로 터키석은 남극 대륙을 제외한 모든 대륙에서 발견된다. 이 보석을 가리키는 영어 단어는 "터키에서 온 돌"이라는 뜻의 프랑스어 "피에르 튀르크$_{pierre\ turque}$"에서 유래했을 가능성이 높다. 영국과 유럽에서도 매장지가 발견되기는 했지만, 1400년대까지만 해도 실크로드를 따라 이동한 다른 보석들처럼 채굴이 흔하게 이루어지지 않았고 그 가치도 높지 않았다. 터키석은 백인 왕과 왕비의 미학에는 잘 어울리지 않았다. 그들은 역사적으로 다이아몬드, 녹주석, 다양한 색조의 석영 등 질서 정연한 분자 구조를 가진 크리스털로 된 눈에 띄게 화려한 보석을 선호했다. 유럽의 왕족들은 왕관에 얼음처럼 빛이 통과하는 반투명한 보석을 세공하는 것을 좋아했다. 옥, 산호, 벽옥, 호박과 같은 불투명한 계통의 터키석은 태양광을 흡수하여 시각적으로 따뜻한 느낌을 준다.

많은 문화권에서 터키석은 상징적인 메아리, 즉 하늘의 잃어버린 조각으로 통했다. 아메리카 대륙의 원주민 부족마다 터키석에 대한 고유한 이름이 있었지만, 터키석 상인과 중개인들이 사용한 광고에 가장 많이 사용된 이름은 "떨어진 하늘 조각"이다. 어떤 부족은 터키석이 하늘에서 직접 떨어졌다고 믿었고, 다른 부족은 터키석이 땅과 하늘을 이어주는 연결고리라고 생각했다. 내가 가장 좋아하는 신화는 북아메리카 원주민 중 하나인 호피 부족의 신화로, 터키석을 지하 세계와 지상 세계를 오가는 신비로운 도마뱀이 남긴 배설물이라고 설명한다(세상에서 가장 아름다운 배설물이 아니겠는가!). 나바호족 전사들은 터키석이 강한 보호력을 가졌다고 믿었고, 따라서 터키석을 착용하고 전투에 임했다고 한다. 또한 나바호족 여성들은 비의 신에게 기도하고 싶을 때 이 돌을 강에 던졌다고 한다. 그들은 터키석이 뇌우를 막아주며, 터키석 구슬을 엮어 머리를 땋으면 번개에 맞지 않는다고 믿기도 했다. 이러한 신화의 대부분은 퓰리처상 후보에 오른 자연 수필가 엘렌 멜로이의 저서 『터키석의 인류학 *The Anthropology of Turquoise*』에서 수집한 것이지만,[30] 온라인에서는 더 많은 신화를 찾아볼 수 있다. 소매 업체들이 특히 좋아하는 또다른 전설에 따르면, 아메리카 원주민들은 빗속에서 춤을 추며 비에 감사하는 눈물을 흘렸고, 짠 눈물이 얼굴에서 땅으로 떨어지면 그것이 고이고, 빗물과 섞여서 터키석이 되었다고 전해진다.

아메리카 원주민이 무엇인가를 사실이라고 "믿었다"고 말하는 것은 그다지 솔직하지 못한 표현이다. 이는 마치 미국인들이 명성을 "숭배한다"고 말하는 것과 비슷하다. 물론 그런 측면도 있지만 그렇게 간단하지는 않다. 미국의 원주민 부족은 다양한 신념, 정체성, 충성심, 신앙을 가진 광범위한 집단이다. 대부분의 신앙은 "폐쇄적인" 성격을 띠고 있어서 외부인과 비밀을 공유하기를 꺼린다. 때때로 폐쇄적인 종교의 신도들은 자신의 영적 신념을 다른 사람들의 시선으로부터 보호하기 위해서 거짓 이야기로 연막을 치기도 한다. 따라서 외부인으로서 우리가 아는 것은 모호할 수밖에 없다. 미국 남서부의 부족민들은 터키석을 소중히 여기고 그 안에 의미를 불어넣었다. 그들은 터키석으로 예술품을 만들고, 수집하고, 거래했다.

어떤 사람들은 자신을 치유하기 위해서 돌을 사용하기도 했고, 또 다른 사람들은 순전히 아름다움 때문에 돌을 숭배하기도 했다. 멜로이가 지적했듯이, 터키석은 "가문의 재산이자 신성한 것인 동시에 개인의 소유물이자 판매용"이라는 모순된 가치를 가질 수 있었다.[31] 일부 부족이 기우제를 지내고 그 의식을 터키석의 형성과 연관시켰다는 것은 의심할 여지가 없다. 하지만 멜로이가 어느 민족학자의 말을 인용하여 썼듯이 이 모든 것은 결국 "인디언의 생각이라고 영국인이 생각한 것에 대해서 상인이 생각한 것에 대한 인디언의 생각"에 불과했다. 관광객들에게 예약 판매되는 물건들처럼, 나는 이러한 신화에 대해 의문이 든다. 어떤 것이 진짜일까? 어떤 것이 실제일까? 그리고 나에게 이 질문에 대한 답을 알 권리가 있을까? 어떤 대가를 치르더라도 마케팅 신화가 아닌 진짜 이야기를 알고 싶다. 이것은 내 영혼에는 좋지 않은 일종의 탐욕이다.

나는 전설을 해독하는 데에도 서툴지만 가짜 보석을 판별하는 데는 훨씬 더 서툴다. 몇 년 전 뉴욕 우드스톡의 벼룩시장에서 귀걸이 한 쌍을 살펴보고 있을 때 함께 쇼핑을 하던 지인이 나를 쿡 찌르며 "저거 아무래도 가짜 같아요"라고 속삭였다. 그 말을 듣고 보니 바로 알 수 있었다. 그 동그란 카보숑에는 진짜 터키석이 가지는 왁스 같은 질감이 없었다. 색상은 너무 균일하고 너무 밝았다. 파란색 카보숑은 대개 훨씬 더 비싼 가격에 팔리므로 이것이 진짜일 리 없었다. 그 돌은 채굴된 것이 아니라 만들어진 것이었다.

그 카보숑은 플라스틱이었을 가능성이 높지만, 터키석으로 판매되는 원석 중에는 실제로 하울라이트howlite가 많다. 하울라이트는 콜리플라워의 꼭지를 닮은 창백하고 불투명한 돌로 거의 모든 색상으로 염색할 수 있어 부정직한 보석상에게 훌륭한 캔버스를 제공한다. 하지만 진짜 터키석보다 훨씬 쉽게 긁히고 매니큐어 리무버를 떨어뜨려보면 색채의 비밀이 드러난다. 의심스러울 정도로 저렴한 보석은 집에서 해볼 수는 있지만, 구매 전에 매장에서 직접 테스트를 허락하는 판매자는 많지 않을 것이다(보석 등급의 터키석에 대한 또다른 테스트 방법은 핥아보는 것이다. 지질학자들은 종종 혀를 사용해 돌을 구별한다. 좋은 터키석은 혀에 살짝 달라붙고 상당한 무게감이 느껴진다. 너무 미끌미끌하거나 너무 분필 같은 질감이 느껴진다면 가짜일 가능성이 높다).

뉴멕시코 주 앨버커키에 있는 터키석 박물관의 제이콥 라우리에 따르면, 미국에서 판매되는 터키석 중 약 5퍼센트만이 진짜 "보석 등급"의 터키석이라고 한다. 보석 등급을 받을 수 있는지 여부는 색상, 무게, 절단 방법, 채굴 지역 등 여러 요인들에 따라 달라지지만 모든 보석 등급의 터키석은 지하에서 자연적으로 형성된다. 라우리는 미국 현지 터키석 시장이 특히나 불투명하고 빈약하기 때문에 좋은 품질의 터키석은 거의 미국 보석 상점에 들어가지 않는다고 설명한다. 최고급 터키석은 거의 대부분 미국 밖에서 판매된다. 라우리는 미국에서 터키석은 최악의 경우 싸구려 기념품으로, 기껏해야 "문화적 유물"로 간주된다고 말한다. 미국인들은 이 원석의 "진짜" 가치에 돈을 지불하려고 하지 않는다. 우리는 값싼 모조품과 저급 암석을 구입하는 데에 익숙해져 있다. 라우리는 "미국 남서부에서는 터키석의 역사가 연구되거나 기록된 적이 없습니다"라고 말했다. "그냥 추측하고 시장에 내놓은 것이죠. 미국 남서부 지역에서 터키석 산업의 목적은 온전히 관광입니다." 뉴멕시코 주를 방문하는 사람들은 터키석으로 된 은반지에 대략 50달러를 지출하는 반면, 일본에 있는 고객들은 고품질 터키석에 캐럿당 최대 1,000달러를 지불한다. 이러한 기대치의 차이를 고려할 때 보석상들이 최상품을 다른 지역으로 가져가는 것을 비난할 수는 없을 것이다.

나는 항상 터키석을 좋아했고, 최근까지 터키석이 소박하고 고상한 미국적인 미학의 일부라고 믿었기 때문에 (문제가 있는 가정이지만 흔한 가정이기도 하다) 현지 시장에 대한 라우리의 직설적인 분석이 내게는 다소 충격적이었다. 어렸을 때 어머니의 고급 터키석 장신구를 침대 위에 펼쳐놓고 그 빛깔에 감탄했던 기억이 난다. 터키석에는 다이아몬드나 쿼츠처럼 빛을 반사하여 반짝이는 특성이나 에메랄드의 생생한 깊이감은 없지만, 분명히 만지며 피부로 느껴보고 싶고, 입술에 대고 눌러보고 싶게 만드는 무엇인가가 있다. 터키석에는 관능적인 매력이 있는데, 초자연적이면서도 실재하는 듯하다. 전 세계 사람들이 이 돌을 신과 원소, 물과 공기, 영광스러운 사후세계와 연관 지어왔다는 사실이 나에게는 완벽하게 이해가 된다. 하늘과 땅을 연결하는 물질로 여겼던 것이다.

터키석은 보통 다른 귀중한 물질들과 함께 발견된다. 이를테면 금, 은, 구리, 우라늄을 생산하는 광산에서 가끔 터키석이 출토되기도 한다. 채굴은 항상 위험하고 힘든 노동이었기 때문에 초기 북아메리카 지역의 광산에 노예가 동원되는 경우가 많았던 것은 놀라운 일이 아니다. 이는 스페인이 침략해오기 전에도 마찬가지였다. 마야, 아즈텍, 이로쿼이족은 전쟁 포로를 노예로 삼은 오랜 역사가 있었다. 1500년대 초 스페인인들이 침략해 광산을 점령하기 시작하자 원주민들의 상황은 상당히 악화되었다. 안드레스 레센데스의 에세이『또 하나의 노예제도*The Other Slavery*』에 따르면 (이 주제로 그는 2017년 밴크로프트상을 수상했다) 은광 주변에 살던 사람들이 가장 먼저 노예제도의 희생양이 되었으며, 이들은 스페인 군인들에게 끌려가 광산에서 강제 노역을 해야 했다.[32] 그러다 현지에 더 이상 노예로 부릴 만한 유능한 사람이 없자 스페인은 다른 지역(뉴멕시코 주, 텍사스 주, 캘리포니아 주)에서 원주민 노예를 사서 남쪽으로 데려와 광산에서 일하도록 했다. "원주민 노예제는 북아메리카 대륙 전체를 뒤덮었지만, 그 시기는 지역마다 달랐다"라고 레센데스는 말한다. 북아메리카 동부 지역의 흑인 노예화는 남북전쟁 이후 중단되었지만, "원주민 노예제는 19세기 동안 계속 번성했으며 종식이 거의 불가능한 것"으로 판명되었다.

식민 통치 아래의 원주민 장인들은 우아하게 휘감아도는 은으로 된 넝쿨, 늘어뜨려진 호박꽃 펜던트, 상감 꽃무늬 디자인 등 남서부 지역에서 유명한 독특한 스타일의 보석을 제작하기 시작했다. 1800년대에는 이집트풍과 일본풍이 유럽을 휩쓸고 있었고, 그 결과 "이국적exotic"이라고 여겨지는 모든 예술 형식에 대한 집착이 매우 심해졌다. 여기에는 종종 중동 지역과 관련된 돌인 터키석도 포함되었다. 여성들은 터키석 약혼반지를 끼고 결혼하기 시작했으며, 종종 밝은 옐로 골드에 세공되었다. 터키석은 유럽 남성과 여성에게 적합한 장신구로 여겨졌기 때문에 수요가 더욱 증가했다. 또한 낙마 사고를 막아주는 등 여러 가지 재해로부터 착용자를 보호해준다는 믿음 때문에 남성적인 돌이라는 명성도 가지고 있었다.[33]

　19세기에 이르러 미국의 터키석 매장지는 대부분 고갈되었지만 남서부 지역의 보석 수요는 줄어들지 않았다. 이 스타일은 20세기와 21세기에 걸쳐 여러 번 유행했다가 사라졌다. 사람들은 거칠고 척박한 아름다운 "마법의 땅", 뉴멕시코 주에서 온 마법의 돌을 갖고 싶어한다. 오늘날 운용 중인 터키석 광산은 거의 없고 광산에서 나오는 원석의 품질도 상당히 낮은 편이지만, 나는 여전히 그 결함이 있는 원석을 좋아한다. 특히 원주민 부족으로부터 직접 구입할 수 있는 보석들도 아주 많기 때문에, 남서부 스타일의 보석은 싸구려 관광용이라는 라우리의 거부감에는 공감할 수 없다. 나는 한 부족의 스타일이나 문화를 모방하지 않고도 미학을 감상하고 예술 작품을 즐길 수 있다고 생각하지만, 이 과정의 핵심은 좋은 공급원을 찾는 것이다. 나와 제작자 사이의 단계가 적을수록 구매에 대한 만족도가 높아진다. 더 좋은 가격에 구매하고 싶어서이거나 흥정을 좋아해서가 아니다(나는 흥정을 좋아하지 않는다). 내가 가장 좋아하고 오래 간직하는 물건은 사람과 장소, 물건과 물건을 연결하는 기억망, 긍정적인 연상의 그물망으로 둘러싸인 물건이다. 나는 여전히 자신의 기술을 완성하는 중에 있는 아티스트, 낮은 등급의 원석과 결함이 있는 2등급품을 사용하면서도 자신의 디자인의 결점을 개선하려고 애쓰는 아티스트들의 작품을 구입할 때 큰 기쁨을 느낀다. 내가 가장 좋아하는 귀걸이는 뉴멕시코 주의 야외 박람회에서 주니족 예술가로부터 구입한 터키석, 자개, 청금석의 기하학적 패턴이 박힌 순은으로 된 링이다. 이 귀걸이를 착용하면 눈 덮인 타오스에서 렌트한 오픈카를 타고 드라이브하던 기억이 난다. 메인 주에 비해서 사막이 얼마나 따뜻하게 느껴졌는지, 저녁이 되면 분홍색 빛으로 변하던 하늘과 공기 중에 감돌던 건조하고 부드러운 나무 타는 냄새까지 생생히 떠오른다. 열정적이고 개방적이었던 한 젊은 예술가의 얼굴도 기억난다.

성인이 되어 뉴멕시코 주를 방문했을 때 나는 대부분의 귀향객들이 가지는 은밀한 희망을 품고 갔다. 어린 시절의 기억을 되살리고, 친족에 대한 유대감을 찾고, 철학자 글렌 알브레히트의 말을 빌리자면 내 마음이 편안해지는 곳으로 돌아가고 싶었다. 그러나 정작 나는 내가 예전에 살았던 집도 알아보지 못했다. 동네도, 음식도, 석양도 나의 추억과 닮은 것이라고는 하나도 없었다. 하지만 왠지 내 집이 아니더라도 아름답게 느껴졌기 때문에 상관없었다. 나는 더 이상 그곳 마법의 땅에 사는 아이가 아닌 이방인이었으니까. 어른의 삶에서 지식, 기억, 그리고 돌멩이는 모두 거짓일 수 있다. 하지만 귀걸이는 진짜이다. 내가 항상 감탄해마지않았던 "전통적인" 원주민 디자인에는 스페인의 식민 지배, 원주민 예술의 전통, "이국적인” 또는 “정통” 보석에 대한 수요로부터 비롯된 여러 가지 영향이 뒤섞여 있다는 것을 알게 되었다. 그렇다고 해서 그것이 덜 예쁘다고 할 수 있을까? 전설에 대해 누군가가 거짓말을 한들 누가 신경이나 쓸까?

영국 카레에 대한 글을 쓰면서 작가 비 윌슨은 이런 질문을 던진다. “사람들이 알고 사랑하는 문화 현상이 실제로는 만화와 같다는 것을 어떻게 설명할 수 있을까? 어느 시점부터는 이 만화가 그것의 독자적인 삶을 살게 된다는 사실을 포기하고 받아들여야 할까?”[34] 카레는 보석과 금속으로 만들어지지 않았지만 원리는 동일하다. 카레와 터키석은 모두 사람들의 잔인한 싸움, 폭력적인 제국주의 역사, 오해와 잘못된 정보로 만들어졌다. 하지만 김이 모락모락 나는 노란 카레 한 그릇, 푸른 달 모양의 반짝이는 은색 상감 귀걸이 등 최종적인 결과물은 여전히 우리에게 큰 즐거움을 선사한다. 그것들은 여전히 많은 사람들의 삶에 기쁨과 풍요로움을 가져다준다.

고백할 것이 하나 있다. 이 고백은 나의 말과 일에 방해가 되는 어떤 절박함을 드러내는 것이어서 나에게도 조금 불편한 것이 사실이다. 내가 가지고 다니는 검은색 가죽 파우치 안에는 화장품, 비상약, 티트리 이쑤시개, 제산제와 함께 우윳빛의 돌 하나가 들어 있다. 오팔라이트opalite인 것 같지만 확실하지는 않다. 포틀랜드의 뉴에이지 상점에서 불안증 치료제(매일 복용하는 졸로푸트와 아주 가끔 먹는 아티반)와 함께 이 돌을 샀다.

나는 어디든 이 돌을 가지고 다니는데, 돌이 예뻐서라기보다는 처음부터 그런 용도로 산 것이기 때문이다. 돌은 빛에 따라 변하는 부드러운 색을 띠고 있다. 옅은 녹색이나 회색, 심지어 청록색으로 보이기도 한다. 아주 최근까지만 해도 나는 이 돌이 지하에서 만들어진 "천연" 돌이라고 생각했다. 오팔라이트에 대해 알게 된 지금 (그리고 내가 얼마나 싸게 샀는지 기억하는 지금) 그럴 가능성은 희박해 보인다. 내가 운이 좋았다면 이 돌은 무지갯빛을 띠지 않는 오팔인 "일반 오팔" 조각일 수 있다. 내 돌에는 무지갯빛 반점이 없으니 그럴 가능성이 있다. 하지만 최악의 경우에는 아예 돌이 아닐 수도 있다. 오팔처럼 보이도록 제조된 유리 조각으로, 흔히 값싼 석영 조각과 함께 판매된다. 플라스틱이 들어 있는 가짜일 수도 있다.

내가 이 걱정 돌을 가지고 다니는 이유는 아티반을 구입한 이유와 같다. 나는 아주 어렸을 때부터 공황 발작을 겪는 불안한 아이였다. 여덟 살 때 내가 한동안 몇 시간 이상 잠을 자지 못하자, 부모님은 나를 치료사에게 데려가셨다. 나는 침대에 누워 새벽 5시까지 끔찍한 재난 상황을 상상하곤 했다. 오히려 깨어 있는 시간 동안에는 동생들이 무서워하는 것들에 대해서는 그다지 두려움을 느끼지 않았다. 깊은 물에서 수영하고, 이웃집 스케이트보드를 타고, 정체불명의 열매를 먹어보기도 했다. 하지만 밤이 되면 두려움에 질려 꼼짝도 할 수 없었다. 일산화탄소 중독이 두려웠고, 가야만 하는 어딘가에 화장실이 없을까 봐 두려웠다. 부모님이 돌아가실까 봐 두려웠고, 수업 시간에 큰 소리로 책을 읽거나 많은 사람들이 지켜보는 앞에서 말하는 것이 두려웠다. 상실과 굴욕감이 두려웠는데, 이 두 가지는 예전만큼은 아니더라도 지금도 여전히 나를 두렵게 한다.

걱정 돌은 내가 가지고 있는 많은 돌들 중 하나로, 손바닥으로 쥐고 쓰다듬고 어루만지고 뒤집으며, 나 스스로를 진정시키기 위해 마련한 작은 돌이다. 내가 가장 좋아하는 돌은 아이슬란드의 해변에서 주운 것이다. 나는 검은색에 가죽처럼 매끄러운 이 돌을 침대 옆에 두고 사용한다. 머릿속 생각이 너무 빨리 돌아간다고 느껴질 때 이 돌을 손에 쥐면 도움이 된다. 걱정 돌은 내가 나의 몸으로 돌아가기 위해 사용하는 많은 도구들 중 하나일 뿐이다. 지난 10년 동안 명상을 하고 호흡을 조절하는 방법을 배웠다. 심박수를 낮추면 공황 발작을 일으키는 아드레날린 반응을 늦출 수 있다는 것도 알게 되었다. 그리고 꼭 필요할 때는 아티반을 복용한다. 먼저 혀 밑에서 녹여 단맛이 입 안에 가득 차게 한 뒤, 과민해진 편도체에 도움이 오고 있으니 조금만 기다려달라는 신호를 보낸다.

아티반은 본질적으로 뇌 활동을 감소시키는 벤조디아제핀(또는 줄여서 벤조)이라는 중독성이 강한 정신 활성 물질 계열의 약이기 때문에 효과가 있다. 한 가지는 "진짜"(아티반)이고 다른 한 가지는 "가짜"(걱정 돌)라고 부르고 싶은 유혹이 들지만, 실제로는 그렇지 않다. 실험실에서 만든 다이아몬드도 다이아몬드이고, 런던 블루 토파즈는 방사선 조사 처리를 받았지만 여전히 토파즈이다. 걱정 돌과 아티반은 같은 공간에 함께 존재한다. 하나는 편의점, 다른 하나는 리핑 리자드Leapin' Lizards(포틀랜드에 위치한 뉴에이지 상점의 이름/역주)에서 구입했지만 둘 다 효과가 있다.

2000년대 초반, 힙스터의 시대에 자란 나는 소셜 미디어 사용이 한창이던 시절에 유행어였던 "진정성authenticity"을 걱정하는 경향이 있다. 한때는 염색되거나 가공된 스톤은 사기라고 생각하기도 했지만, 지금은 그 매력을 좀더 유연하게 이해하게 되었다. 이제는 오팔라이트를 구매하지는 않지만, 주황색과 초록색의 반짝임이 있는 이 예쁜 우윳빛의 돌을 버릴 필요성은 느끼지 못한다. 색은 사람을 행복하게 만들어주는 요소이며, 크리스털 매장은 편안하고 따뜻하며 즐거움을 주는 공간이다. "크리스털은 헛소리이다. 모든 것이 헛소리라는 의미에서 그렇다"라고 『크리스털 클리어 : 일상을 위한 특별한 부적에 대한 성찰Crystal Clear : Reflections on Extraordinary Talismans for Everyday Life』의 저자 자야 삭세나는 말한다. 크리스털에 관한 책을 쓴 사람치고는 놀라울 정도로 직설적인 표현이지만, 그렇다고 해서 삭세나가 보석을 종교적 관습에 사용하는 사람들을 싫어한다는 뜻은 아니다. 그녀는 녹색 수정이 특정 주파수로 진동한다고 믿지 않으며, 누군가에게 로즈 쿼츠를 주면 그 사람이 당신을 사랑하게 될 것이라고 믿지 않는다. 하지만 그녀는 인간이 물리적 세계와 영적으로 연결될 필요가 있다고 인식한다. 우리는 주변 세계에 의미를 투영할 필요가 있다. 자신만의 돌 컬렉션을 믿는다고 해서 누군가가 바보가 되는 것은 아니라고 그녀는 말한다. 그리고 이렇게 덧붙인다. "나는 사람들에게 더 많은 신뢰를 주려고 노력한다. 돌을 은유로 사용하는 사람이 전 세계에 당신과 나뿐이라고는 생각하지 않는다."

나는 최근까지도 이 사실을 이해하지 못했지만 은유는 매우 현실적인 마법과도 같다. 내가 보석을 위로의 원천으로 삼고, 돌을 들고 마음을 진정시키고, 세상에 좋은 기운을 발산하는 것은 인류가 살아온 시간만큼이나 오랫동안 존재해온 마법의 한 형태를 실천하는 일이다. 나는 사물과 사물 사이를 연결하고, 자주 이동시킬수록 더 강해지는 의미의 통로를 만들고 있다. 옥스퍼드 대학교의 고고학 교수인 크리스 고스든은 『마법 : 하나의 역사_Magic : A History』에서 마법을 우주에 대한 "인간의 참여"를 강조하는 활동 양식으로 정의한다. 그는 "마법이 죽었다는 소문은 끊임없이 과장되어왔다"라고 말한다.[35] 마법은 멀리서 냉정하게 이해하거나 기복 신앙처럼 숭배하는 것이 아니다. 마법은 그물 속의 미끼처럼 그 한가운데에 있는 것이다. 고스든은 "우리는 마법을 통해서 상호성을 탐구할 수 있다"고 주장하며 "인간의 지능은 세계의 더 넓은 지능의 한 부분"이라고 덧붙인다. 우리가 이것을 항상 명확하게 설명하지는 못하지만, 생명체는 분명 서로 소통한다. 마법은 세상을 더 잘 이해할 수 있게 해준다. 마법은 종교와 과학 모두와 얽혀 있으며, 우리는 이 세 가지 체계가 서로 상반된다고 생각하지만, 고스든은 우리가 어느 하나를 선택할 필요가 없다고 지적한다. 우리 뇌에는 다양한 믿음을 위한 공간이 있다. 우리는 마법을 어린아이들이나 좋아하는 유치한 것으로 폄하하는 경향이 있지만, 인류가 존재한 이래로 우리는 항상 마법을 연습해왔다. 마법, 미신, 민간 신앙이 없는 문화는 없다.

돌을 들고 평온을 바라는 것도 마법의 한 형태이다. 효과가 있다고 믿으면 실제로 효과가 있을 것이다. 플라세보 효과placebo effect일 뿐이라고 해도.

그러나 플라세보 효과에 대해 중요한 점은, 그것이 진짜이고 효과가 있으며 합성 약물만큼 효과적일 수도 있다는 것이다. 플라세보 효과는 우리 뇌가 우리 몸에게 치유를 지시하고 몸이 그 말을 들을 때 발생한다. 이것은 순전한 의학도 아니고 순전한 마법도 아니다. 기적은 아니지만 마치 기적과도 같다. 이것은 우리 세포 구조와 인간의 뇌, 그리고 인체의 신비에 대한 엄청난 경외감을 불러일으킨다. 플라세보 효과를 생각하다 보면 거의 영적인 경외감에 휩싸이게 된다. 과학적으로도 뒷받침되는 마법인 것이다. 만약 여러분이 말라카이트 조각을 바라보면서 명상하면 두통이 완화된다고 믿으면 그것도 효과가 있을 수 있다. 정말로 통증이 사라지고 불안이 완화된다면, 우리가 실제로 그런 시도를 해볼 만큼 상상력이 풍부한 사람들을 비웃을 이유가 있을까?

4

나선형으로 된 경이로움

조개, 진주 그리고 연체동물이 만들어낸 기적,

아주 오래된 매력에 대하여

매사추세츠 주 프로빈스타운에서 구입한 물건의 목록은 대충 다음과 같다. 무지갯빛의 광택이 나는 3인치짜리 핫핑크 칼, 보라색 유리구슬 한 봉지, 하트 모양의 신기한 선글라스 하나, 조개껍데기 모양의 장식용 거울, 열두 살 때 처음 구입했던 탐폰 한 상자, 퍼지 초콜릿 한 상자, 베이지, 아이보리, 장미색의 조개껍데기 두 봉지. 어떤 조개껍데기는 둥글고 커다란 달팽이 모양이었고, 다른 조개껍데기는 햇볕을 받으면 분홍빛으로 붉어지는 우윳빛깔의 콘 모양이었다.

나는 친구의 초대로 어린 시절 프로빈스타운에 셀 수 없이 많이 가봤다. 전반적인 문제들과 부모님의 결혼 생활 악화로 인해 우리 가족은 휴가를 가지 않았기 때문에 프로빈스타운에서 릴리의 가족과 함께 보낸 몇 주는 평화로운 가정생활이 어떤 모습일지 엿볼 수 있는 특별한 시간이었다. 우리는 그 몇 주 동안 모래사장에서 놀고, 트윈 침대에서 책을 읽고, 피 타운P-Town(릴리의 부모님이 그렇게 불렀다)의 상점을 둘러보며 시간을 보냈다. 어렸을 때도 프로빈스타운은 내가 가장 좋아했던 쇼핑 장소였다. 지구상에서 프로빈스타운만큼 쇼핑하기에 좋은 곳은 거의 없을 것이다. 코드 곶 끝자락의 작은 해변 마을인 이곳은 케네디 가문의 귀족적인 미학과 커밍아웃을 하고 자랑스러워하는 성소수자들의 파격적이고 광기에 찬 즐거움이 공존하는 곳이다. 보트 슈즈를 신고 드래그 쇼(화려한 남성 또는 여성처럼 꾸민 드래그 아티스트가 수행하는 엔터테인먼트의 한 형태/역주)를 하는 사람들이 있는 곳이기도 하다. 랍스터 모양 부표와 밧줄로 만든 항해용 팔찌를 파는 상점이 남근 대용품같은 매끈한 유리로 된 물담뱃대를 광고하는 상점 옆에 자리 잡고 있었다. 건축물만 놓고 보면 이곳은 확실히 고풍스럽고 개신교적인 분위기가 물씬 풍긴다. 하지만 판매되는 상품들을 보면 전혀 차분하거나 고루하지 않다. 이곳은 여름에는 거칠고 겨울에는 나른하다. 고풍스러운 분위기의 건축물이 늘어선 해변이면서도 음식, 공연, 예술, 밤 문화만큼은 도회적이다. 그곳에는 나를 포함한 많은 사람들이 사랑하는 문화가 뒤섞여 있다. 무엇보다도 프로빈스타운은 키치하다.

그래서인지 나는 조개껍데기라고 하면 플로리다를 떠올리지 않는다. 사실 네이플스Naples(이탈리아의 나폴리와 같은 이름을 가진 플로리다의 휴양 도시/역주)에서 휴가를 보내던 때만큼 조개를 많이 발견한 적은 없었다. 그때 나는 심한 일광 화상과 함께 휴지로 감싼 조개껍데기가 가득 담긴 여행 가방을 들고 집에 돌아왔고, 그 가방에서는 아직도 조개껍데기 냄새가 난다(지금은 캐나다 국경 근처에서 산 코요테 머리와 수년 동안 수집한 깃털이 담긴 병과 함께 유리로 된 수납장에 들어 있다. 이 수납장은 내 소소한 호기심의 집합소이다).
그곳에서는 연잎성게sand dollar를 너무나도 쉽게 발견할 수 있어서 정
말 놀라울 정도였다. 그런데도 조개껍데기를 생각하면 차가운 북쪽
의 해변과 섬뜩할 정도로 조용한 겨울이 있는 프로빈스타운이 떠오
른다. 이곳의 내셔널 비치에서는 반투명한 노란색 가랑잎조개jingle
shell(일명 "인어 발톱")나 가끔 볼 수 있는 가리비 또는 스카치 보닛
scotch bonnet(조개의 일종/역주)을 제외하고는 조개껍데기를 많이 찾을
수 없다. 하지만 이곳에서는 조개 모양의 딱딱한 사탕을 먹으며 반
짝이는 분홍색 조개 브래지어를 사 입고, 조개 모양의 양초를 태우
고, 가리비 모양의 작은 금색 목걸이를 착용해볼 수 있다. 조개껍데
기로 장식된 램프와 조개 무늬가 반복되는 리본 벨트를 구입할 수
도 있다. 또한 연체동물, 갑각류 및 기타 다양한 종류의 바다 생물
들을 쉽게 구입할 수도 있다. 그 부드러운 해산물을 먹거나, 단단하
고 예쁜 껍데기로 만든 장신구를 몸에 걸치거나, 고운 가루로 분쇄
된 부산물을 즐길 수도 있다.

현대 미국 문화에서 조개는 분명히 키치한 존재이다. 조개는 아름
다움을 잃지 않았지만, 그 아름다움은 우리가 광적으로 반복하는
건축물에 가려져 있다. 조개의 복잡한 생물학적 형태는 플라스틱과
설탕, 비누 등 대량으로 생산되고 빠른 소비를 목적으로 하는 상품
들에 너무 많이 소모되어 이제는 더 이상 인상적이지 않다. 단지 판
매되는 상품, 이것이 내가 평생 조개를 바라보았던 관점이다. 진짜
조개껍데기보다 가짜 조개껍데기를 더 자주 보았고, 진짜 조개껍데

기조차 페인트칠되거나 염색되고, 깨져 있거나 뜨거운 접착제로 엉성하게 붙어 있는 모습을 더 많이 보아왔다. 내 어린 시절의 기억을 가득 채우고 있는 조개는 장신구나 상징물, 또는 주유소의 로고였다. 전부 세련되지는 않았지만 대중적인 매력을 지녔다. 조개껍데기는 디즈니 인어공주나 관련 상품, 사촌이 가진 바비 인형의 조개껍데기 모양 액세서리, 식료품점에서 보낸 연하장에 모호한 미사여구와 함께 그려진 그림으로 기억된다. 조개껍데기는 아이스크림, 여름철의 도로 여행, 흔한 비치 타월 등과 함께 떠오르는 공유 문화의 일부로서 보편적인 사랑을 받고 있다고 볼 수 있다. 조개껍데기는 맥도널드 햄버거의 번처럼 부드럽고 간편한 미국식 즐거움을 상징한다.

문화 비평가 일레인 스캐리는 아름다움은 "복제 행위를 부추기고 심지어는 요구하는 것 같다"라고 말한다.[1] 스캐리는 1999년에 출간한 철학 저서 『아름다움과 정의로움에 대하여_On Beauty and Being Just_』에서 아름다움은 매혹적이고 생성적인 힘으로 인해 인간의 선함을 불러일으킨다는 낙관적인 주장을 한다. 아름다움은 우리를 사소한 걱정으로부터 벗어나게 하고 복제, 재생산, 모방에 대한 "끊임없는" 욕구를 불러일으킨다고 그녀는 말한다. 스캐리에 따르면 꽃은 우리가 그림을 그리고 싶게 만들고, 새를 바라보며 경탄하게 만들고, 할리우드 스타가 자손을 낳기 위해 섹스를 하고 싶게 만든다. 스캐리는 이 세상에 존재하는 수많은 아름다운 것들의 다양성에도 불구하고 그들에는 공통된 속성이 존재한다고 믿으며, "그중 하나는 바로 번식에 대한 충동"이라고 말한다. 이어서 "그러한 속성이 없는 아름다음을 상상하는 것은 불가능"하다고 쓰고 있다. 조개껍데기는 확실히 이 속성에 부합한다. 조개껍데기는 모든 규모에서 끝없이 복제되고 재창조된다. 웅장한 예배당(이라크의 사마라 모스크에는 52미터 높이의 나선형 첨탑이 있다)에서부터 몸을 치장하는 작은 장식(인어를 주제로 한 네일 아트는 그 자체로 하나의 장르이다)에 이르기까지 조개껍데기는 꽃 다음으로 어디에나 존재한다.

이는 특히 장식 및 생활 예술에서 두드러진다. 지난 10년 동안 조개 모양의 지갑부터 브래지어, 헤드보드에 이르기까지 조개를 테마로 한 트렌드가 계속해서 등장했다가 사라지는 것을 보았다. 이를테면 온라인에서 주얼리 브랜드인 파멜라 러브(모델 에보니 데이비스와 협업한)의 골드 개오지 조개 목걸이를 구입하거나, 인플루언서들이 사랑하는 브랜드인 리포메이션의 조개 장식 미니 드레스를 구입하는 일은 어렵지 않다. 그만큼 이것이 새로운 트렌드는 아니다. 16-17세기 네덜란드에서는 금색으로 포인트를 준 화려한 앵무조개 성배를 식탁에 두는 것이 유행이었다. 18세기의 가구 제작자들은 마호가니 테이블 다리를 나선형으로, 모든 의자 등받이를 가리비 모양으로 만들었다. 19세기의 파리에서는 여성들이 조개껍데기 모양의 핸드백을 들고 걸어 다니는 모습을 흔히 볼 수 있었다. 20세기에는 조개껍데기 모양 브래지어를 입은 싱크로나이즈 수영 선수들이 등장했고, 월트 디즈니의 환상적인 조개로 된 성, 엘사 스키아파렐리의 유명한 랍스터 드레스(살바도르 달리와 협업한)가 등장했다.

조개껍데기에서 영감을 받아 아름다운 예술품을 만들 수는 있지만(보티첼리의 「비너스의 탄생」에 등장하는 크림색 금빛 조개만 봐도 그 사실을 충분히 알 수 있다), 조개껍데기로 된 대부분의 예술품은 쉽게 잊힌다. 조개 동굴은 그 과격한 비율만으로도 인상적이고 대담하지만, 많은 조개 동굴이 해체된 데에는 다 그럴 만한 이유가 있다고 생각한다. 사람들이 조개껍데기 하나하나를 관조할 가치가 있는 대상으로서 즐긴다기보다는, 그 엄청난 양을 품 안에 넣고 싶어하는 충동이 작용하는 것 같다. 그것은 아름다움에 대한 용감한 접근 방식이며, 과잉과 축적의 광기를 즐기는 것이다.

사실 나는 음식을 떠올리지 않고 연체동물을 생각하기는 어려운데, 연체동물의 끈적거림에 매우 익숙하기 때문이다. 버터에 살짝 볶은 통통한 가리비처럼 달콤하고 부드러운 연체동물도 있지만, 모든 사람들이 연체동물을 좋아하는 것은 아니다. 예를 들면 굴은 호불호가 갈리는데, 나는 개인적으로 그 짭조름한 맛과 점액질 같은 식감을 좋아한다. 한입에 못생긴 생물을 통째로 삼킬 수 있으니 동물적인 쾌감도 느낄 수 있다. 조개 또한 튀겨서 마요네즈를 듬뿍 뿌린 포보이(긴 빵이나 바게트에 새우, 굴, 치킨, 소시지 등 다양한 속재료를 넣어서 만든 샌드위치/역주)에 곁들여 먹으면 특별한 매력이 있다. 돼지나 소에서 얻은 단백질이 내 식단에서 훨씬 더 많은 부분을 차지하기는 하지만, 어떤 면에서 나는 돼지나 소보다 연체동물의 생김새와 구조에 훨씬 더 익숙하다. 연체동물을 가까이서 직접 관찰해왔기 때문에, 나는 연체동물의 윤곽과 색깔을 잘 알고 있다.

이 덩어리 같은 생명체가 이렇게 독특하고 조각 같은 집을 스스로 만든다는 사실은 우리의 이해를 넘어서는 정말 경이로운 일이다. 언젠가는 바다 달팽이가 본인은 스스로 직접 볼 수조차 없는 나선형의 복잡한 무늬의 껍데기를 만드는 모든 메커니즘과 동기를 인간이 이해할 수도 있겠지만, 지금은 학설만 있을 뿐이다. 과학자들은 달팽이가 기억의 한 형태로서 껍데기에 화려한 줄무늬와 점들을 만들고, 우리가 온라인 달력을 사용하는 것과 마찬가지로 미래의 자신에게 상황을 전달한다고 본다.[2] 하지만 연체동물 중에는 인간과는 너무나도 다른 신비한 삶을 사는 종들이 많다. 우리는 여전히 새로운 종들을 발견하고 있으며, 그중에는 지구상에서 가장 생존하기 어려운 곳에서 번성하는 종도 있다. 이미 오래 전에 멸종된 것으로 알려졌던 종이 발견되기도 했으며, 이러한 발견은 인간에게 더 많은 질문과 탐구 과제를 제기할 뿐이다. 그러니 내가 송아지 고기는 먹지 못하면서도 살아 있는 굴을 허겁지겁 먹는 데에는 아무런 문제를 느끼지 못하는 것도 당연한 일이다. 나의 상상력은 갈색 눈동자를 가진 송아지에게 감정을 투영할 수 있지만, 굴이 어떻게 느끼는지는 상상조차 할 수 없다.

연체동물은 대중의 사랑을 거의 받지 못한다. 대신에 우리는 그들의 껍데기를 사랑한다. 거의 모든 연체동물 종에게 껍데기는 유일한 보금자리이자 평생을 살아갈 집이다. 이는 일생일대의 노동이며, 일부 연체동물에게는 수십 년의 시간을 의미하기도 한다.

연체동물은 오래되고 다양하며 성공적인 생명체이다. 연체동물은 외투막mantle이라는 막으로 둘러싸인 분절되지 않은 질퍽한 몸을 가진 무척추동물이다. 연체동물은 5억4,000만 년 전에 출현하기 시작했으며, 지구상에 존재하는 동안 공중을 제외한 모든 자연 서식지에서 생존할 수 있도록 적응해왔다. 연체동물은 인간보다 훨씬 오래되었고 훨씬 더 회복탄력적이다.

연체동물mollusk이라는 단어는 라틴어로 "부드럽다"라는 뜻인 "molluscus"에서 유래했는데, 문어나 오징어처럼 비교적 명확한 형태를 갖춘 연체동물도 흐물거리는 유동성을 가지고 있기 때문이다. 연체동물은 달팽이, 민달팽이, 조개, 굴, 홍합, 갑오징어, 문어, 오징어, 키톤, 군소, 바다나비 등 전체 해양 생물의 약 23퍼센트를 포함하는 거대한 문phylum(생물의 분류 단계 중 하나로 계kingdom의 아래이고 강class의 위이다/역주)이다. 이러한 생물 중 상당수는 스스로 껍데기를 만들 수 있으며, 대부분의 생물은 진주 또는 진주와 유사한 성장체를 생성할 수 있다. 하지만 석회질로 이루어진 조개껍데기가 모두 아름답다고 할 수는 없다. 대부분은 칙칙하고 모양이 좋지 않으며 인상적이지도 않다. 많은 끈적한 수중 생물들은 갈색이며 울퉁불퉁하고 모양도 엉망인 우아함이라고는 없는, 순전히 실용적인 집을 스스로 만든다. 침입성 민물달팽이의 껍데기는 내가 가장 싫어하는 이모티콘을 닮은 진흙 색의 작은 코일coil 모양이고, 사실 굴 껍데기도 집이라고 부를 만하게 생기지는 않았다.

연체동물 껍데기의 표면은 비늘이 있거나 부서지기 쉬우며 분필 같은 질감이 느껴지지만, 내부는 단단하고 매끄럽고 광택이 나는 경향이 있다. 내가 가장 좋아하는 조개껍데기는 오팔처럼 빛에 따라서 색이 변하는 조개껍데기이다. 이 경이로운 무지갯빛이 나는 이유는 일부 연체동물이 정밀하게 구성된 탄산칼슘 혼합물을 생성할 수 있기 때문인데, 이 혼합물은 보호 기능도 있고 아름답기도 하다. 전복과 홍합을 포함한 일부 연체동물은 껍데기 내부를 진주층으로 채우고, 다른 연체동물은 오염 물질을 감싸는 데에 진주층을 사용한다. 작은 먹이 입자나 작은 침전물 또는 모래 조각이 껍데기 안에 들어오면 연체동물은 이 자극 물질을 천천히, 층층이 진주층으로 뒤덮는다. 때로는 인간의 개입으로 인해 발생하기도 한다. 연체동물의 생식 기관에 자극제를 넣고 동물이 이에 반응할 때까지 기다린다. 그들의 고통이 사고팔고, 착용하고, 거래하고, 또다시 착용할 수 있는 상품이 될 때까지 기다리는 것이다. 이렇게 진주가 만들어진다.

조개껍데기는 연꽃처럼 진흙탕에서 피어나는 아름다움의 한 예이다. 이 못생긴 생명체는 우리의 역겨운 분비물과 같은 질감을 가지고 있지만, 어찌된 일인지 이 끈적끈적한 생명체는 나름대로의 복잡한 삶을 살도록 진화했다. 연체동물은 완벽한 진주를 키우거나 나선형 궁전을 만들기도 한다. 껍데기를 만드는 연체동물이 예쁘다고 말하는 사람은 거의 없지만, 우리는 모두 그 건축양식의 선과 형태, 그리고 그 빛의 놀라운 매력에 익숙하다. 우리는 굴 껍데기 조각이 얼마나 아름다운 크림 같은 황금빛으로 빛나는지, 전복 껍데기의 표면에서 파란색과 초록색이 어떻게 오로라처럼 춤을 추는지, 물레고둥의 소용돌이 안쪽이 얼마나 예쁜 분홍색으로 빛나는지 잘 알고 있다. 큰 호수나 바다 근처에 산다면 어렸을 때부터 이런 종류의 정보를 자연스럽게 흡수하게 된다. 한 점의 특이한 색이나 반사된 빛의 흔적을 발견하면 누구나 즉시 그것을 집어 들고, 만져보고, 궁금해할 것이기 때문이다.

자연학자 헬렌 스케일스는 『시간의 나선 : 조개의 비밀스러운 삶과 특별한 사후 세계*Spirals in Time : The Secret Life and Curious Afterlife of Seashells*』에서 "수 세기 동안 많은 위대한 학자들이 조개의 우아한 조각과 무늬를 연구하며 조개의 구조를 궁금해했다"라고 말한다.[3] 그녀는 나선형의 형태가 수학, 생물학, 미학 분야에서 인류 지식에 큰 공헌을 했다고 명확하게 인정한다. 스케일스에 따르면, 철학자들은 조개의 곡선을 이해하면 일반적인 동물학 지식뿐만 아니라 "아름다움 자체의 기원을 엿볼 수 있을 것"이라고 오랫동안 상상했다고 한다. 그녀에게 조개껍데기는 경이로움과 욕망 그리고 사랑이 한데 어우러진 추상적인 이상향의 상징이라고 할 수 있다.

어렸을 때는 무지갯빛의 장난스러운 반짝임에 매료되었지만, 수년간 미술을 공부하면서 선과 형태의 미묘한 아름다움에 눈을 떴다(전체적인 구도에서 여백이 가지는 중요성은 말할 것도 없다). 자연은 균형을 만드는 방법을 정확하게 아는 예술가이다. 자연이 아름다움을 추구한다는 가장 유명한 예시 중 하나는 앵무조개에서 찾을 수 있다. 이 조개껍데기의 단면을 보면 진주처럼 반짝이는 광택뿐만 아니라 처음에는 촘촘하게 시작하여 회전을 거듭할수록 점점 더 커지는 나선형의 피보나치 수열을 발견할 수 있다.

수천 년 동안 사람들은 자연계에서 발견되는 비율을 취하고 이를 간소화하여 나선형을 더욱 매끄럽게 만들고 선을 더욱 깔끔하게 다듬어왔다. 우리는 자연의 배열에서 아름다움에 대한 규칙을 발견하고 이를 더욱 표준화하여 조건에 따라 변화하는 약간의 편차들을 모두 제거했다. 그렇게 거친 모서리를 모두 매끄럽게 다듬었지만, 이 과정이 항상 아름다움을 만들어내는 것은 아니었다. 종종 자연의 아름다움과 대칭을 재현하고자 너무 멀리 가버린 나머지, 혼란스럽고 무질서하며 비정상적으로 보이는 생명의 흔적들은 모조리 제거하기도 했다.

뉴욕 구겐하임 미술관에 처음 들어갔을 때 보았던 조개껍데기에서 영감을 받아 지어진 하얀 나선형 건물이 기억난다. 흰색으로 칠해진 일련의 캔버스를 지나쳤지만 그 어떤 것도 나를 감동시키지 못했다. 당시 나는 변덕이 심하던 십대였고 미술사에 대해서는 아는 것이 거의 없었다. 하지만 내 개인적인 취향은 어느 정도 알고 있었다. 누구도 나를 미니멀리스트라고 부른 적은 없었고, 앞으로도 없을 것이다. 구겐하임의 구조에서 나는 형태의 진보보다는 퇴보를 보았다. 프랭크 로이드 라이트는 질서를 너무 강하게, 색상을 너무 얇게, 그리고 질감을 너무 적게 적용했다. 인공 진주는 깨끗한 광택과 눈부시게 하얀 균일성을 가지고 있다. 할리우드 스타의 도자기 같은 치아처럼 구겐하임의 건축물은 나에게 인간 의지의 공허한 승리라는 개운하지 않은 느낌을 주었을 뿐이다. 인상적이고 세련되었지만 그다지 재미있지는 않았다.

수천 년에 걸쳐 조개껍데기에 대한 우리의 문화적 존중은 변화를 거듭했지만, 어느 정도 수준에서든 인류는 항상 조개껍데기에 대한 가치를 표시해왔다. 조개껍데기는 인류 최초라고 알려진 장신구에 사용되었으며, 인류 최초의 화폐 형태 중 하나이기도 했다.

조개껍데기가 화폐로 적합했던 이유는 여러 가지가 있지만, 특히 개오지는 세계 경제를 형성하는 데에 중요한 역할을 했다. 역사의 여러 시점에서 개오지 껍데기는 아시아, 아프리카, 오세아니아, 유럽 일부 지역 사람들 사이에서 유통되어 가치의 대용물 역할을 했다.[4] 가장 선호되었던 종은 크기가 작고 내구성이 뛰어나며, 외관이 독특하여 위조가 거의 불가능하다는 특성 때문에 돈 개오지라고 불리게 된 모네타리아 모네타*Monetaria moneta*였다.

개인적으로 나는 개오지를 보면 "섹스 잘 팔린다"라는 진부한 표현을 떠올리지 않을 수 없다. 돈 개오지 껍데기는 매끄럽고 작고 길쭉한 형태로, 가운데에 돌기들이 있는 틈이 있다. 이 조개껍데기를 세로로 잡으면 그 아랫면이 여성의 음순과 매우 흡사한데, 이는 개오지가 다산의 부적으로 여겨졌던 이유를 설명한다. 또한 이 돈 개오지를 가로로 기울이면 가늘게 뜨고 있는 눈처럼 보이기 때문에 고대 이집트에서는 악마의 눈으로부터 자신을 보호하는 부적으로 사용했다. 하지만 조개껍데기의 모양이 어떻든 간에 개오지는 인간의 나르시시즘적 충동에 호소하는 것 같다. 우리는 개오지의 친숙한 모양과 부드러운 색감, 가볍고 튼튼한 껍데기에 이끌린다. 오브제로서 개오지 껍데기는 은행 역사학자와 현대 패션 작가들에게도 똑같이 관심을 받고 있다. 전 세계 거의 모든 주요 박물관의 컬렉션에서 개오지 껍데기를 찾아볼 수 있다. 고대 이집트 미라, 중국의 신성한 무덤들, 19세기 콩고 사제에게서 개오지 껍데기로 만든 예술품과 장신구가 발견된다. 이 작품들은 때때로 고대 그리스나 로마의 유물과 동등한 미술품으로 간주되기도 하지만, 대체로 다른 "원시" 예술품들과 함께 박물관의 별도의 구역으로 밀려났다.

물론 모든 문화권에서 조개껍데기 화폐를 똑같이 소중하게 여겼던 것은 아니다. 조개는 어떤 사람들에게는 신성한 물건이지만 다른 사람들에게는 수집품일 뿐이었다. 대서양을 횡단하는 노예무역이 시작될 무렵에는 이러한 격차가 특히나 극명하고 심각해졌다. 14–16세기 아프리카 해안 지역에서 살던 사람들에게 개오지 껍데기는 시각적으로 매우 중요한 문화 요소였다. 남녀 할 것 없이 수백 명의 사람들이 이것을 목에 걸고, 허리에 두르고, 옷에 꿰매고, 마스크에 달아서 착용했다. 이 사회에서 가장 부유한 사람들은 개오지 껍데기를 쌓아서 자신의 부를 과시했다. 전사들은 개오지 껍데기를 착용하고 전투에 나섰고, 무용수들은 제의의 공연에서 착용했다. 하지만 항구에 상륙한 유럽인들에게 개오지 껍데기는 부를 축적하고 노예를 구입하는 하나의 수단에 불과했다.

노예무역은 상당 부분 개오지 껍데기 화폐로 자금을 조달했다. 1550년대에 유럽 상인들은 이 껍데기가 가나에서 최고의 화폐라는 사실을 발견했다. 16세기와 17세기에 걸쳐 개오지 껍데기는 수백만 단위로 유럽에 유입되었다.[5] 이러한 복잡한 글로벌 무역 체제가 아름다운 물건뿐만 아니라 착취적인 경제와 사회 체제까지 지구의 한쪽에서 다른 쪽으로 확산시키는 역할을 했다. 상인들은 몰디브와 스리랑카에서 조개 바구니와 조개 통을 헐값에 구입하여 서유럽으로 가져온 다음, 배를 돌려 대서양을 건너 남쪽으로 항해하여 기니만의 노예 해안으로 향했다.

1680년대에는 노예 한 명을 사는 데 1만 개의 조개껍데기가 필요했다.[6] 1770년대에는 성인 남성 노예 한 명의 가격이 15만 개오지 껍데기에 달했다. 역사를 통틀어 인류는 언제나 사람의 영혼에 숫자를 붙이고 인간의 신체에 값을 매기려고 노력했다. 이러한 거래는 나로서는 개념화하기 어렵기 때문에, 어떤 면에서는 오히려 더 쉽게 소화할 수 있다. 내 삶과 이 관행 사이에는 해를 거듭할수록 넓어지는 격차와 들여다보고 싶지 않은 불편한 세부 사항들이 있다. 이 거래 행위의 어떤 부분은 도저히 상상할 수조차 없다. 돈 개오지의 크기와 모양은 잘 알고 있지만 1만 개의 개오지 껍데기가 배에 실리면 어떤 모습일지 그려지지 않는다. 내 머리로는 사물을 그렇게 많이 곱할 수 없다. 어떤 고통의 정도를 상상할 때도 비슷한 문제가 발생한다. 고통을 느낀다는 것이 어떤 것인지는 알지만 계산에 따라 곱할 수는 없다. 사실 그럴 필요도 없다. 나는 노예제도가 전 세계적으로 행해졌고, 현재도 계속되고 있으며, 흔하지만 역겨운 관행이라는 것을 알고 있다. 내가 이 경험에 공감할 수 있는지, 상상할 수 있는지는 중요하지 않다. 중요한 것은 그런 일이 실제로 일어났다는 사실이다.

수십억 개의 조개껍데기가 바다와 대륙을 가로질러 운반되었다. 수백만 명의 사람들이 고국에서 강제로 끌려가 고문, 잔인한 학대 그리고 강간과 착취를 당했다. 개오지 껍데기는 더 이상 화폐로 사용되지 않지만, 사람들은 여전히 사고팔고 있다. 이 사실을 내 지식의 구조에 통합시키기는 어렵다. 그것은 너무 큰 숫자이고, 너무 큰 고통이며, 너무 끔찍한 현실이기 때문이다.

나의 일부는 이런 것들을 부정하고 싶어한다. 눈을 감고 모른 체하면 그냥 사라지기를, 늘 그랬던 것처럼 내가 그저 무심하게 계속 살아갈 수 있기를 바란다. 하지만 지식은 우리를 변화시킬 수 있고, 더 좋든 나쁘든 우리의 욕망을 형성할 수도 있다. 이 작고 아름다운 것들의 잔혹한 뒷이야기를 알게 된 후로는 더 이상 개오지 껍데기로 만든 장신구를 착용하고 싶지 않았다. 최근 몇 년 동안 내가 가지고 있던 개오지 귀걸이를 착용해보려고 했지만, 그 조개껍데기로 치장된 거울에 비친 내 얼굴을 보면 왠지 모를 불편함이 느껴졌다. 어린 시절부터 내 삶에 깊숙이 자리 잡아 지금까지도 많은 긍정적인 연상을 주는 터키석과는 다르다. 한때는 개오지 껍데기로 만든 장신구를 서핑하는 소녀의 액세서리, 해변에서 뽐내는 시크함으로 생각했고, 아마도 그런 이유로 그 귀걸이를 샀을 것이다. 하지만 이제는 개오지 껍데기에서 고통과 상실의 상징이 보였다.

비록 내 생각은 달라지지 않았지만, 결국 사람들은 그 조개껍데기들을 다시 가져가서 가치를 회복시켰다. 역사를 통틀어 상징물은 도난당하고, 오용되고, 타락하고, 제거되고, 정화되어왔다. 주지하다시피 개오지 껍데기는 단순한 화폐가 아니었다. 그것에는 영적인 힘이 깃들어 있었다. 그리고 미국 역사는 단순히 고통의 연대기만은 아니다. 그 중심에는 생존에 대한 이야기가 가득하다. 사람들은 상상할 수 있는 최악의 상황에서도 개인의 신념을 표현하고 자신의 주체성을 주장할 수 있는 방법을 찾아냈다. 뉴포트에서 발견된 "영혼의 묶음spirit bundle"처럼 이러한 행위에 대한 증거가 때로는 작은 것일 수도 있다.[7] 이 부적은 로드아일랜드 주 뉴포트에 있는 원턴-라이먼-해저드 하우스의 다락방 마루판 아래에서 발견되었는데, 1760년대 또는 1770년대에 만들어진 것으로 추정된다. 현대학자들은 의심의 여지 없이 그것이 노예가 숨겨둔 것이라고 확신한다. 핀, 구슬, 유리, 조각난 소라 껍데기를 여러 겹의 천으로 감싸서 만든 부적인 이 영혼의 묶음은 눈으로 보거나 만지거나 제단 위에 놓아두기 위한 것이 아니었다. 아마도 어떤 보호 마법을 수행하는 데에 사용되었을 가능성이 크다. 사실 조개껍데기를 제외하면 별 볼 일 없는 그저 주워온 물건 몇 가지에 불과하지만, 상황을 생각해보면 이것은 누군가의 간절한 기도이자 희망이었다. 이 사람에게는 이 물건이 자신의 유일한 소유물이었을지도 모른다.

이 마법의 물건을 숨긴 사람이 무슨 생각을 했는지 정확히 알 수는 없지만, 추측은 해볼 수 있다. 국립 아프리카계 미국인 역사 문화 박물관에 따르면, 개오지 껍데기는 "노예제도에 저항하는 부적

삼아서 미국으로 가져온 것"일 가능성이 높다고 한다.[8] 아프리카 디아스포라의 희생자들이 자신을 억압하고 학대하는 사람들을 저주하기 위해 이와 같은 부적을 사용했다는 증거가 있다. 이 부적이 집에 악령이 들지 않고 거주인이 해를 입지 않도록 하기 위해서 고안된 보호 부적이었을 가능성도 있다. 어느 쪽이든 개오지 껍데기가 백인 우월주의와 그들의 표백 효과에 대한 저항의 한 형태로 보관되었다는 사실은 변하지 않는다. 조개껍데기를 숨기거나 쌓아두는 것은 지배자에게 알려지지 않은 종교의식을 행하여, 조용하고 은밀하게 반격하는 방법이었다.

2016년, 뉴포트에서 발견된 "영혼의 묶음"은 워싱턴 D.C.에 새로 개관한 국립 아프리카계 미국인 역사 문화 박물관에 대여되었다.[9] 이를 계기로 뉴포트 역사 협회의 관계자는 극심했던 고통을 마주하며 "문화를 보존하고 창조하려는 노력"으로서 이 묶음의 의미를 되돌아보게 되었다고 표현했다. 이 종교적 도구는 "우리가 자주 논의하거나 해석하지 않는 풍부한 영적, 문화적 삶의 증거"로 이해될 수 있다고 그는 말한다. 비극적이지만 그의 말은 틀리지 않았다. 노예제도에 기반한 미국의 역사를 지우려는 노력은 현재 진행형이다. 2022년에도 여전히 금지되는 책이 있고, 교사들이 학생들에게 흑인의 역사를 가르친다는 이유로 검열을 받고 있으며, 전국의 학부모회 모임에서는 잘못된 정보 전쟁이 벌어지고 있다. 많은 백인 미국인들이 토의를 거부하고 해석은 멀리한다. 그들은 차라리 역사의 이 부분을 마루 밑으로, 즉 눈에 보이지도 않고 마음에서도 먼 곳으로 밀어버리고 싶어한다.

　글로 읽거나 이야기로 전해 들은 것에 대해서는 오래 기억하기보다는 잊어버리는 것이 항상 더 쉽다. 반면 직접 눈으로 본 것은 훨씬 더 잊기 어렵다. 극심한 고통의 이미지는 내 머릿속에 오랫동안 남는다. 다행스러운 것은 아름다움과 자부심의 광경 또한 마찬가지라는 점이다. 나는 요즘 개오지 껍데기를 볼 때면 그들의 도난당한 유산과 헤아릴 수 없는 고통들만 떠올리지는 않는다. 비욘세와 주얼리 디자이너 "개오지의 여왕"[10] 라팔레즈 디온과의 콜라보레이션도 떠오른다.

　2020년 비욘세는 「블랙 이즈 킹Black is King」의 비디오 앨범을 발표해 전 세계적인 찬사를 받았다. 디즈니의 「라이온 킹Lion King」에서 영감을 받은 이 화려하고 다층적인 멀티미디어 작품을 본 평론가 웨슬리 모리스는 다음과 같이 회고했다.[11] "아름다움은 거의 모든 것을 견딜 수 있게 해준다. 그리고 새벽녘에 일어나서 떠오르는 태양을 말없이 바라보게 한다. 떠오르는 태양에 견줄 수 있는 것은 거의 없다." 그리고 잠시 후에 이렇게 덧붙였다. "마찬가지로 비욘세와 견줄 수 있는 것도 거의 없다." 영화는 화려하고 멋진 장면들로 가득하다(모리스의 유일한 불만은 충분히 음미할 수 있을 만큼 각각의 장면이 오래 이어지지 않는다는 것이었다). 눈 깜짝할 사이에 지나칠 수도 있는 여러 장면들에서 흑인이자 아프리카계 디자이너인 디온이 만든 섬세한 개오지 껍데기 베일은 다른 패션, 예술품, 보석들과 함께 조연으로 등장한다. 특히 기억에 남는 한 장면은 디온이 베일로 얼굴을 가리고 당당하게 먼 곳을 응시하는 비욘세의 눈빛에 모든 초점이 맞춰지는 장면이다. 우리는 반짝이는 다이아몬드로 치장한 비욘세의 모습에 익숙하지만, 이번 앨범에서는 조개껍데기로 치장한 모습을 볼 수 있다. 이 앨범은 시각적으로도 풍성하고 화려하며, 감동적인 경험으로 가수의 힘과 흑인 문화의 찬란한 독창성을 모두 증명해낸다. 모리스는 "아름다움이야말로 이 영화가 존재하는 이유"라고 결론지었다.

지구가 너무 따뜻해지는 바람에 조개가 껍데기 안에서 익어 대량으로 죽어가고 있다는 사실은 내가 이해할 수 없는 또 하나의 현실이다. 2019년 「가디언*The Guardian*」에 실린 기사는 캘리포니아 해변의 바위에 "죽은 홍합이 수북이 쌓여 있고, 껍데기는 벌어지고 그을려 있으며, 살은 완전히 익어 있었다"라고 묘사했다.[12] 2020년 「내셔널 지오그래픽*National Geographic*」의 한 기사는 이전에 추천했던 러시아 동부의 여행지 중 한 곳이 어떻게 버킷 리스트에서 사라지게 되었는지를 다음과 같이 설명한다. 캄차카 해안 지역은 해로운 조류의 번식으로 인해 "죽은 바다성게와 불가사리 더미"가 해안으로 밀려오는 등, 몸살을 앓고 있다.[13] 캄차카 반도에서 앨릭 룬은 이렇게 보도했다. "해변을 찾은 사람들이 축 늘어진 붉은 문어를 손으로 집어들었다. 폭이 수백 미터, 길이가 수 킬로미터에 달하는 누런 거품이 악취를 풍기며 해안을 따라 떠다니고 있다." 캘리포니아에서 일어나고 있는 어패류의 떼죽음은 기후변화가 가져올 재앙을 알리는 "탄광 속의 카나리아"와 마찬가지로 간주된다. 러시아의 잠수부들은 일부 지역에서는 한때 해저에 살던 생물의 95퍼센트가 사라졌다고 말한다.

이 두 가지 소름 끼치는 이야기 외에도 2021년 1월, 「가디언」은 이스라엘 해안에서 "기후변화로 인한 역사상 가장 파괴적인 해양 생물 손실"이 기록되었다고 보도했다.[14] 빈 대학교의 한 과학자 그룹은 지중해 동부의 토착 연체동물의 개체수가 약 90퍼센트 감소했다는 사실을 발견했다. 서식지가 너무 뜨거워졌기 때문이다.

바다의 수온이 변하고 있고, 물의 산성도가 높아지고 있으며, 떠다니는 플라스틱 쓰레기로 만들어진 "쓰레기 섬Garbage Patch"이 곳곳에서 생겨나고 있다. 해수면 아래를 관통하는 송유관이 제대로 건설되지 않아 바다의 표면은 계속 불타고 있다. 이러한 모든 요인들로 인해 생명체가 번성하기 점점 더 어려운 환경이 되고 있다. 북아메리카 전역의 담수 생태계를 파괴하고 있는 침입성 말조개zebra mussel를 포함하여 일부 종은 더 차가운 물로 이동하고 있고, 결국에는 연체동물이 갈 곳이 더 이상 없어질지도 모른다. 폭염은 멈추지 않을 것이고, 조류 번식은 계속될 것이며, 폭풍은 지속될 것이다. 기후변화가 지금과 같은 속도로 계속 진행되는 한 연체동물의 고통도 계속될 것이다. 그들을 먹이로 삼는 동물들, 해달과 새들도 마찬가지이다. 그리고 우리는 지구상의 다른 모든 생명과 연결된 거대한 그물망 속에서 살고 있으므로 결국에는 우리도 최후를 맞이할 것이다. 인간은 지금 기후변화의 영향으로 고통받고 있다. 한 환경

운동가 친구의 말을 빌리자면, "기후 전쟁은 이미 시작되었다."

주변 환경에서 기후변화의 증거를 마주할 때 느끼는 슬픔을 표현하는 단어가 있다. 환경 철학자 글렌 알브레히트가 2003년에 만든 "솔라스탤지어solastalgia"는 "향수nostalgia", "위안solace", "황량함desolation"이라는 단어가 결합된 신조어이다.[15] 알브레히트는 이것이 "장소 감각에 대한 공격"으로 나타나며, "집에 있으면서도 집을 그리워하는 향수병의 한 형태"라고 설명한다. 이 단어는 언젠가는 우리 모두의 삶에 들어올 수밖에 없는 새로운 감정을 표현한다. 인류는 처음으로 인류가 지구에 어떤 피해를 끼쳐왔는지를 잘 알게 되었다. 우리는 지속적인 폭력의 행위자로서 기여해온 바를 이해할 수는 있지만, 개인적인 차원에서는 대체로 이 엄청난 폭력을 막을 힘이 없다. 플라스틱 빨대를 종이 빨대로 바꾸고, 불필요하게 비닐 포장재로 과대 포장된 제품의 구매를 중단할 수는 있지만, 바다가 산성화되는 것을 막을 수도, 태평양의 거대 쓰레기 섬을 혼자서 해체할 수도 없다.

나의 슬픔은 서해안에서 껍데기째 익어 죽어가는 홍합뿐만 아니라, 깊이를 가늠할 수 없는 바다와 모래사장, 그 위를 날아다니는 모든 새들에게 향하기도 한다. 파도를 타고, 아이와 함께 신록의 해초 덩어리 위에서 놀고, 빈 달팽이 조개껍데기를 줍고, 서핑을 하러 다니던 내가 가장 좋아하는 해변을 위한 것이다. 이제는 더 이상 예전처럼 눈이 내리지 않는다는, 3월에도 얼음으로 반짝이던 아름다운 북극권의 어느 바닷가를 위한 것이다. 나는 직접 보지 못했지만 그 바닷가에서 50킬로미터 떨어진 북바렌츠 해에는 붉은색과 주황색 금속으로 만들어진 괴물 같은 새로운 석유 시추선이 떠 있다고 한다. "다윗과 골리앗"으로 유명한 골리앗의 이름으로 불리는 이 시추 시설은 생물이 지하에서 부패할 때 생성되는 점성이 있는 갈색 액체를 추출하기 위해서 만들어졌다. 예전에 노르웨이의 한 농촌 마을에 있는 예술가들을 위한 공동 주택 단지에 한 달 동안 머물렀던 적이 있는데, 당시 나는 거의 매일 그 장비에 대해 생각했다. 이 작은 섬을 괴롭혔던 그 굴착기는 어촌 공동체의 생활방식에 자금을 대는 동시에 한편으로는 이곳이 서서히 쇠락하게 만들었다. 나는 북극에서 지내던 시간의 대부분을 글을 쓰거나 예술 작품을 만드는 대신에 빛의 변화를 관찰하고 오로라를 기다리는 데에 썼다. 조개 껍데기와 돌멩이를 수집하기 위해서 긴 산책을 하기도 했다. 처리해야 할 일이 있을 때는 페리를 타고 본토로 가기도 했고, 한번은 차를 빌려서 핀란드를 가로질러 러시아 국경까지 운전해서 가기도 했다. 가는 곳마다 화석연료를 사용했다. 그리고 모든 해안가에서 너무 따뜻한 파도에 밀려온 플라스틱 조각들을 발견했다. 왜 그곳에서 글을 잘 쓰지 못했는지 모르겠다. 어쩌면 북쪽의 낯설고 공허한 아름다움에 너무 압도당했는지도 모른다. 취재해야 할 땅이 너무 많고, 봐야 할 해안선도 너무 많고, 섬, 다리, 풍경, 바위, 파도, 불빛이 너무 많다는 생각에 도저히 가만히 앉아 있을 수 없었던 것인지도 모르겠다.

　기후변화의 광대함에는 내 정신을 독살하는 무엇인가가 있다. 그것은 끊임없는 압박감이자, 결코 잠잠해지지 않는 불길함이며, 그 영향력 아래에서 나는 생각을 멈출 수도, 그렇다고 그것을 직접적으로 바라볼 용기도 없다. 그것은 시야 가장자리에서 어둡게 빛나는 검은 태양처럼 불쾌하게 확산되는 느낌이다. 기후변화와 종의 멸종으로 인한 손상은 우리가 쉽게 이해할 수 있는 방식으로 정량화하는 것이 불가능하며, 이것이 바로 이 문제가 그토록 손에 잡히지 않고 멈출 수 없는 것처럼 보이는 이유 중 하나이다. 하지만 대서양 횡단 노예무역과 마찬가지로 화석연료의 사용은 인간의 본성보다는 경제문제와 얽혀 있다. 골리앗 같은 거인도 쓰러질 수 있다는 사실을 기억해야 한다. 내가 사는 곳에서는 지방정부와 환경운동가들이 양서류, 거미, 갑각류의 번식지를 보호하기 위해 협력하며 노력하고 있다. 실개천과 그 중요성에 대한 인식이 높아지면서 건축법규와 야외 활동의 기준에 영향을 미치고 있다. 무엇보다도 지구에 서식하는 "덜 사랑스러운" 생명체들도 인간들의 행동을 변화시킬 수 있다는 것이 증명되고 있다.

우리가 빨리 행동한다면 더 많은 종의 멸종을 막을 수 있을지도 모르지만, 확실하지는 않다. 아직 이름조차 가지지 못한 수많은 종류의 연체동물들이 사라질 위험에 처해 있다(우리는 여전히 새로운 이름을 계속 붙이고 있다. 바다는 인간의 손길이 닿지 않은 생물로 가득하다). 당장은 이 생물들이 죽어서 조개껍데기라는 작은 묘비석들만 모래사장에 흩어질 것이기 때문에 해변에서 조개껍데기를 찾기가 더 쉬워질 수 있다. 하지만 연체동물의 개체수가 감소한다는 것은 장기적으로 보면 조개껍데기가 희소해진다는 것을 의미한다. 이는 바다에서 주요 종들이 밀종함에 따라 생태계가 너욱 긴장 상태에 놓인다는 의미이다. 우리가 물속에서 식량을 구하기가 더욱 어려워지고, 우리의 후손들이 파도 아래 숨어 있는 무지갯빛 자개를 보지 못할 수도 있다는 것을 뜻한다. 해변을 걷다가 물웅덩이에서 조개를 발견할 기회가 전혀 없어지고, 주유소의 노란색 표지판에서만 조개껍데기를 볼 수 있게 되는 날이 올지도 모른다. 선물 가게에서 파는 비누나 값싼 폴리에스테르 드레스, 분홍색 플라스틱 바비 인형 액세서리에서나 가짜 조개껍데기를 보게 될 수도 있다.

쇼핑과 수집은 때때로 복제의 한 형태처럼 느껴질 수 있지만, 그 것은 창조가 아니다. 무엇인가를 동경하고, 그 사본을 내 삶에 들여 오고, 마음에 드는 것을 집어들어서 집으로 가져오는 것은 분명 아름다움에 대한 반응이기는 하다. 하지만 조개껍데기는 단순한 물건이 아니라 생태계의 일부이다. 한 생물이 조개껍데기를 더 이상 사용하지 않게 되었다고 해서 그 껍데기가 쓸모없어졌다는 의미는 아니며, 누구나 가져갈 수 있다는 것도 아니다. 다른 생물이 와서 그 빈 집을 사용할 수도 있다. 또는 과학자들이 데이터를 수집할 용도로 사용할 수도 있다. 베일리-매슈스 국립 조개 박물관의 과학 책임자이자 큐레이터인 조제 레이우 박사에게 이 조개껍데기는 바다를 이해하는 데에 필요한 아주 귀중한 도구이다. 그는 플로리다 박물관이 단순히 조개껍데기를 보관하고 전시하는 곳이 아니라고 설명한다. "이곳은 도서관입니다. 도서관에 왜 그렇게 많은 책이 있을

까요?"라고 그는 묻는다. "사람들이 많은 책을 읽으니까요. 우리는
조개껍데기를 읽죠."

브라질에 있는 자신의 집 근처에서 조개껍데기를 수집하며 자란
레이우는 평생 동안 조개껍데기에 집착했다. 그는 "지구 온난화"라
는 단어를 사용하는 것은 조심스럽지만, 무엇인가가 분명히 일어났
고 지금도 일어나고 있다고 말한다. 예전에는 풍부했던 연체동물이
지금은 아주 많이 사라졌다. 이 모든 것은 산호초의 소멸과 관련이
있지만, 그는 밤에 얕은 바다에서 남획을 하는 상업적 포획자들도
문제라고 말한다. "모두 다 나가서 살아 있는 조개를 마구잡이로 채
집한다면, 머지않아 후대에 이야기를 전할 수 있는 조개가 남아나
지 않을 것입니다." 그는 또한 이렇게 덧붙인다. "바다로 유입되는
영양분과 살충제 문제도 있습니다. 이곳에서만 하더라도 이미 개체
수가 감소하는 것을 볼 수 있습니다."

조개껍데기 수집도 재미있고 윤리적일 수 있다고 레이우은 말한
다. 그는 "우리 카운티에서는 죽은 조개껍데기를 주워도 괜찮습니
다"라고 말하지만, 항상 확인하는 습관을 가지는 것이 좋다. 일부
해변에서는 방문객들이 조개껍데기를 가져가거나, 돌무더기를 쌓
지 못하게 하기도 하고, 모래 언덕 위를 걷거나 이동하는 새들의 취
약한 번식지를 돌아다니지 말 것을 요청하기도 한다. 해변의 규칙
은 종종 입구의 표지판에 명확하게 명시되어 있지만, 사람들은 어
쨌든 규칙을 어긴다. 큰 악의가 있어서라기보다는 휴가와 함께 찾
아오는 일반적인 해방감 때문인 것 같다.

나는 프로빈스타운을 키치하다고 말했지만, 덜 관대한 작가라면 존스럽거나 저속하거나 심지어 쓰레기 같다고 할 수도 있다. 나는 지나치게 진지한 영화보다는 다소 연극적인 영화를, 깔끔한 미니멀리즘보다는 장식이 많은 건축물을 선호한다. 조개껍데기 모양의 휴대전화 케이스나 새틴 소재의 속옷처럼 "싸구려"로 여겨지는 것을 원하는 것이 잘못은 아니다. 하지만 우리가 사물에 부여하는 달러 가치는 사물을 대하는 방식에 차이를 만든다. 우리는 문화적으로 중요하지 않다는 이유로 촌스럽거나 못생겼다고 생각하는 것들보다는, 우리가 더 높은 가치를 부여하는 사물, 건물, 생물종, 경관만 보존하려고 한다. 또한 대부분의 보존은 한 명의 부유한 사람이 자신이 선택한 대의를 위해 기꺼이 돈을 내기로 결정함으로써 개인적으로 이루어진다. 그리고 이러한 사람들은 개인적인 역사와 취향에 따라 선택하기도 하지만, 대개는 당시에 인기 있는 대의명분을 따라 장소를 선택하는 경우가 많다.

미학은 희귀성과 마찬가지로 가치를 결정할 수 있기 때문에 중요하다. 조개껍데기 수집가들은 종종 가장 희귀한 조개껍데기를 찾는데, 이는 곧 찾기 어렵거나 멸종 위기에 처한 조개껍데기일수록 가치가 높다는 뜻이다. 그 결과 파도 아래에서 움직이는 조개보다 선반에 놓여 있는 조개가 더 많다. "조개껍데기가 왜 중요하냐고 묻고 싶다면 저는 그 질문에 답하기에 적절한 사람이 아닙니다"라고 레이우는 말한다. 그는 이 주제에 너무 가까이 있기 때문이다. 조개는 그에게 가장 중요하고 큰 관심과 동경의 대상이다. 하지만 그는 인정한다. "어쩌면 조개껍데기는 중요하지 않을 수도 있어요. 사람들은 킴 카다시안과 아이폰에 더 관심이 많을 수도 있고, 그게 우주의 이치일 수도 있습니다. 지금 이 순간만 보려고 한다면, 아마 사람들은 조개껍데기에 큰 관심을 기울이지 않을 겁니다."

헬렌 스케일스는 "조개껍데기에 대해 사람들과 많은 대화를 나눴습니다"라고 말했다. 나는 그녀의 책 『시간의 나선』을 다 읽고 난 후, 조개껍데기에 대한 의견을 구하기 위해 그녀에게 연락을 취했다. 그녀가 여전히 조개껍데기에 매료되어 있는지, 아직 그 마력에 빠져 있는지 알고 싶었다. 그녀는 나처럼 『시간의 나선』을 읽고 연락해온 한 젊은 여성의 이야기를 들려주었다. 그 여성은 한때 소중히 여겼던 조개껍데기 수집품을 볼 때 이제는 "죽음만 보인다"라고 말했다고 한다. 스케일스는 그녀에게 미안한 마음이 들었지만 그 관점의 타당성을 인정했다. 그녀는 "전통적으로 사람들은 조개껍데기를 삶과 죽음의 연결고리로 여겨왔는데, 더 많은 사람들이 이를 기억해야 한다고 생각합니다"라고 이메일을 보내왔다. "조개를 일회용 상징물이나 자연에 길들여진 연결고리로 보는 대신, 더 많은 사람들이 조개를 있는 그대로 볼 수 있기를 바랍니다. 즉 우리가 결코 들여다볼 수 없는 복잡한 삶을 살아가는 어떤 동물의 유해로, 우리가 파괴하고 있는 세계에서 살아가는 동물의 잔해로 볼 수 있다면 좋을 것 같습니다."

키치한 조개껍데기 복제품이 넘쳐나는 것은 비극이 아니지만, 실제로 냄새를 풍기며 살아 있는 바다에 대한 마법과 경이로움이 사라진다는 것은 나에게 끔찍하게 슬픈 일이다. 내 아이는 해변에 가는 것을 좋아하고, 우리는 종종 분홍색, 보라색, 흰색 조개껍데기를 함께 찾는다. 아이는 다양한 모양과 크기의 조개껍데기를 찾아서 그것으로 모래에 그림을 그리는 것을 정말 좋아한다. 아이와 놀다 보면 나는 그 옆에서 연잎성게 조각이나 길고 뾰족한 흰색 조개껍데기를 주의 깊게 살펴본다. 이런 것들은 박물관에 전시할 만한 작품이 아닌지라 그 속에서 쉽게 아름다움을 찾기는 어렵다. 그들은 키치하거나 귀엽지 않지만, 그렇다고 해서 쓰레기는 더더욱 아니다. 그저 쓸모없을 뿐이다.

그러나 이 조개껍데기들은 한 봉지씩 사서 모으던 것들보다 왠지 더 흥미롭다. 플라스틱 장난감, 한때 사랑했던 조개껍데기 수영복, 인어 샌들은 지금은 어디에 있는지도 모르겠고, 어떻게 되었는지 기억도 나지 않는다. 아마 쓰레기 매립지 어딘가에 있을 것이다. 언젠가 다시 딸에게 이런 물건들을 사주게 될지도 모른다. 나는 조개 조각으로 만다라를 만들고, 엉킨 해초를 빗질하고, 조수 웅덩이에서 천천히 움직이며 못생긴 돌출부로 작은 물결을 일으키는 달팽이를 바라보던 여름날의 추억을 해변에서 함께할 수 있기를 바랄 뿐이다. 키치한 것은 재미있고 즐겁지만, 온전하고 사려 깊은 삶을 살기 위해서는 그 이상의 것이 필요하다고 믿는다. 연체동물처럼 소리 없는 생명에 대해서도 그들의 죽음과, 고통에 대한 지식, 해악에 대한 자각, 슬픔과 괴로움에 대한 알아차림이 필요하다. 플라스틱 진주는 그저 플라스틱일 뿐이다. 본래의 광택은 절대 흉내낼 수 없다.

5

빨리 살고, 예쁠 때 죽어라

전장의 페이스 페인트, 납을 칠한 얼굴
그리고 화장의 본질에 관하여

열다섯 살 때 옷핀을 이용해 마스카라로 뭉친 속눈썹을 풀어주기 시작했다. 이 방법은 나 스스로 생각해낸 것이었고, 나중에 골칫거리가 될 때까지 별생각 없이 계속했다. 당시 나는 수년간 진한 눈화장을 해왔다. 기다란 속눈썹과 얇은 검은색 아이라이너, 반짝이는 눈꺼풀로, 파티에 다니는 미성년자 무리와 교외의 쇼핑몰에서 흔히 보이는 펑크족의 중간쯤 되는 룩을 선호했다. 당시에는 음영을 올바르게 주는 방법이나 완벽한 스모키 눈 화장법을 알려주는 유튜브 영상이 없었기 때문에, 나는 나만의 화장법을 찾아야 했다. 예컨대 눈꺼풀에 립글로스를 발라 글리터가 잘 붙도록 하여 은빛으로 반짝이는 디스코 볼처럼 만들었다. 속눈썹이 거미줄처럼 뭉칠 때까지 마트에서 산 마스카라를 여러 번 덧바른 다음 날카로운 도구를 사용해 속눈썹을 분리했다. 반쯤 마른 마스카라 조각이 뺨에 떨어지면 화장지로 닦아내고, 속눈썹이 어느 정도 마를 때까지 눈을 깜빡였다. 그러다 한번은 손이 미끄러져 각막에 상처를 내고 말았다. 며칠 동안 눈물이 계속해서 흘러나왔다. 나는 그런 상태로 슈퍼마켓 계산대에서 일해야 했고, 고개를 숙이고 사람들의 시선을 피한 채로 근무 시간을 채우다가 결국 상사에게 쫓겨나고 말았다. 상사는 내가 계산대에서 계속 눈물을 흘리고 감정적으로 이해할 수 없는 표정을 짓는 바람에 손님들이 겁을 먹었다고 말했다.

10대 시절의 내 사진을 보면 어찌나 깡마르고 슬퍼 보이는지, 깜짝 놀라게 된다. 눈은 항상 피곤해 보이고 팔은 막대기처럼 가늘었다. 하지만 지금은 그런 모습도 예뻤다는 것을 안다. 고등학교 때의 남자친구(라이언 필립을 닮은 멍청한 금발 소년이었는데, 서른한 살에 헤로인 과다 복용으로 사망하고 말았다)와 함께 행복하게 웃고 있는 사진에서는 펑키한 화장과 피어싱한 눈썹이 오히려 귀여워 보이기까지 한다. 그렇게 끔찍하게 눈에 띈다고 생각했던 여드름조차 지금 보니 그다지 심하지 않았다. 그 모든 화장은 사실 필요가 없었다. 다이어트, 담배, 카페인 알약, 마약, 자해, 늦은 밤 침실에서 날카로운 귀걸이를 가지고 혼자 했던 연골 피어싱 등, 당시에 내가 했던 모든 것들도 전혀 무용지물이었다. 그런 것들은 내 기분을 나아지게 하지도 못했고 외모에 도움이 되지도 않았다.

화장과 나의 관계는 복잡하다. 나는 그것을 좋아하기도 하고 싫어하기도 한다. 지금도 내가 제대로 하고 있는 건지는 잘 모르겠다. 세포라(루이뷔통 그룹에 속해 있는 뷰티 편집숍/역주)에 쇼핑하러 갈 때, 즉 화장품의 성전에 들어설 때면 나는 여전히 수많은 상품들에 소녀처럼 설렘을 느낀다. 집에 이미 화장품이 많은데도 다른 색상의 립 틴트, 다른 종류의 브로우 젤을 갖고 싶은 욕구를 멈출 수가 없다. 소비주의적 세뇌 때문만은 아니다. 외모를 가꾸는 일은 물 한잔을 마시는 것보다도 덜 중요하지만, 확실히 더 재미있다. 그 안에는 작지만 소중한 쉼의 요소가 있다. 나는 우울한 기분이 드는 날에는 마스카라를 바르고 립글로스를 살짝 바른 뒤에 볼 터치를 톡톡 두드리며 기운을 북돋우려고 애쓰곤 한다. 얼굴에 생기가 돌도록 색을 입히면 기분이 좋아지니까.

이것은 현대적인 현상이 아니다. 화장품은 항상 치유하고 또 상처를 입혀왔다. 여성들은 이른바 (어슐러 르 귄이 말했듯이) "뷰티게임"의 자의적인 규칙을 따르려고 할 때 가장 큰 고통을 겪지만, 여성들만 피해를 입은 것은 아니다.[1] 남성들도 독성을 가진 화장품, 엄격한 사회적 기준, 극단적인 패션의 악영향 등으로 고통을 받아왔다. 여성이나 남성이 아닌 제3의 성性을 가진 사람들은 일반적인 신체적 기준에 부합하지 못한다는 이유로 항상 가혹한 처벌을 받았다. 하지만 화장은 특히 여성(또는 여성으로 자신을 드러내는 사람들)과 가장 밀접하게 연관되어왔으며, 동시에 가장 고통스러운 문제이기도 했다. 전통적으로 여성은 정신적 능력보다 신체의 형태를 기준으로 평가를 받아왔다. 모든 성별의 지성을 숭배하고 존중하는 문화의 사례도 일부 있기는 하지만, 큰 흐름에서 미국인은 유럽인을 따르는 경향이 있고, 유럽인은 로마인을 따르는 경향이 있으며, 로마인들은 각각의 사람에게 요람에서 무덤까지 따라다니는 고대의 영혼이 있다고 믿었다. 남성에게 주어진 이 영혼의 이름은 무엇이었을까? 바로 지니어스Genius이다.

모든 남자에게는 지니어스가, 모든 여자에게는 유노Juno가 주어졌다.[2] 유노는 난로, 결혼식 침대, 출산 과정을 지배하는 정령의 이름이었다. 남성에게는 창조적이고 생성적인 영혼이 있다고 믿었지만, 여성은 다른 영역인 양육의 세계로 넘겨진 것이다. 엄마로서 나는 이러한 설정에 생물학적 근거가 있다는 것을 잘 알고 있다. 나는 몸속에 아이를 품어도 보았고 낳아도 보았으니까. 아이의 이름은 주니퍼Juniper로 지었다. 내가 어렸을 때 가장 좋아했던 소설(모니카 펄롱의 『현명한 아이Wise Child』)에 나오는 마녀의 이름을 따서 지었지만, 아이가 태어난 후에는 이름을 줄여서 부르기 시작했다. 어떤 여신을 염두에 둔 것은 아니었지만 주니퍼는 내게 유노처럼 느껴졌고, 왠지 모르게 그녀의 타고난 성격과 잘 어울렸다.

임신과 출산, 그리고 딸을 키우는 경험은 강력하고 흥미진진했다. 나는 엄마로서의 내 일이 자랑스럽다. 내 몸으로 아이를 낳을 수 있고 내 가슴으로 젖을 먹일 수 있다는 사실에 감사하다. 이런 일들은 내가 육체를 바라보는 시각을 영원히 바꿔놓았을 만큼 가치 있는 일이었다. 그런데도 나는 여전히 세상에서 나에게 주어진 위치가 불공평하다고 생각한다. 시스젠더(생물학적 성과 성 정체성이 일치하는 사람/역주)든 트랜스젠더든 여성은 남성과는 다른 방식으로 아름다움을 구현하도록 사회적으로 권장받는다. 우리는 남성보다 더 많은 양육, 더 많은 시간과 에너지의 희생, 더 많은 가사 노동, 더 많은 감정 노동을 요구받는다. 여성은 깊이 있고 지적인 천재로 간주되기는 어렵고, 반짝이는 예쁜 외모로 칭찬받을 가능성이 더 높다.

나는 항상 아름다움을 구현하고 싶었다. 대부분의 사람들이 인생의 어느 시점에는 그런 생각을 한다고 생각한다. 그리고 아름다움을 원하는 대부분의 사람들처럼 나도 그런 생각 때문에 고통을 겪었다. 나는 그것이 나에게 상처를 입히도록 방치했을 뿐 아니라 그러한 가해에 적극적으로 가담하기도 했다. 이것은 개인적인 문제이기도 하지만 사회적인 문제이기도 하다. 미국의 소비자 문화는 추악하고, 끊임없는 숭배를 요구하며, 그 추종자들이 겪는 고통을 토대로 번성하는 짐승과도 같다. 미용 산업은 우리 경제를 구성하는 수많은 하급 신들 중 하나이다. 이 신전에서 우리 여성들은 미적 향연을 즐기다가 과잉과 잉여, 낭비되는 시간에 역겨움을 느끼게 된다. 우리는 불가능한 이상을 구현하기 위해 뼈를 깎는 노력을 기울이다가, 머리카락이 빠지고 철분 수치가 낮아진 상태로 왜 이렇게 지치고 힘이 드는지 궁금해하기 시작한다. 우리는 오직 욕망을 발휘하고 단련시킨 나머지 결국에는 욕망이 우리 마음속의 가장 강력한 근육이 된다. 육체의 아름다움에 관해서라면 우리는 원하고 또 원한다. 원하는 대상이 변할지라도 우리가 원하고 있다는 사실만은 변하지 않는다.

미용을 위해 핀과 바늘을 사용한 사람이 내가 처음은 아니다. 바늘을 이용해 몸을 꾸미는 관습에 대한 가장 오래된 증거는 빙하와 늪

지대에서 발굴된 고대 시신의 장식된 피부에서 찾을 수 있다. 오스트리아와 이탈리아 국경에 걸쳐 있는 지역에서 약 5,300년 전에 살았던 "얼음 인간 외치Ötzi the Iceman"의 피부에는 61개의 문신이 새겨져 있었다.[3] 기원전 5000년경에 살았던 칠레의 한 남성 미라에서는 윗입술 위에 일종의 콧수염 같은 점선으로 된 문신이 발견되었다. 고고학자들은 같은 무덤에서 화장품 팔레트의 증거도 찾아냈다. 천연 색소를 갈아서 화려하고 고운 가루를 만드는 데에 사용되었을 것으로 추정되는 납작한 돌인데, 내가 욕실 세면대 옆 바구니에 보관하는 아이섀도 팔레트와 크게 다르지 않다.

선사시대의 화장법에 대해서는 잘 모르지만, 사람들이 자신을 꾸몄다는 사실은 알 수 있으며, 영적이거나 미적인 이유에서 그렇게 했다고 추측할 수 있다. 일부 사람들(얼음 인간을 포함해서)은 치유 의식의 일환으로 몸에 영구적인 색을 입혔을 수도 있다.

『이집트 사자의 서』로 알려진 유명한 마법의 주문서 덕분에, 고대 이집트인들의 미용 관습에 대한 더 많은 자료들이 남아 있다.[4] 다른 주제와 함께 이 책에는 콜kohl(고대 일부 지역에서 화장용으로 눈가에 바르던 검은 가루/역주)을 올바르게 바르는 방법에 대한 정보도 포함되어 있다. 어둡고 두껍게 그리는 이 아이라이너는 남녀노소 누구나 사용했다.[5] 특히 가루로 빻은 말라카이트를 콜과 섞어서 눈꺼풀에 녹색 광택이 나도록 바르면, 시선을 사로잡을 뿐만 아니라 태양의 눈부심으로부터 눈을 보호하는 데에도 도움이 되었다. 이들은 콜이 자신들을 저주로부터 보호해줄 것이라고 여겼다고 역사학자들은 추측한다. 일부 문화권에서는 이러한 이유로 여전히 유아에게 콜을 사용한다. 피부의 검은 반점이 귀여운 아기의 얼굴에 결점을 만들어서 영적으로 해로운 질투심으로부터 아이를 보호한다고 믿는 것이다. 고대 이집트 화장품 용기를 최신 기법으로 분석한 결과, 콜이 또다른 용도로 사용되었을 수도 있다는 사실이 밝혀졌다. 페인트에 사용된 납의 항균력이 이집트인들을 결막염의 재앙으로부터 보호했을 수 있다는 사실이 알려진 것이다.

여러 문화권에서 화장은 의학과 혼용되었으며, 고대 인류는 화장을 건강하게 보이는 것뿐만 아니라 건강해지기 위한 수단으로 여겼다는 증거도 있다. "화장품cosmetic"이라는 단어는 고대 그리스어 "코스메틱코스kosmeticos"에서 유래한 것으로, 역사학자 수전 스튜어트는 화장품의 역사를 다룬 자신의『화장한 얼굴 : 화장품의 다채로운 역사Painted Faces : A Colorful History of Cosmetics』에서 "질서나 조화의 의미를 내포하고 있다"라고 설명한다.[6] 차와 팅크(알코올에 혼합하여 약제로 쓰는 물질/역주), 피를 뽑는 치료 행위와 마찬가지로 화장품은 몸과 마음과 영혼을 정돈하는 데에 도움이 되는 도구였다.

화장은 자신의 신체를 지배하는 수단이며, 나 자신을 당시의 미의 기준에 더 잘 부합하도록 만드는 행위이다.『올 메이드 업All Made Up』의 저자 레이 너드슨은 이것이 화장품이 자기 통제와 사회적 통제라는 통제 문제와 밀접하게 연관되어 있기 때문이라고 말한다. 너드슨은 이 책에서 화장품과 화장이 역사적으로 어떤 방식으로 사람들을 고양하고, 때로는 비하하며, 권한을 부여하기도 하고, 또 자유를 박탈하는지를 설명한다. 사람들은 화장을 "심각하게 생각하지 않는 경향이 있지만" 화장은 취업에 도움이 되기도 하고 암을 유발하기도 하는 등 중대한 이점을 주거나 끔찍한 결과를 가져올 수 있다. 어떤 상황에서는 화장품이 생사를 가르는 필수품이 되기도 한다. 과거에는 군인들이 위장을 위해 진흙과 분변을 얼굴에 바르기도 했지만, 요즘에는 이를 위한 특별한 제품이 있다. 1990년대 후반부터 미군은 전직 할리우드 분장 및 특수 효과 아티스트인 바비 와이너로부터 페이스 페인트를 공급받았는데, 그녀는 영화 「타이타닉」 촬영장에서 레오나르도 디카프리오(와 그의 대역)를 자신만의 페이스 페인트 제조법을 사용하여 차가운 시체로 변신시키며 이름을 알리기 시작했다. 그녀의 뛰어난 작업 결과물에 대한 소문은 지역 방송의 아침 프로그램을 통해 마술처럼 퍼져나갔고, 곧 미 육군은 그녀에게 전화를 걸어 "아이들"이 전투 현장에서 기꺼이 바를 수 있는 무향의 가벼운 페인트를 만들어달라고 요청하기에 이르렀다.[7]

와이너의 카모 콤팩트_{camo compact} 라인은 아마도 생사를 가르는 화장과 관련한 가장 직접적인 사례일 것이다. 반면에 젠더 관습을 따르는 것이 선택 사항이 아니라 필수인 경우도 많다. 제3의 성별 또는 트랜스젠더의 경우 화장은 스타일만의 문제가 아니다. 시스젠더로 "통과되는_{pass}" 것은 그들이 편견과 폭력에 직면하는 일을 피하는 필수적인 방법이 될 수 있다. 1980년대와 1990년대의 뉴욕 사교계 문화에서 공연자들은 종종 "진짜_{realness}"라는 범주에서 경쟁을 벌였다. 너드슨이 안전과 분장에 관한 장_章에서 지적했듯이, "진짜라는 것은 어느 정도의 보호막 역할을 해줄 수 있었다."[8] 트랜스 여성을 차별하는 세상에서 여성성을 구현하는 것은 그들에게 효과적인 보호 수단이 될 수 있으며, 화장은 이러한 구조에서 중요한 역할을 할 수 있다.

크게 중요하지 않은 상황에서도 사람들은 주목받기를 원하거나 관심을 필요로 하기 때문에 화장을 한다. 어떤 종류의 페이스 페인트는 결점을 위장하거나 숨기지만, 또다른 종류의 페이스 페인트는 외모를 개선하거나 과장하며 관심을 끌기 위해 사용된다. 너드슨은 "모든 것은 자신이 처한 세상에서 살아남기 위한 것"이라고 말한다. "1700년대 여성은 화장을 하지 않으면 궁정에서 호감을 얻지 못할 수도 있었고, 그러다가는 남편감을 구하지 못할 수도 있었다." 따라서 화장을 하는 데에 따르는 신체적 상해의 위험을 포함한 모든 위험들을 "충분히 감수할 만한 가치가 있다"라고 느꼈던 것이다.

신체적 아름다움은 매우 높은 가치를 가지고 있으므로 사람들은 종종 이러한 상태에 이르기 위해 자신의 불편함을 기꺼이 감수한다. 달팽이 점액 같은 것을 눈 밑에 바르거나 딱정벌레 껍질을 으깬 혼합물을 입술에 바르는 것이 주는 혐오감은 기꺼이 무시된다. 또한 이들은 눈 주위의 연약한 피부에 신경 독소를 주입하는 위험을 기꺼이 감수하기도 한다. 2017년에는 모델 미란다 커가 거머리를 이용한 피부 관리를 대중화하는 데에 일조하면서 적어도 한 명 이상의 인플루언서가 카메라 앞에서 이 시술을 받게 만들었고,[9] 미용 강박증으로 유명한 귀네스 팰트로는 이 시술을 받고 나서 "와,

나도 내가 미쳤다고 생각했어"라고 말했다. 하지만 적어도 달팽이 크림은 귀여운 용기에 담겨 있고 딱정벌레 틴트 립스틱은 FDA 승인을 거쳤으며, 보톡스는 허가받은 "의료용 스파"에서 (이상적으로는) 무균 상태에서 시술된다. 그에 비해 거머리를 사용하는 피부 관리 시술은 보편화되어 있지는 않다. 적어도 우리는 신체를 개조하는 이러한 정상적인 욕구에 대하여 어느 정도 자유로워진 것이다. 옛날에는 악어 배설물을 얼굴에 바르고 동물의 지방을 머리에 바르기도 했다. 어둠 속에서 독을 먹고 소변을 마시기도 했다. 이러한 아름다움을 향한 열망은 부끄러운 비밀로 가슴에 묻어두었다.

외모에 대한 특정 취향은 유행을 탔지만, 역사를 통틀어 놀랍도록 일관되게 유지된 한 가지가 있다. "모든 아름다움의 근간이 되는 것은 깨끗한 피부와 젊음에 대한 선호"라고 너드슨은 말한다. 너드슨이 "하얀 피부"라고 말하지 않은 것을 눈치챘을 것이다. 왜냐하면 그것이 항상 전 세계적인 이상은 아니기 때문이다. 1900년대 글로벌 미용 산업이 탄생하기 전까지는 성적 매력에 대한 기준이 지금보다 훨씬 더 다양성을 띠었다. 인류 역사상 모든 문화권에서 창백한 피부를 중요시한 것은 아니다. 나는 이 문화에서 태어났고 때로는 근시안적인 미디어와 규범을 소비했기 때문에 가끔은 그 사실을 기억하기가 어렵다. 특히나 미학은 수동적이고 느린 반복 과정을 통해서 학습되는 경우가 많기 때문에 글로벌한 관점을 가지기란 쉽지 않다.

대부분의 역사학자들은 창백함에 대한 선호를 밝은 피부, 황금빛 머리, 검은 눈동자라는 미인에 대한 개념을 탄생시킨 고대 그리스에서 찾는다. 사람들은 그리스 신화 속의 헬레네처럼 보이기 위해 피부에 직접 독을 바르는 것도 마다하지 않았다. 납이 함유된 이 얼굴용 제품을 라틴어로는 세루사 나티바cerussa nativa라고 불렀는데, 나중에 베네치아 연백Venetian ceruse이라는 이름으로 알려지게 되었다.[10] 납 가루와 식초를 섞어서 가열한 다음, 식초와 태운 녹색 무화과 가루를 섞어서 만든 이 가루 페이스트는 수 세기 동안 화장품으로 애용되었다. 시대에 따라 인기에 차이는 있었지만, 대부분의 사치품들이 그렇듯 호황기에 인기가 급증한 것으로 보인다. 고고학적 증거에 따르면 중국에서 납이 사용된 시기는 적어도 한漢 왕조 시대까지 거슬러 올라간다.[11] 납 화장은 일본 에도 시대, 이탈리아 르네상스 시대, 영국 엘리자베스 시대의 여성들에게 특히 인기가 많았던 것으로 보이며, 프랑스 여성들도 독일 귀족들과 마찬가지로 납 화장품을 사용했다. 기본적으로 납은 그리스에서부터 영국, 일본에 이르기까지 구舊세계의 지도 전체에 걸쳐서 존재했다.

사용한 사람들 중 일부는 납의 치명적인 부작용을 전혀 몰랐을 수도 있지만, 적어도 몇 명은 그 독성을 잘 알고서도 이 악마와의 거래에 뛰어들었을 가능성이 높다. 어쨌든 납은 알려진 독극물이었으니까. 기원전 2세기에 시인이자 의사인 니칸데르는 액체 형태의 백납white lead을 마시는 행위가 인체에 어떤 영향을 미치는지 다음과 같이 자세히 설명했다.

이 액체는 몸을 수축시키고 심각한 질병을 유발하며,

입 안에 염증을 일으키고 봄을 내부에서부터 차갑게 만들며,

잇몸이 건조해지면서 주름이 지고 바깥 피부처럼 메말라간다.

그는 곧 아무것도 삼킬 수 없게 되며,

입에서 거품이 흘러나오고,

트림이 아주 많이 나오며 몸이 부어오른다.

한편 현기증이 나면서 오한이 오고,

그의 약한 팔다리는 힘없이 처지고 모든 움직임이 멎는다.

실제로 납을 섭취하면 죽을 수도 있지만 그 전에 먼저 극심한 고통을 느낀다. 납은 신경계와 소화계를 손상시키고 기억 상실과 인지 장애를 유발한다. 피부에 바르는 것은 그렇게까지 해롭지는 않지만 탈모, 변색 및 움푹 팬 상처를 유발하므로 손상된 피부를 덮기 위해 더 많은 백납을 사용하게 된다. 엘리자베스 1세는 1592년경 화가 아이작 올리버와의 작업을 마지막으로 초상화 작업을 완전히 중단한 것으로 유명한데,[12] 이 또한 그런 이유 때문인 것으로 추정된다. 그 후 여왕을 그리고자 하는 화가들은 역사가들이 "젊음의 가면"이라고 부르는 스키마schema에 의존해야 했다. 여왕은 1603년 사망할 때까지 10년 동안 계속 나이를 먹었지만 초상화는 그렇지 않았다. 이 후기 이미지에서 여왕은 젊지도 늙지도 않은, 오히려 유령처럼 하얗고 달걀처럼 매끄러운 모습을 하고 있다. 이 그림들은 실제 여왕을 그린 것이 아니라 여왕에 대한 개념을 그린 것이다.

엘리자베스의 베네치아 연백과 그 매트한 효과에 대한 맹신은 수많은 사람들이 그것을 따라 하게 만들었고, 이 표백된 꾸밈은 1800년대까지 이 지역에서 인기를 유지했다. 당시 사람들은 연백을 두껍게 바른 채 며칠 동안 그대로 생활하곤 했다. 화장품 역사학자인 가브리엘라 에르난데스는 "이 유독한 화장품의 과도한 사용은 결국 여러 부유한 미녀들의 조기 사망으로 이어졌다"라고 말하며, "그러나 사람들은 연백의 독성과 잠재적으로 치명적인 성질이 있다는 사실을 충분히 알고 있었다"라고 다소 잔인하게 주장한다.[13] 그리고 그녀는 아일랜드의 유명한 거닝 자매 중 한 명이 화장을 너무 많이 해서 20대 후반에 사망했다는 사실을 간략하게 언급한다. 화장품을 남용해서 사망한 젊은 여성에 대한 이야기는 추정이기는 하지만 이것이 유일한 사례인 것 같다. 일부 소식통에 따르면, 마리아 거닝은 납뿐만 아니라 진사(안료용으로도 쓰이는 적색 황화수은)와 수은이 함유되었을 가능성이 있는 "푸쿠스_fucus_"라는 해조류 추출물을 블러셔로 사용했다고 한다.[14] 생의 마지막에 이르러 피부가 벗겨지기 시작하자, 그녀는 어두운 방에 홀로 앉아 잃어버린 미모를 슬퍼하며 짧은 생의 마지막 한 해를 보냈다(수은 때문에 정신까지 이상해졌을 수도 있다).

납 중독이 사회에 어느 정도 영향을 미쳤는지에 대한 논쟁이 계속되고 있다. 일부 기사에서는 엘리자베스 여왕이 화장품 때문에 사망했다고 주장하지만, 이는 지나치게 단순화된 것일 수 있다. 당시는 세균 이론이 나오기 전, 손 씻기의 중요성을 알기 전, 항생제, 백

신, 항바이러스 약물이 나오기 전, 그리고 나의 생명을 구한 세로
토닌 재흡수 억제제(프로작 계열의 항우울제)가 나오기 전이었다는
사실을 기억해야 한다. 건강이 나빠지는 데는 여러 가지 요인들이
있다. 일부 역사가들은 납 노출이 로마 멸망의 주요 요인이라고 생
각하는 한편, 다른 역사가들은 중세 유럽에서 만연했던 납 사용이
"암흑시대"의 전반적인 암울한 분위기에 기여했다고 주장한다. 중
세 독일과 네덜란드 묘지의 뼈를 분석한 결과,[15] 사회에서 가장 부
유한 계층의 유골에서 납 성분이 더 많이 검출되었다.[16] 하지만 이것
이 오직 화장품 때문이라고 생각하는 것은 어리석은 일이다. 납 중
독의 대부분은 우발적인 섭취로 인해 발생했을 가능성이 높으며,
납 파이프로 식수를 공급했던 로마인들도 마찬가지였다. 당시에 납
이 함유된 식기를 실제로 사용했다면 납 중독을 피하기는 어려웠을
것이다. 부자들은 납 성분의 유약을 바른 도자기 접시에 담긴 음식
을 먹었고, 납으로 만든 동전을 거래했으며, 납이 함유된 크림과 로
션을 사용했다. 술잔부터 장신구까지 온갖 종류의 예쁜 물건들이
이 가단성可鍛性 금속으로 만들어졌다. 그러나 일반적으로 납이 널
리 퍼져 있었음에도 불구하고, 납 화장품은 납으로 유약을 바른 물
병이나 납으로 안감을 댄 욕조와는 다른 방식으로 대중의 상상력을
사로잡았다.

　이는 부분적으로는 화장품의 자극적인 특성 때문이기도 하다. 전
통적으로 화장품은 남에게 보이기 위해 개인적으로 사용하는 것으
로, 우리는 항상 이 두 영역의 간극을 메우는 것에 관심이 많다. 독

이 든 화장품은 매우 매력적인 모순이며, 베네치아 연백은 아마도 얼굴 만들기의 핵심에 존재하는 역설이 가장 광범위하게 문서화된 예일 것이다. 피부를 매끄럽고 젊게 보이는 목적으로 사용되던 것이 정반대의 효과를 가져와 흉터와 움푹 팬 피부라는 결과를 가져온 사례이기 때문이다. 또한 연백은 한때는 치료제로 판매되었지만 현재는 미국에서 법으로 금지된 성분이기도 하다(2022년에 발표된 보고서에 따르면, 동남아시아 전역에서 판매되는 화장품, 특히 콜, 립스틱, 염색약에 여전히 납이 함유되어 있는 것으로 나타났다[17]). 마지막으로, 여성이 겪는 고통이 그녀 자신의 탓이 되고 마는 문화적 경향도 한몫한다고 생각한다. 여성이 문화적 미의 기준에 맞추기 위해 애를 쓰다가 스스로 자신을 다치게 했을 때, 많은 사람들은 걱정이나 동정을 하기보다는 조롱하는 반응을 보인다.

나는 납 화장을 18세기 영국에서 유행했다고 알려진 쥐털 눈썹 가발처럼 그저 역사적으로 기이한 일 정도라고 생각했지만, 지금은 연백이 가진 함의가 그보다 훨씬 더 중요하다고 생각한다. 베네치아 연백을 자세히 들여다 보면 손상된 피부보다 훨씬 더 추악한 것이 보인다. 거기에는 여성의 아름다운의 기준에 대한 왜곡된 논리, 백인 문화 전반에 퍼져 있는 교활한 거짓말, 그리고 인간의 아름다움에 대한 고통스럽고 단순한 진실이 담겨 있다. 그것은 바로 아무리 아름답다고 해도 그 아름다움은 결국 사라진다는 사실이다. 한순간 아름다움을 구현하는 데에 성공했다고 해도, 어떤 화장이나 문신조차도 그 아름다움을 그 자리에 고정할 수는 없다.

아트로파 벨라도나*Atropa belladonna*(가짓과에 속하는 여러해살이풀로 강한 독성이 있다/역주) 팅크를 각막에 떨어뜨리면 이런 일이 벌어질 것이다. 먼저 약간의 차가움을 느낀다. 실제로 다른 안약처럼 차갑고 촉촉하며 미끈거리는 느낌이 든다. 하지만 곧 얼굴이 미묘하게 움직이기 시작한다. 홍채를 조절하는 근육이 움직이기 시작한다. 홍채가 뒤로 당겨지고 동공이 눈에 띄게 커진다. 빛이 망막으로 쏟아져 들어온다. 이 시점에서 시야가 흐려질 수 있다. 너무 많이 사용하면 치명적인 벨라도나 중독 증상을 경험할 수 있다. 옛 의학 기록은 이렇게 표현한다. "토끼처럼 뜨겁고, 박쥐처럼 앞을 보지 못하고, 뼛조각처럼 건조하고, 비트처럼 붉어지고, 암탉처럼 미쳐버린다."[18] 즉 몸이 뜨거워지고 눈이 침침해지며 땀을 흘리거나 울게 되고, 소변은 볼 수 없게 되며 얼굴로 피가 몰리면서 정신이 혼미해지기 시작한다.

화장대를 장식하는 다른 많은 물질들과 달리 벨라도나는 신체 표면에 머무르는 물질이 아니다. 파우더나 크림처럼 결점을 가리는 용도도 아니며, 립스틱이나 콜처럼 이목구비에 색을 입히는 용도도 아니다. 대신에 일상생활에서 충분히 자주 일어나지만 의식적으로는 제어할 수 없는 신체적 반응을 유발한다. 동공은 두려움이나 욕망에 사로잡히거나, 어두운 방에 들어가거나 흥분했을 때 확장된다. 벨라도나는 말 그대로 "침실의 눈"을 만들어준다. 이것은 보기 위한 눈이 아니라 보기 좋은 눈이다. 시력은 나빠지지만 눈은 더 예뻐 보인다.

이것은 각막에 상처가 나는 것보다 훨씬 더 심각한 결과를 초래한다. 옷핀은 화장 도구로 쓰기에는 끔찍하게 부적합하지만, 이 유명한 풀만큼 치명적이지는 않다. 가짓과에 속하는 아트로파 벨라도나는 "밴워트banewort(아트로파 벨라도나의 다른 이름/역주)", "죽음의 허브", "나쁜 남자의 체리" 등 명칭이 다양하다.[19] 대부분의 중독은 매혹적이고 아름다운 이 보라색 열매를 실수로 섭취하여 발생한다. 벨라도나는 많은 일반적인 독성 식물과는 달리 달콤하고 풍미가 있다고 한다. 나는 치명적인 벨라도나의 화려한 역사를 알면 알수록 한번쯤은 따서 먹어보고 싶은 유혹에 사로잡혔다. 물론 그러지는 않을 테지만 말이다.

벨라도나는 단순한 화장품이 아니었으며, 음탕한 눈동자보다는 섹스와 더 깊은 연관이 있다. 고대 바쿠스를 숭배하던 사람들은 벨라도나를 포도주에 섞어 마시며 "성욕과 오르가슴에 사로잡혀" 춤을 추는 방탕한 밤을 보냈다고 한다.[20] 이 식물은 환각 효과가 있으며, 현기증과 행복감을 유발하고 심지어 비행 감각을 유발한다고 알려져 있다. 이 사실은 이것이 항상 마녀 또는 마녀의 정원과 밀접하게 연관되어 있는 이유를 설명해준다. 벨라도나는 중세 마법사들이 쓰던 유명한 플라잉 크림의 주성분이었으며, 이 식물이 마녀가 빗자루를 타고 다닌다는 비유의 원인일지도 모른다. 마녀들은 빗자루에 허브 연고를 바르고 매끄럽게 하여 "타는" 것을 좋아했다고 한다.[21] 이 마법의 묘약이 질벽을 통해서 혈류로 흡수되면 (은유적으로) 하늘로 높이 날아올라 구름을 타고 절정에 달하도록 해주었다.

르네상스 시대의 여성들은 섹스 토이에 벨라도나를 바르기보다는 안약처럼 눈에 떨어뜨리는 경우가 더 많았다. 산드로 보티첼리, 레오나르도 다빈치, 아뇰로 브론치노와 같은 예술가들의 작품을 통해서 당시 평균적인 유럽인이 매력적으로 여겼던 여성의 특징에 대한 단서를 찾을 수 있다. 이에 따르면 아름다운 여성은 창백하고 잡티 없는 피부, 얇은 눈썹, 황금빛 머리카락에 검은 눈동자를 가졌다.

미용 지식은 소위 "비밀의 책"으로 전해지는 경향이 있었지만,[22] 벨라도나 안약만큼은 특별히 잘 지켜진 비밀은 아니었다. 종종 궁녀와 귀족이 쓴 이러한 종류의 책은 잡지, 과학 서적, 마법 주문서가 혼합된 형태였다. 이탈리아의 연금술사 이사벨라 코르테세가 편찬한 "비밀의 책"은 널리 배포되었지만, 이런 종류의 글은 대부분 소규모의 지역 독자들을 대상으로 작성되었다. 하지만 소문은 인쇄물보다 더 빠르게, 더 멀리 퍼지는 경향이 있다. 사람들은 인기 있다고 알려진 궁정 여성들이 마녀의 속임수를 사용한다는 사실을, 그 여성들에게는 일반 평민들보다 자신을 더 아름답게 꾸밀 수 있는 비법이 있다는 것을 알고 있었다. 부유하고 권력 있는 사람들의 마약에 취한 눈에 대해서 수군거리는 것은 그들에게 꽤 재미있는 일이었을 것이다. 벨라도나에 대한 이야기는 과장된 것일 수도 있지만, 18세기 스웨덴의 분류학자 칼 린네가 이 풀에 드라마틱한 이름을 붙인 데에는 분명 이러한 전설적인 이야기가 영향을 미쳤을 것이다.

그는 아트로파(그리스 파멸의 여신 아트로포스의 이름에서 따온 것으로, 많은 가짓과 풀의 독성을 상징하는 이름)를 속_{genus}으로, 벨라도나(아름다운 여인)를 종_{species}으로 정했다. 나는 이 꽃이 순전히 그 이름 때문에 유명해졌다고 생각한다. 얼마나 멋진 이름인가! 치명적이고 아름다운 여성보다 더 로맨틱하고 매혹적인 것이 있을까?

글쎄, 어쩌면 사람들은 죽은 아름다운 여성, 아니면 죽어가는 여성을 더 좋아할지도 모른다. 그녀는 전혀 위협적이지 않지만, 그녀의 몸은 항상 남성을 약간의 위험에 노출시킬 수 있을 것이다. 캐럴린 A. 데이가 지서 『소비적 시크 : 뷰티, 패션, 그리고 질병의 역사 *Consumptive Chic : A History of Beauty, Fashion, and Disease*』에서 말하는 것처럼, 낭만주의 시대에는 짧은 기간 동안 병약해 보이는 것에 대한 열풍이 있었다.[23] 많은 여성들이 더 건강해 보이기 위해서 화장품을 사용했지만, 일부 화장 애호가들은 열병으로 인해 창백해진 것처럼 보이도록 노력했다. 여성들은 긴 잠옷 같은 드레스를 입고, 지친 듯 어깨를 축 늘어뜨리고, 입술과 뺨을 붉게 칠하고 얼굴을 하얗게 칠했으며, 견갑골과 쇄골이 날렵하게 보이도록 식단을 제한했다. 그들은 결핵에 걸려서 무덤으로 들어갈 날이 얼마 안 남은 사람처럼 보이기를 원했다. "기침, 체중 감소, 끊임없는 설사, 발열, 피가 섞인 가래침을 동반하는 질병이 어떻게 아름다움의 상징일 뿐만 아니라 여성들이 선망하는 질병이 될 수 있었을까?"라고 데이는 묻는다.[24] 결핵이 유럽 전역을 휩쓸면서 많은 곳에서 너무 젊은 나이의 여성들이 죽었다. 얼굴은 맑고 주름이 없었으며 머리카락조차 윤기 있고 어려 보였다. 이 죽은 소녀들은 그림, 노래, 소설, 시를 통해 영원히 사랑스러운 존재로 남았다. 병이 그녀들을 아름답게 만든 것이 아니라 죽음이 그녀들을 귀중한 존재로 만들었다. 이 어린 여성들은 죽음으로써 새롭게 승격되었다. 살아 있는 사람들은 이 영광을 조금이라도 빌리고 싶었을 뿐이다.

민간 설화와 신화에는 젊고 가냘프고 부드러운 피부를 가진 소녀의 시신에 대한 찬사가 가득하다. 때때로 소녀들은 죽은 것이 아니라 잠자는 숲속의 공주나 백설공주처럼 마법에 걸린 듯이 잠들어 있을 뿐이다. 하지만 말 그대로 죽었기 때문에 성스럽고 초자연적으로 보존된 경우도 있다. 죽은 후에 성인의 품으로 올려진 프랑스의 수녀 베르나데트 수비루가 그 예인데, 부패하거나 훼손되지 않은 상태로 발견된 그녀의 134년 된 시신은 지금까지도 보존되어 프랑스의 도시 느베르에 전시되어 있다. 결코 늙지 않는 아름다움이라는 발상은 기이하고 무섭기도 하지만(브램 스토커의 소설 『드라큘라Dracula』 참조), 동시에 거룩하고 축복받은 것이기도 하다(로마 가톨릭 교회에는 수많은 "불멸의" 여성 성인들이 있다). 과학자, 예술가, 시인, 연예인들은 수 세기에 걸쳐 이 아름다운 죽은 소녀에 대한 수없이 많은 비유를 재창조해왔다. 죽은 소녀의 몸은 이제 더 이상 유혹의 대상만은 아니었기 때문에 그녀들은 살아 있는 여성보다 더 큰 경외의 대상이 되었다. 죽은 소녀의 몸이 욕망과 교훈의 장소, 인간이 지식과 구원을 얻는 장소가 된 것이다.

다행히도 아름다운 시체에 대한 집착의 가장 눈에 띄는 예는 실제

살로 만들어진 것이 아니었다. "해부된 미녀"는 살아 숨 쉬지 않았다. 1780년대에 조각가 클레멘테 수시니는 사람들이 인간의 신체에 대해 알게끔 하고 신체 반응을 자극하기 위해 "해부학적 비너스" 또는 "메디치 비너스"라고 알려진 이 장르의 전형을 만들었다. 동족의 다른 비너스들과 마찬가지로 흐르는 황금빛 머리카락(실제 사람의 머리카락으로 만든), 균형 잡힌 이목구비(그 시대의 미의 기준을 반영), 탄력 있는 살결(창백하고 푹신한), 잠든 듯(또는 만족한 듯) 반쯤 감긴 눈 등 아름답고 생생한 모습을 하고 있었다. 이 소녀는 행복에 겨워 경건한 표정을 짓고 있지만, 흰 대리석으로 된 몸매에 무거운 예복을 입은 성녀 테레사가 아니다. 진주 한 줄로만 치장된 누드의 시체이다. 깨끗한 얼굴과 목 아래로 분홍색 장기가 모두 드러난 채 몸통이 벌려져 있고, 내장은 그 가느다란 몸통 사이로 쏟아져 나올 것만 같다. 그녀는 베네치아 유리와 자단나무로 만든 케이스에 담겨 피렌체의 물리학 및 자연사 박물관에 맨몸의 다른 비너스들 옆에 놓여 있다. 『해부학적 비너스*The Anatomical Venus*』의 저자 조안나 에벤스타인은 비너스를 "완벽한 오브제"라고 표현하며 "믿음을 의심하게 만드는 고급스럽고 기괴한 존재"인 이 밀랍 여신에게 찬사를 보낸다.[25] 조개껍데기에서 우주의 신비를 발견하는 사람도 있고, 모래알에서 우주의 신비를 찾으려는 사람도 있지만, 에벤스타인은 이 끔찍하면서도 사랑스러운 작품을 "소우주는 실제로 대우주를 반영한다"는 사실의 증거로 읽어볼 것을 제안한다.[26] 이 소녀의 몸에서 우리는 가장 원초적인 욕망과 가장 높은 이상, 천국에 대한 사랑과 지구에서의 자리 사이에서 균형을 잡으려는 인류의 투쟁을 볼 수 있다.

수시니의 비너스가 피렌체에 전시된 지 대략 60년이 지난 후, 에드거 앨런 포는 그의 에세이 『글쓰기의 철학』The Philosophy of Composition에서 "아름다운 여성의 죽음은 의심할 여지 없이 세상에서 가장 시적인 주제"라고 주장하기까지 했다. 그는 시와 소설에서 자신의 주장을 더욱 발전시켜 애너벨 리, 베레니스, 리게아, 레노어, 엘레오노라 등의 여성 캐릭터에게 생전보다 죽음에서 더 큰 존재감과 가치와 힘을 부여했다. 지금도 여전히 예쁜 시체를 중심으로 한 엔터테인먼트 장르가 존재한다. 작가 앨리스 볼린은 이를 "죽은 소녀 쇼Dead Girl Show"라고 부르며,[27] 데이비드 린치의 영화 「트윈 픽스」를 이 장르의 사례 연구로서 사용한다. 문화적 연관성은 떨어지지만 개인적인 공감을 불러일으킬 수 있는 예시는 고등학교 시절 나의 옷장에서 찾을 수 있다. 빨간색 반짝이로 "빨리 살고, 예쁠 때 죽어라LIVE FAST, DIE PRETTY"라는 문구가 적혀 있던 탱크톱이 바로 그것이다. 쇼핑몰에서 펑크족처럼 다니던 열네 살의 나는 그 병적인 메시지에 완전히 빠져들었다. 그때도 나는 살아 있는 여성은 이런 종류의 얼어붙고, 순수하며, 깨끗한 아름다움을 구현할 수 없다는 것을 알고 있었던 것이다.

화장은 우리를 이 터무니없는 이상에 한 걸음 더 가까이 다가가게 해줄 수 있으며, 보톡스나 필러와 같은 비수술적 미용 시술도 마찬가지이다. 성별을 증명하거나 기타 의학적인 이유로 보톡스를 사용하는 사람도 있지만(편두통, 심한 발한, 안검하수 등에 도움이 될수 있다), 대부분의 고객은 노화 방지를 목적으로 주사를 맞는다. 인간은 독소라고 알려진 물질을 피부에 주입함으로써 얼굴 주름, 눈가 주름, 이마 주름을 방지할 수 있는 방법을 찾았다. 우리는 살아 있는 사람을 방부 처리하는 방법을 알아냈고, 그 효과는 꽤 좋았으나, 종종 다소 기괴한 결과를 낳기도 했다. 많은 사람들이 보톡스를 화장의 한 형태라고 생각하지는 않지만, 나는 보톡스가 벨라도나 추출액과 비슷하다고 생각한다. 보톡스는 얼굴에 독소를 주입해서 만드는 일시적인 신체 변형이다. 그것은 내면에서부터 우리를 변화시킨다. 보톡스는 자연스러운 상태를 유지하거나 연장하는 방법으로, 변화와 시간 그리고 햇빛을 거스르려는 시도이다. 이러한 목적 때문에 보톡스는 위협적이지 않은 것으로 간주되는 사회적으로 승인된 마술이다. 보톡스는 개인이 자신만의 엘리자베스 여왕의 "젊음의 가면"에 더 가까이 다가가고, 기이하고 영원한 자아를 더 잘 구현할 수 있도록 도와준다.

보톡스, 특히 20-30대 전문직 여성들 사이에서 인기를 얻고 있는 "예방적 보톡스"가 보편화되고 있지만, 평균적인 미국 직장인에게는 여전히 엄청나게 비싼 가격이다(보톡스 한 단위의 가격은 미국에서 근로자가 한 시간 동안 일하여 버는 최저임금의 액수보다 많다). 최근에 안과를 방문하지 않았다면 안구에 벨라도나를 주입하지 않았을 가능성이 높다. 하지만 휴대전화로 셀카를 찍고 필터를 추가한 후 소셜 미디어에 공유한 적은 있을 수 있다. 나도 꽤 자주

하던 일이다. 많은 사람들이 그렇듯이 나도 피부 톤을 보정하기 위해 필터를 주가했다. 몇 번의 클릭만으로 눈 밑 다크서클이 제거되고, 출산 후 오른쪽 광대뼈에 생긴 기미가 매끄럽게 다듬어지고, 눈과 입술에 선명함이 더해졌다. 누군가가 이미 내 얼굴의 면과 그림자를 인식하여 "보정할" 수 있는 프로그램을 만들었기 때문에 내가 직접 할 필요가 없었다. 조금 더 긍정적인 관점에서 보자면, 무료 프로그램을 사용하여 이미 존재하는 아름다움을 "강화할" 수 있다. 입술을 더 크게, 눈을 더 맑게, 피부를 더 매끄럽게 만들어주는 필터가 있다. 모든 것이 한 번에 가능하다.

어떤 필터는 애니메이션에 나오는 암사슴처럼 푹신하고 풍성한 속눈썹을 만들어주기도 한다. 대부분의 화장 필터는 항상 당신의 눈을 건드린다. 아무리 예쁜 눈매를 가지고 있더라도 무조건 더 예뻐질 수 있다. 더 크고, 더 하얗고, 더 밝게. 녹색으로 빛나거나 푸른 불꽃처럼 타오르게 만들 수도 있다. 하지만 근본적으로 이것은 평면적인 이미지를 더 평평하게 만들기 위해 작동하는 컴퓨터 프로그램이다. 반짝임, 색조, 고양이 귀가 있어도 소셜 미디어의 "증강현실augmented reality"은 항상 실제보다 덜 역동적이다. 이미 평면적인 렌더링을 거쳐 사진을 찍은 뒤, 진실을 더욱 모호하게 만들면서 이상적인 추상화를 생성한다. 이러한 사진들은 캐리커처나 만화, 아바타의 윤곽이 된다.

2019년 「뉴요커」의 기자인 지아 톨렌티노는 필터, 리얼리티 텔레비전 쇼, 소셜 미디어, 필러 그리고 화장이 요즘 세대의 매력적인 여성상에 미친 복합적인 효과를 "인스타그램 얼굴instagram face"이라는 용어를 통해 설명한다.[28] 그녀는 이를 "모든 것이 빠르게 생겨나고 금세 사라져간 지난 10년의 트렌드 중에서도 단연 가장 기이한 유산 중 하나"라며, "아름다운 여성들 사이에서 사이보그 같은 획일적인 얼굴이 점진적으로 부상하고 있다"라고 말한다. 그녀는 이 떠오르는 이상형을 탄탄하고 모공 없는 피부와 높은 광대뼈, 그리고 고양이 같은 눈을 가진 어려 보이는 하트형의 얼굴이라고 설명한다. "수줍어하면서도 멍하게 응시하는" 표정에, 백인처럼 하얀 얼굴이지만 동시에 "인종을 알 수 없는" 얼굴이다. 톨렌티노는 이런 얼굴의 부상을 이해하기 위해 성형외과를 방문하고, 메이크업 아티스트를 인터뷰하고, 소셜 미디어 인플루언서들과 이야기를 나눈다. 이 모든 과정에서 그녀는 불안감을 느낀다. 그후 결국 그녀는 자신의 얼굴을 너무 자세히 들여다보지 말아야겠다고 다짐하게 된다. 성형외과 의사의 진료실을 나서면서 그녀는 "사춘기 초기에 느꼈던, 그리고 오랫동안 경험하지 못했던 매우 구체적인 느낌, 일종의 밑바닥을 알 수 없는 욕구에 휩싸였다"라고 썼다. "인스타그램 얼굴"이 그녀를 덮친 것이다.

톨렌티노가 「뉴요커」에 글을 게재한 지 몇 년이 지난 후, 그녀에게 연락하여 여전히 이 소셜 미디어의 유령, 예쁘지만 기괴한 이미지(적절한 수술이나 필터를 사용하면 얼마든지 내 것으로 만들 수 있는)에 사로잡혀 있는지 물어보았다. 이메일을 통해 그녀는 감정이 엇갈린다고 털어놓았다. 그녀는 여전히 머리를 탈색하고 컨실러를 바른다. 그녀는 자신의 외모가 자신에게 해를 끼치기보다는 도움이 될 가능성이 너 크나는 것을 알고 있기 때문이다(흔히 "예쁜 특권"이라고 불리는 현상이다). 하지만 그녀는 요즘 외모에 대한 걱정을 덜 한다. "인스타그램 얼굴"은 여전히 소셜 미디어에 자리 잡고 있는 하나의 현상이지만 더 이상 그녀에게 영향을 끼치지 못한다. 그녀는 이미 다른 주제로 넘어가서 새로운 곳에 에너지를 쓰고 있기 때문이다. "계절에 따라 뒷마당 정원을 가꾸고 거실을 아름답게 장식할 때처럼 즐겁게 외모를 관리할 수 있는 방법을 찾으려고 노력해왔습니다"라고 그녀는 말한다. "돌보는 것과 개선하는 것, 유지하는 것과 최적화하는 것의 차이가 저에게는 매우 크게 다가옵니다." 한때 소셜 미디어 사이트를 자주 방문했던 그녀는 "인스타그램 얼굴을 만들어내는 근본적인 감시 자본주의 요인"을 거부하기 위해 노력해왔다고 전하며, 우리는 이러한 트렌드가 점점 더 심각해지고 있다는 데에 동의했다. 톨렌티노는 다음과 같이 말한다. "화면 속 이미지를 통해서는 아무것도 느낄 수 없고, 특히 진정한 아름다움은 결코 느낄 수 없습니다. 일상생활에서 만나는 수많은 얼굴들이야말로 믿을 수 없을 정도로 아름답습니다. 왜냐하면 그들은 바로 우리 눈앞에 살아 있기 때문입니다."

이 말에는 반박하기 어려운 진실이 있다. 디지털의 아름다움은 표백되고, 대체된, (현재로서는) 2차원적인 아름다움이다. 직접 보는 아름다움의 질감과 감각적인 매력은 따라갈 수 없고, 심지어 거울에 비친 모습이 가진 직접성에도 미치지 못한다. 화면 속의 필터가 적용되고 보정 처리된 얼굴에는 목소리도, 향기도, 우아함도 없다. 마치 "영원한 장미"처럼 매력이 없다. 그런데도 이 이미지들은 특히 내가 외로울 때 여전히 나를 붙잡는다. 나는 시골에 살고 있고 주로 집에서 일하기 때문에 인터넷에 자주 접속한다. 디지털 세상에서는 어디에나 광고가 있기 때문에 아름다운 젊은 여성들도 어디에나 있다. 그들을 피하는 것은 불가능하다. 필터를 거치고 포토샵으로 보정되고 화장으로 한껏 꾸며진 얼굴의 홍수를 마주할 때면 나는 그녀들에게 어쩔 수 없는 부러움을 느낀다(특히 실수로 카메라를 켰다가 빠르게 노화되고, 꾸미지 않은 퉁퉁 부은 내 얼굴을 보게 되면 더욱 그렇다). 최선을 다하고 있음에도 불구하고 여전히 다이어트를 하고 신체 사이즈를 줄여서 공간을 덜 차지하는 체형을 완성하기 위해 노력해야 한다는 강박을 느낀다. 나는 여전히 사진 속에서 예뻐 보이고 싶다. 예전처럼 끈질기게 죽은 소녀의 아름다움을 좇을 에너지는 없지만, 머릿속에서 그녀를 완전히 지우지는 못했다. 나의 욕망은 여전히 남아 있다.

몇 달 전, 딸이 뻣뻣한 브러시로 자신의 눈 주위의 부드러운 피부를 긁어 붉은 상처와 피가 묻은 딱지를 남겼다. 내 잘못이었다. 나는 여전히 외모에 대한 자존감을 버리지 못했고, 누구나 내 눈을 한 번만 봐도 그 사실을 알 수 있을 것이다. 나는 거의 예외 없이 매일 마스카라를 바른다. 색조 수분 크림(자외선 차단 지수 30!)이나 가장 좋아하는 립밤(달콤한 민트 향이 나는)처럼 필수 기능성 제품조차 나에게는 마스카라만큼 중요한 존재는 아니다. 속눈썹은 내 자부심의 큰 원천이다. 끝은 다소 금발임에도 불구하고 유난히 긴 속눈썹이 내가 가진 최고의 매력일지도 모른다는 말을 많이 들었다. 그래서 매일 아침 플라스틱 튜브의 윗부분을 비틀어 막대를 빼낸 다음 진흙처럼 끈적하고 진한 타르색 제품을 속눈썹에 바르곤 한다. 딸은 내가 이렇게 하는 것을 수도 없이 여러 번 보았다. 나는 모든 일을 딸 앞에서 하니까. 이제 그 아이가 나의 행동을 따라 할 수 있을 만큼 커버린 것이다. 딸아이는 나를 흉내내서 "베이비 칵테일"을 달라고 할 때도 있고, 작은 장난감 휴대전화로 타이핑을 하기도 하고, 자기 얼굴에 상처를 낼 때도 있다.

어린 시절에 흔히 있는 일이다. 아이들은 아주 어릴 때는 부모를 흉내내고 나이가 들면서 이 단계에서 벗어난다. 가끔은 내가 딸에게 무엇을 가르치고 있는지 헷갈릴 때가 있다. 나는 인스타그램 필터와 보톡스에 대해서는 이렇게 거창한 이야기를 할 수 있지만, 마스카라는 끊을 수가 없으니까. 해변에 갈 때는 워터프루프 마스카라를, 은은하고 프로페셔널한 룩을 연출할 때는 브라운 마스카라를, 섹시해 보이고 싶을 때는 짙은 마스카라를, 피곤한데 눈매를 돋보이게 하고 싶을 때는 컬링 마스카라를, 더 많은 마스카라를 바를 수 있도록 해주는 흰색 베이스 마스카라까지 대략 20가지 종류를 갖고 있다. 차 안에도 마스카라가 있고(운전 중에 바르고 싶을 때를 대비해), 핸드백 안에도 마스카라가 있다. 심지어 기저귀 가방에도 있을 정도이다.

 뿌리 깊은 습관이 대개 그렇듯이, 마스카라가 가끔 사용하는 도구에서 절대적인 필수품이 된 시점을 정확히 짚어내기는 어렵다. 중학생 때쯤이었을까. 만화를 보고 자란 여느 미국 아이들과 마찬가지로 나도 동물의 긴 속눈썹이 여성스러움과 매력을 상징한다는 것을 알고 있었다. 유난히 긴 속눈썹은 실제로는 여성보다 남성에게 더 자주 나타나는 경향이 있지만, 만화 속에서 길고 풍성한 속눈썹은 그 캐릭터가 여성이라는 것을 의미했다. 어렸을 때 디즈니의 애니메이션「로빈 후드」를 몇 번이고 반복해서 보던 기억이 나는데, 그때 나는 주인공인 여우 로빈 후드의 매력적인 목소리에 흠뻑 빠졌다. 그의 상대역인 메이드 메리언은 한 가지를 제외하면 로빈과 거의 똑같이 생겼다. 메리언은 길고 풍성한 짙은 속눈썹을 가졌고, 팔린(밤비의 여성 상대역)과 데이지 덕(도널드 덕의 상대역), 미니 마우스도 마찬가지였다. 특히 이 의인화된 캐릭터들 중 어느 누구에게도 키스를 할 수 있는 크고 두툼한 입술은 없었는데, 만약 그랬다면 너무 기괴하게 보였겠지만, 모두 하나같이 깃털처럼 부드럽고 풍성한 속눈썹은 있었다.

 메이블린(미국의 화장품 브랜드/역주)이 정리한 연대표에 따르면, 마스카라는 6,000년의 역사를 가지고 있지만, 이는 눈매를 어둡게 하는 모든 색소를 포함하는 넓은 의미의 마스카라를 기준으로 했을 때의 이야기이다. 1860년대에 바셀린이 발명되면서 수많은 새로운 화장품이 등장했는데, 리퀴드 마스카라 역시 그중 하나이다. 하지만 카민을 발라 붉게 물들인 입술에 비해 페인트를 칠한 속눈썹의 인기는 보잘것없었다. 으깬 벌레 껍질로 만든 이 선명한 빨간색은 오늘날에도 여전히 시중에 판매되고 있다(좋아하는 립스틱이나 블러셔의 성분표에서 "내추럴 레드 포natural red four" 또는 "크림슨 레이크crimson lake"를 찾아보라[29]). 19세기와 20세기의 대부분 동안 립스틱은 외모 개선에 필수적인 요소로 여겨졌다. 립스틱은 자유분방한 신여성을 상징하는 도구였고, 미국 여성들이 전쟁 시기에 적은 돈으로 기분을 내고 싶을 때 찾는 물건이었으며, 10대가 성인이 되었음을 알리는 신호탄으로 여겨지기도 했다. 사람들은 마스카라, 아이라이너, 파운데이션, 블러셔 등 다양한 아이템을 사용했지만 립스틱만큼 수익성이 좋았던 제품은 없었다.

한편 마스카라는 1911년에 특허를 받은 인조 속눈썹과 마찬가지로 시장에서 더디지만 꾸준히 인기를 얻어갔다.[30] 인조 속눈썹은 1916년 고대 바빌론을 배경으로 한 영화 「인톨러런스」에서 할리우드 스타 시나 오웬이 착용한 덕분에 주류로 자리 잡게 되었다.[31] 대부분의 화장 역사학자들은 여성스러움의 상징으로 짙은 속눈썹이 등장한 배경에 이집토마니아Egyptomania(19세기 나폴레옹의 이집트 원정에 의해 촉발된 고대 이집트 문화에 대한 새로운 관심/역주)와 할리우드의 결합을 꼽는 경향이 있지만, 화장품 업계의 거물이자 사교계 인사 헬레나 루빈스타인(자신의 이름을 딴 화장품 브랜드를 창립했다)의 영향 등 다른 사회적 요인도 분명히 작용했다.

1920년대와 1930년대의 스타들은 눈 화장을 많이 했지만, 1960

년대까지는 립스틱이 대세였다. 여기에도 여러 가지 이유가 작용했겠지만 그중 가장 큰 이유는 개인의 안전 문제였다. 20세기 전반까지만 하더라도 마스카라는 립스틱보다 상대적으로 훨씬 더 위험한 화장품이었다. 초기의 립스틱은 과일 주스와 장미꽃잎으로 만들어졌고, 심지어 벌레나 사슴의 기름으로 만든 상업용 립스틱이라고 해도 위험하지는 않았다. 하지만 속눈썹을 길게 늘이는 것은 입술에 색을 입히는 것보다 더 위험한 제안이었다. 오웬의 인조 속눈썹에 대해 스튜디오 경영진은 크게 환호했지만, 해당 여배우는 이 가짜 속눈썹을 붙이느라 상당한 고통을 겪어야 했다. 그녀의 동료 릴리언 기시는 자신의 회고록을 통해서 「인톨러런스」 촬영이 거의 마무리되던 어느 날, 오웬은 "눈이 퉁퉁 부어 거의 뜰 수 없는 상태"로 세트장에 나타났다고 말했다. 1930년대에 미국에서만 16명 이상의 여성이 타르에서 유도된 독성 물질로 만든 속눈썹 염료를 사용하여 시력을 잃었고, 그중 1명은 결국 사망했다.[32] 이러한 피해는 영부인 엘리너 루스벨트가 화장품 산업에 대한 규제 강화를 촉구하는 계기가 되었고, 1938년 FDA는 처음으로 이러한 무책임한 제품을 제조하고 판매한 회사를 상대로 조치를 취했다.

화장품의 제조법은 여전히 소비자들에게 중요한 문제이다. 고대의 화장품 제조법 중 상당수는 우스꽝스러울 정도로 역겨워 보이지만, "분해되지 않는 화학물질"을 바르는 것보다는 말린 파충류 배설물 가루를 바르는 것이 오히려 더 안전할 수도 있다. 불소계면활성제(PFAS)는 내분비계 교란 물질로 알려져 있으며, 이것은 인간을 포함한 많은 종의 호르몬 체계를 교란시킬 수 있다. 환경운동가들은 PFAS가 생식력이 없는, 자웅동체 개구리의 증가뿐만 아니라 갑상선 질환, 불임, 암을 비롯한 다양한 인간 질환의 원인이라고 본다. PFAS 화학물질의 종류는 수천 가지에 달하며, 과학자들조차 그 영향을 완전히 이해하지는 못했지만 극소량도 인체에 유해할 수 있다는 증거는 많다.[33] 또한 이러한 화합물은 자연환경에서 쉽게 분해되지 않기 때문에 공기, 물, 토양에 수십 년 동안 떠돌아다니는 경향이 있다(불길한 별명이 붙은 이유이다). 하지만 미국 기업들은 여전히 농업에서부터 수압 파쇄, 섬유 산업, 화장품 제조에 이르기까지 다양한 산업 분야에서 PFAS를 자유롭게 사용하고 있다. 2021년 노트르담 대학교가 발표한 연구에 따르면 워터프루프 마스카라의 82퍼센트와 지속력이 좋은 리퀴드 형태 립스틱의 62퍼센트에서 높은 수준의 PFAS가 검출되었다. 이러한 화장품은 입 주변이나 눈물샘 주변과 같이 특히 피부가 얇고 취약한 신체 부위에 바르는 제품이다. 화학물질이 인체에 흡수되면 모든 종류의 해를 끼칠 수 있지만, 대부분의 브랜드는 PFAS 함유 여부를 공개하지 않기 때문에 이를 완전히 피하는 것은 "거의 불가능"하다.[34]

물론 화장을 안 하는 것도 방법이다. 하지만 나는 아직 습관을 크게 바꾸지 못했는데, 부분적으로는 이미 화장을 한 내 모습에 너무 익숙해져서 화장을 하지 않으면 스스로가 초라하고 부끄럽게 느껴지기 때문이다. 또한 내 눈이 소녀스럽고 매력적으로 보이기를 원하기 때문이기도 하다. 거울에 비친 내 모습이 생기 있고 또렷했으면 좋겠다. 나 이전의 많은 사람들처럼 나도 더 예쁜 얼굴을 위해 어느 정도의 위험을 감수할 의향이 있다.

비뚤어진 집착이라는 것은 안다. 세월이 흘러 내 외모가 이상적인 아름다움이라는 자의적인 허상으로부터 더욱 멀어지면 아름다움에 대한 나의 욕구 또한 점차 사그라들지 않을까 하는 희망은 늘 남아 있다. 어슐러 르 귄은 이렇게 썼다. "아름다움에는 항상 규칙이 있다. 그것은 일종의 게임이다. 대부분의 시대와 장소에서 통하는 이 게임의 한 가지 공통된 규칙은 아름다운 사람은 젊다는 것이다. 아름다움의 이상은 항상 젊음이다. 부분적으로 이것은 단순한 사실주의이기도 하다. 젊은이는 아름다우니까."[35] 1929년에 태어난 르 귄은 인스타그램 얼굴의 횡포에 시달리기에는 너무 나이가 많았고, 그녀가 솔직하게 인정하듯 자신은 인스타그램 얼굴을 추구할 만큼의 아름다운 외모를 타고나지도 못했다. 그녀는 "이 게임을 통해 얻는 막대한 이익에 혈안이 되어 누구에게 어떤 상처를 주든 상관하지 않는 사람들이 이 산업을 지배하는 것을 볼 때 나는 분개한다. 사람들이 자기 불만족에 빠진 나머지 굶주리고 몸을 변형하고 심지어 독극물을 섭취하는 것조차 마다하지 않는 모습을 보는 것은 정말 괴롭다"라고 썼다. 그런 르 귄에게도 신체적인 아름다움은 중요했다. 그녀는 가끔 립스틱과 새 실크 셔츠를 사면서 "아주 작은 방식으로 게임을 계속한다." 탈색한 머리를 한 톨렌티노나 마스카라를 놓지 못하는 나처럼 르 귄도 여기저기서 조금씩 게임을 즐기고 있다. 그녀는 약간의 허영심을 인정하고 허용하는 방식으로 화장품을 계속 소유하기로 했다고 한다.

그러나 『마음에 이는 물결*The Wave in the Mind*』이 출간되었을 때 르 귄은 70대였고, 그녀가 이러한 관점을 얻게 된 데에는 그녀의 나이도 한몫했을 것이다. 죽음에 가까워지고, 늙은 자신의 어머니와 친구들이 죽는 것을 지켜보면서 변함없는 "뷰티 게임"의 전형과 반짝이는 "이상적인 아름다움"의 간극을 깨닫게 된 것이다. 르 귄처럼 정확하고 관대한 사상가에게조차 "이상적인 아름다움"은 정의하고 식별하기 어려운 개념이며, 구현하기는 더더욱 어려운 개념이라는 것을 알 수 있다. 르 귄은 "육체와 정신이 서로 만나는 곳"에서 이런 종류의 아름다움이 발생한다고 썼다. 이것은 기억 속에 존재하는 아름다움이며, 어느 특정한 한순간에 경험되는 것이 아니라 몸짓과 소리와 냄새와 움직임, 그리고 기억의 집합체이다. 그것은 어떤 사람에게서 발산되는 총체적인 아름다움이다. 이러한 아름다움은 화장으로 만들어낼 수도 없고, 스크린이나 필러를 통해서 전달되지도 않는다. 따라서 마치 존재하지 않는 것처럼 평면화되고 마는 것이다. 하지만 이런 종류의 아름다움이야말로 내가 원하는 것이자, 이미 어느 정도는 가지고 있는 것이기도 하다. 그것은 바로 "피부가 아니라 삶의 깊이에서 우러나오는 아름다움"이다.

나는 이를 염두에 두고 지금 가지고 있는 제품이 다 떨어질 때까지 새로운 화장품을 사지 않기로 다짐했다. PFAS가 염려되어 워터프루프 마스카라를 다 버렸고, 그래서 해변에서 보냈던 지난 여름은 너구리 눈으로 지내야만 했다. 당분간 세포라에 가지 않을 것이며(심지어 "그냥 구경하기 위해서"조차), 인스타그램 피드에 쉴 새 없이 올라오는 글로시에(미국의 화장품 브랜드/역주) 광고에도 굴복하지 않을 것이다. 보톡스를 포기하는 것은 어려운 일이 아니다. 어차피 보톡스를 맞을 형편이 안 되니까. 하지만 형편이 변하더라도 주사의 유혹을 거부하고 나의 주름과 선을 있는 그대로 받아들이려고 한다. 주름살을 좋아하겠다고 약속할 수는 없지만 노력은 해볼 수 있다. 나는 사진에 필터를 씌우지는 않지만, 셀카 포스팅은 당분간 중단하고 나와 직접 마주하는 사람들을 위해서 미소와 매력을 아껴 둘 생각이다. 어쩌면 나도 맨얼굴로 놀러 다니고, 온 세상이 꾸미지 않은 나의 맨눈을 실컷 보도록 할 수 있을지도 모른다. 하지만 그보다 더 중요한 것은 딸에게 이런 모습을 더 자주 보여줄 것이라는 점이다. 딸은 이미 내가 어떻게 생겼는지 잘 알고 있고, 그 누구보다도 내 얼굴을 좋아하니까. 이 한 사람을 위해서 나는 달라질 수 있다. 아니, 이미 달라졌다.

6

더럽고, 달콤하고, 꽃향기 나는 악취

향수 제조법 뒤에 숨겨진 이야기

나의 코는 1990년대에 머물러 있다. 청바지나 신발 유행처럼 미국 문화에서는 향 또한 몇 년마다 유행하고 사라지기를 반복한다. 때로는 10년 이상 꾸준히 인기를 끄는 향도 있기는 하다. 1960년대 여성들은 천연 머스크musk가 섞인 성숙하고 강렬한 화이트 플로럴 계열의 향을 선호하는 경향이 있었다(재스민 향의 클래식 향수인 "샤넬 No.5"는 이 시기에 이미 대중화되었다). 1970년대에는 파촐리patchouli와 스모크 포워드 향이 진열대를 장악했다(이는 생 로랑의 "오피움"의 인기가 불러온 현상이었다). 1980년대 소비자들은 진하고 화려한 플로럴 향과 톡 쏘는 스파이시한 향을 원했다("조르조 베벌리 힐스"가 대표적인 예이다). 20세기 대부분의 기간 동안 향수는 할리우드, 런던, 파리, 뉴욕의 마케팅에 의해 고도로 성별화되고 성애화되었다. 대중매체에 따르면 아름다운 여성에게서는 늘 향기가 났다.

내가 처음 향수를 구입한 1990년대 후반은 소위 "깔끔한" 남성적인 향이 유행하던 시기였다(캘빈 클라인의 "CK 원"과 "옵세션"
이 대표적인 예이다). 향수에 대한 대중의 인식이 바뀌기 시작하면
서 방 전체에서 향기가 진동할 정도로 강한 향은 더 이상 인기를 끌
지 못했다. 대신에 사람들은 방금 샤워를 끝낸 듯 신선하고, 깨끗하
고, 위생적으로 보이기를 원했다. 호르몬이 왕성한 사춘기였던 나
도 예외는 아니었다. 초등학교 6학년 때부터 8학년 때까지 일주일
에 20달러씩 받는 용돈을 모아 갭_{Gap}의 향수 "헤븐"을 사 모으곤 했
다. 성장해서 그 시기를 벗어나기 전까지 헤븐만 열 병도 넘게 썼
을 것이다. 다른 친구들과는 달리 나는 배스 앤 바디 웍스(비누나 목
욕 용품, 로션 등을 판매하는 브랜드/역주)나 빅토리아 시크릿(란제리 브
랜드/역주)의 향수를 별로 좋아하지 않았다(둘 다 과일 향이 강하
고, 너무 여성스럽고, 향이 진한 것 같았다). 나는 내가 쓰는 헤븐의
향기가 훨씬 더 어른스럽고 색다르다고 생각했다. 향수 판매 사이
트 프라그란티카에 따르면, 내가 좋아하는 향수는 오렌지 꽃, 재스
민, 녹색 잎, 레몬, 카네이션 계열의 향이라고 했다. 밝고 신선한 톱
노트 아래 베이스 노트에는 백단향, 이끼, 머스크 향이 주는 묵직한
느낌이 좋았다.

이제 더 이상 집을 나서기 전에 헤븐을 뿌리지는 않지만 여전히
풀, 녹색 잎의 향과 흰 꽃, 감귤류 꽃, 스모키한 나무 향을 좋아한
다. 그리고 중성적인 냄새와 짭짤한 바다 향도 좋아한다. 바닐라처
럼 달콤한 향, 즉 호박이나 마시멜로, 크림 냄새가 나는 향수는 좋
아하지 않으며, 왠지 마땅히 좋아해야 할 것만 같은 클래식한 플로

럴 계열의 향수조차도 그다지 선호하지 않는다. 내 코는 여전히 다소 제한적인 종류의 향만을 좋아하는데, 나는 이것을 호르몬에 취해서 몸이 정신을 집어삼키던 사춘기 시절의 탓으로 돌린다. 그때는 나의 욕망을 흥미롭게 하나하나 발견하는 데에 몰두하곤 했다. 내면 깊숙이 파고들어 보물 같은 취향을 발굴하고, 그것을 반짝반짝 빛날 때까지 갈고닦아 세상에 내놓는 탐험가와도 같았다.

그 당시에는 타고난 것처럼 보이는 일부 여성들의 자신감 넘치고 우아한 여성성을 나 역시도 당연히 가질 수 있다고 생각했다. 나는 나만의 시그니처 향을 가지고 싶었고, 그래서 좋은 기억을 떠올리게 하고 세련된 느낌을 주는 특정 향수를 선택했다. 내가 좋아하는 재스민 꽃에는 시체나 대변, 그리고 음모를 덮고 있는 기름에서도 발견되는 화학 혼합물인 인돌indole이라는 분자가 자연적으로 함유되어 있다는 사실을 나는 전혀 몰랐다.[1] 내가 그토록 탐내던 향이 상처가 난 고래의 창자에서 나는 악취처럼 과학적으로 코를 찌르도록 만들어졌다는 사실 역시도 전혀 몰랐다. 자신이 일상적으로 바르고 뿌리는 로션과 향수에 실제로 무엇이 들어 있는지 아는 사람은 거의 없다. 향수는 항상 전문가의 영역이었는데, 이는 의도된 것이다. 사람들이 향수에 대한 욕망의 메커니즘을 이해해서는 안 된다. 장막의 뒤쪽을 보게 해서는 안 된다.

수천 년 동안 조향사들이 수십억 개의 꽃잎과 줄기들로 만든 식물성 물질, 팅크, 오일로 향기를 만들어왔다는 사실은 잘 알려져 있다. 하지만 조향사들이 동물의 고통과 아픔의 부산물을 병에 담아 판매해왔다는 오랜 역사에 대해서는 대부분의 사람들이 잘 알지 못한다. 이러한 보조 물질들은 엄청나게 비쌀 뿐만 아니라 포유류로부터 얻는 대부분의 물질은 잔인한 대가를 치르고서야 얻어진다. 고래는 기름기 많은 지방과 숨겨진 위 담즙을 탐내는 사람들에 의해서 도살되고, 사향고양이는 공포에 대한 반응으로 나오는 항문 분비물을 얻으려는 사람들에 의해서 우리에 갇힌 채로 고문을 당한다. 머스크는 도살된 사슴의 생식기에 딸린 향낭glandular에서 채취된다. 향수는 "정화"의 역사로 묘사되기도 하지만, 부패의 역사이기도 하다.

세련되고 교양 있는 사람들이 그렇게 지저분한 것으로 자신을 감추고 싶어한다는 사실은 우리의 직관에 반하기도 하고, 도덕적인 훈계를 하려는 소설의 소재처럼 보일 수도 있다. 후각적인 혐오감은 보통 문지기가 아닌 외부인의 전유물이다. 그리고 향수는 언제나 매력과 혐오, 쾌락과 고통, 건강과 불결함 사이의 경계를 파고드는 고도로 전문화된 예술이었다. 게다가 향수는 매우 주관적이고 종종 매우 개인적인 것이기도 하다. 파트너의 상쾌한 땀 냄새는 좋아하면서도 직장 동료의 플로럴한 로션 향기는 싫어할 수 있다. 또 어떤 냄새는 두려움으로 가득할 수도 있다. 우리 대부분은 타인의 냄새를 맡는 것도, 누군가가 자신의 냄새를 맡는 것도 두려워하지만, 다른 사람의 향기, 특히 어떤 이유로든 존경할 만한 사람의 향기에는 한없이 매료되기도 한다. 기독교에는 심지어 성인聖人에게서 나는 냄새에 대한 전설도 있다.[2] 일반인과 달리 성인은 높은 도덕

률에 걸맞은 성스러운 냄새를 풍긴다는 것이다. 몸이 썩어가고 자해한 상처에서 구더기가 번식할 때조차 성인은 여름 냄새를 풍기고 구더기는 진주처럼 보인다고 한다.

나는 어둠의 향기와 짧은 순간 동안만 지속되는 예술이 가지는 매력을 이해하기 위해 코를 연구하는 의사, 그리고 코에 향기를 공급하는 조향사, 심지어 사향고양이의 분비물에서 나오는 희석되지 않은 순수한 향기를 마시며 하루를 보내는 사육사와도 이야기를 나눠보았다. 이들은 어둠이 아름다움의 필수 요소인 이유에 대한 다양한 이론들을 제시했지만, 한 가지 사실에 대해서는 모두가 동의했다. 모든 것은 맥락에 달렸다는 것이다. 맥락에 따라 죽음의 냄새조차도 매력적일 수 있다. 적절한 맥락에서는 동물의 배설물을 금보다 더 욕망할 수 있다. 혐오감은 욕망으로, 그리고 사랑으로 바뀔 수 있다. 올바른 맥락에서 적절한 배경 음악이 깔리기만 한다면, 사람들은 매력적인 살인마나 냉소적인 마약상을 응원하기 시작한다.

그들은 또한 섹스가 이 방정식의 일부이며 가장 쉬운 설명이라는 데에도 동의했다. 향수는 단순히 기분 좋은 냄새를 맡는 것 이상의 의미를 지닌다. 우리는 중독성 있는 냄새를 원하고, 진정으로 중독성 있는 향수는 종종 약간 지저분하며 단순한 감각적 쾌락보다 더 깊은 곳을 건드리는 예리함을 가지고 있다. 그리고 이미 검은 흑요석 거울과 반짝이는 저주받은 돌을 통해 보았듯이, 아름다운 것과의 만남이 온전히 즐겁기만 한 경우는 드물다. 만약 그렇다면 토머스 킨케이드(몽환적이고 아름다운 전원 풍경을 담은 그림으로 유명한 미국

의 화가/역주)의 알록달록한 오두막집은 예술의 정점으로 여겨질 것
이고, 모두가 라벤더와 바닐라 향만 뿌리고 나녔을 것이다. 대신에
우리는 카라바조(이탈리아의 화가/역주)의 선혈이 낭자한 그림에 매혹
되고, 늪지대의 썩은 공기, 끈적끈적한 배설물 냄새, 편도선을 자극
하는 죽음의 기운이 담긴 혼합물을 맥박이 뛰는 곳에 바른다. 아름
다움은 날카롭고 강렬하며 대가가 따라다닌다. 욕망과 혐오가 우리
마음의 통로를 함께 걷는 것처럼, 아름다움과 파괴도 함께 움직인
다. 참을 수 없을 정도로 아름다운 것을 발견할 때마다 그것을 자세
히 들여다보라. 익숙한 부패의 그림자를 볼 수 있을 것이다.

역사상 최초로 기록된 조향사 중에는 타푸티-벨라테칼림이라는 여
성이 있다.[3] 기원전 1200년으로 거슬러 올라가는 설형문자 점토판
에 따르면 타푸티는 고대 바빌론에 살았으며 왕을 위해 일했을 가
능성이 높다. 현존하는 점토판의 기록에 따르면 타푸티가 오일, 꽃,
물, 레몬그라스와 비슷한 갈대 모양의 식물인 칼라무스calamus로 향
기로운 향유를 만들기 위해 재료를 증류하고 정제했던 과정이 기록
되어 있다. 그녀의 조향법이 얼마나 현대적이었는지, 아니 오히려
지금까지 조향법이 거의 변하지 않았다는 사실이 놀라울 정도이다.
타푸티는 오늘날의 조향사들이 여전히 사용하는 증류(수증기로 향
기를 포착), 팅크(알코올로 향기를 포착)와 같은 향기 추출 기술을
사용했다. 일부 기록에 따르면, 그녀는 최초로 곡물 알코올을 향료

에 혼합하여 당시의 어떤 향수보다 더 밝고 가벼우며, 지속력이 뛰어난 향수를 만들었다고 한다. 이러한 내용이 모두 사실일 수도 있지만, 어쩌면 그녀는 단순히 고대 왕실의 부엌에서 고용주를 위해 여러 가지 향수를 혼합하는 수많은 조향사들 중 한 명이었을 수도 있다.[4] 타푸티를 둘러싼 많은 신화가 있는데, 대부분은 선구적인 여성들의 이야기에 목마른 미디어가 만들어낸 현대적 산물이다. 그런데도 타푸티는 향수 업계 여성들의 수호신이 되었으며, 그녀의 공헌은 오늘날에도 여전히 중요하다. 고대 문화에서 타푸티의 향수는 종교적인 역할을 했을 수도 있지만, 단순히 몸을 예쁘게 꾸미고 감각을 즐겁게 하는 또다른 방법이었을 수도 있다.

2003년, 고고학자들은 키프로스에서 세계에서 가장 오래된 것으로 알려진 향수 공장을 발굴했다.[5] 고고학자들은 이 진흙 벽돌 건물과 이곳에서 생산된 향수로 인해 그리스 숭배자들이 키프로스를 섹스와 사랑의 여신인 아프로디테와 연관 짓기 시작했을 것이라는 이론을 세웠다. 고대 조향사들은 소나무, 고수, 베르가모트, 아몬드, 파슬리와 같은 식물성 재료들을 사용했다.

성분 이름만 들어도 이 향수들은 모두 기분 좋은 향이 날 것 같지 않은가? 아몬드 오일과 약간의 베르가모트를 섞은 향수를 손목에 톡톡 두드려 바르고, 내가 움직일 때마다 싱그러운 식물성 향기가 느껴지는 상상을 해본다. 사람들이 식물의 향기를 풍기고 싶어하는 것은 당연한 일이다. 심지어 해변을 걷다가 바다의 기름 덩어리를 주워서 그 냄새를 맡아보고 싶어하는 호기심도 이해할 수 있다. 하지만 조향사들이 죽은 사향노루의 향낭 분비물 냄새를 맡는 것에서 그것을 자신의 맥박점에 톡톡 두드려 바르는 것으로 어떻게 도약했는지 이해하기는 조금 어렵다. 그렇지만 어느 순간에 그런 일이 일어났고, 십자군 전쟁 이후부터 유럽인들은 사향, 즉 머스크에 집착하기 시작했다.

다른 많은 사치품과 마찬가지로 머스크도 극동 지역에서 유럽으로 건너왔다. 고환을 뜻하는 산스크리트어 "muṣka"에서 유래한 "머스크musk"는 아시아의 작은 수컷 사슴의 향낭에서 나오는 분비물을 가리킨다. 대개 이런 작은 동물의 분비물 주머니는 도살된 동물의 사체에서 채취되어 햇볕에 건조된다. 이렇게 채취한 머스크는 원래 소변 냄새가 나며 톡 쏘는 날카로운 냄새를 풍긴다. 그러나 말려진 후에는 부드러운 향이 나기 시작한다. 암모니아의 악취는 사라지고, 부드럽고 가죽 같은 향을 띠게 된다. 오줌 냄새가 나지 않고 신선한 땀 냄새나 아기의 솜털 머리에서 나는 부드러운 냄새가 나기 시작한다. 일부 전설에 따르면, 클레오파트라가 마르쿠스 안토니우스를 유혹하기 위해 머스크 오일을 사용했다고 전해질 정도로 머스크는 최음제로 명성을 얻었다. 머스크는 많은 향수의 베이스 노트이며, 심지어 노골적으로 머스크 향이 아닌 향수에도 포함되어 있는 경우가 많다. 머스크가 다른 향을 고정시켜서 피부에서 가벼운 허브 향이나 꽃 향이 오래 지속되도록 도와주기 때문이다.

중세 기독교인들에게 머스크는 단순히 좋은 냄새를 풍기는 물질이 아닌 예방약이었다. 당시 많은 유럽인들은 "미아즈마 이론miasma theory"이라는 것을 믿었다.[6] 이 이론에 따르면 이질이나 페스트와 같은 질병이 발생하는 이유는 위생 상태가 좋지 않아서가 아니라 "나쁜 공기" 때문이다. 오염을 뜻하는 그리스어에서 유래한 미아즈마는 "밤의 공기"라고도 불렸다. 이 용어는 부패한 물질에서 방출되는 악취가 나는 기체를 설명하는 데에 사용되었으며, 이 공기에는 건강한 시민도 쓰러뜨릴 수 있는 힘이 있다고 여겨졌다. 세균 이론이 나오기 전 유럽인들은 일반적으로 더러운 공기가 질병 확산의 원인이라고 믿었기 때문에 머스크와 같이 오래 지속되고 강력한 향수에 투자를 시작한 것은 당연한 일이었다. 머스크 덩어리를 담을 수 있도록 고안된 둥근 로켓 모양의 금속 액세서리인 포맨더 볼pomander ball은 당대의 사치품 중 하나였다. 남녀 할 것 없이 벨트에, 때로는 목에 말린 포맨더를 걸고 다녔다. 종종 포맨더를 묵주 안에 넣어서 기도하는 동안 향을 맡기도 했다.

머스크는 이러한 종류의 심미성을 기반으로 하는 치료 목적에 사용된 수많은 성분들 중 하나였지만, 가장 인기 있는 향 중 하나이기도 했다. 머스크에서는 좋은 냄새가 난다. 1800년대 후반부터 합성된 머스크가 시중에 출시되었기 때문에 우리에게는 그 부드러운 향기가 친숙하게 느껴질 것이다. 요즘에는 동물의 향을 쉽게 재현할 수 있어서 진짜 머스크는 상업용 향수에는 거의 사용되지 않는다. 합성 머스크에도 다양한 종류가 있다. 달콤한 냄새나, 약간의 땀 냄새도 있고, 고소한 냄새가 나는 것도 있지만, 모두 같은 기본적인 발상으로부터 영감을 받아 나온 것들이다. 합성 머스크 분자가 내

분비계 교란 물질(호르몬을 교란할 수 있다)로 추정되고 있고, 일부 연구에서 쥐의 종양 발생률을 높인다는 사실이 밝혀졌지만 사람들은 여전히 머스크를 청결과 건강을 상징하는 향으로 생각한다.

'유방암 예방 파트너스'의 수석 정책 책임자이자 '안전한 화장품을 위한 캠페인'의 공동 창립자인 재닛 누델만은 "미국의 주 정부나 연방 정부, 아니 전 세계 어떤 정부도 향료 화학물질의 안전성을 규제하지 않고 있다"라고 말한다.[7] 거의 모든 미국인이 매일 "향료"라는 큰 포괄적 용어 아래에 숨어 있는 잠재적인 독성 화학물질에 노출될 수 있는 것이다. 한때 건강에 좋다고 여겨졌던 이러한 향이 피부 조직, 모유, 장기, 아기에게 서서히 스며들 수 있다. 안타깝게도 비누, 로션, 향수에 어떤 분자가 숨어 있는지 파악하기는 어렵다. 다른 국가에서는 잠재적으로 독성이 있는 향료의 사용을 금지하고 있지만, 미국에서는 이러한 머스크 분자의 사용을 규제하지 않는다. 또한 "머스크"는 다양한 냄새, 분자, 제조법 및 화학물질을 포괄하는 용어가 되었기 때문에 일반 소비자가 어떤 제품이 안전한지 파악하는 일도 쉽지 않다. 가장 안전한 방법은 몸에 사용하는 제품(세탁 세제를 포함하여)을 고를 때 향이 나는 것을 아예 구매하지 않는 것이지만, 감각을 중요시하는 많은 사람들에게 이것은 너무 큰 희생이 될 것이다.

그렇다고 진짜 사슴에서 채취한 머스크를 사용할 수도 없다. 1979년 사향노루가 멸종 위기종으로 지정되어 상업용 향수에 천연 머스크를 사용하는 것은 법으로 금지되었다. 하지만 티베트에서는 여전히 머스크 채취를 위한 사향노루 사냥이 성행하고 있으며, 밀거래가 활발해지면서 온라인에서 불법 머스크가 유통되고 있다. 또한 사향노루의 향낭은 중국과 한국의 일부 전통 치료법에도 사용되기 때문에 머스크는 지구상에서 가장 귀중한 동물성 제품 중 하나가 되었다. 맥길 대학교의 조 슈바르츠 교수는 자신의 저서 『연고 속의 파리The Fly in the Ointment』에서 머스크가 "금보다 더 가치가 있다"라고 말하기도 했다.[8]

시벳civet, 영묘향은 잘 알려지지 않은 향료이지만 향수의 원료로 자주 등장한다. 머스크와 마찬가지로 현재 대부분의 시벳은 실험실에서 만들어지며, 작고 날씬한 야행성 포유류인 사향고양이의 향낭에서 분비되는 물질을 모방하여 만들어진다. 실제 시벳의 냄새를 맡아본 사람들에 따르면, 시벳은 머스크보다 훨씬 더 동물적인 냄새가 강하다고 한다. 내슈빌 동물원의 행동학 큐레이터인 재클린 메니시는 "사향고양이에서 보편적으로 매우 자극적인 냄새가 난다"라고 말한다. 사향고양이는 동물원에서 흔히 볼 수 있는 동물이 아니며, 고양이도 설치류도 아니다. 그러나 흔히 둘 다로 착각하는 경우가 많다. 이 특이한 동물을 보려고 동물원을 방문하는 사람은 거의 없지만, 내슈빌 동물원에는 동물원장이 "사향고양이를 좋아해서" 여러 마리의 줄무늬 사향고양이를 키우고 있다(아시아야자 사향고양이에게 강제로 원두를 먹인 후 그 배설물에서 커피를 수확하여 만든 사향고양이 커피에 대해 들어본 적이 있을 것이다. 사람들은 사향고양이의 엉덩이로 돈을 벌기 위해 많은 이상한 방법들을 생각해낸 것 같다). 사향고양이는 놀라거나 겁을 먹거나 흥분하면 항문 주위샘을 통해 특이한 냄새가 나는 기름기가 많은 물질을 분비한다. 그 냄새는 며칠 동안을 공기 중에 떠돌아다닌다. 메니시는 "희석하면 그렇게 불쾌한 냄새가 나지 않지만 이 액체가 몸에 직접 닿는다면 정말 불쾌할 것입니다"라고 말한다.

머스크와 달리 시벳은 동물을 죽이지 않고 채취할 수 있다. 하지만 이 과정이 잔인하지 않은 것은 아니다. 사향고양이를 작은 우리에 가둔 채, 그들이 반응하여 귀중한 분비물을 뿜어낼 때까지 그들을 막대기로 찌르거나 시끄러운 소음으로 겁을 줘야만 한다. 상업적인 조향사들은 더 이상 진짜 사향고양이를 향수에 사용하지 않지만, 브루클린의 조향사 제임스 피터슨은 아주 작은 사향고양이 분비물 팅크 병을 간직하고 있다. 그는 이렇게 말한다. "갓 채취한 분비물 냄새는 정말 끔찍합니다. 저는 5년 된 것도 가지고 있는데, 숙성되면서 과일 향이 나기 시작하죠. 악취가 은은해지면서 자연스럽게 꽃향기가 됩니다." 피터슨은 몇 차례 진짜 머스크나 시벳을 사용하여 "소량"의 특별한 향수를 만들었는데, 그 결과 "강렬한 에로틱한 매력"이 느껴지는 블렌딩이 탄생했다고 한다. 고객들은 이 어둡고 더러운 냄새가 강력한 최음제 역할을 한다고 말했다. 그는 "의식할 수 없을 정도의 낮은 농도로 사용할 때 가장 효과가 좋습니다"라고 덧붙였다.

앰버그리스ambergis, 용연향도 마찬가지로 미묘한 향으로 다른 향을 강화하는 데에 자주 사용된다. 앰버그리스는 주연보다는 조연 역할을 하는데, 그 자체로 상당히 매혹적인 향이지만, 냄새가 멀리 퍼지지 않기 때문이다(즉, 악취가 멀리 퍼지지는 않는다는 의미이다). 앰버그리스는 하얀 덩어리 형태로 해안에 떠밀려온다고 알려진 자연 발생 물질이다. 이 귀중한 물질은 향유고래의 몸 안에서 형성된다. 흔히 앰버그리스가 구토물이나 배설물이라고 오해하는 경우가 많은데, 실상은 조금 더 복잡하다. 앰버그리스는 진주처럼 자극에 의해서 탄생한다.『플로팅 골드 : 앰버그리스의 자연스럽고도 부자연스러운 역사*Floating Gold : A Natural (and Unnatural) History of Ambergris*』의 저자 크리스토퍼 켐프에 따르면, 앰버그리스는 고래의 소화기관 내부에서 발톱 모양의 뿔 덩어리가 쌓이면서 이 불쌍한 생물의 장기를 긁고 장을 자극하면서 만들어지기 시작한다고 한다.[9] 이 덩어리는 고래의 몸속으로 밀려 들어가면서 점점 커지고, 천천히 "대변으로 뒤덮이고 소화시킬 수 없이 엉키면서 직장을 막기 시작한다." 고래가 이 덩어리를 바다로 배출하고 나면 그것은 녹아 없어지기 시작한다. 검은색 타르 같은 덩어리는 바다에 의해 표백되어 부드럽고 창백하며 향기로워진다. 색상은 버터 같은 색상에서부터 숯처럼 검은색까지 다양하다. 최상 등급의 앰버그리스는 흰색, 은색, 그리고 마지막으로 달빛 회색과 밀랍색이다. 전 세계 향유고래 개체군의 1퍼센트만이 앰버그리스를 생산한다고 알려져 있다. 그만큼 앰버그리스는 매우 희귀하고 기이하면서도, 아주 가치가 높다.

역사적으로 고래는 기름, 정자, 위 내용물 등 그들의 신체적 산물을 얻으려는 인간들에 의해 죽임을 당해왔기 때문에, 인간은 고래의 사체를 상품으로 가공하는 과정에서 앰버그리스를 발견했을 수 있다. 또한 해변을 수색하면서 (그리고 아마도 못생긴 고래의 사체 냄새를 맡으면서) 앰버그리스를 발견했을 가능성도 있다. 앰버그리스에 대한 인간의 식욕은 고대로 거슬러 올라간다. 중국인들은 용의 침이 바다에 떨어져 굳은 것이라고 믿었고,[10] 고대 그리스인들은 음료에 가루로 빻은 앰버그리스를 넣어 마시는 것을 좋아했다. 영국의 찰스 2세는 달걀과 함께 앰버그리스를 즐겨 먹었는데, 이는 영국과 네덜란드의 귀족들 사이에서 꽤 흔한 식습관이었다고 한다. 사람들이 동물의 배설물을 먹었다는 사실에 놀라서는 안 된다. 후각이 미각과 깊은 관련이 있다는 것은 놀라운 일이 아니며, 내가 직접 앰버그리스의 맛을 보고 말해줄 수는 없지만 그것은 분명 매력적인 풍미를 지녔을 것이다. 기회가 된다면 그 은빛 가루를 달걀에 뿌려서 그 맛이 어떤지 확인해보고 싶다.

앰버그리스는 세상에 없는 향기를 가지고 있다. 그것은 바다를 닮았지만 동시에 달콤한 풀과 신선한 비 냄새도 느껴진다. 고래의 창자에서 만들어진 것이 이렇게 순수한 냄새를 낼 수 있다는 사실이 놀랍다. 새카맣고 끈적끈적하고 악취가 나는 신선한 앰버그리스를 본다면, 아마 그 누구도 식욕을 느끼지 않을 것이다. 그러나 시간을 두고 희석시키면 앰버그리스는 동물의 몸에서 나온 쓰레기에서 인간의 암브로시아(그리스 신화 속 신들의 음식/역주)로 변신한다.

천연 조향사 차르나 에티어에 따르면, 앰버그리스는 "황금색 빛" 또는 "따뜻한 여름날 빨랫줄에 말린 플란넬 셔츠" 같은 냄새가 날 수 있다고 한다. 모든 앰버그리스의 향은 조금씩 다르지만, 에티어는 자신의 개인 샘플을 언급하며 "부드러운 바닷바람 같은 신선한" 향을 특징으로 꼽았다. 대부분의 전문 조향사들과 달리 에티어는 향수에 합성 물질을 전혀 사용하지 않으며, 상업적인 작업에서도 동물성 제품이 아닌 식물성 향을 사용한다. 에티어의 앰버그리스는 "상당히 오래된" 것으로 해변에서 발견되었다고 한다(그녀는 "그렇게 믿고 싶다"라고 말했다).

에티어는 로드아일랜드 주에 있는 프로비던스 퍼퓸 컴퍼니의 소유주이다. 나는 1700년대에 여성들이 사용했을 법한 진짜 향수의 향을 맡아보고 싶어서 그녀의 가게를 방문했다. 통풍이 잘 되는 매장 안에서 랩 드레스에 하이힐을 신고 립스틱을 바른 채 미소를 짓고 있는 에티어를 발견했다. 그녀의 검은 머리는 완벽하게 정돈되어 있었다. 그 순간 여행으로 구겨진 데님 셔츠와 겨울 부츠 차림인 나 자신이 너무 엉망인 것처럼 느껴졌지만, 그녀의 설명이 시작되자 내가 어떻게 보이는지에 대해서는 전혀 신경 쓰지 않게 되었다. 그만큼 너무 흥미진진했다. 선반에 진열된 예술적으로 조합된 향수 몇 가지를 시향한 후 에티어는 나를 계산대 뒤로 데려가 나의 후각적 호기심을 자극하는 캐비닛을 열어 보여주었다. 무거운 나무 가구에는 수십 개의 다양한 크기의 약병, 병, 항아리가 들어 있었는데, 각각 다른 향기가 담겨 있었다. 그중에는 앰버그리스도 있었다. 백 년 된 두송유(노간주 나무로 만든 고약한 냄새가 나는 액체로 벼룩시장에서 구입한 것)의 옆에, 그리고 플로럴 앱솔루트(향수 제조에 사용되는 농축된 향료/역주) 및 허브 에센스 컬렉션 아래에 앰버그리스 팅크가 담긴 작은 유리병이 놓여 있었다. 플로릴 앱솔루트나 에센셜 오일과 달리 실제 앰버그리스는 너무 비싸서 상업용 제품에 사용할 수 없을 뿐만 아니라, 미국에서는 앰버그리스로 만든 제품을 판매할 수도 없다. 미국에서는 향유고래가 멸종 위기종으로 간주되어 향유고래의 몸에서 채취한 부산물로 만든 제품을 사고팔 수 없다. 그러나 다른 곳에서는 그렇지 않다. 앰버그리스의 현재 가격은 그램당 약 25달러로 백금과 비슷한 수준이다.[11]

사람들이 앰버그리스에 기꺼이 그렇게 많은 돈을 지불하는 데에는 이유가 있다. 에티어는 내가 냄새를 맡아보기도 전에 앰버그리스는 조향사들에게 "기적의 재료"이며, "앰버그리스는 모든 것을 더 좋게 만들어준다"라고 말했다. 그렇기 때문에 우리가 이 이상한 동물성 지방, 냄새나는 기름 덩어리를 사용하는 것이다. 우리가 좋아하는 꽃의 향을 강화해주고, 꿀의 거품 같은 단맛을 어둠의 느낌으로 약화시켜 전체 혼합물이 왠지 더 진짜처럼 느껴지도록 만들어준다. 동물성 제품은 이 드라마의 안티히어로로, 미워하면서도 어쩔 수 없이 조금은 사랑하게 되는 존재이다. 그게 바로 세이렌의 노래가 작동하는 방식이고, 앰버그리스가 그중에서도 가장 크게 노래한다. 내게 앰버그리스는 부드럽고 따뜻하며 매력적이고 친근한 느낌이다. 마치 여름에 우리 집 덩치 큰 허스키를 오트밀 향이 나는 비누로 씻기고 나서 키 큰 풀들 사이로 실컷 뒹굴며 털을 말리게 한 후에 나는 냄새처럼 친근하고 친밀한 느낌과도 비슷했다. 한번은 에티어가 가장 아끼는 재료들로 향수를 만든 적이 있다고 한다. 그녀는 100년 된 백단향 에센스와 앰버그리스 팅크, 중앙아메리카와 태즈메이니아에서 각각 자생하는 두 가지 꽃인 프랑지파니와 보로니아 앱솔루트를 섞었다. 앰버그리스를 사용해본 것은 처음이었고, 단 한 병뿐인 이 향수는 마치 "금을 씻어내는 것 같았다"라고 할 정도로 사랑스러웠다고 한다. 그녀는 "너무 아름다웠다"며 그 향기를 아련하게 기억하고 있다.

후각은 가장 과소평가된 신비로운 감각이다. 윌리엄 이언 밀러는 인간의 가장 기본적인 감정에 대한 철학적 고찰을 담은 『혐오의 해부*The Anatomy of Disgust*』에서 "서양 전통에서 냄새는 어둡고 축축하고 원시적인 짐승의 것으로, 진액 속에서 움직이는 맹목적이고 음침한 짐승성과 연관되어 있다"라고 썼다. 그는 후각이 "감각의 계층 구조에서 낮은 순위"에 있으며 "가장 좋은 냄새는 좋은 향기가 아니라 전혀 냄새가 나지 않는 것"이라고 주장했다. 이제는 누구도 냄새가 질병을 가져온다고 생각하지도 않고, 악마가 유황 냄새를 풍기며 온 세상을 돌아다닌다고 상상하지도 않지만, 여전히 냄새를 신체의 아래쪽 기관을 포함한 모든 하위 요소와 연관시킨다. 그것은 낮은 도덕성과 관련이 있다. 밀러는 "죄와 악에 사용되는 언어는 타락한 후각의 언어이다"라고 썼다. 사람의 몸에서는 나쁜 냄새가 날 수 있지만 행동에서도 냄새가 날 수 있다. 정부도 부패의 악취를 풍길 수 있다. 위선자는 자기 기만을 통해 은유적인 악취를 풍길 수 있다.

1908년 출간된 헬렌 켈러의 자서전『내가 사는 세상*The World I Live In*』
에서 그녀는 향기를 "타락한 천사"라고 불렀다.[12] 그녀는 냄새에는
잘못이 없지만 냄새는 어떤 모종의 사악함과 연관되어 있음을 알고
있었던 것이다. 그녀는 "설명할 수 없는 이유로 냄새는 다른 감각들
사이에서 마땅히 누려야 할 높은 지위를 누리지 못하고 있다"라고
그녀는 썼다. 켈러는 폭풍이 다가오기 몇 시간 전에 냄새로 그 전조
를 느낄 수 있었고, 소나무의 날카로운 향기를 통해 자신이 좋아하
는 숲에서 목재가 언제 수확되었는지 알 수 있었다. 켈러는 "영구
적이고 확실한" 촉각과는 달리 냄새를 "도망치는" 감각으로 경험했
다. 촉각은 그녀를 인도했고, 향기는 그녀를 움직였다. 켈러는 냄새
가 없다면 자신의 세계에는 "빛도 색도 변화무쌍한 불꽃 같은 영감
도 존재할 수 없을 것이고, 상상력을 더듬는 모든 감각적 현실이 산
산이 부서질 것이다"라고 썼다.

후각에 관해서는 색이나 빛과 동일한 관점에서 생각하지 않는 경
우가 많은데, 이는 아마도 후각에 대한 단어가 너무 부족해서 다른
감각에 쓰이는 용어를 차용해서 쓰는 경우가 많기 때문일 것이다.
후각은 인간의 가장 오래된 감각이지만 언어로 표현하기 어려운 감
각이기도 하다(도마뱀의 뇌라고도 불리는 우리의 후뇌嗅腦는 말 그
대로 "코의 뇌"이다). 다이앤 애커먼은『감각의 박물학*A Natural History of
the Senses*』에서 "후각은 무언의 감각"이라며, 후각에 대한 언어적 표현
을 다음과 같이 기술했다. "마땅한 어휘가 없어서 혀가 묶인 채 말

로 표현할 수 없는 쾌락과 환희의 바다를 떠다니며 단어를 더듬어 찾게 된다." 우리는 갓 퍼낸 흙냄새나 타오르는 해변의 모닥불 냄새를 정확하게 표현할 단어를 찾기 위해 오랜 세월을 보냈지만, 여전히 "흙냄새"와 "연기 냄새"가 최선이다.

조향사들은 자신들만의 언어를 사용해왔지만, 최근 뷰티 매거진과 블로그를 통해 그들의 언어가 대중문화로 흘러가기 시작했다. 뷰티 전문가와 열성 팬들은 앱솔루트, 오일, 팅크뿐만 아니라 쿠마린, 유제놀, 암브록사이드와 같은 화합물에 대해서도 이야기한다. 숙련된 마스터 조향사는 여러 향이 섞인 향수에서 하나하나의 정확한 향을 찾아낼 수 있다. 단순히 고약한 향이 아니라 머스크의 날카로운 향이나 담배 냄새, 소량으로 사용하면 매력을 더해주지만 균형을 잃으면 다른 향을 압도해버리는 성분들도 쉽게 찾아낼 수 있다.

슈바르츠 교수는 저서를 통해 난소가 있는 여성이 특히 배란기에 머스크 향에 더 민감할 수 있다는 연구 결과를 인용하며 우리가 동물성 향에 끌리는 한 가지 이유를 제시한다. 그는 머스크가 상대방을 성적으로 유혹하려고 할 때 인간에게서 생성되는 화학물질과 유사할 수 있다고 조심스럽게 추측한다.

전화 인터뷰에서 그는 인간의 향기 선호에 대한 진화론적 설명 가능성에 대해 추측하는 것을 더욱 경계했다. "후각에 대한 연구는 철저하게 이루어져왔지만 우리가 실제로 알고 있는 것은 놀랍게도 거의 없습니다. 이것은 정말 복잡한 문제입니다"라고 말했다. "머스크가 어떤 사람들에게는 매력적으로 느껴지고 또 어떤 사람들에게는 그렇지 않은 이유를 알 수 없습니다. 머스크가 희석될 때 왜 냄새가 달라지는지도 모릅니다. 그저 냄새가 달라진다는 것만 알 수 있을 뿐이지요." 우리가 몸의 냄새를 즐기도록 설계되어 있기 때문에 머스크를 좋아하는 것은 아니냐고 물었을 때, 그는 관찰되는 다양한 현상을 눈에 보이지 않는 전달자의 탓으로 돌리고 싶어하는 우리의 욕망에도 불구하고 인간에게는 "실제로 전혀 존재하지 않을 수도 있는" "페로몬의 문제"로 이야기를 재빨리 돌렸다. 슈바르츠에 따르면 일반인들이 페로몬에 대해 알고 있다고 생각하는 것의 대부분은 특정 비인간 종에게만 적용된다. 예를 들어, 멧돼지 페로몬은 잘 알려져 있고, 복제하기 쉬우며, 농부들이 가축의 분만율을 높이기 위해 사용한다. 조반 머스크나 패리스 힐튼의 이름을 딴 향수처럼 "진짜 페로몬"을 표방하는 일부 향수에는 실제로 페로몬 분자가 포함되어 있을 수는 있지만, 돼지가 매우 매력적으로 느낄 수 있는 페로몬 분자가 포함되어 있을 뿐이다. 그러나 과학적 근거가 있는 것으로 알려진 향수를 홍보하는 데에 사용되는 광고 문구에는 이러한 불편한 진실이 드러나지 않는 경우가 많다. 따라서 우리는 인간의 페로몬을 병에 담아 판매할 수 있고, 매력을 정량화할 수 있으며, 욕망은 특정한 논리적인 선을 따른다고 믿는다.

그러나 다이아몬드 도리스의 다이아몬드에 대한 학습된 욕망처럼, 우리도 잡지와 광고가 우리에게 원하도록 지시하는 향기를 탐닉한다. 백화점에 들어설 때 우리는 종종 향수의 냄새가 아니라 그 향수의 페르소나에 이끌리곤 한다. 우리는 모두 이런 이미지, 즉 윤기 나는 입술과 완벽한 머릿결을 가진 아름다운 연예인, 여성스럽게 보이도록 보정된 대변인, 그리고 그 사람이 착용한 화려한 액세서리를 보여주는 사진들에 익숙하다. 이러한 이미지들은 욕망을 상품화하는 데에도 도움을 주지만, 그 욕망을 살균하고 승화시키는 데에도 도움이 된다. 유사 과학에 기반을 둔 마케팅 용어와 매혹적인 소녀들의 이미지 뒤에는 똑같은 성적 충동이 숨어 있다. 상업 조향사들은 "분비물 향"이라고 마케팅해서는 상품을 팔 수 없을 것이라는 점을 너무나도 잘 알기 때문에 "페로몬 향"이라고 포장한다. 그들은 이 문제를 교묘하게 회피하고 있으며, 동시에 소비자들도 그렇게 할 수 있도록 만들어주고 있다. 대부분의 사람들은 질, 항문, 겨드랑이 등에서 나는 사람의 냄새를 모방한 제품을 찾고 있다는 사실을 스스로 인정하고 싶어하지 않지만, 내가 좋아하는 "깨끗한" 향수를 포함하여 많은 향수의 베이스 노트에는 이러한 냄새가 깔려 있다. 이것이 역겹다고 생각한다면 그것이 바로 핵심이다. 부끄러움을 떨쳐낼 수 있다면 역겨움조차 좋은 것일 수 있다.

브루클린에 기반을 둔 향수 회사인 MCMC 프래그런스의 공동 소유주인 조향사 앤 세라노-맥클레인은 역겨움과 달콤함 사이의 긴장감이 향기를 소비재에서 예술의 영역으로 끌어올린다고 말한다. 인돌 플로럴부터 사향 분비물까지, 이는 혐오스러운 성분에 관한 한 핵심적인 요소이다. 그러나 이 불쾌한 요소는 레시피 안에 포함된 별로 중요하지 않은 세부 사항으로 남고, 아는 사람만 아는 비밀처럼 누군가에게는 보이지만 대부분의 사람들은 그저 감탄하고 마는 향기가 된다. 더러움은 아름다움 아래에서 속삭이고, 이러한 다양한 요소가 결합되어 역설적으로 깨끗하고 더러우며 밝고도 어두운 냄새를 가진 향기가 만들어진다.

"인돌은 재스민 향을 흥미롭게 만드는 요소이다. 그것은 냄새를 다시 맡고 싶게 만드는 중독성이 있다"라고 그녀는 말한다. 다소 단순한 원 노트의 시트러스 향과 달리 플로럴 향에는 부패의 요소, 즉 썩은 냄새가 섞여 있다. 세라노-맥클레인은 이것이 바로 꽃 자체가 꿀벌과 다른 수분 매개자에게 매력적으로 느껴지는 이유 중 하나라고 지적한다. 시체꽃은 시체 냄새가 나는 것으로 유명한데, 다른 많은 꽃들도 그 정도는 덜하지만 시체 냄새를 풍긴다.

세라노-맥클레인은 인간에게는 본질적으로 "조금 역겨운 면이 있다"라고 말한다. 사향고양이, 사향노루, 고래처럼 인간도 배설하고, 분비물을 내보내고, 짝짓기를 하고, 때로는 구토를 하기도 한다. 그러나 우리는 또한 새로운 생명을 탄생시키고 아름다움을 창조하기도 한다. 세라노-맥클레인에게 바로 이 생명을 주는 능력이 꽃과 인간을 연결하는 지점이다. "생명으로 만들어지고 생명을 창조하는 모든 것에는 깊이가 있다고 생각한다. 그리고 거기에는 본질적으로 성적인 요소가 내재되어 있다. 사향고양이의 분비물 같은 것은 그 자체로 역겨운 냄새가 나지만 현실적인 요소를 더해준다"라고 그녀는 말한다.

212

대부분의 사람들이 실제 섹스에는 추한 요소가 있다는 점을 인정할 것이다. 특히 참여자가 아닌 이상 좋은 섹스조차도 보기에 역겨울 수 있다. 섹스는 근본적으로 어색하고 침해적인 행위이지만, 동시에 생명을 주고 삶을 긍정하는 행위이기도 하다. 가장 평범한 섹스조차도 신체의 장벽을 넘고 다른 맥락에서는 혐오스럽게 여겨질 수 있는 체액의 교환을 포함한다. 섹스는 문자 그대로도 비유적으로도 오염을 유발한다. 또한 우리의 몸을 감염, 질병, 사망의 가능성에 노출시키는 행위이다.

향수의 역사를 통틀어 오염에 대한 문제는 끊임없이 제기되었다. 때로는 중세에 그랬던 것처럼, 향수는 질병으로부터 신체를 보호하는 수단으로 사용되기도 했다. 또한 향수는 사람들에게 누구를 존중하고 누구를 비난해야 하는지를 알려주는 계급적 표시가 될 수도 있다. 조지 오웰은 1937년 산문집 『위건 부두로 가는 길*The Road to Wigan Pier*』에서 "하층 계급에게서는 냄새가 난다"라고 썼다. 오웰은 이것이 자신이 전해 들은 말이라는 것을 분명히 밝히고 있지만, 그 자신도 분명히 그렇게 믿고 있는 것 같다. 노동자는 노동을 해야 하기 때문에 냄새가 나는 것이라고 그는 주장한다. 하지만 영국 상류층이 이 신화를 계속 반복해서 전하는 이유는 그 때문이 아니다. 그들은 사회질서를 유지하기 위해 이 잔인한 격언을 이용했던 것이다. 오웰은 악취가 나는 사람에게는 동정심을 가질 수 없다고 주장한다. 그는 "살인자나 난봉꾼"에게조차 애정을 가질 수 있지만 악취나는 입냄새만큼은 "넘을 수 없는 장벽"이라고 말한다. 조지 오웰에게 이것은 서구에서 사회주의가 결코 성공할 수 없었던 근본적인 이유이다. 너무 많은 사람들이 "노동 계급의 신체에는 미묘하게 혐오스러운 뭔가가 있다"고 느꼈기 때문이다.

윌리엄 이언 밀러는 혐오가 경멸을 가능하게 하는 감정이며, 이는 사회적 위계질서를 구축하고 유지하는 데에 핵심적인 요소라고 주장하며 이 맥락을 짚어낸다. 누군가에게서 역겨운 냄새가 난다고 단언하는 것은 세상에서 그의 위치가 어디인지에 대한 주장을 하는 것과도 같다. 수백 년 전만 해도 역겨운 냄새는 사람의 냄새로 이해되었다. 악취가 나는 사람은 땀, 먼지, 질병, 죽음, 부패, 배설물 냄새를 풍겼다. 목욕탕이 널리 보급되기 전의 일이다. 19세기 후반에 더 많은 사람들이 도시와 도심 지역으로 이주하면서 비누, 물, 향수를 사용할 수 있게 되었다. 저임금 직종에 종사하거나 집안의 재산 없이 태어난 사람들의 체취에 대해 어떤 종류의 주장도 하기 어려워진 것이다. 하지만 상류계급 사람들은 우리 모두 사람이고 사람이라면 누구에게서나 냄새가 난다는 사실을 인정하기보다는 새로운 주장을 하기 시작했다. 그들은 언제나 가난한 사람들에게서는 냄새가 난다는 신화를 계속 반복해왔지만, 이제는 "값싼" 향수와 "외국" 향수 탓으로 돌린다. 아마도 묘하게 불쾌감을 주는 그 사람에게서는 싸구려 애프터 쉐이브 냄새가 날 것이라거나, 또는 곰팡이의 침투로 인해 분비되는 침향나무의 수지로 만든 중동과 동남아시아 향료인 우드oud의 독특한 향이 풍길 것이라는 식이다(때로는 둘 다일 수도 있다).[13]

19세기 말과 20세기 초에 부자들은 더 이상 값비싼 향수 냄새를 풍기는 계층이 아니었다. 대신에 사회에서 가장 부유한 계층은 무향에 자부심을 느꼈고, 이는 다른 사회 구성원들과 그들을 차별화하는 데에 도움이 되었다. 중산층이 향수 트렌드를 주도하게 된 것은 그들의 구매력이 커진 것을 감안하면 당연한 일이었다. 물론 일부 부유층도 여전히 향수를 뿌렸지만, 그들은 향수를 몸에 가까이 두고 소량만 사용했다. 현대 문화에서는 이것이 향수를 뿌리는 표준적인 방법이라고 할 수 있다. 여성 잡지를 통해서 손목과 귀 뒤에 향수를 뿌리는 방법을 배웠던 기억이 난다. 그 이상은 너무 과하기나 심지어는 촌스럽다고 생각했다.

그때는 몰랐지만 내가 향수를 처음 뿌리기 시작했을 때, 나는 에이즈HIV/AIDS의 유행과 관련된 일종의 문화적 반발에 동조하고 있었던 셈이다. 성관계에 대한 인식과 태도가 바뀌면서 소비자들의 구매 관행이 바뀌었고, 이에 따라 조향사들은 향수의 배합을 재고하게 되었다. 오리건에 본사를 둔 컬트 향수 브랜드 이매지너리 오서즈의 소유주인 조시 마이어는 1970년대와 1980년대의 향수 트렌드는 자신의 존재감을 강하게 드러내는 "미친 듯이 시끄러운 동물적인 향"으로 정의되었다고 설명한다. 하지만 1990년대에 들어서자 "모든 사람들이 완벽히 정제된 굉장히 깨끗한 냄새를 원했다." CK 원, 쿨 워터와 같은 바다, 시트러스, 비누 향이 몇 년 전까지 시장을 지배하던 진한 머스크와 플로럴 향을 대체했다. 향수 업계 관계자들은 이러한 변화의 원인을 오염에 대한 문화적 두려움 때문이라고 설명한다. 섹스와 죽음 사이의 연관성이 그 어느 때보다 가시화되면서 더 이상 펑키한 냄새를 풍기는 것이 유행이 아니게 된 것이다. 한 조향사는 「뉴욕 타임스」와의 인터뷰에서 "사람들은 섹스가 사람을 죽일 수 있다는 사실을 깨달았다"라고 말했다. 다시 한번 향수는 자신의 지위를 나타내는 도구가 되었다. 이제 사람들은 섹시하거나 야릇한 냄새가 아닌 건강한 냄새를 원했다.

최근까지만 해도 에이즈의 유행이 나의 향수 선호도에 영향을 미쳤을지도 모른다는 것을 전혀 깨닫지 못했다. 10대와 20대 내내 나는 성적이거나 여성스러움을 강조하지 않은 향기를 계속 찾았다. 달콤한 플로럴 향이나 따뜻하고 진한 머스크 향은 절대 쓰지 않았다. 내 몸에 맞지 않는다고 느꼈기 때문이다. 나는 깨끗한 몸에 대한 메시지를 즉시 내면화했고, 더럽다고 여겨지는 것이 몹시 두려웠다. 인돌은 많은 사람들이 좋아하는 향수 원료이지만 인분 냄새가 난다고 해서 무서웠다.

　게다가 나는 그런 복잡하고 흙냄새가 나는 향을 소화할 수 있는 미모를 갖추지 못했다고 생각했다. 기억하라. 아름다운 여성은 냄새가 난다. 내가 나 자신을 매혹적이고, 섹시하다고 생각한다는 느낌을 줄까 봐 두려웠다. 남들이 내가 섹스를 원하고 상대를 유혹하고 싶어한다고 생각하는 것이 무서웠다. 이 모든 것을 내가 실제로 원했을 때조차 그랬고, 여전히 원하고 있음에도 불구하고 그렇다.

이렇게 자기표현의 수단을 차단해버리는 것은 수치심이 가져올 수 있는 고통 중에서 그나마 덜한 고통이기도 하니까.

수치심은 이미 존재하는 위계질서를 강화하는 데에도 도움이 될 수 있다. 사람들은 서로 다른 향수를 인종적, 경제적 배경과 연관시키기도 하고, 그들이 서로 다른 성격 특성을 가졌을 것이라고 추정하기도 한다. 2018년 「아메리칸 소시올로지컬 리뷰*American Sociological Review*」에 발표된 한 연구에서는 여러 가지 향수를 사용하여 냄새가 "다양한 인종과 계층에서 사람들을 정의하고, 구별하고, 등급을 매기는 데에 어떻게 사용되는지"를 조사했다.[14] 럿거스 대학교의 사회학과 교수인 캐런 세룰로 연구원은 실험 참가자들에게 세 가지 향수를 제시했고, 실험 참가자들이 의도된 인구 통계와 설정을 꽤 잘 해독한다는 사실을 발견했다. 실험 참가자들은 화장품 가게의 할인 코너에서 파는 향수와 값비싼 외출용 향수의 차이를 알고 있었고, 어떤 향수가 낮에 사무실에서 사용할 수 있는 향수인지 식별할 수 있었다. 각 향수를 사용할 사람의 프로필을 개발하는 과제를 수행했을 때, 세룰로 연구의 참가자들은 가장 저렴한 향(대형 잡화점의 꽃향기)을 노인 여성, 하층 여성, 라틴계 여성과 연관 짓는 경향이 뚜렷하게 나타났다. 사람들이 발견한 또다른 큰 인종적 연관성은 아시아 및 흑인 여성과 가장 화려한 향수(무더운 밤의 향기)를 연관 짓는 것이었다. 이는 파촐리 및 기타 "이국적인" 향이 포함되어 있기 때문인 것으로 보인다. 마지막으로, 세룰로는 직장인을 대상으로 판매되는 향수가 백색과 관련이 있다는 사실을 발견했다.

한 연구 참가자인 흑인 여성은 "깨끗하고 상쾌한 냄새"는 백인 소녀가 사용할 법한 향으로 지목하면서, "예를 들어 흑인 소녀는 [자신을 가리키며] 이런 향은 지루하고 재미없다고 생각할 것이기 때문"이라고 말했다.

사회에서 나를 바라보는 시선이 "지루한 백인 소녀" 유형이라도 모든 것을 고려했을 때 그리 나쁘지 않다고 생각한다. 세룰로는 자신의 연구 결과가 누가 무엇을 좋아하는지(흑인 여성은 스파이스, 백인 여성은 시트러스, 라틴계 여성은 플로럴 향), 거기다 누가 어디에 속해 있는지에 대한 생각까지도 우리가 공유하고 있음을 보여준다는 점을 지적한다. 비싼 향수는 고급스러운 이벤트나 상류층의 사교 장소, 고급 레스토랑이나 오페라 공연장의 밤과 관련이 있었다. 잡화점의 향은 교회, 빙고 게임의 밤, 양로원, 목욕탕 등과 관련이 있었다. 가볍고 상쾌하며 이론적으로 무해한 중간 향은 자전거 타기, 해변 산책과 같은 레저 활동과 관련이 있었다. 또한 참가자들은 자신의 인종과 연관된 향기를 설명할 때 더 구체적이고 상세하게 답변할 가능성이 높았다. "이는 우리가 냄새를 '우리의 것'으로 정의할 때 '그들의 것'보다 더 풍부하고 다차원적인 경험을 전달하여 사회적 정체성을 강화하고 인종과 계급의 경계를 재확인한다는 것을 시사한다"라고 연구진은 주장한다.[15]

우리가 냄새를 통해 떠올리는 것은 개인적인 것이기도 하지만 문화적인 것이기도 하다. 어떤 사람은 스파이시한 파촐리 베이스의 향기를 맡으면 "할머니 댁에 놀러 갔던 일"을 떠올리고, 다른 사람은 "나이트클럽"을 떠올릴 수 있다. 이처럼 차이는 존재하지만, 이와 같은 개인적인 유대감 바로 옆에는 우리 대부분이 사회적인 영향으로 연상하는 것들이 존재한다. 이러한 작고 무해해 보이는 고정관념은 시간이 지나면서 점차 누적된다. 이러한 고정관념은 다양한 공간에서 누가 환영받고 누가 암묵적으로 배제되는지를 알려준다. 모든 사람이 향수를 뿌리는 것이 당연하거나 허용되는 것은 아니다. 때로는 여기에도 분명한 이유가 있다. 편두통을 앓고 있는 사람으로서 많은 의료 시설에서 향수를 사용하지 말 것을 권장하는 점을 다행스럽게 생각한다. 하지만 대부분의 공공장소에서는 향수 사용에 대한 기준이 그보다 훨씬 애매하다. 완벽한 자격을 갖춘 구직자조차도 면접에 잘못된 향수를 뿌려 기회를 망칠 수 있다. 그렇다면 기준이 대체 무엇이며 어떻게 알 수 있을까? 냄새는 복잡한 문화적 코드이기 때문에 명확한 규칙이나 정해진 에티켓이 없다. 우리 대부분은 가족과 친한 친구로부터 향기를 맡는 법(그리고 향기를 감상하는 법)을 배우게 되는데, 이들 중 상당수는 우리와 같은 편견을 가지고 있다. 우드와 재스민 향수를 뿌리는 사람들 사이에서 자랐다면, 백인들은 이러한 향이 전문가적인 이미지가 아닌 성적인 맥락과 연관되는 경향이 있다는 사실을 모를 수도 있다. 쇼핑몰에서 구입한 합성 꽃 향을 몸에 뿌리는 소녀들 사이에서 자랐다면, 어떤 사람들에게는 이런 향기가 어리고, 가난하고, 값싼 이미지로 해석된다는 사실을 모를 수도 있다.

자신의 향기를 잘못 선택했다는 말을 듣는 것이 세상에서 가장 나쁜 일은 아닐 테지만, 기분이 좋지는 않다. 특히 자신이 속한 무리와 어울리지 못하고 있다고 느꼈다면, 그런 수치심은 몇 년 동안 지속될 수도 있다. 직장 동료가 나를 따로 불러서 사무실에서는 더 긴 치마를 입고 향수를 톤 다운하라고 말했던 순간을 기억한다. 좋은 뜻으로 말했겠지만 아직도 얼굴이 화끈거렸던 기억이 생생하게 남아 있다.

2020년, 전 세계 사람들이 집 안에 머무르게 되면서 공공장소에서의 향수 사용에 대한 논쟁은 일시적으로 중단되었다. 학교, 사무실, 상점 등 공용 공간은 모두 폐쇄되었고, 미국인들은 "자택에 머무르기"를 권고받았다. 몇 달 동안 나는 직계 가족과 가끔 장을 보는 식료품점 점원 외에는 아무도 만나지 못했다. 사람들 앞에 나서기 위해 옷을 입거나 몸단장도 하지 않았다. 안전을 지키기 위해, 그리고 다른 사람들의 안전을 지키기 위해 내 삶의 일부분을 희생해야 했다. 팬데믹을 일으킨 것은 밤공기가 아니었다. 그것은 우리의 숨결을 통해 전파되었다. 갑자기 모든 사람의 숨결이 의심스럽고 치명적인 것으로 여겨졌고, 우리는 우리 자신의 분비물과 그것이 가진 오염력을 병적으로 의식하게 되었다. 우리 대부분은 병에 걸리지 않기 위해 많은 노력을 기울였다. 후각을 방해하는 마스크를 착용하고, 피부가 갈라져서 피가 날 정도로 매일 자주 소독제를 사용했다. 우리는 머릿속으로 "생일 축하합니다"라고 생일 축하 노래를 부르면서도 비누로 손을 문지르고 또 문질렀다. 식료품점 화장실에서 향기가 나는 분홍색 비누로 손을 씻는 동안 그 노래를 흥얼거리던 할머니 옆에서 나도 함께 손을 씻었던 기억이 난다.

이 시기에 나는 그 어느 때보다 더 많은 향수를 사용하기 시작했다. 향수는 나에게 자기 관리 의식의 일부가 되었다. 잠자리에 들기 전에 침대 시트에 향수를 뿌렸고 서랍에 옷을 넣기 전에 스웨터에 향수를 뿌렸다. 처음에는 한 가지 향, 한 가지 화합물에 크게 의존했다. 그러다가 인디 향수 브랜드 줄리엣 해즈 어 건이 만든 "낮어 퍼퓸"이라는 향수에 매료되었다. 이 향수는 알코올 기반의 스프레이 향수로, 드라이하고 왁스 같은 머스크 향과 깨끗한 향으로 묘사되는 한 가지 노트로 구성되어 있다. 일부에서는 이 향기가 최초로 "발명된" 향이라고 선전하지만, 이는 확인하기 어렵다. 이 이상한 분자는 1950년대에 앰버그리스의 모조품을 만들려는 산업 과학자들이 합성한 것이다. 데르펜류의 이 향료는 제조사에 따라 암브록산Ambroxan이라고 부르기도 하고, 세탈록스Cetalox라고 부르기도 한다. 어떤 조향사들은 앰버라고 부르기도 하고, 어떤 조향사들은 회색 앰버라고 부르기도 한다. 내 코는 이런 향을 감지하지 못해서 어떤 냄새인지 설명하기가 어렵다. 차르나의 앰버그리스 팅크 냄새와 비슷한 향이 나는 것 같기도 하다. 이 향수를 뿌리면 피부에서 나무 연기와 비누 냄새가 난다. 파우더리하면서도 약간 수분감이 느껴지는 향이다. 남편은 이 향이 나에게 아주 훌륭하게 어울린다고 한다. "이건 딱 당신 냄새야"라면서 말이다. "마치 당신이 행복하다는 걸

냄새로 나타내주는 것 같아."

격리 기간이 몇 달 동안 지속되면서 나는 꾸준히 "낫 어 퍼퓸"을 사용했지만 조금씩 다른 향으로 보완하기 시작했다. 나는 조향사는 아니지만, 향수를 뿌릴 때마다 변화하고, 움직이고, 시간의 흐름을 나타내는 좋은 향수가 무엇인지 마침내 이해하게 되었다. 톱 노트는 잔향이 되어 희미해지고, 미들 노트와 베이스 노트가 떠오른다. 천연 앰버그리스의 향은 끊임없이 변화한다. 나는 나의 향기도 그렇게 변화하기를 바랐다. 그래서 다양한 업체에서 샘플을 구입하기 시작했는데, 주로 색다른 향수를 전문으로 하는 곳에서 구입한 샘플을 활용해서 천둥 번개나 새벽 사막의 냄새, 활활 타오르는 불, 조용하고 오래된 교회의 냄새를 연상시키는 향을 만들려고 노력했다.

내 목표는 깨끗한 냄새도, 건강한 냄새도, 심지어 아름다운 냄새도 아니었다. 나는 하나의 경험 같은 냄새를 만들고 싶었다. 내 몸에 감각을 더하고, 나 자신에게 생각할 거리를 주고 싶었다. 당시에 내 마음이 수시로 혼란스럽고 방황 중이었기 때문에 감각을 자극하여 고삐를 잡으려고 했던 것이다. 나는 아주 보드라운 스웨터를 구입하고 온라인에서 명화 이미지를 몇 시간 동안 보았다. 슬로바키아의 알프스 산에서 녹음한 빗소리를 휴대전화로 듣기도 했다. 차갑고 짭짤하며 상록수처럼 상쾌한 덴마크 해안선의 냄새가 나는 향수를 뿌렸다. 나는 감각의 닻을, 즉 현재의 순간에 나를 묶어두는 방법을 만들고 있었다.

우리는 여전히 질병의 위협 속에서 살고 있고, 나는 여전히 집에서 가족 외에는 아무도 만날 일이 없는데도 향수를 뿌리고 있다. 예방 접종을 받았지만 완전히 안전하지는 않다. 좋은 냄새가 바이러스로부터 나를 보호해줄 것이라는 환상은 없지만, 개념적이고 이상한 향수가 내 숨통을 틔워준다고 생각한다. 대중들의 인식과 수치심의 영향력에서 벗어나 비로소 자유롭게 내 취향을 발견할 수 있게 되었다. 시행착오를 거치면서 내 몸에 어떤 냄새가 좋은지, 어떤 분자들이 향수를 뿌리자마자 산패하는지 알게 되었다. 나는 장미 향기를 좋아하지만 장미 앱솔루트는 싫어하고 진한 재스민 향은 더욱 싫어한다. 약간의 배설물 냄새(스카톨skatole이라고 불리는 유기 화합물)는 견딜 수 있지만 담배 냄새와 혼합된 경우에만 가능하다. 시체를 너무 많이 연상시키는 꽃인 백합보다는 차라리 오존, 타르, 휘발유 냄새를 더 좋아하는 편이다. 내가 좋아하는 향수는 모두 나무나 목재, 장작 냄새가 난다. 나는 향수에 들어가는 소나무 종류, 송진 종류, 연기 종류에 따른 향의 차이를 알아가기 시작했다. 나 자신에 대한 이런 것들을 알게 되어 기쁘다.

나는 향수 샘플링 기술을 외부에서도 사용한다. 지난 몇 년 동안 여섯 차례의 채집 워크숍과 두 번의 1박 2일 야생 서바이벌 코스를 수강했다. 향기는 숲속에서 먹을 것을 찾거나 재난을 피할 때 일종의 정보가 된다. 내가 첫 번째로 자신 있게 채취해 먹은 버섯인 검은나팔버섯은 말미잘 버섯과 모양이 비슷한데, 향으로 구분할 수 있다. 검은 나팔버섯에서는 과일 향과 머스크 향이 난다. 또한 나는 달콤한 고사리, 야생 겨자, 마늘을 더 잘 찾을 수 있게 되었다. 냄새는 독성이 있는 유사 식물을 구별하는 데에도 도움이 된다. 더 나아가 나는 나뭇가지나 새순을 먹어야 할 때가 아니더라도 어떤 장소를 알고, 그 장소에 더 가까이 다가가는 방법으로서 냄새의 힘을 받아들이게 되었다. 향기는 내가 메인 주의 풍경을 파악하고 나도 그 안에 뿌리를 내리고 있다고 느끼는 데에도 도움이 된다. 그것은 고요한 상태이자, 무엇인가를 주의 깊게 감지하는 상태이다. 향수는 대부분의 식물을 키우는 것보다 훨씬 더 많은 작업을 요구하지만, 위험은 확실히 낮다. 하지만 새로운 샘플 향을 맡을 때나 미묘한 가죽 향기를 찾을 때도, 나는 현재에 집중하고, 주의를 기울이며, 내 몸과 조화를 이루려고 노력한다. 시사 문제를 생각하거나 임박한 기후위기에 대해 걱정하지 않는다. 섹스나 죽음에 대해서도 대체로 생각하지 않지만, 가끔은 그 두 가지를 생각하기도 한다. 대부분의 경우 나는 단순히 지각하고 있다. 이것은 포착하기 힘들고, 일시적이며, 추상적이고, 내가 감각에 몰입하는 과정이다.

내 침대 밑 상자에는 100개가 넘는 작은 향수 샘플 병이 숨겨져 있다. 향수를 수집하고 시향하는 것이 취미가 되었는지, 약점이 되었는지는 잘 모르겠다. 다만 이것들을 몸의 어느 부위에 뿌릴지에 대해서는 더욱 신중해졌다. 예를 들어 모유 수유를 할 때는 절대로 상체에 향수를 뿌리지 않았고, 목에도 향수를 거의 뿌리지 않으며, 대신 팔꿈치의 구부러진 곳에 뿌리는 편이다. 얼굴이나 손 가까이에 뿌리는 것보다는 더 안전하다고 느끼지만, 실제로 큰 차이가 있는지는 잘 모르겠다. 최근에는 이메지너리 오서즈, 데드쿨, MCMC

프래그런스, 올림픽 오키드, 빌헬름 퍼퓨머리와 같은 작고 새로운 향수 브랜드에서 만든 향수를 구매하기 시작했다. 기업 소유의 디자이너 브랜드보다 성분에 대한 투명성과 고객 서비스가 더 나은 것 같지만, 내가 직접 향수를 만들지 않는 한 완전히 "안전하다"고는 할 수 없을 것이다. 하지만 결국 나는 큰 감각적 보상을 위해서 어느 정도의 위험은 감수할 수 있다고 판단했다. 또한 인류 문화의 일부로서 우리의 감각을 위한 예술, 우리의 코를 위한 아름다움을 창조하는 사람들을 지원하고 싶다.

그러나 내 딸에 관해서 만큼은 그렇게 낙관적이지 않다. 딸아이는 냄새 맡는 것을 좋아하는데, 향신료 캐비닛에서 계피, 사프란, 오레가노 냄새를 맡을 때 아이의 눈이 반짝이는 모습을 볼 때면 내 마음이 참 즐겁다. 딸아이가 신중하게 인센스 스틱을 고르는 모습도 좋고, 불이 붙은 향 끝에 입바람을 부는 모습을 볼 때면 아이가 이런 신체적인 즐거움과 자신에게 안정감을 주는 의식을 배우고 있다는 사실에 뿌듯함을 느끼곤 한다. 하지만 더 이상 내가 향수를 뿌리는 모습을 지켜보게 하지는 않는데, 아이가 자기도 향수를 달라고 하기 때문이다. 나는 아이가 작은 뺨을 댈 수도 있는 내 피부에는 아무것도 뿌리지 않는다. 향수는 나에게는 허용되는 것이지만 아이에게는 너무 위험하게 느껴진다. 이것들이 아이에게 해롭다는 확실한 증거도 없지만 그렇지 않다는 증거 또한 없기 때문이다.

게다가 아이의 냄새를 가리고 싶지도 않다. 이제 유아기에 접어든 딸에게서 나던 갓난아기 특유의 냄새, 우유와 양수, 새 피부와 구운

빵 같은 향이 섞인 중독성 있는 냄새는 이미 사라졌다. 하지만 아이는 여전히 특별한 뭔가를 가시고 있나. 딸의 상태에 내해 많은 것을 알려주는 아이의 냄새. 물론 더러운 기저귀 냄새도 나지만, 아플 때 나는 입 냄새(상한 우유처럼 시큼한 냄새), 스트레스를 받았을 때 나는 머리 냄새(땀에 젖은 톡 쏘는 냄새)도 맡을 수 있다. 피곤할 때 딸에게서는 또다른 냄새가 난다. 아이는 행복하고 졸릴 때, 풀밭에서 우리 집 노란 개와 함께 뛰느라 지쳤을 때 가장 좋은 냄새를 풍긴다. 아이를 품에 안고 숨을 깊게 들이쉬면 옥시토신과 새로운 정보들이 넘쳐난다. 머릿속이 환해진다. 이 경험은 심미적이고 분해적이며 동물적이다.

나는 그것을 병에 담을 수도 없고 포착할 수도 없지만, 절대로 잊지 않을 것이다.

7

여성과 벌레

실크의 무지갯빛 광채,
그 동화 같은 이야기

마음에 들었던 졸업 파티 드레스는 나의 예산에서 벗어났다. 원래는 파티에 가지 않을 생각이었다. 당시에 내가 사랑에 빠져 있던 남자는 중독치료를 받고 있었고, 데이트를 했었던 남자는 다른 아이와 함께 간다고 했기 때문이었다. 하지만 나의 친한 친구들은 가기로 결정했고, 그들과 다 같이 즐거운 시간을 보낼 수 있다면 입장료를 낼 만한 가치가 있다고 생각을 바꿨다. 그러나 티켓은 비쌌고 리무진은 더 비쌌으며, 내가 원했던 드레스는 어머니가 기꺼이 지출할 수 있었던 금액을 훌쩍 넘어섰다.

그런데도 내가 가고 싶다고 하자, 어머니는 오히려 안도하는 것 같았다(사실 거의 기쁨에 차 있었다). 어머니는 내가 비교적 평범하고 사교적인 활동에 참여한다는 사실만으로도 기쁘셨던 것이다. 어머니는 내가 드레스를 입은 모습을 보고는 모든 비용을 지불해주겠다고 하셨다. 처음에 책정했던 200달러가 아니라 모든 추가 비용을 내준다고 하셨고, 결국 나는 식료품점에서 받은 월급을 사용하지 않아도 되었다.

400달러의 그 드레스는 정말 특별했다. 원단은 신축성이 있는 실크로 된 쉬폰이었고, 색상은 은은하게 빛나는 바다 같은 연한 파란색이었다. 상의는 타이트하면서도 고급스러운 질감이었고 스커트에는 걸을 때면 안개 구름처럼 엉덩이 주변을 움직이는 얇은 실크 띠가 둘러져 있었다. 그렇게 가볍고 우아한 드레스는 처음이었다. 대부분의 이브닝 파티 드레스처럼 지나치게 격식을 차린 디자인도 아니었기 때문에, 정갈하게 올린 머리나 매니큐어를 칠한 손톱을 매치시킬 필요도 없었다. 게다가 어차피 나는 그 두 가지 서비스에는 돈을 쓸 계획이 없었다. 나는 꾸민 티 없이 자연스럽게 신비로워 보이고 싶었다. 무엇보다도 독특해 보이고 싶었다. 그래서 어머니에게 유리 아트리움에 진짜 대나무가 자라고 있는, 니만 마커스와 바니스(미국의 하이엔드 백화점 브랜드/역주)가 있는 "고급 쇼핑몰"에 가자고 했던 것이다. 메이시스(미국의 중산층 대상 백화점 브랜드/역주)에서 드레스를 사고 싶지는 않았으니까.

그러나 그 요청은 이기적인 것이었고 당시에도 그 사실을 어느 정도는 알고 있었다. 하지만 어머니가 카드 빚을 지고 있다는 사실은 몰랐다. 또한 재혼한 아버지와의 위자료 싸움이 잘 풀리지 않고 있다는 사실도 몰랐다. 예쁜 옷에 대한 욕심에 눈이 멀어서 어머니가 나를 행복하고 빛나고 예쁘게 보이도록 해주기 위해 시간과 에너지를 쏟는 것을 질투하는 동생들에게 나도 모르게 상처를 주고 있었다는 것도 몰랐다. 어머니는 내 외모에 많은 노력을 기울였다. 나는 어머니를 닮았고 어머니는 그런 내 외모를 자랑스러워했다. 그리고 어머니는 내가 천사처럼 자연스럽고 히피처럼 시크하게 보일 때 항상 즐거워했다.

그러나 파티장에 도착했을 때, 나는 내가 즐거운 시간을 보내지 못하리라는 사실을 금방 깨달았다. 나는 이미 취했고, 음악은 별로였고, 친구들은 긴장하고 있었고, 동성애 혐오가 있는 운동선수가 최근에 커밍아웃한 게이 친구에게 입에 담지 못할 욕설을 퍼붓는 등 여러 가지 이유도 있었지만, 내가 일찍 집으로 돌아가자고 고집했던 이유는 그런 것들 때문이 아니었다. 내 친구인 다른 여자아이가 **나랑 똑같은** 드레스를 입고 있었기 때문이었다.

나는 화가 나서 "내가 이걸 입을 거라고 쟤한테 말했었어"라고 내 절친한 친구 사라에게 속삭였다. "쟤는 다 알고 있었어. 완전히 나를 따라 한 거야." 실크 드레스의 감촉이 느껴졌다. 이미 땀 냄새와 담배 냄새가 배어 있는 빛나는 파란색 천이 느껴졌다. 목구멍 뒤쪽에서부터 흐느낌처럼 깊고 메스꺼운 죄책감이 올라오는 것을 느꼈다. 중요한 문제가 아니라는 것은 알고 있었다. 누가 그 밤의 베스트 드레서인지를 평가하는 이 시나리오에 맞서서 냉정하고 침착하며 우아하게 대처해야 한다는 것도 알고 있었다. 하지만 나는 순식간에 나 자신에 대한 부적절감과 실망감, 그리고 분노와 원망이라는 부정적인 감정에 휩싸이고 말았다.

애프터 파티에서 나는 낡은 데님 반바지로 갈아입고 드레스를 차 트렁크에 숨겼다. 어머니에게 뭐라고 해야 할지, 어떻게 이것을 어머니를 행복하게 만들 수 있는 이야기로 바꿀지 생각하고 또 생각했다. 나는 완전히 자기중심적이지만은 않았다. 어머니는 슬픔 속에 있었고 자신의 문제도 있었지만 많은 부분이 내 문제 때문이기도 했다. 아버지는 젊은 여자와 결혼하기 위해 어머니를 떠났고, 그 여자의 아버지는 바로 그 전 해에 사망했으며, 우리 모두 10대 사촌의 자살로 인한 큰 충격에서 벗어나지 못한 상태였다. 우리는 우울했고 그 어떤 것도 그것을 고쳐놓을 수 없었지만 나는 그래도 어머니를 위해 더 행복해지고 싶었다. 나는 내 결정이 어머니에게 얼마나 큰 의미가 있는지 잘 알고 있었다. 내가 어머니의 대리인이자 아바타이자 메아리라는 것도 알았다. 항상 어머니를 위해 좀더 쾌활하고, 더 밝고, 더 친절해지려고 노력했다. 어머니가 사준 모든 것에 감사하려고 노력했고, 내 개인적인 슬픔이 어머니에게 전달되지 않도록 노력했다. 우리가 그 드레스를 샀을 때 그 드레스는 나에게 온 세상과도 같았다. 그 드레스는 나에게는 없었던 우아함과 여성스러움을 느끼게 해주었다. 어머니와 함께 쇼핑하는 것을 좋아했던 이유 중 하나는, 그럴 때면 마치 영화의 한 장면 속에 들어와 있는 기분이 들었기 때문이다. 우리는 경쾌한 재즈 음악에 맞춰 옷을 입어보고 옷이 마음에 들지 않으면 서로에게 얼굴을 찡그려 보였다. 나는 항상 동화와 로맨틱 코미디를 좋아했는데, 이 두 장르는 모두의 가슴을 설레게 하는 스토리라인을 가지고 있고 변신의 힘을 인정하는 장르이기 때문이다. 즉, 좋은 드레스의 힘을 인정하는 두 장르인 셈이다.

다음은 어떤 동화 같은 이야기이다. 옛날 옛적에 아름다운 외모만큼이나 영리한 황후가 있었다. 그녀는 중국의 황제와 결혼했고, 대부분의 귀부인이 그렇듯이, 정원에서 일하거나 꽃을 돌볼 필요가 없었다. 대신 황후 누조(嫘祖)는 하루 종일 나무 아래에 앉아 차를 마시며 꽃을 바라볼 수 있었다. 그러던 어느 날, 그녀는 무엇인가가 찻잔 속에 풍당 빠지는 소리를 들었다. 찻잔을 들여다보니 찻잎 찌꺼기 사이에 하얀 뭉치가 있었다. 이 위대한 여인은 섬세한 손가락으로 뭉치를 건져냈고, 그것이 부드러운 흰색 물질에 싸여 있는 곤충이라는 것을 알게 되었다. 곧 흰색 뭉치가 풀어지기 시작했고, 손톱으로 살짝 뜯어내자 가늘고 긴 실이 드러났다. 그것은 한 조각의 생사(生絲)였다. 고개를 들어 위를 보니 뽕나무의 윤기 나는 녹색 잎에 수십 개의 실뭉치가 더 붙어 있었다. 그녀는 찻잔을 내려놓고 하인들을 불렀다. 좋은 생각이 떠오른 것이다.

실제로 이런 일이 일어났는지 여부는 역사가 아니라 믿음에 속한 문제이다. 많은 고대 설화와 마찬가지로 이 이야기는 우화의 규칙을 따른다. 황제의 통치 시기는 중국에서 비단 생산이 시작된 시기와 거의 일치하지만, 실제로 황후가 이 길을 개척했는지 아니면 다른 누군가가 곤충으로 만든 실의 초자연적인 힘을 발견했는지는 알수 없다. 차와 관련한 비슷한 이야기도 전해져 내려오는데, 여기에도 마찬가지로 끓는 물 한 컵, 이상한 물체, 우연히 황제였던 똑똑한 관찰자처럼 기본적인 재료들이 있었다. 두 기술 모두 이러한 왕실의 횡재로 촉발되었을 수도 있지만, 실제로는 그보다 덜 권력 친화적인 방식으로 아이디어가 실행되었을 가능성이 커 보인다.

중요한 것은 실크가 항상 왕족과 밀접한 관련이 있었다는 것이다. 지금도 고급 실크 원단은 여전히 사치품으로 남아 있다. 나는 다른 사람들에 비해 빈털터리라고 느낄 때가 많지만, 인류라는 큰 틀에서 보면 나는 지구를 직립 보행한 인간 중 가장 부유한 축에 속한다.

몇 달 전, 대학을 졸업하기 전에 보스턴의 제이크루(미국의 의복 및 액세서리 브랜드/역주) 매장에서 구입한 실크 블라우스를 기부한 적이 있다. 사무직 취업을 앞두고 구입한 라벤더색 민소매에 프릴이 달린 블라우스였다. 그 셔츠는 내게 어울리지 않았지만 소재가 진짜 실크라는 이유로 몇 년 동안 간직하고 있었다. 많은 의류에 표시된 것처럼 "실키"한 것이 아니라 진짜 실크였다. 속살처럼 부드럽고, 희미한 무지갯빛을 띠며, 관리가 까다롭고, 얼룩이 생기면 잘 지워지지 않는 진짜 실크.

나는 이 블라우스를 필라델피아에서 보스턴, 포틀랜드를 거쳐 메인 주의 숲으로 이사할 때까지 10년 넘게 가지고 있었다. 딱 두 번 입었던 기억이 나지만 실크 소재였기 때문에 계속 보관했다. 코발트색 드레스와 와인색 스커트, 검은색 블라우스도 같은 이유로 간직하고 있었다. 아이를 낳고 사무직을 그만둔 후 이 옷들은 내 몸에 더 이상 맞지 않았다. 또한 내 라이프스타일에도 더 이상 맞지 않는다. 블랙베리를 따러 갈 때는 데님을, 습지에서 노를 저을 때는 울

소재를 입는 이유는 그것들이 모두 기능성을 갖춘 원단이기 때문이다. 데님은 가시에 찔리지 않도록 보호해주고, 울은 젖어도 보온성을 유지해준다. 팬데믹을 계기로 옷장 정리를 하던 중 이제 내 생활에서 실크가 필요한 순간이 거의 없다는 사실을 마침내 깨달았다. 나는 이 비즈니스 캐주얼 의류를 전혀 입지 않고 있었다. 수년간 옷장에 쌓아둔 채 잊고 지냈는데, 이것은 명백한 낭비였다. 다른 누군가는 이 옷들을 계속 입었을 수도 있었으니까. 언젠가 딸에게 물려주고 싶은 졸업 파티 드레스와는 달리 이 옷들은 나에게는 아무 의미가 없었다. 그냥 갖고 싶어서 샀고, 그래야 한다고 생각해서 보관하다가 옷장은 꽉 찼다. 입지 않고 사랑받지 않은 옷들의 무게로 인해 옷걸이 나무 막대의 가운데가 처진 것을 깨달았을 때야 그것들을 내놓았다.

꽉 찬 옷장이 내게는 평범하게 느껴지지만, 전 세계적으로나 역사적으로 보았을 때 표준은 아니다. 우리 할머니만 하더라도 이런 사치를 누리지 못했으니까. 패션 산업과 그 쓰레기의 과잉은 놀랍게도 새로운 현상이다. 나방은 최소 2억 년 동안 존재해왔다. 대부분의 실크는 약 7,000년 전에 인간과 관계를 맺기 시작한 가축화된 나방 종인 봄빅스 모리*Bombyx mori*에서 생산된다. 우주의 긴 호흡에서 보면 아주 어린 편에 속한다. 제이크루는 76년 전에 설립되었고 나는 그로부터 40년 후에 태어났다. 물론 한 생물 종의 역사를 한 인간의 삶과 비교할 수는 없다. 하지만 대량 멸종의 시대에는 어느 정도 의미가 있는 이야기인 것 같다. 나는 나의 인간으로서의 삶을 내가 수

많은 동물의 생명, 종의 지속, 세상의 안녕에 가할 수 있는 해악과 계속해서 비교하며 측정하고 있다.

다행히도 봄빅스 모리는 당장 멸종할 위험은 없다. 우리가 그들의 실을 너무 사랑하기 때문이다. 조개류와 마찬가지로, 이렇게 아름다운 것을 만들어내는 이 생물의 외모는 그다지 보기 좋은 편은 아니다. 성충이 되면 깃털이 달린 갈색 안테나를 가진 둥글고 털이 많은 흰 날개 나방이 된다. 몸집이 날개에 비해 너무 커서 제대로 날지도 못하지만 수많은 봄빅스 모리에게 이것은 그다지 중요하지 않다. 비행을 시도해볼 기회조차 얻지 못하고 산 채로 삶아지기 때문이다. 몇몇은 미래 세대의 생산성 있는 희생자를 보장하기 위해 짝짓기를 할 수 있을 만큼 오래 살 수 있지만, 한 마리가 한 번에 수백 개의 알을 낳기 때문에 자손을 공급하기 위한 성체가 그렇게 많이 필요하지 않다. 수 세기에 걸친 가축화 과정에서 우리는 봄빅스 모리의 몸을 변화시키고 인위적으로 수명 주기를 단축시켰다. 사촌 격의 야생 나방과 비교했을 때, 이 벌레들은 모두 빨리 살고 어릴 때 죽는다. 알에서 부화하여 통통한 애벌레가 될 때까지 녹색 뽕나무 잎을 꾸준히 먹은 후 고치 안에서 변태를 시도하다가 죽는 것이 대부분이다. 애벌레는 삼각형 구멍을 통해 효소 혼합물을 뱉어내어 보호 껍질을 만든다. 이 액체는 공기에 닿으면 굳어진다. 애벌레는 침을 뱉고 또 뱉어 고분자층 아래에서 몸이 사라질 때까지 빙글빙글 돌고 또 돈다. 그 아늑한 작은 뭉치 안에서 날개를 만들 준비를 한다. 그때 우리가 공격한다. 풍덩, 뜨거운 물 속으로.

전통을 존중해서가 아니라 더 나은 방법을 찾지 못했기 때문에 황후와 치명적인 찻잔의 시대 이후로 생산의 기본 방법은 변하지 않았다. 봄빅스 모리는 고치에서 나올 때 실을 부드럽게 만들어서 끊어버린다. 그렇게 끊지 않는다면 고치에서 길게 이어지는 비단실을 뽑아낼 수도 있었는데 말이다. 이것이 바로 우리가 야생 나방의 고치에서 실크를 뽑아내지 않는 이유이다. 실크를 생산할 수 있는 다른 나방 종도 있지만, 이들은 모두 고치를 빠져나오는 과정에서 고치를 파괴한다. 나방이 소화 효소를 방출하는 것을 막을 수 있는 유일한 방법은 나방이 나오기 전에 산 채로 끓이거나 굽는 것뿐이다. 이렇게 하면 번데기는 녹아버리고 실만 남게 된다.

그리고 그 실은 정말 대단하다! 지그재그로 배열된 수소 결합 덕분에 곤충이 만든 실은 믿을 수 없을 정도로 강하고 탄력적이다. 규칙적인 각기둥 모양의 가닥은 고급스러운 광택과 무지갯빛을 내는 고품질의 직물을 만들어낸다. 신석기 시대 중국 직공들은 누에고치를 푸는 방법을 발견한 후 이 고치들을 함께 돌려 실을 뽑고 베틀을 사용하여 천을 짜기 시작했다. 2019년 고고학자들은 중국 중부 허난 성의 신석기 시대 양샤오 문화 유적지에 있는 무덤에서 탄화된 천 조각에 싸인 아이의 시신을 발견했다. 5,000년이 넘은 이 매장용 수의는 알려진 가장 오래된 비단 천의 예이다(고고학자들은 이 조각 이전에도 비단이 존재했다는 증거를 발견했지만, 직물 자체는 생분해성이기 때문에 남아 있지 않다. 남은 유물들은 주로 직조 및 방적 도구와 같은 비단 관련 유물이다). 이 천이 직조된 방식의 복잡성을 보면 기술이 "막 시작되었을 때라기보다는 성숙해졌을 때"에 만들어진 것임을 알 수 있다.[1] 그 꾸러미가 얼마나 소중했을지, 그것을 땅속에 묻을 때 누군가가 얼마나 슬퍼했을지, 그 마지막 육아에 얼마나 많은 정성이 들어갔을지 상상할 수 있을 뿐이다. 사랑하는 사람을 잃었을 때 땅이나 하늘에 무엇인가를 바치는 것은 인류가 존재한 이래로 사람들이 오랫동안 해온 일이다. 불에 탄 배나 묻힌 비단 조각이 그 예이다.

수천 년 동안 비단은 실크로드를 따라 이동하던 수많은 물건들 중 하나로 중국만의 독점적인 상품이었다. 실크로드는 하나의 고속도로가 아니라 요요마가 "고대의 인터넷"이라고 불렀던 무역로 네트워크였다.[2] 실크로드는 문자 그대로 그리고 비유적으로 사회를 하나로 묶어주었다. 이 6,400킬로미터에 달하는 거친 도로망 덕분에 귀중품을 가득 실은 여행자들의 수레가 사막을 횡단하고 산을 넘을 수 있었다. 상인들은 천연의 옅은 상아색 상태의 생사와 정교하게 짜이고 자수가 놓인 고급 직물들을 가져왔다. 어떤 것은 추상적인 금빛 구름의 소용돌이무늬로 장식되었고, 어떤 것은 새, 꽃, 풍경이 그려져 있었다. 당시의 보수적인 작가들은 눈살을 찌푸렸지만 로마 사람들은 이 직물을 좋아했다. 가이우스 플리니우스 세쿤두스는 실크가 "여성의 옷을 벗기기 위한 목적으로" 사용되고 있다고 썼다.[3] 그는 이어서 실크를 입는 관행이 로마 문화의 타락을 보여주는 징후라고 주장했으며, 이와 같은 관점은 남성이 고급 원단으로 만든 옷을 입는 것을 금지했던 로마의 사치 금지법에서도 잘

드러난다.

중국과 유럽 사이의 교역을 통해 오간 것은 실크뿐만이 아니었다. 사람들은 아시아에서 차, 옥, 도자기, 향신료, 종이 등을 가져왔고, 상인들은 말, 유리 제품, 모피도 가지고 돌아왔다. 심지어 사람도 이 경로를 따라 거래되었다. 서쪽의 더블린에서 동쪽의 산둥에 이르는 모든 경로에서 노예 시장의 증거가 발견되었다. 소셜 미디어가 전 세계 인류를 사랑하는 사람들과 연결해주는 **한편** 먼 곳의 대량 학살을 조장하는 데에도 사용되는 것처럼, 실크로드는 아름다움과 파괴를 동시에 가져왔다. 일부 연구는 중세 유럽을 황폐화시킨 페스트 또한 의도하지는 않았을지라도 중앙아시아에서 유입된 또다른 수출품이었을 수 있다고 주장하고 있다.

내셔널 지오그래픽 협회는 이 주제에 대해 "역사에서 실크로드의 중요성은 아무리 강조해도 지나치지 않다"라고 설명한다.[4] 학령기 어린이들을 위한 중립적인 자료로 제시된 이 책은 이 무역로가 어떻게 기능했는지에 대해서는 폭력, 돈, 권력의 중요성을 강조하는 관점에서 절제된 언어를 사용하지만 분명히 편향된 시각으로 서술하고 있다. 실크로드를 따라 "종교와 사상"이 퍼져나갔고, 마을이 도시로 발전했으며, 정보의 확산으로 "세상을 바꿀 새로운 기술이 생겨났다"라고 설명한다. 흔히 자수나 가운과 같은 사치품이 아니라 전쟁과 지배의 도구에 주목해야 한다고 역사 서술은 말한다. 말은 중국으로 건너가 "몽골 제국의 전투력에 기여했고", 화약은 서쪽으로 흘러가 "유럽과 그 너머에서 벌어지는 전쟁의 본질"을 변화시켰다. 무기, 질병, 부, 노예 등 실크로드에는 모든 것이 있었다.

　그러나 실크의 역사는 단순히 부드러운 상품과 난난한 근육이 교환되고, 한 동물의 기술이 다른 동물의 것과 교환되었다는 단순한 이야기가 아니다. 또한 돈이나 군사력처럼 수치화할 수 있는 힘의 형태에 관한 이야기만도 아니다. 여신, 여성 농민, 첩, 아내, 딸, 신부, 아기, 노예 등 사람에 관한 이야기이기도 하고, 물론 경제에 관한 이야기이기도 하다. 하지만 이 공공의 교환에 관한 이야기 속에는 반짝이는 친밀감, 희미한 저항, 그리고 급진적인 개혁 행위에 수반되는 굳건한 희망이 얽혀 있다.

여성과 직물 사이의 연관은 고대로 거슬러 올라간다. 실크의 경우 그 연관성이 특히 강하다. 실크는 여성이 발견한 것으로 추정되는 직물로, 주로 여성이 직조했으며 여성이 자기표현을 할 수 있는 드문 기회를 제공했다. 고대 중국의 여성에게는 많은 자유가 주어지지 않았지만, 특히 방적과 직조와 같은 가사 노동의 상당 부분은 여성의 몫이었다. 카시아 세인트 클레어는 저서 『총보다 강한 실 The Golden Thread』에서 "실크의 생산은 공자 시대부터 존재했던 사회에서 여성의 적절한 위치에 대한 생각과 결부되어 있었다"라고 썼다.[5] 기원전 2000년 이후부터 여성은 "집에 머물며 직조에만 전념해야" 했다. 여성 3대가 한 지붕 아래에서 수천 마리의 작은 벌레를 돌보고 기르는 데에 전념하는 경우가 많았다. 이는 분명 힘들고 억압적인 일이었지만, 실크 생산의 문화적 중요성 덕분에 재능 있는 여성들이 가계에 의미 있는 기여를 하고 창의적인 표현을 할 수 있는 출구를 제공하기도 했다. 상나라 시대부터 사람들은 누에의 정령 또는 여신을 숭배하기 시작했으며, 이러한 관습은 19세기까지 어떤 형태로든 지속되었다. 세인트 클레어는 여성을 신으로 숭배하는 것은 이례적인 일이며 전통적인 유교적 가치관에 어긋난다고 지적한다. 하지만 이 여신은 중국에서 가장 사랑받는 발명품 중 하나이자 유명한 수출품인 비단의 생산을 감독하는 특별한 존재였다. 세인트 클레어에 따르면, 이 여신에 대한 믿음은 가장 가난한 여성들도 자신의 노동에 자부심을 가질 수 있게 해주었고, 심지어는 여성들이 자신의 일을 통해 자존감과 삶의 목적을 찾을 수 있었다는 증거로도 읽을 수 있다.

글을 읽고 쓸 수 있는 여성은 중국 제국 말기에도 흔하지 않았기 때문에, 역사가들은 당시의 평균적인 여성들이 어떻게 살았는지에 대한 단서를 2차 자료를 통해 찾고 있다. 8세기에 제작된 비단을 주제로 하는 작품에는 비단 생산을 둘러싼 통치자를 전복하는 공주의 모습이 그려져 있다. 1,300년이 된 「견왕녀도絹王女圖」는 이야기꾼이 자신의 이야기를 설명하기 위해 사용한 보조적 도구였다.[6] 이 작품은 호탄 화파의 가장 잘 보존된 작품 중 하나로 인정받고 있다. 내 눈에는 거의 만화 같을 정도로 대담하고 그래픽적인 이미지로 보인다. 패널 중앙에는 결혼식 예복을 입은 사랑스러운 젊은 공주가 주인공으로 등장한다. 그녀의 왼쪽에는 왕실 장식으로 치장한 그녀의 머리를 극적으로 가리키며 손을 뻗은 수행원이 서 있다. 공주의 진한 곱슬머리 위에는 누에, 뽕나무 씨앗, 누에고치를 숨긴 정교한 머리 장식이 놓여 있다. 오른쪽에는 직조의 수호신으로 보이는 네 개의 팔을 가진 신이 앉아 있는 모습과 베틀에서 일하는 인물이 있다. 이 그림들은 모두 공주의 이야기를 "세심하게 정리하여" 보여준다. 모든 전설이 그렇듯이 실제로 이런 일이 일어났는지는 알 수 없지만, 이 이야기는 하나의 문화적 현상, 즉 아시아 대륙에 양잠(누에를 길러 그 누에고치에서 생사를 추출하여 비단을 만드는 산업/역주) 지식이 확산된 것을 간결하게 설명하는 데에 유용하다.[7] 이 이야기에 따르면 고대 중국의 한 공주가 신부의 머리 장식에 숨겨서 비단 생산에 필요한 도구를 아버지의 왕국(비단의 나라)에서 미래 남편의 왕국(옥의 나라)으로 밀반출했다. 그녀는 한 남자를 배신하여 다른 남자를 부유하게 만들었고, 그 과정에서 자신을 결코 잊히지 않을 존재로 만들었다.

비단이 이런 식으로 중국 국경을 넘어갔을 가능성은 희박해 보이지만 불가능하지는 않다. 똑똑한 황후가 비단 기술을 발견하고 비순종적인 공주에 의해 외국으로 퍼졌을 수도 있다. 여성은 비단 생산의 주된 노동자였지만 반드시 최고의 소비자는 아니었다. 남성도 비단을 착용하고 소유하는 경우가 많았으며, 종이의 사용이 일반화되기 전에는 비단이 예술적 표현을 위한 매체로 자주 사용되었다. 사람들은 비단 태피스트리에 자수를 놓거나 비단에 수묵화를 그렸고, 저술과 시, 그리고 학문적인 내용을 적었다. 3세기 무렵 중국 이

외의 지역에서도 양잠이 본격적으로 시작되었기 때문에 비단의 비밀이 어떤 방식으로든 외부로 유출되었다는 것을 알 수 있다. 한동안 비단은 지리적으로 중국과 가까운 곳에 머물렀지만 수백 년에 걸쳐 인도, 일본, 중동, 북아프리카로 그 제작 기술이 퍼져나갔다. 6세기 어느 시점에 비잔틴 제국의 사절단이 비단의 비밀을 훔치기 위해 중국으로 파견되었는데, 이는 프랑스가 베네치아의 거울 제작자들을 꾀내려고 시도했던 것보다 1,000년 이상 앞선 지식 절도 행위였다. 유스티니아누스 황제가 파견한 두 수도사가 속이 빈 대나무 지팡이에 나방 알과 뽕나무 씨앗을 채우고 한 걸음 한 걸음 내디딜 때마다 지팡이를 흔들며 비잔티움으로 돌아갔다는 전설이 전해져 내려온다.[8] 그 긴 여정 동안 알이 살아남았을 수는 없으므로 실제 일어난 일이 아님은 분명하지만, 비단이 이토록 수많은 환상적인 우화와 탐험담을 낳았다는 것은 비단의 힘이 얼마나 강력했는지를 보여준다고 할 수 있다.

실크가 비잔틴 제국의 발견은 아니었지만, 비잔틴 제국은 새로운 지식을 다른 세계와 공유하는 데에 관심이 없었다. 심지어 그들은 자국의 시민들과도 공유하지 않으려 했다. 『시대를 관통하는 실크*Silk Through the Ages*』의 저자 트리니 칼라바에 따르면, 실크 생산은 "건축, 회화, 조각과 같은 수준의 예술로 간주되었으며, 직조자의 지위는 오직 세습을 통해서만 얻을 수 있었다."[9] 실크 산업은 제국의 독점 산업이 되었고, 실크로 만들어진 직물은 사회 통제를 위한 중요한 도구가 되기도 했다. 고급 직물은 왕실과 교회 계층을 홍보하고 유지하는 데에 사용되었다. 실크는 지위와 부의 차이를 가시적으로 드러내는 수단이었다. 페니키아 귀족들은 육식성 바다 달팽이의 분비물을 이용해 큼직한 보라색 줄무늬로 염색한 강렬한 색상의 실크 옷을 입는 것으로 유명했다. 이 보라색 원단의 생산과 소비는 국가에 의해 엄격하게 규제되었다. 하층민들이 이 상징적인 의복을 입지 못하도록 사치 금지법이 제정되기도 했다. 통치자들은 단순히 중국의 고급 비단을 수입하는 것만으로는 만족하지 않았고, 이 강력한 상징을 자신들의 이미지로 재구성하여 백지 위에 색과 질감을 더하고 싶어했다.

크리스토퍼 J. 베리 교수에 따르면 역사는 "(기본적인) 필요의 역사가 아니라 풍요의 역사"이다.[10] 여러 세대와 문화권에 걸쳐 전해져 내려오는 이야기는 단순히 생존에 관한 것이 아니다. 그것은 사람들이 욕망의 대상을 손에 넣기 위한 방법을 찾는 것에 관한 이야기이다. 마찬가지로 실크 이야기는 단순히 천에 관한 이야기가 아니라고 칼라바는 주장한다. "실크 이야기는 특정한 미적 기준에 따라 차별성을 추구하는 인간의 산업을 목격하는 것에 관한 이야기이자 계층 이동의 조건으로서 부유함과 차별성에 대한 감각, 그리고 문명의 정의에 관한 것이었다."[11] 실크의 힘은 단지 아름다움이나 실용적인 용도에서만 나오는 것이 아니다. 그것은 엘리트 계층을 식별하는 능력, 모방 욕구를 불러일으키는 능력, 사회질서의 규칙을 가시화하는 능력에서 비롯된다. 다른 사치품과 마찬가지로 실크는 과잉에 관한 것이다. 실크는 우리가 필요로 하는 것 그 이상이다.

이러한 과잉의 대표적인 예가 1981년 세계 무대에 등장했다. 다이애나 비의 웨딩 드레스는 단순히 드레스가 아니라 국가 가치의 선언이었으며, 단순히 볼륨감 있고 화려하거나 비싼 것이 아니라 그 모든 것을 합한 것 그 이상이었다.[12] 11만5,000달러짜리 이 드레스는 스팽글로 자수되고 레이스로 가장자리를 장식하고 1만 개의 진주가 수놓인 아이보리 실크 태피터(원사를 촘촘하게 엮어 부드럽고 내구성이 강한 원단/역주)로 만든,[13] 달콤한 과자보다 더 달콤한 드레스였다. 그 웨딩 드레스를 입은 신부는 확실히 사랑스러워 보였지만 그 드레스가 아름다운지 아닌지는 판단할 수 없었다. 하지만 수천 명의 신부들이 그 드레스를 따라입고 싶어했고, 이후 수년간 많은 디자이너들이 그 드레스를 모방했지만 다이애나 비의 드레스는 유일무이했다. 이 드레스는 왕실에서 한동안 사용하던 럴링스톤의 실크 농장에서 재배하고 제직한 영국산 실크로 제작되었다. 당시 이곳은 영국에서 유일하게 운영 중인 뽕나무 실크 농장이었다(대부분의 영국 실크 공장은 외국에서 원사를 수입하여 현지에서 직조했다). 「뉴욕 타임스」는 드레스 제작에 충분한 양의 실크를 생산하기 위해 공장 직원들이 "출동해야" 했다고 보도했다.[14] 테리 트루코는 "그들은 매일 인근 동네로 차를 몰고 가서 뽕나무가 있는 모든 집에 들러 잎을 따달라고 부탁했다"라고 썼다. "다이애나의 드레스에 얼마나 많은 누에고치가 들어갔는지는 아무도 확신하지 못하지만, 일반 여성용 블라우스에는 약 600개가 사용된다." 단 한 번 입을 의상을 위해 많은 노력이 필요했지만 왕실에게는 그만한 가치가 있었다. 드레스를 포함한 이 이벤트의 전체 과정은 여성에게 종종 위임되는 소프트 파워soft power의 퍼포먼스였다.

당연하게도 실크의 대체재를 만들어 시장에 내놓으려는 시도는 수없이 이루어졌다. 사람들은 각양각색의 공정을 통해 동일한 제품을 만드는 방법을 찾고자 매우 열심히 노력했지만 아무 소용이 없었다. 서양 시장을 겨냥해 양잠 산업을 재창조하려는 시도 중 일부는 재앙적인 결과를 초래하기도 했다. 나무를 죽이는 매미나방 "알 덩어리"라는 흉물을 본 적이 있다면, 아마추어 나비 연구가들이 어떤 지옥을 불러왔는지 짐작할 수 있을 것이다. 1860년대에 예술가 에티엔 레오폴드 트루벨로는 매사추세츠 주 메드퍼드에 있는 자신의 땅에서 100만 마리가 넘는 매미나방 애벌레를 기르기 시작했다. 일부 성충 나방은 실험실을 탈출해 곧바로 짝짓기를 하고 먹이를 먹고 알을 낳기 시작했다. 10년 후, 트루벨로의 땅 인근의 나무들은 모두 잎이 벗겨져 있었다. 우리는 여전히 매미나방 고치로 실크 직물을 만들 수 없으며, 아직도 탐욕스러운 매미나방 후손들을 상대하고 있다. 2016년에는 로드아일랜드 숲에 매미나방이 남긴 피해를 우주에서도 볼 수 있었고,[15] 소방관들은 이렇게 헐벗은 나뭇가지가 화재의 위험이 될 수도 있다고 우려했다.

군 예산을 방불케 할 금액이 투입되었음에도 양잠 산업을 혁신하려는 시도는 대부분 실패로 돌아갔다. 수년 동안 나는 실크 효소를 생산할 수 있도록 다른 생물을 유전적으로 변형하려는 시도에 대한 자료들을 찾아 읽어보았다.[16] 나방, 효모, 심지어 염소들까지 재프로그래밍을 시도했다. 과학자들은 거미줄을 실크 대체 공급원으로 만들어 더 가볍고 우수한 방탄복을 만드는 데에 유용하게 사용할 수 있기를 희망하고 있다고 한다. 거미줄을 활용한 대체 실크는 수술이나 보철물 제작에도 유용할 수 있다. 이론적으로는 이 환상적인 소재를 이용해서 거의 망가지지 않는 블라우스와 평생 입을 수 있는 브래지어를 만들 수도 있다.

그러나 인조 실크를 생산할 수 있다고 해도 사람들은 여전히 동물성 단백질 실로 짜인 진짜 실크로 지은 드레스와 블라우스를 원하리라고 생각한다. 사람들은 실크만의 강도, 광택, 그리고 이야기를 갈망한다. 그렇지 않다면 바다 실크sea silk를 짜는 지속적인 관습을 어떻게 설명할 수 있을까? 지중해의 조개가 바다 바닥에 붙어 있을 수 있게 해주는 미세한 필라멘트로 만들어지는 이 희귀한 직물은 그리스 신화에 나오는 전설적인 황금 양털의 영감이었다고 추정되고 있다. "바다 실크 조각을 손에 쥐고 있으면 너무 가벼워서 그것이 있는지조차 모를 정도이다"라고 조이스 매티스는 말한다. 그녀는 현존하는 단 두 명의 바다 실크 아티스트 중 한 명이다(적어도 매티스가 알고 있는 한은 그렇다). 오랫동안 조개껍데기를 수집해 온 매티스는 족사byssus thread(홍합의 발에서 분비되는 섬유 다발/역주)를 "바다의 영혼"이라고 불렀던 이탈리아 직공 키아라 비고에 관한 기사를 읽은 후 영감을 얻어 족사로 실크를 짜기 시작했다.[17] 매티스에게 왜 이 직물에 관심을 두게 되었는지 물었더니 "세상에, 기억이 잘 나지 않아요"라고 대답하고는 말을 이어갔다. "사르데냐의 한 여성에 관한 기사를 읽었어요. 그녀는 바다 실크를 만드는 방법을 아는 마지막 사람이라고 했습니다." 매티스는 폭풍이 지나간 후 새니벌 해변에서 비슷한 털이 달린 조개껍데기를 본 적이 있다고 했다. "어쩌면 아직 해변에 남아 있는 죽은 조개를 더 찾을 수 있을지도 모른다고 생각했어요."

매티스는 그후 4년 동안 플로리다 해변을 샅샅이 뒤지며 이 연체동물의 섬유 조각을 찾았다. 결국 그녀는 작은 지퍼락 봉투 두 개 분량의 족사를 채취할 수 있었다. 그녀는 채취한 족사를 주방 세제로 깨끗이 씻고 헤어 컨디셔너를 사용하여 약간 부드럽게 만들었다. 그런 다음 "평생 한 번도 실을 잣는 일을 해본 적이 없었던" 그녀는 독학으로 실 잣는 법을 배워가며 몇 달 동안 섬세한 재료로 작업한 끝에 작은 정사각형 직물을 만들 수 있었다. 처음에는 광택이 나지 않았다. 다시마 조각처럼 보이는 갈색 천 조각으로 평범하기 그지없었다. 그러던 중 그녀는 원하는 효과를 얻으려면 바다 실크를 산성 액체에 담가야 한다는 것을 알게 되었다. "고대에는 소의 소변을 사용했어요"라고 그녀는 말한다. 그녀는 레몬즙을 네모난 천 위에 떨어뜨린 후 레몬즙이 퍼져나가는 모습을 두려움 속에서 지켜보았다. 직후에는 레몬즙이 소중한 작업물을 녹여버리는 것처럼 보였고 매티스는 패닉에 빠졌다. "하지만 밖으로 가지고 나가서 보니 천이 금빛으로 빛나고 있었죠. 정말 아름다웠어요." 현재 이

3인치짜리 천 조각은 새니벌 섬의 베일리-매슈스 조개 박물관에 있는 진주조개껍데기 케이스 옆에 놓여 있다. 이 희귀한 직물은 한때 "매우 부유한 사람들"의 전유물이었지만, 요즘에는 바다 실크는 가치가 없다. "오, 팔 수 없어요"라고 그녀는 말한다. "누가 이걸 사겠어요?"

매티스는 "역사와 신비로움" 때문에 잘 알려지지 않은 작업을 완성하고 싶었다고 말한다. 마다가스카르에서 활동하는 예술가 사이먼 피어스와 니컬러스 고들리도 비슷한 충동으로 2004년에 사프란색 실크에서 이름을 따온 황금원형거미를 채집하기 시작했다.[18] 수년 동안 100만 마리가 넘는 거미와 약 50만 달러가 소요된 끝에 최초의 수공예 브로케이드brocade 천을 만들 수 있었다. 2009년 뉴욕의 미국 자연사 박물관은 이 천의 공개를 기념하기 위한 행사를 화려하게 열었고, 사교계 인사 틴슬리 모티머가 이 천을 걸치고 파티에 참석했다. 한 보도 자료에서는 이 천에 대해 "은유와 시, 악몽과 공포, 우리 모두의 공감을 불러일으키는 이야기와 신화가 담겨 있다"라고 설명했다.[19] 이 글을 쓴 홍보 담당자가 이벤트에 대한 흥분을 끌어올리고자 쓴 말이지만, (한 번쯤은) 숨이 멎을 듯한 어조를 쓰는 것이 타당하다고 느껴진다. 거미는 직공, 사기꾼, 여신, 어머니 등 우리에게 익숙한 상징 목록에서 불안감을 유발하는 이미지이다. 유독하고 여성적이다. 융의 심리 치료와 꿈 분석에서 거미는 우리가 억압하고 숨기고 있는 성격의 일부, 이른바 그림자 자아를 대표하기도 한다.

사람들은 이전에도 거미줄로 직조를 시도했지만 거미줄은 수확하기 쉬운 재료가 아니다. 거미줄은 대중을 위한 섬유가 아니다. 우리는 이 반짝이는 노란색 옷은 박물관에 있기 때문에, 아름답기 때문에, 직접 사거나 만들거나 만질 수 없기 때문에 예술 작품이라는 것을 알고 있다. 이 옷에는 물리적 특성과 정서적 가치에서 오는 특별함, 아우라가 있다.

이러한 다른 실크들, 거미와 바다가 만든 실크는 단순한 호기심에서 나온 결과물이 아니다. 나에게 이들은 나방이 만든 실크의 매력을 명확하게 설명해준다. 그 희귀성은 모든 실크가 기적적이었던 시절을 떠올리게 한다. 한 벌 한 벌에 들어가는 수고로움을 생각하면 이 모든 옷이 만들어지기까지 수많은 누에고치와 시간과 손길이 있었음을 떠올리게 된다. 지금 생각해보면 심지어 내 러플 라벤더 블라우스조차 자연의 혼란스러운 광채와 인간의 독창성이 만들어낸 결과물이라서 더 매력적으로 느껴진다. 박물관에 전시된 그들의 존재는 직물을 명예로운 장소로 되돌려놓았다. 나는 직물을 소유물로 보는 데에 너무 익숙해져 있는데, 손이 닿지 않는 곳에 존재하는 모든 아름다운의 대상을 떠올려보는 것이 때로는 필요한 것 같다. 내 욕구는 충족되지 않을뿐더러 채울 수도 없으니 제어해야 한다. 단순한 교훈이지만 나는 이 교훈을 반복해서 배우고 있다.

처음 실크에 대해 읽기 시작했을 때, 실크의 역사에서 가장 어두

운 부분은 곤충의 엄청난 희생에서 비롯된 것이라고 생각했다. 날
개 달린 생명체가 너무 뚱뚱해져서 날지 못하고, 살이 쪄서 꿈틀거
리다가, 관에 묶여 죽는다는 것은 불안감을 자아내는 일이다. 나는
메인 주의 랍스터 축제에 간 데이비드 포스터 월리스의 입장이 되
어 인간의 즐거움을 위해 "지각 있는 생물을 산 채로 삶아도 괜찮
은지" 궁금해하는 내 모습을 상상해봤다.[20] 월리스는 그의 가장 유
명한 에세이 『랍스터를 생각해봐*Consider the Robster*』에서 갑각류 해부학,
도덕 철학, 요리 전통, 그리고 개인적 신념을 다루었다. 이 에세이는
글로서도 훌륭하지만, 다시 읽어보면서 나는 월리스의 수많은 재미
있는 관찰이나 랍스터를 삶는 문제에 대한 결론보다도 이 주제에
대해 글을 쓰는 것 자체가 과연 합당한지에 대한 그의 집착에 더 큰
충격을 받았다. 그는 동물에게 그렇게 많은 고통을 주는 것이 "괜찮
은지"를 고민한 직후에 이렇게 묻는다. "이 질문이 너무 정치적 올
바름에 치우치거나 감상적인 것은 아닌가?" 2004년에 출간된 『랍스
터를 생각해봐』는 깨어 있음에 대한 우리의 집착과 미덕을 과시하
는 것에 대한 현재의 논의보다 수십 년 앞선 책이다. 당시에도 일부
쾌락주의자들은 우리 사회의 선택과 개인의 욕망을 어떻게 설명할
지에 대해 고민하고 있었던 것이다.

　월리스처럼 나도 호전적이고 설교하기 좋아하는 사람으로 비칠
까 봐 두렵지만, 이는 공적인 영역에서 도덕과 씨름할 때 감수해야
하는 위험이다. 일부 독자들에게는 너무 냉정하게 들릴지 모르지만
월리스와 달리 나는 랍스터의 죽음을 특별히 혼란스럽게 느끼지 않

는다. 메인 주에 살면서 랍스터를 많이 삶아봤고, 냄비 안에서 바둥거리는 소리를 수없이 들었기 때문이다. 심지어 살아 있는 랍스터를 그릴에 구워본 적도 있는데, 이 과정은 큰 칼로 랍스터를 세로로 자른 다음 두 개의 반쪽이 발톱을 휘두르는 것을 멈출 때까지 기다리는 것을 포함한다(이것만 해도 10분 이상 걸릴 수 있다). 이런 체험을 특별히 즐기지는 않지만 꽤 흥미로웠다. 나도 우리 개가 새끼 다람쥐를 빠르고 깔끔하게 죽이는 것을 목격했을 때 같은 느낌을 받았다. 어떤 면에서는 슬프기도 했지만 그 이상으로 흥미로웠다. 결국 죽음도 삶의 일부니까. 게다가 내 생활방식은 지구와 사람들에게 해를 끼친다. 나는 다양한 산업이 어떻게 돌아가는지 충분히 알고 있기 때문에 특히 동물성 제품의 생산과 가공에는 피해가 예외가 아닌 표준이며 규칙이라는 것을 알고 있다. 내가 식료품점에서 구입한 고기는 공장식 축사에서 생산되고 저임금 노동자들이 공장에서 포장했을 가능성이 높다. 나는 쇼핑몰에서 구입한 이름 모를 브랜드의 가죽 신발을 신는데, 이 신발은 집에서 멀리 떨어진 곳에서 어떤 화학물질로 부드럽게 만든 가죽을 사용해 대량으로 생산한 것이다. 그리고 나는 여전히 실크를 입지만 요즘은 대부분 중고로 구입한다.

시도는 해보았지만, 누에의 죽음에 대해서도 그다지 신경이 쓰이지는 않는다. 생물을 산 채로 삶는 것이 "괜찮다"고 생각하는지는 잘 모르겠다. 아마 아닐 것이다. 하지만 인간이 하는 수많은 의심스러운 일의 목록에서 이것은 낮은 순위에 속한다. 특히 아이들을 생

252

각하면 더욱 그렇다.

내 졸업 파티 드레스는 아이들이 만든 것이었을까? 그럴 수도 있다. 한때 미국에는 많은 섬유 회사가 있었지만, 대부분의 섬유 산업은 주로 미국보다 노동법이 느슨하고 정부의 감독이 약한 국가로 이전했다. 꽃 산업의 폐해를 꼬집는 보도가 해마다 반복되는 것을 통해서도 볼 수 있듯이, 우리는 몇 달마다 우리의 일반적인 무관심(그리고 값싼 패션에 대한 우리의 취향)이 초래한 지옥을 새롭게 엿볼 수 있다. 그리고 여기 또다른 내용이 있다. "누에고치를 삶고, 뽕잎 바구니를 나르고, 사리를 짜는 등 아이들은 실크 산업의 모든 단계에서 일하고 있다. 보수적으로 추산해도 35만 명 이상의 어린이가 명주실을 생산하고 사리 직조를 돕고 있다"라고 2003년 국제인권 감시기구의 보고서인 「작은 변화 : 인도 실크 산업의 아동 담보 노동」은 설명하고 있다.[21] 이 아이들 중 상당수는 "신체적, 언어적 학대를 받으며" 하루에 12시간 이상, 일주일에 6일 넘게 일한다. 이 아이들은 보통 고용주로부터 소액 대출을 받은 부모에 의해 "담보"로 제공된다. 부모는 자녀의 미래 노동력을 담보로 하여 돈을 빌리는 것이다. 국제인권 감시기구에 따르면, 이 돈(보고 당시, 21달러에 불과한 경우도 있었다)은 다른 대출금을 갚거나 의료 서비스 또는 장례식 비용을 지불하거나 단순히 식료품을 사는 데에 사용되는 경우가 많다고 한다. 담보로 제공된 아이들은 최저임금에도 못 미치는 돈을 받거나 아예 임금을 받지 못하며, 임금을 받는 아이들도 자신이 번 돈을 구경조차 하지 못한다. 고용주로서는 문맹인 노동자를 이용하기가 더 쉬우며, 상당수가 평생 담보로 묶여 있다. 혼잡한 작업장에서는 질병이 자유롭게 전파된다. 아이들은 성적, 신체적, 정신적 학대를 당할 위험에 노출되어 있으며, 위험한 작업의 특성상 양잠 노동자들은 평생 불구가 될 수도 있다. 1997년 발간된 양잠 교과서에 따르면, 양잠은 "큰 기술이 필요하지 않고 벌레를 다루는 섬세함만 요구되며, 특히 여성, 노인, 장애인, 어린이 등 미숙련 가족 노동에 이상적"이기 때문에 취약 계층을 착취하는 산업이라고 한다.[22]

2003년 보고서는 인도 정부에 가난하게 태어난 아이들을 담보로 잡는 관행을 중단할 것을 촉구한 1996년 보고서의 후속 보고서이다. 섬유 산업의 담보 노동 문제를 해결하기 위한 몇 가지 조치가 취해졌지만, 국제인권 감시기구는 인도에서 일하는 아동이 6,000만 명에서 1억 1,500만 명(이 중 최소 1,500만 명은 담보 노동자이다)에 이를 것으로 추산했다. 2003년에 이 문제를 재검토했을 때 이 추정치를 변경할 이유를 찾지 못했다. 다른 산업 분야에서도 이러한 관행이 존재하지만, 실크는 문화적 가치가 매우 높기 때문에 섬유 산업은 인도 정부의 규제를 더 엄격하게 받고 있다. 국제인권 감시기구의 연구원들은 이 분야가 인도 당국이 마음만 먹으면 신속하고 효과적으로 변화를 이끌어낼 수 있는 분야라고 생각하고 있다.

수십 년이 지난 2021년, CNN의 "프리덤 프로젝트Freedom Project"가 제작한 22분짜리 다큐멘터리는 스튜디오 조명 아래에서 반짝이는 핫핑크색 사리sari와 얼굴이 모자이크 처리된 노동자들의 모습을 나

란히 배치하고, 뜨겁고 더러운 물통에 손을 담근 채 고치를 분류하는 장면을 보여줌으로써 이 비극의 규모를 포착하려고 시도했다.[23] 또다른 이미지에서는 구더기처럼 꿈틀거리는 벌레들이 에메랄드빛 나뭇잎들의 바다를 가로지르며 먹어치우는 모습을 보여준다. 히잡을 쓴 담보 노동자들이 검은 천 뒤에서 자신들의 이야기를 들려준다. 이는 분명 이 소녀들이 잦은 학대와 부상에 노출되어 있다는 사실을 명확하게 전달하는 좋은 보도였다. 하지만 콘텐츠가 끊임없이 생산되는 시대에 이러한 보도는 문제 해결을 위한 호소력보다는 인도주의적 관심을 미디어 식단에 추가하는 것에 가깝게 느껴진다. 텔레비전의 특성상 너무 수동적으로 소비되다 보니 가끔은 비소가 가득한 우물물처럼 뉴스가 나를 통과해 흘러가는 것처럼 느껴지기도 한다.

그러나 티핑 포인트(작은 변화들이 일정 기간 동안 쌓인 상태에서 작은 변화가 하나만 더 일어나도 갑자기 큰 영향을 초래할 수 있는 상태/역주)는 있었다. 휘트니 바우크, 아자 바버, 재스민 말릭 추아, 알리사 하디 같은 작가들이 작성한 패션 산업의 폐해에 대한 보고서를 거의 매일 읽으며 수년 동안 패션 산업에 관심을 기울인 결과, 나는 달라졌다. 그 다큐멘터리가 더 큰 그림의 일부로 눈에 들어왔고, 내가 입고 있는 옷과 그 의미를 더 깊이 이해하기 시작했다. 옷을 내가 원하면 언제든지 휴대전화로 살 수 있는 소비재로 생각하지 않고, 노동을 통해 만들어진 상품으로 생각하기 시작했다. 소규모 농부들과의 친분과 먹을거리를 재배하는 데에 들어가는 노동에 대한 직접적인 지식 덕분에 내가 먹는 음식의 진실을 볼 수 있게 되었다. 하지만 수년 동안 직물(심지어 얇은 직물조차도)은 뚫을 수 없는 장벽으로 남아 있었다. 미국에서는 이런 종류의 직물 제조 과정을 볼 수 없다. 죽은 나방도 보이지 않고 노동에 갇힌 아이들도 보이지 않는다. 우리는 거리감, 부정, 혼선 때문에 우리 몸에 드리워진 어둠의 많은 부분을 무시할 수 있다. 패션과의 평화를 찾기 위해서는 어느 정도의 도덕적 심문을 거쳐야 하고, 우리의 가치를 가장 잘 반영하는 결정을 내리기 위해서는 어느 정도의 도덕적 계산이 필요하다. 이것은 옷을 입는 것보다 더 어려운 일이다.

실크, 면, 울 등 내가 선호하는 원단에 대해 충분히 알게 되면서 내가 그동안 제대로 돈을 지불하지 않았다는 것을 깨달았다. 제대로 주의를 기울이지도 않았고, 제대로 된 금액을 지불하지도 않았다. "공급망을 더 거슬러 올라갈수록 더 불투명해진다"라고 『은밀한 디테일*Intimate Detail*』의 저자 코라 해링턴은 말한다. 란제리 전문가이자 평생 명품 의류를 사랑해온 해링턴은 나보다 훨씬 더 오랫동안 이러한 문제를 고민해왔으며, 옷을 구매할 때 무엇이 "정말로 괜찮은 것인지"에 대한 내 질문에 명확한 대답을 내놓기를 꺼렸다. "소비자로서 윤리적 결정을 내리는 것은 매우 어렵다"라고 그녀는 말한다. "보통 사람들은 어떤 질문을 해야 할지조차 모른다. 스스로 우선순위를 정해야 한다." 해링턴은 많은 사람들이 자신의 가치관이 곧 모든 사람의 가치관이어야 한다고 생각한다고 말한다. 비건 채식주의자는 실크가 플라스틱에서 추출한 섬유보다 더 나쁜 끔찍한 소재라고 생각할 수 있지만, 환경주의자는 실크가 생분해되어 수 세기 동안 화학물질을 매립지에 침출시키지 않을 것이라고 생각할 수 있다. 어느 정도의 손상도 입히지 않고 제조, 배송, 착용할 수 있는 직물은 지구상에 없다. 이것이 21세기 소비의 본질이다.

그렇지만 우리가 피해를 줄이기 위해 할 수 있는 선택은 여전히 존재한다. 해링턴은 "저는 누에보다 아동 노동에 더 관심이 많다"라고 말한다. "사람들은 그것이 종차별주의라고 말할 수도 있고, 어떤 사람들은 그것이 비윤리적이라고 생각할 수도 있다." 해링턴은 누군가를 저임금으로 고용하지 않고 공정하게 만들어진 물건을 구매하려고 노력하는데, 이는 그녀가 보통 사람들보다 더 비싼 물건을 사고 있다는 의미이다. 언젠가 그녀는 소셜 미디어에서 1,000달러짜리 란제리 세트의 가격이 책정되는 근거를 "설명한" 적도 있다. 란제리 제작의 일부 공정에 기계가 사용되었지만 여전히 장인이 만든 작품이었다. 레이스는 손으로 직접 그려야 하고, 기계로 만든 아플리케(무늬에 따라 여러 종류의 헝겊을 오려 붙여서 입체적으로 표현하는 제작법/역주)도 눈에 보이지 않는 작은 스티치로 꿰매야 한다고 그녀는 설명한다. 이런 종류의 물건은 반드시 사치품이다. 실용적인 기능을 제공하기 위해 만들어진 것이 아니며 (물론 실용적인 기능을 제공하긴 하지만) 모든 사람이 사용할 수 있도록 고안된 것도 아니기 때문이다. 거미 실크 망토와 마찬가지로 이러한 고급 속옷은 주로 미적, 사회적 기능을 제공하기 위해 존재한다.

명품을 구매하는 것은 엘리트 계층에 대한 충성심을 나타내는 방법일 수도 있고, 사회적 규범을 강화하는 방법일 수도 있으며, 순전히 개인의 즐거움, 미적 경험을 위해서일 수도 있다. 나는 수작업으로 페인팅하고 레이스로 소매를 장식한 아름답고 값비싼 실크 잠옷을 구입하는 것이 도덕적으로 혐오스럽다고 생각하지 않으며, 그것이 어디서 어떻게 생산되었는지 알아내기 위해 노력하는 한, 실크 끈 팬티를 소유하는 것이 역겹다고 생각하지 않는다. 패스트 패션은 결코 윤리적인 패션이 될 수 없다(단순히 가장 저렴한 제품을 구매하는 것은 이해할 수 있는 선택이기는 하지만, 윤리적 선택이 될수는 없다). 경제학자 소스타인 베블런에 따르면 낭비는 인간적인 것이며, 사치를 정의하는 것은 과잉의 요소이다.[24] 아름다움은 과잉과 넘침으로 얽혀 있으며, 대부분의 아름다운 것들은 어느 정도 낭비적이다. 이러한 것들을 우리 삶에서 제거하는 것은 매우 타당한 즐거움의 원천을 없애는 것이지만, 아름다움을 감상하기 위해 "눈에 띄는 낭비"를 할 필요는 없다. 해링턴은 "내가 직물과 패션을 좋아하는 이유 중 하나는 그것이 우리보다 앞서 살았던 사람들과 직접적으로 연결되기 때문이다"라고 말한다. "나는 소피 할레트의 레이스를 볼 때 그런 생각을 한다. 그 모든 공예, 모든 유산, 모든 기술. 그 역사는 우리 인류의 흔적이다."

해링턴과 이야기를 나눈 후, 1880년대부터 이어져온 프랑스 패션 하우스에서 만든 소피 할레트의 레이스를 찾고 중고 실크 로브를 검색하느라 몇 시간을 보냈다. 너무 가볍고 아름다워서 나를 덮으면서도 벗겨낼 수 있는 오브제를 찾고 싶었다. 산들바람처럼 피부를 스치고, 물처럼 팔다리에서 떨어지며, 무대 위의 두 무용수처럼 함께 움직이는 천의 감각을 느끼고 싶었다. 나는 평생 아름다움은 주로 눈에 있다고 믿어왔다. 하지만 다른 감각을 통해서도 아름다움이 얼마나 깊게 느껴질 수 있는지 서서히 깨닫게 되었다. 귀(척추를 따라 전율을 일으키는 노래)나 코(봄, 젖은 흙, 식물의 뿌리에 대한 기억을 불러일으키는 향수)를 통해서도 아름다움에 접근할 수 있다. 우리가 맛이 아름답다고 표현하는 경우는 많지 않으며, 피부로 느끼는 아름다움에 대해서도 자주 이야기하지 않는다. 하지만 왁스로 마감한 나무 조각을 손으로 쓰다듬어본 적이 있는가? 손가락 아래 나뭇결이 희미하게 잔물결처럼 일렁이는 것을 느껴본 적이 있는가? 강아지의 귀에 뺨을 갖다 대고 그 벨벳처럼 부드럽고 따스한 감촉을 피부로 느껴본 적이 있는가? 몸에 두른 실크 가운이 유두에 닿는 촉감을 느껴본 적이 있는가?

플라스틱 키보드에 손을 얹고 나는 이 문장을 쓰고 있다. 흘러가는 생각과 함께 자판을 두드리는 소리가 들리고 화면이 눈을 향해 푸른 빛을 쏟아낸다. 불쾌한 경험은 아니지만 육체적 쾌락과는 거리가 멀다. 내가 실크 가운을 찾기 시작한 이유는 옷감에 대해 생각할수록 옷을 벗고 가장 부드러운 섬유로 몸을 감싸고 싶고, 반짝이고 미끄러지는 옷으로 내 몸을 축복하고 싶어지기 때문이다. 하지만 그 옷이 잔혹하지 않고, 어린아이의 작은 손이 감당해야 할 고통이 없고, 가난의 공포가 없는 옷이기를 바란다.

그러나 이것은 거의 불가능하다. 나처럼 나방을 삶아 죽이는 것을 신경 쓰지 않고, 합성이 아닌 소재를 우선시한다고 해도 패션과 윤리 모두를 만족시키며 살 수 있는 방법은 거의 없다. 작가 쿠엔틴 벨의 용어를 빌리자면, 완벽한 의복 도덕성에 도달하는 것은 불가능하다.[25] 에버레인Everlane처럼 공급망과 공장에 대한 근본적인 투명성을 약속하는 회사를 믿고 선택할 수도 있지만, 나는 그렇게 하지 않는다.

몇 시간 동안 가운을 살펴보다가 결국 결제창을 닫고 단 한 벌도 구매하지 않았다. 캘리포니아에서 수작업으로 만든 "세탁 가능한 실크" 잠옷도 사지 않았다. 큐 왕립 식물원의 기념품 가게에서 가지 색 짧은 가운도 사지 않았고, 분위기 있는 꽃이 아름답게 프린트된 옷도 사지 않았다. 짙은 청색 배경에 손으로 직접 그린 흰색 학이 있는 1960년대 실크 "기모노 스타일" 가운도 사지 않았다(이건 어차피 너무 비싸서 살 수도 없었지만). 대신 최근에 자신의 웨딩 드레스를 직접 만든 친구와 이야기를 나눴는데, 그 친구는 직접 옷을 만드는 즐거움, 즉 내가 직접 예술 작품에 참여해서 만든 세상에 하나뿐인 옷이라는 사실이 주는 기쁨에 대해 이야기했다.

지하실에서 재봉틀을 꺼내지는 않았다. 하지만 수선하는 법을 배우기 시작했다. 그리고 철학과 기술 작가인 L. M. 사카사스의 이야기에 귀를 기울이기 시작했다. 그는 현대 생활에서 잘못되었다고 느껴지는 측면을 조명하는 것을 목표로 하는 「유쾌한 사회The Convivial Society」라는 뉴스레터를 운영하고 있다. 그의 글 "욕망에 병들다"에서 그는 이를 명쾌하게 설명한다.

끝없는 욕망은 우리를 망가뜨리고 우리의 보금자리인 세상을 파괴할 것이다. 반대로 우리의 경제 질서와 사회의 외형적 건강은 주로 소비재와 서비스에 대한 끝없는 욕망의 생성을 전제로 하고 있다. 당신과 나의 만족은 기존의 질서에 혼란을 일으킬 것이다. "이 정도면 됐어, 고마워"라는 말은 급진적인 정서일 수 있다. 현재 운영 방식을 고려할 때 새로운 필요와 욕구를 끊임없이 창출해야만 경제 성장이 지속될 수 있다. 따라서 우리 문화의 거의 모든 측면은 행복 또는 이와 유사한 것이 항상 더 많은 것을 가져야만 얻어질 수 있다고 생각하도록 설계되어 있다.[26]

옷은 우리에게 많은 것을 해줄 수 있다. 질감은 우리를 진정시키고, 좋은 옷은 성욕을 불러일으키며, 전문적이고 도전적으로 보이게 하거나 심지어는 눈에 띄지 않게 만들 수도 있다. 지금은 다른 여학생과 같은 졸업 파티 드레스를 입었다는 데에서 느꼈던 사소한 수치심에 감사하고 있다. 당시에는 기분이 좋지 않았지만 그 부드럽고 화려한 푸른 드레스는 나에게 중요한 것을 가르쳐주었다. 나중에야 그 교훈을 완전히 이해했지만, 그때 처음으로 구매로 인한 기쁨이 얼마나 빨리 변질될 수 있는지, 그리고 구매 행위를 통해 지속적인 기쁨을 추구하는 것이 얼마나 무의미한지 알게 되었다. 어떤 옷도 마법처럼 누군가를 사랑하게 만들지 못하며, 머리부터 발끝까지 꾸민다고 해서 인생이 바뀌는 것도 아니다. 이것은 동화 같은 이야기이지만, 개인적 스타일이나 도덕적 의로움을 돈으로 살수 있다는 생각도 마찬가지이다. 이미 충분히 가지고 있으면서 계속해서 옷을 사는 것은 결코 미덕이 될 수 없다.

나는 욕망하는 능력을 사랑하고 소중히 여기는 만큼 "이 정도면 됐어, 고마워"라는 말에서도 큰 평화를 얻었다. 요즘은 예전에 즐겨 입었던 드레스의 끊어진 스트랩을 수선하고 있다. 실크와 면이 섞인 그 원단은 연두색 잎이 달린 푸른 꽃으로 덮여 있다. 몇 년 전에 결혼식에 참석할 때 입었는데, 어느 날 망가져버렸다. 그러다 얼마 전 옷장 뒤쪽에 처박혀 있는 것을 발견했다. 이 물건의 가장 놀라운 점은 이미 내 것이라는 사실이다. 고쳐서 잠옷으로 입으려고 한다.

8

속임수와 저주

스크린에 비친 환영, 스테인드글라스의 아름다움,
그리고 안경의 배신에 대하여

내 첫 차는 바퀴 굴곡 부분은 녹이 슬고 앞 유리에는 금이 간 낡은 파란색 세단이었다. 열여섯 살에 구입해서 5년 후 보스턴의 한 교차로에서 전복될 때까지 운전했다. 그 차와 작별하기 전에 몇 가지 물건을 챙겼는데, 릴로 카일리의 CD, 도나 타트의 『비밀의 계절_{The} *Secret History*』한 권, 백미러에 달려 있던 은 목걸이 등이었다. 이 목걸이에 두 개의 참_{charm}을 달아두었는데, 하나는 빨간색 에나멜 세인트 크리스토퍼 동전(여행자와 서퍼들의 수호성인이라고 들었다)이었고, 다른 하나는 빨간색 피규어였다. 그것은 두 개의 뾰족한 젖꼭지, 풍만한 둥근 배, 그리고 끝으로 갈수록 가늘어지는 부드러운 허벅지로 완성된 여성의 몸통이었다. 발은 없었다. 빌렌도르프의 비너스상이나 다른 수많은 고대 조각상처럼 그녀에게는 팔도 없었다. 머리 대신 두꺼운 유리 고리가 달려 있었다. 나는 그녀를 나의 레드 레이디라고 불렀다.

나는 고등학생 때 구슬 세공과 램프 세공 수업을 들으며 내가 예술가가 될 수 있으리라 생각했던 짧은 기간 동안 그녀를 만들었다. 이 수업은 근처 커뮤니티 칼리지에서 진행되었는데, 당시에 나는 운동을 하지 않았기 때문에 소규모로 진행된 유리 공예가 나의 유일한 과외활동인 셈이었다. 유리 공예에 대한 나의 막연한 생각은 유리 불기(팔이 아프고 얼굴이 토마토처럼 빨개지는 힘들고 무겁고 뜨거운 작업)나 스테인드글라스(사전 계획이 너무 많고, 납땜을 해야 하고, 내 취향과는 맞지 않는 지루하고 까다로운 작업) 정도였다. 나는 유리 조각을 성형 시트에 배열한 다음 가마에 넣어 천천히 부드럽게 녹이는 "슬럼핑" 작업에는 흥미가 없다는 것을 금방 깨달았다. 이 수업 중 일부는 공립 고등학교의 미술 프로그램을 통해 제공되었지만 다른 수업은 보스턴과 우스터에서 열렸기 때문에 나는 주말 여행을 떠나야만 했다. 내가 가장 많이 방문했던 스튜디오는 우스터 외곽의 대형 산업 건물에 있었다. 모든 수업에 참석할 여유는 없었지만, 할인 혜택을 주고 가끔 무료로 스튜디오를 사용할 수 있게 해준 강사가 있었다(거의 공짜에 가까웠다. 한번은 차 옆에서 키스를 허락했지만, 내가 더 이상 허락하지 않자 무료 강습이 중단되었다).

경험해보니 나는 비즈 공예에는 별로 관심이 없었지만 램프 공예는 정말 좋아했다. 유리 공예에 필요한 지옥 같은 용광로보다 훨씬 매력적이고 즉각적인 만족감을 약속하는 오픈 플레임open flame(토치 같은 노출된 불꽃을 뜻함/역주)을 사용하는 작업이었기 때문이다. 나는 작은 그릇이나 조각품을 만드는 방법을 꽤 빨리 배울 수 있었다.

나만의 물담뱃대를 만들 수도 있겠다고 생각했지만 그 꿈은 실현되지 않았다. 대신 다른 수준 높은 학생들로부터 수공예 파이프를 샀고, 나는 어머니가 현재 차이나 캐비닛에 보관하고 있는 작은 꽃 조각품을 만들었다. 대학에 진학한 후에는 유리 공예를 계속하기에는 비용이 너무 많이 들었다(시골 대학 캠퍼스 근처에는 스튜디오가 많지 않았다). 그런데도 레드 레이디를 몇 년 동안 가지고 다녔던 이유는 그녀가 이 부서지기 쉽고 거친 재료를 내가 다룰 수 있다는 사실을 상기시켰기 때문이다. 나는 900도 화염 위에서 주황색으로 빛나는 녹은 실리카, 나트륨, 칼슘을 가지고 놀듯이 공중에서 빙글빙글 돌릴 수 있었다.

레드 레이디가 언제 깨졌는지는 정확히 기억나지 않지만 산산조각이 난 것은 분명하다. 지금은 내가 직접 만든 유리구슬이나 참 같은 오브제는 하나도 남아 있지 않다. 이사 또는 차 사고로 인해 깨졌거나 어딘가에서 잃어버렸는지도 모른다. 솔직히 레드 레이디를 제외하고는 그 어느 것도 나에게 특별히 중요하지 않았다. 내가 좋아했던 것은 유리 그 자체였지 완성된 최종 제품이 아니었다. 나는 뜨거운 유리에서 피어오르는 연기를 보는 것이 좋았다.

유리의 경계를 넘나드는 혼란스럽고 변덕스러운 성질에는 나를 매료시키는 무엇인가가 있다. 스튜디오에서 유리로 작업할 때면 항상 녹은 물질을 만져보고 싶고, 피부에 발라보고 싶고, 먹어보고 싶었다. 어른의 시각으로 보면, 이것은 우울한 뇌에서 비롯된 자해에 대한 강박적인 충동으로 해석될 수도 있다. 하지만 지금도 나는 그

것으로 완전한 설명을 할 수 있다고 생각하지 않는다. 유리는 위험하고 예측할 수 없기 때문에 아름다운 것 같다. 어떤 것도 유리처럼 행동해서는 안 된다는 생각, 특히 너무 평범하고 유용하고 흔한 것이라면 더더욱 그래서는 안 된다는 생각을 떨쳐버릴 수가 없다. 아니, 오히려 내가 유리를 가지고 놀 수 있어서는 안 된다. 유리를 가열하고, 자르고, 부수고, 사포질하고, 조작하는 것은 허용되지 않아야 한다.

　돌이켜보면 당시에 내가 새삼스럽게 유리에 집착했던 것은 헌신보다는 창조, 신앙보다는 예술에 중점을 둔 자아 구축의 한 방법이었던 것 같기도 하다. 나는 극도로 종교적이고 불안한 아이였다. 우리 가족은 매사추세츠 주 액턴에 있는 헝가리 교구의 성 엘리자베스 성당에서 수년 동안 매주 일요일 미사에 참석했다. 어린 시절 나는 미사 시간마다 스테인드글라스 창문을 바라보며 그 빛이 바닥에, 더 나아가 신도들의 얼굴에 빨갛고 파랗게 비치기를 기다리곤 했다. 고해성사를 좋아하지는 않았지만 고해성사의 친밀한 고요함, 죄를 털어놓는 깨끗한 느낌, 열 번의 성모송이 흠 없는 양심으로 바뀌는 연금술 같은 과정을 좋아했다. 사랑받고 싶었고, 한동안은 하느님이나 적어도 모든 자녀를 사랑하시는 성모님께서 그렇게 해주실 거라고 믿었다. 밤에 쉽게 잠들 수 있게 해달라고 기도할 때면 나무 십자가에 못 박히신 예수님이 아니라 빛나고 천사 같은, 역광에 하늘색으로 빛나는 마리아가 떠올랐다. 한때 종교는 나에게 평화와 위안을 가져다주었지만, 그 평화가 그리 오래가지는 못했다.

나는 더 이상 가톨릭 교회를 사랑하지 않게 되었지만 그 의식과 형식의 아름다움에 대한 감상은 변하지 않았다. 지금도 가끔 기도하는 나 자신을 발견하곤 한다. 나는 지금도 장미 창문, 성당 첨탑, 사랑하는 사람을 위해 켜진 루비잔 속의 깜빡이는 촛불을 보며 숨을 고르곤 한다. 이제는 가톨릭 교회에 충성할 수는 없지만, 어린 시절 종교의 미학은 내 마음속에 깊이 새겨져 있고, 거기서 굳이 벗어나고 싶지는 않다.

◯◯

유리는 아마도 역사상 가장 자주 간과되는 소재일 것이다. 유리는 플라스틱보다 더 우리 삶에 필수적인 소재이다. 유리가 없는 세상은 화성을 사람이 살 수 있는 공간으로 만드는 것보다 더 상상할 수 없는 일이다(사실상 불가능하다는 것이 대부분의 과학자들의 의견이다). 이 진부한 경이로움이 없다면 터치스크린 휴대전화를 사용하고, 전등을 켜고, 창밖을 바라보고, 안경을 쓰고, 탁자 위에 놓인 물병에 든 물을 마실 수 없을 것이다. 이메일이나 전화를 받을 수도 없고 인터넷에 접속할 수도 없을 것이다. 「애틀랜틱*The Atlantic*」의 한 기사에서는 유리를 "인류에게 가장 중요한 물질"이라고 표현했다.[1] 더글러스 메인 기자는 "이 글이 여러분에게 도달하려면, 광섬유 케이블을 통해 초당 약 20만 킬로미터를 이동하는 빛의 신호로 인코딩되어야 한다"라고 썼는데, 광섬유 케이블은 산을 오르고 바다 밑을 기어다니며 전 세계의 국가와 도시를 통과한다. 그 내부의 유리는 머리카락보다 가늘고 "가장 순수한 물보다 30배 더 투명하다." 유리는 우리가 보고 보이게 해주고, 듣고 들려지게 하며, 우리의 방과 삶과 생각을 밝혀준다.

　유리는 알면 알수록 재미있는 소재인데, 그 이유는 유리라는 단어 자체가 특정 화학 공식이 아니라 "무궁무진한 레시피"에 따라 제조할 수 있는 물질을 지칭하는 일반적인 용어이기 때문이다.[2] 하지만 우리가 "유리"라고 말할 때, 우리는 그것이 꽤 특정한 것을 지칭한다고 생각한다. 단단하고 부서지기 쉽지만 충분한 열을 가하면 점성이 생겨 변형할 수 있는 물질이라는 의미로 이해하는 것이다. 때때로 유리는 냉각된 상태에서도 매우 느리지만 움직이기 때문에 액체로 잘못 인식되는 경우가 있다. 유리는 결정 구조를 가진 물질처럼 분자가 단단하게 조직되어 있지 않기 때문에 암석과 같은 고체가 아니다. 다이아몬드는 결정 구조를 가지고 있고 심지어 얼음이나 굳은 꿀도 마찬가지이지만 유리는 그렇지 않다. 유리는 얼음판보다 더 신뢰할 수 있지만 분자 수준에서는 훨씬 덜 질서정연하다.

　재료 과학에서 유리는 일반적으로 "비결정성 고체"로 간주되며, 존 C. 마우로 박사의 말처럼 유리는 액체도 고체도 아닌 "제3의 물질nonbinary material"이다. 전직 연구원이자 발명가이자 현재 펜실베이니아 주립대학교의 공학 및 재료 과학 교수인 마우로 박사는 여섯 살 때 뉴욕 주의 코닝 유리 박물관을 방문한 이후로 유리의 매력에 푹 빠졌다. 그는 색상과 모양에 "매료되었다"라고 회상한다. 지금은 유리가 어떻게 작동하는지에 대해 누구보다 많이 알고 있지만, 여전히 유리에 대한 경외감을 간직하고 있다. "유리는 있는 그 대로 유리 그 자체입니다"라고 그는 말한다. "유리는 틀을 깨뜨립니다." 열역학적 관점에서 볼 때 유리는 고체가 되고 싶어한다고 그는 설명한다. 분자 수준에서 관찰할 때 유리는 고체보다는 점성이 있는 액체처럼 행동하지만, 아주 천천히 변하기 때문에 우리는 유리를 고체처럼 경험한다. 마우로는 "철학적으로 보자면, 유리를 관찰한다는 것 자체가 흥미롭습니다"라고 말한다. "우리는 유리를 통해 다른 것을 봅니다." 하지만 그렇게 다른 것에 한눈팔려 있는 그 순간에도 바로 우리 코앞에 과학적 경이로움, 즉 매혹적이고 독특한 방식으로 작동하는 물질, 쉽게 분류할 수 없는 물질이 존재하는 것이다. 이 물질은 렌즈, 현미경, 망원경, 스크린, 안경을 구성한다. 유리는 우리가 세상을 선명하게 볼 수 있게 해주지만, 실제로 우리가 유리를 보는 경우는 거의 없다.

이 사라지는 특성은 유리를 아름다움을 담는 이상한 그릇으로 만드는 지점이다. 물질은 고체, 액체, 기체의 세 가지 상태로 존재한다는 어릴 적 우리가 물질에 대해 배웠던 지식에 대해 유리는 저항한다. 이 책에 소개된 다른 아이템과 비교하자면 유리는 사실상 흙처럼 저렴하다. 어떤 기준으로 보더라도 유리는 희소하지 않다. 하지만 유리는 이 모든 것에도 불구하고 특별하다.

유리는 일반적으로 제조된 물질이다. 흑요석이나 텍타이트tektite 와 같은 천연 유리도 일부 존재하지만, 대부분의 유리는 우리가 만든 불 위에서 조리된 것이다. 우리가 알 수 있는 한, 유리 제조는 메소포타미아 어딘가의 청동기 시대로 거슬러 올라간다. 약 4,000년 전, 인류는 실리카(모래 또는 분쇄된 석영)를 녹여 소량의 석회석 및 소다회와 혼합하기 시작했다. 플리니우스에 따르면, 유리의 발명은 행복한 사고로 인해 이루어졌다고 한다.[3] 그 로마의 역사가는 페니키아 선원들이 해변에서 요리를 하던 중 일어난 일이라고 설명했지만, 그 어떤 모닥불이라도 모래를 녹일 만큼 충분히 뜨거울 수 없기 때문에 이 부분은 의심스럽다. 현대 역사가들은 빵이나 염소고기보다 훨씬 더 뜨거운 오븐과 더 긴 소성 시간이 필요했던 초기 공예품인 도자기나 금속 세공 실험 과정에서 유리가 발견되었을 것으로 추측한다.

가장 오래된 유리는 보석의 사촌처럼 사용되고 취급되었으며, 뜨겁기보다는 차갑게, 녹이기보다는 끌로 깎아서 사용했다고 알려져 있다. 사람들은 유리를 자르고 갈아서 보석으로 세공했다. 어느 순간 우리의 먼 조상들은 유리를 틀에 주조하여 그릇을 만드는 방법을 알아냈다. 누군가가 유리를 불어서 만들기 전에, 장인들은 유리 모자이크, 작은 거울 그리고 와인, 향수, 약물 및 기타 귀중한 물질을 저장할 수 있는 여러 가지 유형의 용기를 제작했다. 헬레니즘 시대 이전부터 살아남은 대부분의 유리 공예품은 아름답다기보다는 흥미롭다.[4] 그리스 도자기의 형태를 모방한 우아한 꽃병도 있고 밝은 파란색과 노란색 디자인이 특징인 예쁜 구슬도 있지만, 초기 유리 유물의 대부분은 다소 거칠다. 장식은 화려한 색 위에 더 화려한 색을 얹어 만들어졌다. 겉으로 보기에는 당시 생산되던 도자기나 조각품에 비할 바가 못 된다.

이는 유리의 깨지기 쉬운 특성 때문일 수도 있지만, 유리가 오랫동안 하급 수준의 재료로 간주되었기 때문일 수도 있다. 예술품 제작에서 유리는 수천 년 동안 점토, 돌, 금속에 밀려 두 번째 재료로 사용되었다(일부는 지금도 그렇다고 주장하기도 한다). 고대 세계에서 유리구슬은 사치품이었지만, 금이나 보석만큼 높은 가치를 지니지는 않았던 것으로 보인다. 고고학 재료 과학자 틸로 레렌은 「노어블 매거진*Knowable Magazine*」의 인터뷰에서 유리는 "철저히 통제된 왕실의 물품처럼 느껴지지 않는다"라고 말했다.[5] 고대 이집트인들은 화려한 유리 제품을 그리스로 보내는 데에 전혀 거리낌이 없었는데, 유리는 비축할 필요가 있을 정도로 귀한 물건이 아니었기 때문이다. 아마도 고대인들은 수천 년 동안 점토를 다루어왔고 점토에 대해 잘 알고 있었기 때문일 것이다. 하지만 이것은 유리의 변화하는 특성과 관련이 있을지도 모른다. 어쩌면 우리가 유리를 조금은 의심스럽게 여겼기 때문에 항상 조금씩 덜 알려져왔을 수도 있다.

기원 직후에, 로마인과 그들의 체계적인 생산 방식 덕분에 유리는 크게 발전을 이루었다.[6] 시리아에서 수입된 유리 불기 기술이 전해졌고, 그것을 통해 노동자들(주로 노예였던 사람들)은 이전의 어떤 유리 공예 방법보다 훨씬 더 빠르게 컵과 그릇을 제작할 수 있었다. 유리컵은 시장에서 저렴하게 구입할 수 있었고, 곧 유리는 일반 로마인들에게 도자기에 버금가는 인기를 얻게 되었다. 예술가들은 육체적 쾌락의 장면으로 장식된 두 얼굴의 야누스 머리 꽃병과 와

인병을 만들며 유리의 다양한 형태를 실험하기 시작했다.[7] 건축가들은 유리를 사용하여 창문을 만들기 시작했지만, 유리가 상당히 어둡고 두꺼웠기 때문에 유리를 더하는 목적은 채광보다는 보안과 단열에 더 가까웠을 것이다. 폼페이의 고급스러운 타일로 아름답게 보존된 목욕탕을 비롯해 로마와 주변 도시 곳곳에서 유리창의 증거가 발견되었다.

당시의 문헌에 따르면, 유리 제작자는 예술가라기보다는 장인이었다. 일반적으로 그들은 사치품보다는 유용한 도구를 만들었다. 유리는 창문에 쓰일 때는 기적과 같을 수 있었지만 연회장 안에서 유리는 도자기와 같은 위상을 가지지는 못했다.

유리는 종교의식에서도 환영받지 못했다. 가톨릭 교회는 성찬례에서 유리로 된 성배와 접시를 사용하는 것을 금지하기까지 했다. 가톨릭에서는 미사 중에 사용하는 빵과 포도주는 성변화聖變化라는 과정을 거쳤기 때문에 예수의 육체적 형태로 이해된다. 예수님의 살을 먹고 피를 마시는 것은 가톨릭 신자들을 보호하고 천국에 갈 수 있도록 몸을 준비시키는 것이라고 한다. 이것은 영적인 약이며, 이상하게도 식인성 의식이기도 하다. 깨지기 쉽고 울퉁불퉁하고 천한 유리에 맡기기에는 너무 귀한 성체라서 9세기에 로마 가톨릭 교회는 유리로 만든 성배의 사용을 금지하는 칙령을 발표했다(구리, 청동, 나무, 놋쇠는 이미 8세기에 금지된 상태였다). 금, 은, 오닉스, 상아 같은 고귀한 재료로 성체를 담는 성배를 만드는 것이 훨씬 더 적절하다고 보았던 것이다.

중세에 생산된 다수의 예술품은 기독교와 밀접한 관련이 있기 때문에 유리 공예가들은 추위에 떨어야 했다. 금은 세공사들은 성배와 접시를 만들 수 있었고, 목조각가는 십자가와 제단을 만들 수 있었으며, 화가는 그림을 통해 그리스도의 고난과 그의 아버지의 가르침을 표현할 수 있었다. 돌벽을 따뜻하게 하려면 태피스트리가 필요했고, 성직자들은 항상 전례복을 입었기 때문에 고운 섬유가 빛을 발할 수 있는 곳은 많았다. 그렇지만 유리는? 유리를 위한 곳은 정말 오직 한 곳뿐이었다.

가장 오래된 스테인드글라스 창문은 7세기에 영국 재로에 있는 세인트 폴 수도원에 만들어졌다. 고고학자 로즈메리 크램프[8]는 1973년 이 창문의 파편을 발견하고 "보석을 주운 것 같다"라고 말했다.[9] 이 창문의 복원본은 파란색, 금색, 녹색, 상아색 유리로 만든 작은 십자가를 보여준다.[10] 실제로 유리 조각이 어떻게 배열되어 있었는지는 정확히 알 수 없지만, 추측하기에는 충분하다. 원래의 형태였다면 재로의 창문은 빛을 많이 받아들이지 못했을 테지만, 태양이 그 뒤를 비출 때 예배당 벽이 밝은색의 점들로 빛났을 것이라고 상상해본다.

재로의 창문은 나에게 경이로움으로, 엄청난 창의력과 헌신의 행위로 다가온다. 로마네스크와 고딕 시대의 높이 치솟은 패널과 정교한 장미 창문에 비하면 작고 보잘것없는 것이지만, 재로의 창문이 최초의 것이었다. 우리가 아는 한, 이것이 오늘날 꽃을 피우는 운동의 씨앗이었을 수도 있다. 벽에 뚫린 구멍을 보고 공상에 빠진

한 수도사가 "저게 보석으로 만들어졌다면 어떨까?"라고 생각했을 것이다. "햇빛 대신 화려한 색깔이 우리 위로 쏟아져 내리면 어떨까? 신이 그런 부서지기 쉽고 밝은 아름다움을 인정하실까?"

이 예술 형식은 유럽 전역에서 폭발적인 인기를 끌었고, 회당과 모스크와 같은 다른 예배당으로 퍼져나갔기 때문에 결국 신이 승인할 것이라는 결정이 내려졌을 것이다.[11] 스테인드글라스는 예술 형식으로서 1150년에서 1500년 사이에 유럽에서 절정에 달했다.[12] 유약 제조사와 유리 화가의 관행에 대해 우리가 알고 있는 사실의 대부분은 "헤아릴 수 없는 아름다움"을 지닌 스테인드글라스를 사랑했던 12세기 독일 수도사 테오필루스의 저서에서 비롯되었다.[13] 스테인드글라스 창을 제작하고 의뢰한 주된 이유는 종교적 교육과 관련이 있었지만(스테인드글라스 창을 통해서 성서의 한 장면을 보여주는 것이 전통이었기 때문에 "가난한 사람들의 성서"라는 별명이 붙었다), 오락적 가치와 미적 특성에 대한 진정한 인식도 있었다. 문맹인 교인들에게 성도들의 삶을 가르치는 데에 그치지 않고, 한 수도원 원장의 표현대로 "여러 가지 빛깔의 사랑"을 통해 개인이 "흙덩어리"로서의 한계를 초월할 수 있게 해주었다.[14] 많은 사람들에게 이 교회는 천국, 적어도 요한이 요한계시록에서 묘사한 천국과 비슷하게 느껴졌을 것이다. 천사의 계시를 받은 요한이 본 천국은 높은 성벽과 열두 개의 문이 있는 곳이었다. 벽은 파랑, 빨강, 보라, 초록, 금색으로 빛나는 보석으로 만들어져 있었다.

그러나 유리와 납으로 주조된 모든 장면이 순전히 하느님의 영광만을 위해 만들어진 것은 아니었다. 많은 성화에는 성화를 의뢰한 사람의 초상화가 그려져 있었고, 지상의 통치자의 이미지가 그려진 것도 있었다. 가장 충격적인 것은 일부 스테인드글라스 창에는 악마와 사탄이 그려져 있었다는 것이다. 이 창들은 교훈이나 영감을 주기 위해서가 아니라 두려움을 조장하고, 회개를 유도하고, 그리고 궁극적으로는 십일조 헌금을 내게끔 하려는 의도도 가지고 있었다. 프랑스의 스트라스부르 성모 성당에는 히에로니무스 보스와 같은 천재가 작업한 "지옥의 고통"을 묘사한 패널이 여러 개 있다.[15] 고문당하는 인간의 영혼은 악마 간수들에 의해 수레에 실려 다니며 도리깨와 철퇴로 피투성이가 되도록 구타당하고 있다. 고뇌에 찬, 육신을 떠난 얼굴들이 황금빛 불길 속에서 헤엄치고, 뿔과 발톱을 가진 인간형 괴물들이 날아다니고 있다. 심지어 한 주홍색 악마의 뱃속에서 아기 얼굴이 튀어나오기도 한다. 부르주 대성당에도 비슷한 장면이 있다. 예수님이 녹색 파충류 괴물의 턱을 열어 죄인들을 감옥에서 풀어주는 모습이 나오는데, 그것은 훨씬 더 희망적이지만 여전히 무서운 메시지이다. 교리에 따르면, 지옥은 존재하며 죄인들로 가득 차 있다. 예수님은 죄인들 중에서 일부 의인들을 풀어주셨지만, 천국은 문호를 개방하는 정책을 시행한 적이 없다. 따라서 그들은 여전히 그 문의 바깥에 남을 수밖에 없다.

○○

렌즈의 연대는 정확히 알기가 어렵다. 렌즈는 기원전부터 상당히 널리 사용되었다. 광학은 수학자와 과학자들이 빛의 이해와 조작에 큰 도약을 이루던 이슬람 세계의 첫 1,000년의 후반부터 연구 분야로 자리 잡기 시작했다. 르네상스 시대에는 철학자, 과학자, 사상가들이 모두 렌즈를 사용하여 위로는(1608년 망원경이 발명된 이후) 별들과, 아래로는 땅 위의(625년 현미경이 도입된 이후) 물리적 세계를 조사했다. 유리는 오랫동안 문자 그대로 빛을 비추는 재료로 여겨졌지만, 유리가 은유적인 깨달음의 토대를 마련했다는 사실을 기억할 필요가 있다.

계몽주의 시대는 또한 보기에 따라 공포스럽기도 하고 희망적이기도 한 연극적 엔터테인먼트의 한 형태인 환영극을 탄생시켰다.[16] 환영극은 벽, 연기 또는 반투명 스크린에 투사되는 유령, 악마, 기타 무서운 인물의 움직이는 이미지를 보고 공포를 느끼기 위해 돈을 지불하는 거칠고 으스스한 이벤트였다. 이 영적인 색채를 띤 원시 영화는 마술 랜턴Magic Lantern(초기 형태의 이미지 영사기/역주), 확대 렌즈, 조그라스코프zograscopes(평면 사진을 확대하기 위한 광학 장치로 렌즈와 거울이 달린 반사식 시각 기구/역주), 후추의 유령, 빛과 시각을 조작하는 데에 사용할 수 있는 기타 유리로 된 도구 등 신구 발명품의 결합으로 가능했다. 최초의 환영극은 1790년대 프랑스 대혁명 이후 파리의 한 극장에서 유리 하모니카의 으스스한 배경 음악에 맞춰 펼쳐졌다.[17] 완전한 어둠 속에서 잠시 기다리자, 공중에 떠다니고 미끄러지는 것처럼 보이는 유령 같은 형상들이 나타나기 시작했다. 창백하고 다른 세상에서 온 것 같은 이 유령들은 말하고 소리치고 울부짖었다. 한 유령은 피를 흘리는 수녀의 모습으로 위협적으로 다가왔다가 물러났다. 이후에 나온 환영극에는 최근 사망한 유명 인사의 유령이 등장하는데, 과학의 힘에 의해 불려나온 것으로 표현되었다. 이러한 쇼는 과학과 종교, 신앙과 깨달음의 교차로라고 홍보되었다. 끔찍했지만 동시에 정말 재미있기도 했다.

환영극은 파리에서 퍼져나갔고 진화했다. 때때로 이러한 이벤트는 환상이 어떻게 만들어졌는지 설명하면서 시청자들에게 커튼 뒤의 모습을 보여주기도 했다. 그러나 종종 환영극은 죽은 자와의 진정한 상호작용으로 제시되었으며, 우리의 세계와 그들의 세계를 구분하는 베일 너머를 관찰하는 드문 기회를 극장에서 만끽할 수 있다고 홍보되었다. 흥미롭게도 많은 관람객들에게 자신이 보고 있는 것이 진짜인지 아닌지는 크게 중요하지 않았다. 초기 영화를 연구하는 예술사학자이자 영화학 교수인 톰 거닝에 따르면, 판타지의 매력은 믿음과 연결성보다는 불신에 대한 유예된 감각에 더 큰 의미가 있다고 한다. "환영극을 정의하는 가장 중요한 요소 중 하나는 죽음과 유령, 죽음 이후의 삶 등 이전에는 매우 엄숙하게 받아들여졌던 것들이 갑자기 오락의 한 형태가 되었다는 점입니다"라고 그는 설명한다. 이런 빛의 쇼를 보러 온 사람들은 흥분과 스펙터클, 전율을 찾고 있었다. 죽은 자와 대화하는 것은 종교적인 경험도 아니었고, 먼저 간 사람들로부터 배울 수 있는 기회도 아니었다. 대신 "그것은 감각적인 경험이자, 스릴"이라고 그는 말한다.

이러한 환상적인 이벤트는 서커스가 엔터테인먼트의 한 형태로

부상하는 시기와 맞물린다. 더 이상 지역 설교자에게 의존할 필요가 없을 정도로 경탄하고, 혼란스러워하고, 압도되는 것을 느낄 수 있는 장소들이 갑자기 많아졌다. 이는 불확실성에 대한 매혹으로 정의되는 "현대적 정신 상태"의 발달을 의미한다고 거닝은 말한다. "그것은 P. T. 바넘(미국의 하원의원이자 엔터테이너. 60대에 서커스 사업을 시작하여 대형 서커스단을 설립했다/역주)의 주요 수익원이 되었습니다. '그거 봤어?'라고 묻고 답하는 문화가 확산되면서 그것이 진짜인지 아닌지는 더 이상 중요하지 않게 되었습니다. 그저 그 이야기를 하는 것이 중요해진 거죠." 거닝은 이러한 초기 모더니즘 사건들과 21세기에 폭발적으로 성장한 리얼리티 텔레비전 사이에 직접적인 연결고리를 이끌어내면서 질문을 던진다. "진짜인가요, 아닌가요? 그게 중요한가요?" 우리가 이 장르를 계속 수용해온 것을 보면 "아니오"라고 안전하게 대답할 수 있을 것 같다.

우리는 19세기의 괴물쇼와 유령의 집 거울에서부터 여기까지 먼 길을 왔지만, 여전히 속고 싶기도 하고 깨달음을 얻고 싶기도 할 것이다. 인간은 환상적인 볼거리를 좋아한다. 물질세계의 모든 재료 중에서 유리는 최고의 속임수라고 생각한다. 유리는 방과 삶을 밝게 비춰주기도 하지만 현실을 왜곡하고 진실을 가릴 수도 있다. 사진이 본질적인 맥락을 잘라내면서 실제 사건의 기록으로 보일 수 있는 것처럼, 유리는 우리의 시야를 선명하게 해주지만 반드시 우리의 이해를 돕는 것은 아니다. 앞 유리와 창문뿐만 아니라 발밑을 지나는 광섬유光纖維 케이블에 이르기까지, 현대인의 삶은 우리가 인지하는 것보다 훨씬 더 깊이 유리에 의존하고 있다. 마우로 박사는 인터뷰 중에 "지금 우리는 유리 화면을 통해 서로를 바라보고 있습니다"라고 말하면서 우리 사이의 연결의 불안정한 특성을 강하게 인식한다. 우리는 수백 킬로미터 떨어진 각자의 방에서 각자의 노트북을 사용하여 인터넷을 통해 화상 채팅을 할 수 있는 서비스인 줌Zoom으로 이야기를 나누고 있었다. 그는 이어서 "유리가 없었다면 정보 화면을 볼 수 없었을 것입니다. 이 모든 것은 광섬유라고 부르는 아주 얇은 유리 조각을 통해 빛 신호로 전송되고 있습니다." 그는 유리가 없었다면 현대 건축, 인공조명, 자연광, 자동차, 그리고 무엇보다도 수많은 정보가 존재하지 않았을 것이라고 말했다.

마우로는 유리의 이점을 강조한다. 유리는 백신을 보관하고, 세포를 검사하고, 별을 바라볼 수 있게 해준다. 그러나 그는 유리가 다른 모든 기술과 마찬가지로 그 핵심은 "중립적"이라고 주장한다. "광섬유를 떠올리면 통신을 가능하게 한 모든 좋은 점을 생각하지만, 동시에 많은 해악도 끼쳤습니다"라고 그는 말한다. 사람들은 소셜 미디어를 사용하여 "거짓과 증오를 퍼뜨린다." 우리는 각자의 진실을 말하기 위해 유리를 사용하지만, 거짓된 이야기를 만드는 데에도 사용할 수 있다. 유리병이 없었다면 코로나 백신을 접종할 수 없었을 것이고, 휴대전화의 유리 스크린이 없었다면 백신 반대 선전이 이렇게 급속도로 퍼지는 것도 보지 못했을 것이다. 광섬유 통신이 없었다면 우리는 소셜 미디어에서 세상의 종말에 대해 이야기할 수 없었을 것이다. 우크라이나나 아프가니스탄, 시리아에서 벌어지는 전쟁 장면을 볼 수도 없었을 것이다. 먼 곳에서 벌어지는 잔혹한 상황에 대한 정보를 알 수 없었을 것이고, 이는 원조를 보내는 우리의 능력을 심각하게 제한할 것이다. 또한 유리관이 없었다면 독일의 유리 공예가 하인리히 가이슬러는 음극선을 관찰할 수 없었을 것이고, 어니스트 러더퍼드는 원자의 핵에 담긴 힘을 발견할 수 없었을 것이며, 우리는 원자로나 폭탄을 가질 수 없었을 것이다. 원자폭탄이 터지면 모래가 유리로 변하고 소행성 같은 파편이 지상에 쏟아져 수십 년 후에도 사람들이 발견할 수 있다는 사실도 알아내지 못했을 것이다. 그리고 어쩌면 우리는 그렇게 불확실하고 불안정한 신념을 가지지 않았을지도 모른다. 어쩌면 나는 여전히 신앙을 가지고 있었을지도 모른다.

창문, 잔, 구슬, 안경이 없는 세상에서는 살고 싶지 않다. 내 가벼운 거북이 껍질 안경테가 없다면 세상의 아름다움을 제대로 볼 수 없을 테니까. 하지만 여전히 이 세상에서 살고 싶지 않다는 생각이 들 때가 많다. 이곳에서는 젊은 남성들이 단 몇 달 만에 급진주의자가 되어 트위치 같은 소셜 미디어 플랫폼에서 대량 살인을 생중계할 수도 있다. 이곳에서 내 딸은 어린이집에서조차 안전하지 않다. 코로나 바이러스로부터도, 총기 폭력으로부터도 안전할 수 없다. 이 세상에서 우리는 수십억 광년 떨어진 은하계를 관찰할 수 있는 기적적인 도구를 고안했지만, 외롭고 슬픈 노인, 폭력적이고 소외된 젊은이, 상처받은 이웃, 끊임없는 위험에 처해 있는 집 없는 사람들은 제대로 보지 못하고 있다. 마우로의 말에 대부분 동의하지만, 유리가 정말 중립적인지, 어떤 기술이 중립적이라고 할 수 있는지는 잘 모르겠다. 중립적이라고 부르는 것은 유리를 고체라고 부르는 것과 같은 속단이라고 생각한다. 실제로는 그보다 훨씬 더 모호하다. 총은 중립적인 기술이 아니며, 핵무기나 유리도 마찬가지이다. 나쁘지는 않지만 신중하게 검토하고 고려해야 할 필요가 있다. 기술은 불활성이 아니다. 그것은 돌이 아니라 언어이다. 그리고 언어처럼 우리는 그 다양한 용도를 받아들여야 한다. 우리는 기도를 할 수도 있고 거짓말을 할 수도 있다. 때때로 우리는 한 호흡으로 그 모든 것을 하기도 한다.

그러나 그것이 바로 인류의 역사이다. 하나의 사건이 다른 사건으로 이어지고 때로는 재앙으로 끝나기도 하고 때로는 아름다움으로 끝나기도 하는 일련의 사건들이다. 어느 각도에서 보면 영겁의 세월을 가로지르는 색채의 프리즘처럼 아름다움으로 가득 차 있는 것으로 보일 수도 있고, 다른 각도에서 보면 지옥처럼 보일 수도 있다.

9

뼈처럼 희고, 종이처럼 얇은

도자기 접시, 창백한 얼굴들
그리고 식탁을 차리는 복잡한 행위에 대하여

어린 시절 타샤 그라프는 할머니에게 가족에 대한 이야기를 한 번도 듣지 못했다. 하지만 추수감사절이 되면 어김없이 백한 살의 할머니 잉게보르크는 유리로 된 찬장을 열고 나치 독일에서 "탈출한" 고급 식기들을 꺼내 식사를 준비하곤 했다. "할머니의 가족은 살아남지 못했지만 그릇은 살아남았어요"라고 그라프는 말한다.

그라프는 할머니와 가까워서 할머니의 삶을 어느 정도는 알고 있으며, 할머니의 부모를 나치 장교에게 넘긴 사촌 엠마의 후손들을 포함해 현재 독일에 살고 있는 먼 친척들을 만나러 독일을 여행하기도 했다. 잉게보르크의 아버지 지그문트는 중산층 유대인 남성으로 지역사회에서 존경받는 인물이었다. 그는 고급 접시와 찬장 같은 좋은 물건을 살 수 있었다. 잉게보르크에 따르면 그는 하이델베르크에서 처음으로 자동차를 소유했다고 한다. 그는 법을 준수하는 사람이었기 때문에 독일을 불법으로 떠나기를 주저했다. "아버지는 조국이 아버지를 배신할 수도 있다는 사실을 믿을 수 없어했다고 할머니가 여러 번 말씀하셨어요"라고 그라프는 말한다. 하지만 지그문트도 곧 다가오는 상황을 깨달았다. 히틀러는 이미 권력을 장악하고 재무장을 시작한 상태였다. 1937년 잉게보르크의 아버지는 자신의 자녀들과 값비싼 물건들을 미국으로 보내기로 결정했다. 먼저 아들이, 그다음에는 딸이 갔다. 잉게보르크는 1938년 12월 말 뉴욕에 도착했다. "할머니의 오빠가 할머니를 기다리고 있었습니다"라고 그라프는 말한다. "오빠는 여동생을 보자마자 머리가 왜 그 모양이냐고 했다고 해요." 얼마 지나지 않아 접시와 가구를 담은 상자가 도착하기 시작했다. 그런 뒤에는 아무것도 없었다. 아무도 떠날 수 없었던 것이다. 그라프는 "우리가 가진 유일한 기록은 1940년 10월 22일에 지그문트가 유대인으로 등록되었다는 것뿐입니다"라고 말한다.

접시는 연한 분홍색 꽃이 그려져 있고 금색 테두리가 둘린 가볍고 우아한 제품이다. 잉게보르크는 집을 꾸미는 것을 그다지 좋아하는 편이 아니고 멋지게 차려진 식탁에도 전혀 관심이 없지만, 여전히 이런 것들은 중요하다. 그것은 다른 시간과 장소에서 온 유물이다. 그것을 사용하는 것은 말하지 않고도 죽은 자들을 기리는 방법이다. 물론 잉게보르크가 그렇게 말한 적은 없지만. 그녀에게 접시 선택의 이유는 간단하고 분명하다. "이건 우리 가족의 접시잖니. 우리가 가진 것 중에 가장 좋은 것이기도 하고." 그녀는 그라프에게 이렇게 말했다.

타샤가 이 이야기를 들려주었을 때 나도 내 이야기를 해주었다.

비록 말할 만한 것이 많지는 않지만. 내 어머니의 가족은 독일 출신이다. 그들은 나치가 집권하기 몇 년 전인 제2차 세계대전 발발 이전에 독일을 떠났다. 하지만 아직도 오스트리아에 사는 친척들이 있다. 린츠 외곽에 사는 친척의 깔끔하고 작은 집을 방문한 적도 있다. 대학 시절, 할머니에게 우리 가족의 계보에 대해 직접적으로 물어본 적이 있다. 유혈 사태에 우리의 혈연이 연루되었는지 알고 싶었기 때문이다. 할머니는 아무 말씀도 하지 않으셨다. 나의 질문에 대해 강하게 부인하기도 전에 할머니의 얼굴이 어떻게 굳어졌는지 지금도 생생하다. 물론 우리 가족 중에 나치는 없었다. 나는 어떻게 그런 생각을 할 수 있었을까?

우리 가족은 아주 대가족이고 뿔뿔이 흩어져 있다. 할머니의 은색 테두리 도자기 접시에 담긴 음식을 먹었던 명확한 기억은 단 한 번뿐이다. 수십 년 전 크리스마스 저녁 식사였고, 메뉴는 햄과 파인애플, 암브로시아 샐러드(미국 남부식 샐러드의 일종. 파인애플, 오렌지, 체리, 코코넛, 피칸 등이 들어간다/역주)였다. 그 접시들이 지금은 내 사촌 부부와 함께 앨라배마에 있다고 들었지만 다시 볼 수 있을 것 같지는 않다. 어머니는 집게발과 작은 놋쇠 자물쇠가 달린 도자기 캐비닛을 물려받았지만, 그 안에는 가보로 전해 내려오는 식기 세트가 아니라 어머니가 좋아하는 다양한 물건들이 들어 있다. 도쿄에서 사온 접시, 폴란드에서 가져온 페인트 달걀 6개, 아버지가 스코틀랜드에 근무할 때 사다주신 녹색 도자기 주전자가 있다. 내 찬장도 비슷하지만 훨씬 덜 깔끔하게 진열되어 있다. 서로 어울리지는 않지만 여전히 나를 기쁘게 하는 뼈처럼 희고 강물처럼 푸른 색상의 그릇들로 채워져 있다. 이 색상 조합은 이슬람 세계에 깊은 뿌리를 두고 있음에도 불구하고, 여전히 많은 사람들이 스칸디나비아의 민속적인 장식이나 까다롭고 격식을 차리는 아메리칸 스타일과 연관 짓는 색상이기도 하다.

도자기 접시와 은제 커트러리, 레이스가 달린 식탁보와 다리가 갈고리 발톱 모양인 식탁, 실크 러그와 크리스털 고블릿 등은 전통적으로 세대에서 세대로 전해져 내려오는 아름다운 것들이다. 현대에 이르러 도자기는 흔히 가보로 사용되었고, 신혼부부에게 주는 전통적인 결혼 선물이 되었으며, 일반적으로 세련미와 상류층으로의 이동, 그리고 성숙함을 상징하는 소재가 되었다. 19세기와 20세기 동안 특별한 도자기 접시 세트를 소유하는 것은 중산층을 위한 소비주의적 상징의 한 형태로서 의미가 있었다.

그러나 미국에서는 더 이상 그렇지 않다. 까다로운 접시는 인기가 떨어졌고, 시간을 내어 요리하고 앉아서 식사할 의향이 있거나 실제로 할 수 있는 사람이 줄어들면서, 가족 식사는 점점 더 흔하지 않은 풍경이 되었다. 이제 식탁 위보다는 화장실에서 도자기를 더 자주 보게 되었다. 텔레비전에서도 도자기를 볼 수 있다. 화제가 되고 있는 리얼리티 쇼의 스타나 매력적인 배우의 입속에서 도자기는 밝게 빛나며 우리를 유혹한다. 그들의 미소는 접착제와 점토를 겹겹이 발라 고정시킨 매끄럽고 깨끗한 치아를 보여준다. 우리는 여전히 도자기를 사용하고 소비하지만 더 이상 예전과 같은 방식으로 대우하지는 않는다. 내가 가장 자주 접하는 도자기로 된 물건은 아마도 변기일 것이다.

이렇듯 도자기의 의미는 변했다. 이제 우리는 도자기를 보고 더 이상 가족이 둘러앉아 채소 요리 두 가지와 곡물 한 가지, 그리고 고기 한 점으로 구성된, 복잡하지 않지만 건강에 좋은 어머니가 차려준 저녁 식사를 떠올리지 않는다. 예전에는 이것이 좋은 변화라고 생각했다. 많은 어머니들이 그 모든 것에서 해방되었음을 의미한다고 생각했으니까.

그러나 타샤 그라프에게 가족의 접시는 팬데믹 이후의 세상에서 그 어느 때보다 더 큰 의미를 가지게 되었다. 가족의 접시는 단순한 호기심의 원천에서 대대로 계승하고 싶은 무엇인가로 바뀌었다. 예전에는 이것이 자신을 짓누르는 물건이라고 생각한 적도 있다. 하지만 이제 그녀는 식탁을 차리고 그 주위에 남은 가족들이 함께 둘러앉는 것이 얼마나 중요한 의미인지 알게 되었다.

나도 이런 생각에 점점 동의하기 시작했다. 지난 5년 동안 나는 이전에는 원하지 않았던 전통주의를 갈망하기 시작했고, 여기에는 함께 먹는 저녁 식사와 멋지게 차려진 식탁이 포함되어 있었다. 이전에는 불필요하거나 시대에 뒤떨어진 것으로 치부했던 의식의 가치를 이해하기 시작한 것이다. 완벽하게 조율된 식탁 풍경과 싱그러운 꽃다발이 있는 성대한 결혼식 뒤에 숨은 깊은 논리를 이제야 알 수 있게 되었고, 예식 선물에 대한 새로운 존경심을 가지게 되었다. 이것이 팬데믹 때문인지, 아니면 엄마가 되었기 때문인지는 아직 세심하게 들여다보지 못했다.

모든 고급 도자기가 자기는 아니며, 모든 자기가 "진품"인 것도 아
니다. 도자기에 대한 정의는 여러 가지가 있다. 중국에서 도자기는
종鐘과 같은 소리로 구별된다. 브리태니커 백과사전은 "치면 공명
하는 소리가 난다"라고 설명하고 있다.[1] 유럽 국가에서는 그 투명성
으로 도자기를 정의하는 경향이 있는데, 고급 도자기 컵은 그 섬세
한 입자와 다공성이 없는 가장자리를 통해서 빛이 통과할 수 있다.
일부에서는 치약, 페인트, 화장품, 유기농업, 세라믹 등에 사용되는
점토 광물의 일종인 고령토를 함유한 도자기만이 진정한 자기라고
주장하기도 한다. 그러나 많은 사람들은 소뼈의 재를 점토에 섞어
만든 영국 발명품인 "본차이나"도 동일한 품질이라고 생각한다. 이
러한 다양한 도자기 사이에는 화학적 차이가 있지만 일반 소비자에
게는 그다지 중요하지 않다. 만약 새로운 접시 세트를 선물 받는다
면, 우리 대부분은 그것이 땅에서 파낸 재료로만 만든 진짜 자기인
지 아니면 태운 소뼈를 구운 유사한 물질인지 묻지 않을 것이다. 그
저 얇은 가장자리와 매끈한 유약에 감탄할 뿐.

　최초의 자기는 2,000여 년 전 중국 산악 지대에서 만들어졌다. 도
자기가 독특한 형태의 도예품으로 발전한 것은 광물 혼합물에 고
령토가 도입되면서부터였다. 수백 년에 걸친 실험 끝에 유럽인들을
사로잡은 중국 도자기 특유의 스타일이 탄생했는데, 흰색 바탕에

코발트블루 색상의 섬세한 붓 그림이 특징이었다. 영어권에서는 중국의 멋진 도자기를 지칭할 때 "차이나"라는 줄임말을 자주 사용했지만, 이탈리아의 유명한 상인 마르코 폴로의 발언에서 유래한 "포슬린_{porcelain}"이라는 이름이 더 널리 알려졌다. 그는 이 식기가 소라 껍질처럼 매끄럽고 가볍고 색이 옅다는 점에 주목하여 소라 껍질의 이탈리아어인 "포르첼라나_{porcellana}"로 불렀다. 포르첼라나는 여성의 생식기를 뜻하는 속어와 비슷하며, 일부 자료에 따르면 암퇘지의 배 또는 어린 돼지를 뜻하는 단어에서 유래했다고도 한다. 어원은 불분명하지만, 인간의 성기에 대한 집착을 정원에서부터 식탁에 이르기까지 삶의 모든 영역에 녹여내기 위해 이토록 다양한 방법을 고안했다는 사실이 재미있게 느껴지기도 한다.

그러나 이탈리아에 전파되기 훨씬 전에 도자기는 중동에 도착했다. 851년, 한 상인은 중국에서 온 "고운 점토"를 사용하여 "그 안에 담긴 액체를 볼 수 있을 정도"로 세련된 술병을 만들었다라고 기록했다. 이 지역의 사람들은 뜨거운 가마에 불을 지필 연료가 없었고 고령토를 구할 수 없었기 때문에 도자기로 그릇을 만들지는 않았지만, 코발트블루 등 전통적으로 귀하게 여겨지는 색상으로 정교하게 장식된 토기를 만들 수 있었다. 일부 역사학자들은 유럽인의 상상 속에서 자기를 정의하게 된 파란색과 흰색의 배색이 이슬람 세계에서 시작되었으며, 오랜 세월 동안 문화권을 오가며 교역을 이어온 결과라고 추측하기도 한다. 예술적 관행은 권력자들이 아무리 노력해도 한 민족 국가의 국경 안에 머물지 못하는 경우가 많다. 영감은 문화와 국가, 시대를 넘나들며 가장 아름다운 방식으로 물을 흐리고 우월감과 부족주의에 관한 신화를 지워버린다.

자기가 서쪽으로 확산된 것과 비단의 이동에는 비슷한 점이 있지만, 다른 문화권에서 뽕나무를 심는 것만큼이나 점토의 비밀을 알아내는 것 역시 쉽지 않았다. 원나라 시대 상인들은 실크로드를 따라 자기 그릇, 접시, 인형 등을 스페인 남부와 이탈리아의 무역 도시로 운반했다. 중세 유럽인들은 가볍고 매끄러우며 정교하게 채색된 이 자기에 즉시 매료되었다. 그들은 자기를 만드는 방법을 알고 있었지만 그런 자기를 만들 수는 없었다. 중국에서 수입된 자기는 유럽인들의 상상 속에서 마법과도 같은 특성을 지니게 되었다. 중국산 자기 잔은 독을 무력화시킬 수 있다는 말이 돌았고, 이는 암살을 두려워하는 통치자들에게는 매우 매력적이었다. 금속 세공인들은 평범한 찻잔을 보존하기 위해 금과 은으로 정교한 받침과 손잡이를 제작하여 작은 잔을 귀중한 (비록 화려하기는 하지만) 와인 잔으로 바꿔놓기도 했다. "하얀 금"이라고도 불렸던 자기 제품들은 18세기까지도 대부분의 가정에서는 엄두도 못 낼 만큼 비싼 가격을 유지했다. 도자기는 상류층에게 매우 탐나는 물건이었지만 쉽게 접할 수 있는 물건은 아니었다.

한편 영국에서는 도예가들이 삶아서 해체하여 구운 소뼈를 이용해서 반투명 접시를 만들었다. 본차이나는 1748년부터 생산되기 시작하여 오늘날까지 계속되고 있다. 소뼈의 재는 더 강하고 얇은 제품을 만들 수 있는 획기적인 재료였음이 밝혀졌다. 일부에서는 혐오스럽다는 반응도 있었지만(지금도 일부 비건들은 본차이나를 구매하지 않는다), 이 혁신은 전 세계로 빠르게 확산되어 현재는 인도, 러시아, 중국, 일본 등지에서 본차이나 공장을 찾아볼 수 있다. 몇몇 예술가들은 인체의 잔해로 본차이나를 만드는 실험을 하기도 했는데, 보는 관점에 따라 사랑하는 사람을 추모하는 혁신적인 방법일 수도 있고 공포 소설의 소재가 될 수도 있다.

유럽 대륙 전역에 더 많은 공방이 생겨나기 시작하면서 다양한 스타일이 시장의 패권을 놓고 경쟁하기 시작했다. 가장 세련된 제품은 프랑스에서 나왔는데, 루이 15세의 정부였던 마담 퐁파두르는 막대한 부와 기발한 취향을 이용해 뱅센과 이후 세브르(프랑스 도자기의 역사를 연 뱅센 공장은 이후 세브르로 이전되었다/역주)의 예술 발전에 영향을 미쳤다. 퐁파두르는 장미색을 선호했고, 퐁파두르 핑크는 금박을 입힌 투렌(뚜껑이 달린 수프 그릇/역주)이나 화려한 꽃병을 구매하는 귀족들이 가장 좋아하는 색이 되었다.[2] 도자기가 너무 인기가 있었기 때문에 저녁 식탁 자체가 변모했다. 코끼리 모양의 주전자, 보트 모양의 투렌, 버터를 바른 봄 채소를 담아내기 위해 특별히 제작된 아스파라거스 모양의 접시 등, 식탁을 작은 풍경화로 변신시킬 수 있는 놀라운 제품들이 갑자기 쏟아져 나왔다. 식탁이 주인의 개성과 가치관을 대표할 수 있다는 생각은 유럽의 귀족을 넘어 미국 상인의 집으로 퍼져나가기 시작했다. 그 어느 때보다 더 예쁘고 공개적인 새로운 식사의 시대가 시작된 것이다.

19세기에는 중산층이 경제력을 갖추기 시작하고 여성들이 처음으로 들판이나 공장에서 일하는 대신 집 안에 머무르도록 장려되면서, 보다 양식화된 생활 공간으로의 전환이 서구 전역으로 널리 확산되었다. 이로 인해 주부라는 새로운 직업군이 생겨났고, 주부의 존재 이유는 돌보고, 키우고, 아름답게 꾸미는 것이었다. 빅토리아 시대에는 소비재 붐이 일어났고, 소비재를 구입하는 것이 주부의 역할이 되었다. 여성은 여전히 사회의 많은 영역에 참여할 수 없었지만 쇼핑하고, 저녁 식사에 참석하고, 파티를 주최하는 일만큼은 장려되었다. 이전에는 사회에서 가장 부유한 사람들에게만 중요했던 패션이 여성들의 일상생활에서 더 큰 역할을 하게 되었다. 또한 이 시기는 라이프스타일에 관한 출판이 시작된 시기이기도 하다. 처음으로 빅토리아 여왕을 여성성과 우아함의 모델로 내세운 「고디의 레이디스 북Godey's Lady's Book」을 비롯해 여성의 관심사를 다룬 잡지가 여러 종 등장했다. 영국 군주는 다이아몬드 왕관, 실크 레이스 가운, 동화 같은 로맨스, 여왕의 이름을 딴 도자기 제품군은 물론 마약 복용 습관에 이르기까지 모든 것을 가지고 있었다.

빅토리아는 낮에는 코카인이 함유된 껌을 씹으며 기분을 전환하고 아편 팅크가 함유된 음료인 로더넘laudanum을 자주 마셨다고 한다. 그래서인지 그녀는 사람들에게 마약을 소개하고 전파하는 것이 그렇게 큰 문제라고 생각하지 않았다. 여왕인 그녀가 마셨으니 나쁘다고 해봐야 얼마나 나쁘겠는가? 아니면 그녀는 그저 세계의 다른 지역에서 사람들에게 무슨 일이 일어나든지 전혀 신경 쓰지 않았을지도 모른다. 어느 쪽이든 영국 동인도회사는 빅토리아 여왕의

지도력 아래 중국에서 마약을 유행시켰고,[3] 매년 수만 상자를 밀매했다.[4]

이는 두 제국 간의 오랜 무역 불균형을 바로잡기 위해서였다. 중국에는 빅토리아 시대의 소비자에게 어필할 수 있는 좋은 제품이 많았다. 금주 운동이 확산되면서 영국인들은 차에 완전히 집착하게 되었다. 차가 아침 식전 음료로서 진을 대체하기도 했다.[5] 차를 마시는 것은 의식적인 행사가 되었고, 장식용 찻주전자부터 마호가니 차 보관함, 은제 찻주전자에 이르기까지 수많은 액세서리가 함께 제공되었다. 심지어 많은 상류층 여성들은 자신만의 맞춤형 차를 가지고 있기도 했다. 차는 가장 아름다운 도자기(그리고 가장 부드러운 실크, 가장 좋은 종이, 세련된 나무 상자)와 마찬가지로 중국에서 왔다. 하지만 안타깝게도 영국의 제품은 중국에서 그다지 인기가 없었다. 사치품을 수출할 경우 중국 상인들이 가격을 정했고 영국인들은 그 대가를 지불해야 했다. 하지만 영국이 지배하는 인도에서 생산된 물질에 중국 대중이 중독된다면 모든 것이 바뀔 수도 있었다. 다과회에서 마실 더 싼 차, 식탁에 놓을 더 저렴한 도자기, 드레스를 만들 더 저가의 실크를 구할 수도 있을 것이다.

아편, 도자기, 차, 비단, 그리고 은까지, 매사추세츠 주 세일럼에 있는 피바디 에섹스 박물관의 카리나 코리건은 "이 모든 것이 서로 연결되어 있습니다"라고 말한다. 이 박물관은 대형 도자기 항아리, 작은 도자기 게, 은으로 감싼 도자기 잔 등 세계에서 가장 풍부한 중국 예술품 컬렉션을 보유하고 있다. 이 작품들은 미국 식탁에서 중국 도자기의 지속적인 인기와 제국 간의 얽히고설킨 손상된 관계를 보여준다. 다른 박물관들은 약탈한 보물을 본국으로 돌려보내야 하는지를 두고 고심하는 반면, 피바디 에섹스 박물관은 조금 다른 문제를 안고 있다. 이곳 유리 진열장 너머의 장식용 도자기 접시, 인형, 촛대로 가득 찬 선반을 바라보고 있노라면 마치 이 작품들에 얽힌 이야기의 큰 부분을 놓치고 있는 것만 같다. 이들은 단순히 외국인의 취향을 위해 만들어진 미학과 욕망이 투영된 매혹적인 혼성품일 뿐만이 아니라 더 큰 착취 체계의 일부였기 때문이다. "아편은 우리가 세계 무역에 대해 이야기할 때 그 배경에 항상 숨어 있었지만, 아편의 진정한 중심적 역할을 온전히 다룬 적은 없었습니다"라고 피바디 에섹스 박물관의 진 고스와미는 설명한다. "오늘날의 오피오이드opioid 위기(미국에서 마약성 진통제의 처방, 중독, 과다 복용이 비정상적으로 많아 문제가 발생하는 현상/역주)에 대한 공감이 이러한 침묵을 더 이상 용납할 수 없게 만들었습니다."

몇 년 전 피바디 에섹스 박물관은 미술사의 어두운 이면을 다루기 위해 아편으로 인한 죽음이 박물관의 이 정교한 도자기 컬렉션과 어떻게 연관되어 있는지를 설명하는 설치 작품 「11분마다Every Eleven Minutes」를 공개했다.[6] 이 영상에 따르면 영국과 미국 상인들이 불법 마약을 밀수한 이후 중국과 인도에서 수백만 명의 사람들의 삶이 파괴되었다고 한다. 실제로 아편을 가장 많이 사용한 사람들은 부유하고 차를 즐겨 마시는 여성들이었음에도 불구하고 미국인의 상상 속에서 아편은 이민자, 노동자, 성 노동자들의 문제로 남아 있다. 18세기와 19세기의 전형적인 미국 아편 중독자는 중산층 또는 상류층, 백인, 여성이었다.[7] 그들은 지금도 많은 사람들이 약을 처방받는 장소인 병원에서 약을 구했다. 이들은 생리통, 입덧, "일반적인 불안" 또는 히스테리라고도 불리는 "여성의 문제"로 아편을 처방받는 경우가 많았다.

약을 과다 복용하는 주부라는 전형은 20세기와 21세기까지도 계속되었다. 여성들이 평등한 권리를 찾기 위해 꾸준히 노력하는 동안에도 여성 혐오가 미국인의 삶에서 완전히 근절되지는 않았다. 많은 여성들이 임신을 하면 직장에서 쫓겨나거나, 가족을 꾸리기로 결정했다는 이유로 불이익을 받는다. 미국 여성들은 사무실에서 동등한 시간 동안 일하면서도 여전히 대부분의 집안일을 도맡아야 한다. "모든 것을 다 가지는 것"은 항상 다소 의심스러운 목표이다. 그때나 지금이나 주부들은 너무 많은 것(물건, 의무, 집안일, 자녀)과 부족한 것(대행 서비스, 돈, 자유)을 모두 가지고 있기는 하다. 마약은 고통을 완화하는 동시에 잘못된 균형 감각을 주어 기혼 여성들에게 텅 빈 만족감을 줄 수 있다.

마약은 이렇게 미국과 영국의 번영을 뒷받침했으며, 대부분의 미국인이 인정하기 싫어하지만 지금도 여전히 그렇다. 미국의 신화는 이 나라가 자유롭고 근면한 이민자들이 자신의 힘으로 일어서서 세운 나라라는 것이다. 하지만 실제로 미국은 사회에서 가장 부유한 구성원들, 즉 재산을 물려받았거나 착취를 통해 정상에 오른 사람들이 내린 결정으로 틀이 잡히고 형성된 나라이다.

독일인들은 도자기를 사랑했다.[8] 18세기 독일 작센의 통치자였던 아우구스투스 대제는 포르첼랑크랑카이트_Porzellankrankheit, 즉 본인 스스로 "도자기 광증"이라고 진단할 정도로 도자기에 푹 빠져 있었다. 아우구스투스는 중국과 일본에서 수집한 2만9,000여 점의 도자기를 보관하기 위한 궁전을 짓기도 했다. 그는 수천 개의 청화 자기, 컵, 접시, 항아리, 꽃병을 소유했다. 또한 그는 동물과 사람의 피규어와 수십여 가지의 다른 예술품들을 수집했는데, 그림을 그리고 금박을 입힌 화려한 것도 있었고, 흰색에 유약만 바른 단순한 작품도 있었다. 이 중 다수가 드레스덴의 도자기 박물관에 지금도 전시되고 있다. 아우구스투스의 다양한 수집품들은 그가 1710년경에 설립한 마이센 공장에 영감을 주었고, 200여 년 후 이곳은 대량 학살자이자 나치 숭배자인 하인리히 힘러에게 영감의 주요 원천이 되었다.

힘러는 나치 이데올로기의 진정한 신봉자였다. 그는 나치 이데올로기의 대부분을 직접 만들었다. 가톨릭 집안에서 태어났지만 1920년대에 교회에 대한 모든 관심을 잃고 신화, 이교도, 백인 우월주의가 혼합된 자신만의 종교를 만들기 시작했다. 그는 독일을 "아리안" 민족이 자연과 조화롭게 살면서 절기를 기념하고 땅을 숭배하며 조상을 존중하던, 상상 속에 존재하는 불가능한 과거로 되돌리고 싶다는 열망에 사로잡혔다. 그는 독일인이 토양 자체와 연결되어 있으며, 이 관계를 통해서 우월한 민족이 나왔다는 생각에 깊이 빠져들었다. 흙으로 만들어진 매끄럽고 하얀 표면의 도자기는 그에게 타락하기 쉬운 존재의 상징처럼 느껴졌을 것이다.

1940년, 힘러는 나치가 설립한 알라흐 도자기 공장을 원래 위치인 알라흐에서 다하우의 강제 수용소로 이전하기 시작했다. 이 공장은 나치 제복과 휘장을 디자인한 화가 카를 디비치와 마이센에서 작업한 도자기 예술가 테오도어 카르너가 감독했다. 처음에는 메달, 동물(사슴, 개, 여우), 역사적인 피규어(말을 탄 프리드리히 대왕) 등 주로 예술품을 만들었지만, 나중에는 독일 사회의 중상류층을 위한 백색 식기류를 생산했다. 공장의 모든 노동자가 노예는 아니었으며(일부 기독교인 독일 공예가들은 이 지역으로 이주하여 노동에 대한 임금을 받았다), 많은 노동자가 강제 수용소의 희생자였다. 이 공장에서 나온 가장 유명한 디자인 중 하나는 율로이흐터 Julleuchter였다. 이 촛대는 힘러가 12월에 나치 친위대 고위 간부들에게 선물하기 위해 특별히 만든 것으로, 1년 중 가장 어두운 밤에 행해지는 이교도의 축제에 사용되었다.

『도자기 : 유럽의 심장부에서 바라본 역사Porcelain : A History from the Heart of Europe』의 저자 수전 마르샹에 따르면 나치가 제작한 대부분의 도자기는 매우 평범하고 인상적이지 않았다고 한다. 마르샹은 이렇게 말한다. "평범한 패턴을 생산하는 것이 더 경제적이기 때문이기도 하지만, 여기에는 미학적인 측면도 있다. 나는 이를 '벗겨진 고전주의'라고 부른다. 뼈대만 남기고 전부 벗겨내는 것이다." 히틀러는 이런 모습을 매우 좋아했지만, 마르샹은 힘러를 비롯한 나치의 "수뇌부" 중 일부는 "히틀러보다 더 형편없는 취향"을 가지고 있었다고 지적한다. 물론 그들은 알라흐 공장이 아름답고 우아하며 세련된 물건을 만들고 있다고 믿었다. 알라흐에서 제작된 가장 인기 있는 도자기 작품 중 하나는 "펜싱 선수Die Fechter"로 알려진 것인데, 근육질 청년이 셔츠를 벗은 채 검에 기대어 있는 모습을 묘사한다. 물론 그는 백인이다. 알라흐 최초의 카탈로그에는 "흰색 도자기는 독일 영혼의 구현체이다"라고 명시되어 있다. 이 미학은 자국민에게 도자기, 대리석, 백납 도료와 같은 재료를 사용하여 만들어진 18세기 말과 19세기 초의 신고전주의 작품을 상기시키려는 시도였다. 마르샹은 이것이 "매우 웅장한 방식으로" 이루어진 공장 생산 방식의 예술 운동이었기 때문에, 낭만주의 시대에 독일 예술을 기술적으로 완성시켰던 섬세함과 절묘함이 파괴되었을 뿐만 아니라 미학적인 아름다움도 퇴보시켰다고 말한다.

그러나 모든 사람이 이렇게 느낀 것은 아니다. 다하우 강제 수용소에서 노예 노동으로 만들어진 도자기에 대한 상당한 규모의 시장이 형성되어 있다. 온라인에서 다하우의 도자기를 판매하는 중개인이 여럿 있었는데, 마르샹은 상당수가 강제 수용소의 기념품과 식기류를 현대적으로 복제한 가짜일 가능성이 높다고 본다.[9] 심지어 나치의 이미지(히틀러의 머리 모양을 본뜬 파란색과 흰색 찻주전자 등)가 들어간 우상 파괴적인 작품을 선보여 시애틀 예술계의 상징적인 인물로 수년 동안 유명세를 떨친 찰스 크라프트라는 예술

가도 있다. 2013년 젠 그레이브스는 「스트레인저」*The Stranger*(시애틀에 있는 격주 발행 신문/역주)에 실린 기고문을 통해, 크라프트의 "재난 Disasterware" 연작이 "유럽의 가정적인 도자기 회화에 폭력과 재앙적인 사건의 이미지를 주입함으로써 20세기 파시즘과 전체주의 이데올로기에 구멍을 냈다"라고 평가했다.[10] 하지만 그레이브스의 말에서도 알 수 있듯이 크라프트는 진지했다. 그는 소셜 미디어에 홀로코스트에 대한 자신의 신념을 게시하고 신나치 팟캐스트 토론에 참여하는 등 활발한 활동을 펼쳤다. 그는 홀로코스트 부인론자이자 공개적인 파시스트였으며, "자신의 예술에 속아넘어간 자유주의 성향의 체제"를 "사적인 자리에서 비웃으며" 조롱한 것으로 알려졌다.

그러나 크라프트는 가면을 벗은 후에도 2020년에 사망할 때까지 틈새시장이지만 자신의 작품에 대한 수요를 계속 찾아냈다. 그가 홀로코스트를 부인하는 입장을 분명히 밝혔음에도 불구하고, 혹은 그 때문인지 여전히 그를 중요한 예술가로 여기는 사람들도 있다. 그의 작품은 여전히 온라인에서 구매할 수 있고 백인 우월주의 집회에서 지금도 인기를 끌고 있으며, 한 기자는 크라프트가 신나치주의자로 드러난 후에 잃었던 "신용"을 "백인 민족주의자들 사이에서 회복했을 뿐만 아니라 그 이상으로 추앙받게 되었다"라고 결론을 내렸다.[11]

이는 누구에게도 놀라운 일이어서는 안 된다. 미국에는 공공연하게 활동하는 신나치주의자들이 많다. 그들 중 꽤 많은 이들이 기꺼이 그들의 저녁 식사를 만자 문양 접시에 담아 먹을 것이다. 몇 년 전, 나는 한 지역 출판물을 위한 취재차 메인 주 뱅고르에서 열린 총기 선시회에 참석한 적이 있다. 사격 연습장에서 비비탄총을 들고 몇 분을 보낸 후, 자개 손잡이가 달린 은색의 예쁜 골동품 단검들을 둘러보다가 발걸음을 멈췄다. 장식용 빈티지 무기 코너 옆에는 광택이 나는 나치 기념품들이 진열되어 있었다. 치명적으로 보이는 칼과 금색 배지, 그리고 여러 개의 패치가 있었다. 이런 수집품이 가득한 테이블 뒤에는 검은 수염을 길게 기르고 군용 위장 재킷을 입은 백인 남성이 앉아 있었다. 그는 나를 발견하고는 얼굴 가득 친절한 미소를 지었다. 나도 함께 미소를 지었는지는 잘 모르겠지만, 그에게 아무 말도 하지 않았다는 것은 분명하다. 너무 암울한 것을 너무 열심히 쳐다봤다는 생각에 마음이 울렁거리고 죄책감이 들었다. 나는 곧바로 집으로 돌아갔다.

그것을 고령토로 만들었든 현대적인 대체재로 만들었든 간에 도자기의 역사는 결국 순백에 대한 이야기이다. 도예가이자 역사학자인 에드먼드 드 발은 도자기의 아름다움을 색채의 결여와 분리할 수 없다고 주장한다.[12] 물론 도자기는 일부 사람들에게 그 소리가 울리는 특성으로 인해 사랑받고 있기도 하고, 촉감의 아름다움도 가지고 있다(드 발은 "그것은 깨끗하게 느껴진다. 사용한 후에는 손이 더 깨끗해진 것 같은 느낌이 든다"고 말했다[13]). 물론 도자기는 멸균 처리되어 얼룩이 잘 생기지 않기 때문에 치아나 변기 등에도 사용할 수 있다. 하지만 무엇보다도 도자기는 창백하다. 그냥 창백한 것이 아니다. 드 발은 "그것은 흰색이며 흰색으로 되돌아간다"라고 썼다. "하얗게 느껴진다.……도자기는 기대와 가능성으로 가득 차 있다. 그것은 모든 생각의 움직임, 모든 생각의 변화를 기록하는 소재이다." 도자기는 무형의 것들(생각, 빛, 청결, 소리, 아름다움 그 자체의 이상)을 실체적인 것으로 바꿀 수 있는 마법의 한 형태이다. 순백색과 밝음을 숭배하는 사람들, 눈으로 뒤덮인 풍경, 흠이 없는 깨끗한 벽, 흰 식탁보와 은식기, 크리스털 잔의 짤랑거리는 소리를 꿈꾸는 사람들에게 도자기는 기적의 물질이다. 정제된 것이 가지는 세련미 그 자체이다.

나는 반투명하고 울림이 있는 새하얀 식기의 매력을 이해한다. 전 세계 사람들이 조개껍데기처럼 얇은 고급 도자기의 울림이 있는 반투명한 아름다움을 탐내왔다. 중국의 황제들도 가볍고 흰 도자기를 소중히 여겼다. 그러나 특히 많은 고전 조각가들이 아낀 소재인 이탈리아 대리석과 도자기 사이의 연관이 형성된 후부터는, 유럽인과 미국인들에게 도자기의 흰색은 억압적인 존재가 되었다. 고대 그리스인과 로마인들은 "순수하고" 객관적인 아름다움의 이미지를 묘사하기 위해 흰 돌을 사용했다는 사실이 일반적으로 받아들여졌기 때문에, 백인 우월주의자들이 작업하기에 더 저렴하고 더 풍부한 재료인 도자기는 선전의 도구로 사용되기 쉬웠다. 마르샹은 흰색 접시, 흰색 인형, 흰색 가정용품 외에도 18세기 도자기 인형 머리("특정한 흰색 피부"와 "루비처럼 붉은 뺨"을 가진)에 대한 열풍이 서구의 미의 기준에 어떤 불길한 영향을 미쳤다고 지적한다. "물론 이것을 증명할 수는 없다"라고 그녀는 말을 아꼈다. "하시만 여성의 아름다움에 대한 특정한 기대치 설정에 기여했다고 생각한다." 적당히 홍조를 띤 희고 고운 피부의 처녀에 대한 상징은 새로운 것이 아니었지만, 마르샹은 인형 머리의 보급이 빅토리아 시대의 가정에서 이러한 기준을 확산하고 공고히 하는 역할을 했다고 믿는다. 적어도 백인 우월주의를 해체하기는커녕 강화하는 데에 도움이 되었으리라는 것만큼은 분명한 사실이니까.

나는 색상, 안료, 특정 색조와 우리가 맺는 감정적 연관성에 대한 수십 편의 글을 써왔지만, 흰색에 대해 글을 쓰는 것이 편한 적은 없었다. 색이 가지는 의미에 대해 고민이 많았기 때문이다. 한편으로는 인형 머리가 섬뜩하게 느껴지고 나치 소유의 도자기에 반발심을 느끼기도 한다. 허먼 멜빌은 흰색에 허무주의적 특성, 즉 "의미로 가득 찬 어리석은 공백……우리를 움츠러들게 하는 무색 무취의 모든 색상의 무신론"이 있다고 쓴 적이 있는데, 나는 그의 말에 공감한다. 나는 흰색이 끔찍할 수 있다고 생각한다. 흰색은 표백된 뼈, 질식할 것 같은 추위, "소멸에 대한 생각으로 우리를 뒤에서 찌르는"(멜빌의 표현대로), "우주의 무자비한 공허와 광대함"의 색이기 때문이다. 그러나 한편으로는 흰색과 백인, 흰색과 백색성을 구분하고 싶어하는 나 자신을 발견한다. 피부색 자체에는 불결함도 없고 피부색이 옅은 사람에게 어떤 끔찍함도 없다. 감각 정보에는 본질적으로 끔찍한 것이 없으며, 내려앉는 하얀 안개조차도 그 자체로 끔찍한 것은 아니다. 중요한 것은 그것을 통해 무슨 일이 일어나느냐, 그것을 통해 무엇이 전달되느냐 하는 것이다. 백인은 그냥 백인이고, 흰 컵은 그냥 컵일 뿐이며, 흰 눈은 그냥 눈일 뿐이다. 중요한 것은 그다음에 일어나는 일이다.

도자기를 연구하던 중 히틀러의 연인인 에바 브라운의 것으로 추정되는 수프 그릇 사진을 발견했다.[14] 상단에 빨간색으로 그녀의 모노그램monogram이 새겨져 있고, 그릇 테두리는 에델바이스와 다른 꽃들의 섬세한 패턴으로 장식되어 있다. 녹색, 파란색, 분홍색으로 이루어진 테두리는 흰색 배경에서 꽃으로 만든 왕관처럼 보인다. 예쁘다고 생각하지만 확실히 말하기는 어렵다. 현대적인 "코티지 코어" 무드, 즉 야심 차면서도 귀여운 여성성을 보여주는 이미지와도 잘 어울릴 것 같다. 이 오브제 자체가 악마적이지는 않지만, 나는 에바 브라운의 접시에 담긴 음식을 먹는다는 생각만으로도 메스꺼워진다. 이것은 만자가 새겨진 율페스트 기념 접시나 파란색과 흰색의 수류탄과 꽃무늬 기관총이 있는 크라프트의 폭력적인 재난 연작처럼 위협적으로 보일 필요는 없다. 그 아우라 역시 오염되어 있으니까. 이런 종류의 접시야말로 단순한 접시가 아니어서, 그 배경을 알고 나면 음식이 가진 의미 이상의 의미를 담을지도 모른다. 이 의미는 오랜 시간 동안 천천히 쌓여온 일련의 문화적 연결을 보여준다. 레스토랑 테이블에 놓인 흰색 접시들은 기숙사 캐비닛에서 꺼낸 이빨 빠진 피에스타웨어(중저가의 식기 브랜드/역주) 그릇과는 전혀 다른 이야기를 들려준다. 연구에 따르면 접시의 색깔은 식사 후의 포만감에도 영향을 미칠 수 있다고 한다.

독일, 아일랜드, 제코계 미국인인 나에게 백인 정체성은 나의 중요한 부분을 차지한다. 그 정체성에는 폭력에 대한 지식이 내재되어 있다. 살면서 내가 성공할 수 있도록 해준 여건들은 나처럼 백인인 사람들이 의도적으로 만들어낸 것이다. 나는 이에 대해 개인적인 죄책감은 느끼지 않으며, 조상들을 특별히 부끄러워하지도 않는다. 하지만 만약 내가 모든 가족 구성원의 행적에 관한 세부 사항들을 알았다면, 그들의 행동 중 많은 부분에 거부감을 느꼈을 것이다. 하지만 그런 정보가 없으니 내 조부모와 조부모의 조부모, 그리고 그들의 조부모를 낳은 사람들에 대한 양가감정이 남아 있다. 나의 조상을 혐오하지는 않지만 자랑스럽지도 않다. 조상들에게 특별한 유대감을 느끼지 않는다. 좋은 일이든 나쁜 일이든 가족사에 대한 관심을 차단하면 그렇게 되는 것 같다. 소원하게 느끼는 사람들이 생기게 되는 것이다. 누군가 이렇게 애착이 없는 상태가 자유처럼 느껴질 수도 있다. 만약 당신이 특정 폭력의 계보에 속하지 않는다면, 피해를 되돌릴 책임도 없다. 당신은 누구에게도 빚진 것이 없다.

그래도 나는 사람들에게 빚을 지고 싶다. 공동체와 역사에 더 얽매이고 싶다. 사람들과 함께 빵을 나누며 환대의 빛을 주고받으면서 따뜻함을 느끼고 싶다. 친구들을 위한 식탁을 차리고 사람들을 환영하고 싶다. 그리고 솔직히 이 테이블이 특별한 방식으로 보이기를 원한다. 파란색과 흰색의 빈티지 접시와 꽃이 있고 시골풍 의 식탁보가 있었으면 좋겠다. 이런 것들은 어떤 사람들에게는 특정한 종류의 백인성, 실제로는 내가 가지지 않은 특정한 가치와 신념을 시사할 것이다. 나는 어떤 집단도 다른 집단보다 우월하다고 생각하지 않으며, 누구도 성별에 따른 역할을 강요당하지 않기를 바란다. 나는 사람들이 서로에게 책임감을 가지고 다른 사람을 친절하게 대하기를 바라며, 위계질서가 없는 공동체를 원한다.

내가 선호하는 미적 요소는 내 은밀한 보수주의를 배반하는 것이기 때문에 불편함을 느낀다. 이제 나는 가족이 함께하는 저녁 식사의 중요성, 의례화된 행사의 중요성, 가사 활동의 정서적, 육체적 이점을 알게 되었다. 나는 빈티지 식기류에 약간 광적으로 빠져서 독일의 빌레로이앤보흐 도자기, 압착유리 고블릿과 텀블러, 핀란드산 무민 머그컵을 수집하고 있다. 귀걸이를 빼놓는 용도의 파란색과 흰색의 델프트 접시가 있고, 친구가 깜짝 선물로 준 헤렌드 도자기 토끼 인형도 소중하게 간직하고 있다. 중국 도자기 꽃병(코발트블루와 선명한 흰색)도 있고 지금은 문을 닫은 체코 공장에서 제작된 꽃 그림 도자기 몇 점도 물려받았다. 이런 것들은 여러 가지 이유로 나에게 소중하지만, 이것은 주로 유럽에서 유래했고 또한 많은 도자기에 에바 브라운의 역겨운 접시처럼 섬세한 꽃이 그려져 있다는 사실을 이제는 모르는 체할 수 없다.

새로운 형태의 아름다움을 감상하도록 스스로를 훈련시킬 수도 있고, 어떤 물건에 대한 사랑에서 빠져나오는 것도 가능하다. 심지어 특정 미학을 부정하는 것도 가능하다. 미국에서 윤리적으로 만들어지고 현지의 가마에서 구워진 새로운 접시 세트를 구입할 수도 있다. 고인이 사용했던 본차이나 식기 세트를 발견할 때까지 유품 정리 판매를 찾아다니며 내가 가진 모든 판타지를 투영할 수 있는 버려진 익명의 접시 세트를 찾을 수도 있다. 하지만 그렇게까지 하고 싶지는 않다. 거짓되고 헛된 시간 낭비처럼 느껴지니까.

엄마가 된 후 나는 육아와 가사에 대해 비판적인 시각과 동시에 너그러운 마음으로 접근하려는 부모들을 찾기 시작했다. 역사의 해로운 측면을 재현하지 않으면서도 자신이 역사와 연결되어 있다고 느껴지는 아름답고 차분한 집안 공간을 만들고자 하는 열망은 실천하기 어려운 과제이다. 인기 있는 뉴스레터인 「홈컬처*homeculture*」의 저자 메그 콘리는 이러한 문제를 글에서 자주 그리고 공개적으로 다룬다. 콘리는 캘리포니아 남부의 몰몬 교회에서 고급 식탁에 독일제 도자기로 식사를 준비하는 것을 좋아하는 중서부 출신 부모님 밑에서 자랐다. 나와 마찬가지로 그녀는 이전의 종교적 신념에서 벗어나 성장했지만 전통과 의식, 보살핌에 대한 깊은 경외심을 간직하고 있다. 이러한 입장에서 그녀는 현대 주방 디자인의 이면에 숨어 있는 파시즘적 충동과 집이 어떻게 여성에게 감옥이 될 수 있는지에 대한 광범위한 글을 썼다. 그녀는 또한 집이라는 안락한 공간 뒤에서 특정한 이상을 유지하기 위해 여성이 어떻게 거들고 있는지 인식하게 되었다. "미국은 천국 건설 프로젝트로 시작되었다"라고 그녀는 지적한다. "우리는 식민지 개척자들이 이곳에 도착한 이래로 천국을 설계하려고 노력해왔다. 천국을 건설하려면 약간의 지옥은 감수해야 할지도 모른다고 말하면서, 대량 학살과 노예제도 같은 것도 정당화해왔다." 콘리에 따르면 심지어 미국은 최근의 전쟁에서도 침략을 정당화하기 위한 수단으로 미국 주부의 모습을 불러왔다. 이 전설적인 여성은 순수의 상징이다. 그녀의 집은 깨끗하고, 아이들은 조용하며, 식탁은 정돈되어 있고, 음식은 건강에 좋다.

"미국에서 모르몬교도로 자라면 가정은 경제와 별개라고 믿게 된다"라고 콘리는 전화로 설명했다. 하지만 그녀는 "순수한 것은 아무것도 없다"라는 사실을 깨닫게 되었다. 이 특별한 버전의 여성성은 반대로 돌봄과 아이의 양육에서 얻는 정서적 기쁨에서 남성들을 배제한다. 가정를 꾸리는 것이 항상 여성의 몫일 때, 남성은 양육에서 오는 만족감을 얻지 못한다. 또한 이 패러다임은 가족 구성이 다른 사람들, 이성애자가 아닌 사람들, 백인이 아닌 사람들과 돈이 많지 않은 사람들을 배제한다. 공동체에 포함되어야 할 모든 종류의 사람들, 서로 돌봄을 주고받으며 공동체의 은총을 받고 혜택을 누릴 수 있는 사람들을 배제하는 것이다.

그러나 콘리는 이러한 대립적인 서사를 받아들일 방법을 찾았다. 간단히 말해 그녀는 사람들이 먹고사는 것이 중요하다고 믿는다. "가정 문화에 대해 의문을 제기하면서 모든 것을 불태워버리고 싶다는 생각이 들 때가 있었습니다." 하지만 그녀는 아름다움이 자신에게는 중요하며, 빵을 나누는 행위에서 큰 아름다움을 발견한다고 덧붙였다. "착취하려는 사람들은 항상 아름다운 것을 추악한 목적으로 이용합니다"라고 그녀는 말한다. "저는 여전히 스스로에게 상기시키곤 합니다. 조리대 위나 찬장에 놓여 있는 선전물도 원래의 용도에 비하면 그다지 아름답지 않다는 사실을요."

먼저 음식, 빵, 컵이 나왔다. 첫째, 이브$_{Eve}$나 에바$_{Eva}$에 대해 이야기하기 전부터 우리는 어머니와 어머니의 아름다움에 대해 알고 있었다. 그 모습은 오염되고 조작될 수 있지만, 배려하는 행위에는 항상 가치가 있다. 꼭 여성이어야만 할 필요는 없다. 물론 고급스러운 접시가 필요한 것은 아니지만, 함께 식사하는 아름답고 평범한 의식에 대한 경건함을 조성하는 데에 도움이 될 수 있다. 그것들은 세상의 구조와 그 끔찍한 역사에 얽힌 이 공간이 그럼에도 중요하다는 사실을 상기시킬 수 있다. 건강하고 영양이 풍부한 음식이라고 해서 반드시 표백할 필요는 없다. 그 어떤 것도 그럴 필요는 없다.

10

지구의 숨결

대리석 조각상, 인조 대리석,
하얗게 굳은 폐와 어린 양들에 관하여

나는 두려움에 질린 채 죽은 소년을 찾아갔다. 큰 창문이 있는 방에 아름다운 소년이 거친 흰 돌 위에 누워 있었다. 소년의 모습은 가냘 프고 섬세했으며, 고개를 뒤로 젖히고 눈을 반쯤 감고 있었다. 조각 상 주위를 돌아다니자 소년의 단단한 피부가 반짝였고 대리석 표면 이 빛을 반사해 내 망막으로 돌려보냈다. 그는 빛나고 사랑스러웠 다. 그의 몸은 우유처럼 창백했고 머리카락은 부드러운 컬을 이루 고 있었다. 대리석으로 조각되었지만 촉감이 부드러워 보였고, 손 을 뻗어 그의 차가운 팔다리를 잡으면 피부에 내 손가락 자국이 남 을 것만 같았다. 실제로 그렇게 하지는 않았지만 그러고 싶었다. 대 신 나는 박물관을 떠났으나, 그를 처음 본 순간부터 언젠가 다시 「죽은 진주 다이버*The Dead Pearl Diver*」를 찾아올 거라는 사실을 알았다.

나는 20대 중반에 매사추세츠 주 케임브리지에서 메인 주로 이 사했다. 「트랜스미트*Transmit*」라는 대안 주간지의 편집장으로 끔찍한 일을 하고 있었다. 이 자리는 내가 맡은 일 중 최악이었다. 다른 젊은 직원들과 나는 괴짜 릭Freaky Rick이라는 이름의 소유주 겸 설립자로부터 성희롱과 따돌림을 일상적으로 당했다. 직장은 지옥 같았고, 처음에는 이 도시 자체가 나에게 지옥이 될지도 모른다고 생각했다. 뉴욕이나 런던은 고사하고, 이곳에는 케임브리지나 보스턴과 같은 문화도 없었다. 포틀랜드는 생각보다 추웠고 나는 외로웠다. 메인 주는 특히 매사추세츠에서 새로 이주해온 사람들에게 비우호적인 것으로 악명이 높다. 좋은 판단이자 큰 모험처럼 보였던 이 결정에 대한 나의 확신은 금세 시들어버렸다. 메인 주에서 계속 살고 싶다는 생각이 들지 않았다. 사실 「트랜스미트」에서 일할 때는 어디에도 살고 싶지 않았다. 나는 인생 최악의 우울증에 빠져 있었고, 자살을 시도하지는 않았지만 수동적으로 무모하게 행동하다가 다치는 일이 많았다.

비참할 때면 아름다움에 관한 경험에서 멀어지는 느낌을 받지만 아름다움에 대한 갈망은 오히려 깊어진다. 아름다운 광경, 소리, 냄새, 맛을 찾아나설 추진력은 없었지만, 나 자신으로 돌아오기 위해서는 그것들이 필요하다는 점은 알고 있었다. 「죽은 진주 다이버」가 내게 왔을 때 그런 느낌이 들었다. 포틀랜드 미술관은 내 사무실에서 몇 블록 떨어진 곳에 있었는데, 업무상 방문할 기회는 없었다(괴짜 릭은 미술관에 관심이 없었고 대신 문신과 같은 "쿨"한 "언더그라운드" 예술을 선호했다). 작은 도시 미술관의 조용하고 차분한 홀은 믿기지 않을 정도로 마음을 편안하게 해주었다. 내 사무실은 보통 괴짜 릭이 계약하려는 아티스트(그는 현지 뮤지션의 에이전시를 운영하기도 했다)의 시끄러운 음악으로 가득 차 있었는데, 그가 그곳에 있는 동안에는 음악 소리가 시끄러워서 어떤 생각에도 집중할 수가 없었다.

나의 세상이 너무 추잡하고 좁고 실망스럽게 느껴져서, 수요일마다(수요일은 무료였다) 박물관을 다시 찾았다. 욕실 시멘트에서 버섯이 자라고 창문 주변에서는 검은 곰팡이가 피어났지만 집주인은 항상 바빴고 그나마 임대료는 저렴해서 다행이었다. 직장에서는 바이라인(기사 끝에 붙는 기자 이름/역주)도 없이 음식, 밴드, 술에 관한 농담 섞인 칼럼을 쓰거나 개성 있는 음악 글을 편집하며 시간을 보냈다. 매달 내가 쓴 기사의 대부분은 저임금 작가 중 어느 한 명이 펑크를 냈을 때 지면을 채우기 위해서 급하게 쓴 형편없는 글이었기 때문에 누구에게도 알리고 싶지는 않았다. 해고되는 것은 시간 문제라는 걸 알고 있었다. 괴짜 릭은 나를 해고하겠다며 여러 번 협박했고, 다른 직원들이 사소한 이유로 무자비하게 해고되는 것을 수차례 보아왔기 때문이다. 하지만 나에게는 이 일이 필요했기 때문에 악착같이 버티며 최선을 다하려고 노력했다.

같은 조각품을 반복해서 보는 것이 평소처럼 점심시간을 보내는 것보다 더 가치 있는 일처럼 느껴졌다. 컴퓨터 앞에 구부정하게 앉아 있지 않을 때는 보통 동료들과 나가서 술을 마시고 취해서 휘청거리며 사무실로 돌아오곤 했다. 가끔은 물품 창고에 있는 CD 케이스 위에 오렌지색 애더럴(암페타민과 덱스트로암페타민의 혼합제제로, 각성제로 쓰이는 약물/역주)을 으깨어 코로 들이마시며 잠을 깨기도 했다. 코카인을 살 돈은 없었다. 그때 만약 돈이 있었다면 형광색보다는 하얀색 가루를 선호했을지도 모르지만 아마 그러지는 못했을 것이다. 그때도 나는 코카인 거래로 인한 사망자 수와 그 피비린내 나는 역사를 알고 있었으니까. 어쨌든 코카인은 나에게는 그다지 매력적이지 않았다.

미술관을 가는 것은 더 건강하지만, 더 외로운 습관이었다. 시간이 지나면서 벤저민 폴 애커스가 소년의 사타구니가 보이지 않도록 하기 위해 어떻게 섬세한 그물망을 만들었는지, 또 어떻게 팔의 피부를 매끄럽게 사포질을 했는지 등 작품의 세세한 디테일을 감상하게 되었다. 소년의 길고 곱슬한 머리카락이 머리 뒤로 후광처럼 흘러내리는 모습이 마음에 들었다. 수염 없는 앳된 얼굴과 긴 손가락과 발가락이 눈에 들어왔다. 빛이 반사되어 길게 뻗은 팔다리가 마치 오일을 바른 듯 매끄럽게 보이는 반면, 소년이 누워 있는 바위는 피부에 비해 얼마나 거칠어 보이는지도 알 수 있었다. 그는 아름다웠고, 바다의 아름다움을 좇다가 익사했다. 아마도 조개와 숨겨진 보물을 찾으며 물속에 너무 오래 머물렀을 것이다. 나는 의식적으로 그의 육체노동의 세계를 나의 가혹한 일터와 비교하지 않으려고 노력했지만, 그가 보여주는 죽음의 형태에서 어느 정도 위안을 얻었던 것 같다. 그는 너무나 평화롭고 깨끗하고 자유로워 보였다.

나는 나중에야 이 작품의 전체 맥락을 이해하게 되었다. 메인 주 출신으로 이탈리아에서 훈련을 받은 조각가 애커스는 젊은이들이 돈을 벌기 위해 떠나서 신체적 위험을 감내하는 대가로 보상을 받는 비극을 보여주었다. 낭만주의 운동의 일원이었던 애커스는 나역시 우울증에 시달리면서 내면화했던 "아름다운 죽음"이라는 이상을 조각하고 있었다.[1] 그는 시적이면서도, 안타깝게도 여러 단계의 아이러니로 가득 찬 이미지를 창작했다.

이 아름다운 대리석 걸작은 자본주의의 압박에 시달리는 평범한 현실이 아니라 갑작스러운 비극을 보여준다. 노동자에게 갑작스러운 재앙이 닥치거나, 너무 깊이 잠수를 하거나, 기계에 치이거나, 독극물에 중독되는 것처럼 단 한 번의 큰 사건이 벌어지는 경우는 드물다. 대개는 해를 거듭할수록 쌓이는 흉터들이다. 많은 사람들이 일을 하면서 늙어가고 망가진다. 애커스 자신도 이런 상처를 입었다. 그는 대리석 먼지에서 발견되는 실리카 입자에 장기간 노출될 경우 전형적으로 병세가 악화되는 폐결핵으로 서른다섯의 젊은 나이에 세상을 떠났다.

나는 더 이상 사무실에서 일하지 않는다. 요즘에는 집에서 글을 쓴다. 인터뷰, 스튜디오 방문, 현장 견학을 하러 나가기도 한다. 가장 안정적인 수입원 중 하나는 홈 인테리어 특집을 게재하는 디자인 잡지인데, 내 글은 광택이 나는 멋진 사진과 함께 여러 페이지에 실린다. 나는 이런 기사를 쓰는 것을 좋아하지만 그런 집에 방문하는 것이 항상 즐겁지만은 않다. 집주인들은 대부분 친절하고 집은 세련되고 넓으며, 잘 만들어진 가구와 현지 예술가들의 작품으로 가득하다. 바다가 보이는 집들도 많아서 그런 집에 방문할 때면 좋은 향이 나는 커피와 함께 바다 풍경을 감상하면서 설계-건축 과정에 대해 듣고 메모하며 시간을 보내곤 한다. 나쁘지 않은 직업이라는 것을 인정한다.

그러나 가끔은 내 질문을 비웃으며 내 진흙투성이 부츠를 보고 눈을 굴리는 건강 보험사 임원을 만나기도 하고, 런던에 한 번도 가본 적이 없다는 사실을 믿을 수 없어하는 갓 임명된 CEO와 마주 앉기도 한다. 이런 것들이 부자들을 상대할 때 겪는 사소한 굴욕이다. 더 큰 굴욕은 집에 돌아와서 군데군데 깨진 리놀륨 타일과 빛바랜 회색 내열 플라스틱 판으로 된 조리대가 있는 우리 집 부엌을 마주했을 때 온다. 종이와 플라스틱으로 만들어져 나무의 결이나 돌의 입체감이 없고 무광택의 상온 느낌만 나는 인공적인 물건들이다. 하지만 나를 정말로 부끄럽게 하는 것은 조리대가 아니라 내가 느끼는 결핍감과 부러움 같은 얄팍한 감정이다. 내가 우리 집 주방이 싫다고 말하니 남편이 슬픈 표정을 짓는다. 남편은 나를 위해 오래된 캐비닛을 수레국화 같은 파란색으로 칠해주었다. 좀더 고마워해야겠다.

지나치게 부유한 사람들과 같은 공간에서 너무 많은 시간을 보내다 보면 내가 누리고 있는 행운을 잊어버리기 쉽다. 우리는 몇 년 전에 관리가 가능한 대출을 받아 집을 샀다. 집에는 5에이커의 숲과 침실 2개, 욕실 2개, 유리창으로 둘러싼 베란다가 있다. 침실에는 채광창이 있어 달을 볼 수 있고, 맑은 밤에는 하늘을 가로지르는 별자리를 볼 수 있다. 수백 개의 구근을 심어 매년 봄이면 프리틸라리아 수선화, 크로커스, 설강화와 함께 봄의 아름다움을 즐길 수 있다. 그런데 조리대가 내열 플라스틱이라 한들 무엇이 문제일까?

그래도 나는 욕실에는 세라믹 타일과 욕조가, 주방에는 고풍스러운 대리석으로 만든 상판이 있었으면 좋겠다. 내 보금자리가 더 아름다웠으면 좋겠다. 하지만 현실의 우리 집에는 내가 상상하고 원했던 것보다 훨씬 더 많은 플라스틱이 있다.

플라스틱이 벽을 뚫고 바닥을 뒤덮기 훨씬 전부터 우리는 돌, 나무, 진흙과 함께 살았다. 초기 인류는 진흙 벽돌로 도시를 건설하고 돌로 신전을 지었다. 처음에는 가장 쉽게 구하고, 쌓고, 자를 수 있는 돌을 사용했지만 인류가 발전하면서 더 다양한 지질학적 재료를 사용하기 시작했다. 지구는 우리가 작업할 수 있도록 풍부한 암석 팔레트를 제공하며, 사람들은 종종 석회암과 대리석이라는 자매 돌에게 매료되곤 했다.

대리석을 이해하려면 석회암을 알아야 한다. 대부분의 대리석은 석회암으로부터 형성된다. 석회암은 여러 종류의 광물로 만들어지는데, 가장 중요한 광물은 방해석calcite과 아라고나이트aragonite이다. 어떤 석회암은 거의 전적으로 조개껍데기 조각으로 만들어지며(이 덩어리 조각을 코키나coquina라고 부른다), 어떤 석회암은 더 미세한 결정 입자로 만들어진다. 석회암은 지각 표면 근처에서 발견되는 경우가 많지만, 바다나 토양 아래 더 깊숙이 묻히면 석회암은 엄청난 상태 변화를 겪을 수 있다. 그 위에 놓인 물질의 압력과 지구의 핵을 구성하는 마그마의 열이 석회암을 부드러운 퇴적암에서 더 단단하고 질서정연한 변성암으로 변화시킨다. 흑연을 압착하여 다이아몬드가 되듯이 석회암은 천천히 대리석으로 다시 태어난다.

대리석은 건축 역사가 시작되었을 때부터 귀한 석재였다. 대리석은 변성 과정에서 형성되는 커다란 방해석 결정 덕분에 반짝이고 밝다. 또한 독특한 개성을 가지고 있는데, 대리석의 색은 혼합물에 어떤 "불순물" 또는 "보조 광물"이 섞여 있는지에 따라 달라진다.[2] 점토, 장석, 산화철은 모두 대리석에 색을 더한다. 대리석에 지도처럼 보이는 독특한 줄무늬는 물이 돌의 균열 사이로 흐르면서 미네랄이 침착되어 생기는 것이다. 대리석은 섬세한 장밋빛 핑크나 꿀처럼 노란색 또는 이끼가 낀 듯한 녹색을 띨 수도 있다. 밝은 코발트블루 대리석, 검은색 대리석, 짙은 줄무늬가 있는 크림색 대리석도 있다.

그러나 대리석 건축과 조각을 떠올릴 때 우리는 창백하고 딱딱하며 차가운 특정 미학과 연관 짓는 경향이 있다. 조지아 대학교의 고전학 교수이자 고대 유물의 색채 연구 전문가인 마크 애비는 고대 그리스의 조각상, 신전, 생활 공간이 모두 표백된 듯이 흰색이었다는 것은 일반적인 오해라고 말한다. "우리는 하얀 세상에서 살고 있지만 역사적으로는 그렇지 않았습니다"라고 그는 설명한다. 애비는 역사에 대한 다채로운 이해를 주장하며, 헬레니즘 예술에 대한 최근의 재개념화에 앞장서고 있다. 고대 세계의 조각상, 건물, 예술품은 있는 그대로의 대리석 자체를 선호했던 당시의 경향을 반영한다고 여겨졌다. 하지만 오래된 이미지와 조각상에 대한 새로운 분석

322

덕분에 역사가들은 그리스와 로마의 세계가 우리가 생각했던 것보다 훨씬 더 다채로웠다는 사실을 믿게 되었다. 애비와 이야기를 나누면서 우리가 전례 없는 백색의 시대에 살고 있다는 사실을 새삼 깨닫게 되었다. 인류의 문화 공간이 지금처럼 삭막하고 무미건조한 적은 거의 없었다. "고급 또는 중급 수준의 갤러리나 매장 같은 소비 공간에 들어가면 병원처럼 보이는 흰색 미니멀리즘이 있습니다. 누군가 들어와서 수술을 해도 이상하지 않을 것 같습니다"라고 애비는 말한다. 지난 10년 동안 애플 지니어스 바를 방문했거나 킴 카다시안의 초미니멀리즘 집 이미지를 본 사람이라면 누구나 이 "섬뜩할 정도로 위생적인" 미학을 떠올릴 수 있을 것이다. 미국의 모든 주요 도시에 있는 고급 호텔, 스파, 레스토랑에서 이 단색의 막연한 미래지향적인 모습을 찾아볼 수 있다. 2010년대 후반부터 미니멀리즘이 디자인 커뮤니티에서 힘을 잃어가고 있지만, 흰색 벽이 사라질 것 같지는 않다. 흰색은 궁극의 중립적인 색으로, 좋은 취향 또는 취향 없음을 암시하는 역설적인 신호가 되었으니까. "이게 정말 아름답다고 생각하는 걸까요?" 애비는 궁금해한다. 그는 그리스인들은 확실히 그렇지 않았다고 지적한다. 그들에게 대리석의 가치는 흰색이 아니라 표면과 깊이 사이의 상호작용에서 비롯되었다. 대리석은 항상 순수함을 중시해온 도자기와는 달랐다. 대리석은 더 유동적이고 기이하며 생동감 있고 살아 있는 느낌을 주었다.

서양 문화는 흰색 대리석을 여러 가지 옵션 중 하나로 보는 대신 계층 구조의 최상위로 끌어올려 이 중립적인 소재를 우월성을 나타내는 강력한 상징으로 만들었다. 애비는 대리석의 추함은 고대 그리스인들이 직접 실천에 옮긴 것이 아니라, 고대 그리스인들의 미학을 현대적으로 해석하고 구현한 데서 비롯되었다. 헬레니즘 작품을 타의 추종을 불허하는 미적 성취의 정점으로 보는 현재의 경향은 수 세기에 걸친 서양 이론에서 나온 것이다. 르네상스 이후부터 "고전주의" 예술 학파는 고대 그리스와 로마인의 스타일과 이야기를 모방하고, 재구성하고, 업데이트하는 데에 집착해왔다. 모든 르네상스 예술가나 낭만주의 시대의 모든 조각가(그리스-로마에서 영감을 받은 두 시대)가 이런 생각을 했다는 것은 아니지만, 시간이 지날수록 신고전주의 양식과 우월하다고 여겨지는 것 사이의 연관성은 더욱 확고해졌다. 유럽 대륙의 외국인 혐오주의자들은 대리석 흉상과 이오니아식 기둥이 "고대의 영광스러운 과거"를 공유하는 유물이라고 주장했다. 애비에 따르면 이 때문에 대리석은 우익 단체에게 효과적인 "단결의 상징"이 되었다. 그들은 자신들이 다른 고대 공동체를 능가하는 고상하고 세련된 문화의 유일한 후손이라는 허구를 만들어 인종 우월주의 사상을 강화할 수 있었다. 히틀러와 무솔리니는 모두 대리석을 좋아했고 신고전주의 예술과 건축을 수용했다.

미국인들은 지리적으로 이 "고대의 영광스러운 과거"의 유적지로부터 멀리 떨어져 있지만, 신대륙으로 이주한 유럽인들은 흰색 대리석에 대한 편견을 비롯한 애정과 선호도를 함께 들여왔다. 지난 200년 동안 신고전주의 대리석 건물은 미국 연방 정부의 건축 미학을 정의해왔다. 1800년대 초부터 코린트식 기둥과 웅장한 대리석 받침대가 워싱턴 D.C. 곳곳에 등장하기 시작했다. 미국인들은 거의 12개 주에서 채석한 대리석(일부는 이탈리아에서 수입)을 사용하여 워싱턴 기념비, 링컨 기념관, 콜럼버스 분수 등 자유를 위해 죽은 유명한 백인들의 이름을 새긴 기념물을 세웠다. 워싱턴에 위치한 보존 단체인 "국회 의사당 건축가Architect of the Capitol"에 따르면, 건국의 아버지들은 고대 그리스와 로마 문명을 잘 알고 있었으며, 대리석만 더 구할 수 있었다면 처음부터 대리석만 사용했을 것이라고 한다. 인타깝게도 주변에는 사암밖에 없있기 때문에 가장 오래된 건물 중 일부는 사암으로 지어졌다. 하지만 1800년대에는 미국에도 여러 대리석 채석장이 문을 열면서 이 오래된 건물들도 새롭게 빛을 발할 수 있었다. 사암 위에 대리석을 붙이고, 대리석 조각품을 여러 건물 외관에 추가했으며, 단단한 대리석을 사용하여 새롭고 더 웅장한 건물을 지었다. 다음 세기에도 미국 도시에서 대리석을 점점 더 많이 볼 수 있게 되었고, 하얀 대리석 기둥에는 새로운 차원의 의미가 부여되기 시작했다. 이제 깨끗하고 희고 반짝이는 대리석은 거의 전적으로 백인이 통치하는 세속적인 국민 국가의 권력을 상징하게 되었다.

미국이 글로벌 강대국으로 성장하면서 미국은 우월감에 기반한 국가 정체성을 계속해서 구축했다. 초등학교 시절 나는 미국이 지구상에서 가장 부유하고, 가장 위대하고, 가장 자유롭고, 가장 독립적이고, 가장 훌륭한 나라라고 배웠다. 내가 가지고 있는 의견 중 상당 부분이 앵무새처럼 반복되는 선전에 근거하고 있었음을 깨닫는 데에 얼마나 오랜 시간이 걸렸는지를 생각하면 부끄럽다. 나는 내가 사는 곳을 사랑하지만 더 이상 조국의 위대함에 대한 환상은 가지고 있지 않다. 미국에는 항상 어둡고 폭력적인 면이 있었다. 다만 내가 항상 그것을 인지할 수는 없었다.

"파시스트만 대리석으로 건물을 짓는다"라는 식의 주장은 터무니없을 것이다. 이는 분명 사실이 아니다. 하지만 대리석이 남성적인 방식으로 자신의 부를 과시하려는 독재자들이 즐겨 사용하는 소재가 된 것만은 분명하다. 도널드 트럼프의 유명한 뉴욕 시의 아파트에는 다양한 색상의 결이 있는 대리석 타일이 깔려 있으며, 그는 뉴욕 유엔 건물의 총회 단상을 장식하는 "값싼" 녹색 대리석 타일에 대해 공개적으로 한탄한 바 있다(그는 2012년에 트위터에 "나에게 요청이 들어오기만 한다면 아름다운 대형 대리석 석판으로 교체하겠다"라고 썼다[3]). 루마니아의 독재자 니콜라에 차우셰스쿠도 취향이 비슷했으며 1984년 정부 업무 및 문화 목적으로 사용될 거대한 대리석 궁전 건설을 위한 초석을 놓았다. 수백 명의 건축가와 수천 명의 노동자들이 이 화려한 파라오 양식의 건축물을 짓기 위해 징집되었다. 이 건물은 여전히 세계에서 가장 무거운 정부 건물로 남아 있으며, 아마도 가장 비싼 건물일 것이다. CNN 트래블에 따르면, 루마니아 의회가 이곳에서 회의를 하고 일부는 국립 미술관으로 사용되지만, 2014년 기준으로 이 건물은 70퍼센트가 비어 있다고 한다.[4] 이 건물은 일반적으로 부패한 공산주의의 과잉을 보여주는 상징으로 여겨진다. 하지만 부쿠레슈티 사람들은 대리석 궁전을 둘러싼 이 동네에서 그 여느 도시 못지않게 활기차고 시끌벅적한 일상을 이어가고 있다.

세계 대부분의 수도와 비교하면 아슈하바트(투르크메니스탄의 수도/역주)는 섬뜩할 정도로 텅 비어 있다. 도시에 살 만한 여유가 있는 사람은 거의 없으며, 원래 거주하던 많은 사람들은 인플레이션과 정부의 엄격한 규제로 도시를 떠나야만 했다. 스타니슬라프 볼코프 기자가 어렸을 때 아슈하바트는 무성한 식물과 역사적으로 사랑받는 집들로 가득한 "정원 도시"로 알려져 있었다.[5] 1980년대의 도시 영상에는 터번을 쓰고 긴 수염을 기른 남성이 푹신한 방석에 앉아 차를 마시는 모습, 노점상들이 고기 꼬치를 요리하는 모습, 공공 연못 위에 우아하게 떠 있는 백조, 바람에 흔들리는 분홍빛 장미꽃이 담겨 있다.[6] 도시의 거리는 바삐 움직이는 사람들과 낡고 오래된 자동차로 붐볐다. 하지만 1990년 소련이 무너지고 독재자 사파르무라트 니야조프가 등장하면서 모든 것이 바뀌었다. 니야조프의 명령에 따라 여러 세대에 걸쳐 살던 가정집이 허물어지고 수백 년 된 나무가 뿌리째 뽑혔으며 아슈하바트의 여러 관개 운하의 흐름이 바뀌었다. 그 자리에는 고속도로, 궁전, 공항, 고층 빌딩이 들어서기 시작했다. 니야조프는 본인이 개인적으로 추하거나 불쾌하다고 생각하는 모든 것을 극도로 혐오했기 때문에 도시에서 개를 내쫓고, 오페라와 발레를 금지하고, 남성들은 수염을 깎도록 강제하고, 뉴스 앵커가 화장하고 방송하는 것을 금지했다. 니야조프는 굵고 그늘을 드리우는 나뭇가지가 있는 다년생 나무 대신 곧게 뻗은 상록수로 신도시를 채우라고 명령했다. 해마다 점점 더 많은 사람들이 떠났다. 집도, 수염도, 개도, 음악도 없으니 사람들은 행복하지 않았다. 나무와 운하가 없는 거리는 너무 더웠다. 볼코프는 "도시의 특별한 미시적인 기후가 거의 완전히 파괴되었다"라고 말한다. "오래된 찻집이 있던 자리는 주차장이나 벌건 황무지가 되었다." 이제 이곳은 "죽은 자들의 도시"라고 불릴 만큼 적막한 곳이 되었다.

10년 전 아슈하바트는 세계에서 대리석 건물이 가장 많은 도시로 『기네스북』에 등재되었다. 투르크메니스탄은 현재 미국 국무부에서 "여행 재고"를 의미하는 "3단계" 국가로 분류되어 있지만, 영어를 사용하는 포토그래퍼, 유튜버, 기자들이 이곳을 방문하여 취재한 내용을 전달하고 있다. 인터넷에 접속하기만 하면 사막의 열기와 위협적인 대리석 건축물을 대리 체험할 수 있다. 여행 사진작가 아모스 채플은 2013년 여행을 다녀온 후 "금단의 장소에 들어간 것 같은 느낌이었다"라고 말했다.[7] 그가 촬영한 반짝이는 하얀 도시에서의 생활을 담은 사진들은 오일 머니로 얻은 부와 일반 시민이 경험하는 빈곤을 함께 보여준다. 이 사진들이 담고 있는 것은 화려하게 꾸며진 강압적인 통제의 장소다. 그는 "아슈하바트에 차를 몰고 들어갔을 때 거리와 아름다운 공원이 모두 텅 비어 있어서 무슨 축제라도 열리고 있는 줄 알았다"라고 썼다. "내가 처음 걸었던 지역에는 민간인보다 군인이 더 많았다."

투르크메니스탄은 가난한 나라가 아니다. 그들은 석유와 중요한 무역 항구를 보유하고 있다. 하지만 이는 주식 시장이 상승세를 타고 있다고 해서 미국 경제가 호황을 누리고 있다고 말하는 것과 같다. 뉴욕에 돈이 있는 것처럼 아슈하바트에도 돈이 있다. 하지만 사람들은 여전히 굶주림과 의료 서비스 부족으로 죽거나 사막에서 더위와 물 부족으로 죽어간다. 이 점을 지적하는 이유는 아슈하바트가 상상할 수 없을 정도로 부유한 소수의 사람들에 의해 통제되는 지구상의 유일한 도시가 아니기 때문이다. 이런 곳은 전 세계에 많다. 하지만 모든 도시의 풍경이 이 사실을 이처럼 적나라하게 드러내지는 않는다. 모든 도시가 시민을 돌에 구워버리지는 않으니까.

아슈하바트는 도시 빈부 격차의 극단적인 예로, 매력적이면서도 혐오스러운 도시이다. 내가 보기에 이곳은 아름답지 않다. 믿을 수 없을 정도로 깨끗해서 완전히 새것처럼 보인다. 정부의 명령에 따라 아슈하바트는 자동차조차 전부 흰색이다. 하지만 그 모든 밝음과 광채 속에서 산다는 것은 대체 어떤 느낌일지 궁금하다. 어쩌면 그곳에 아주 오래 살면 그곳을 사랑하게 될지도 모른다. 그 대리석으로 된 도시에도 행복하고 비교적 평범한 삶을 사는 사람들이 분명 있을 테니까.

반복, 순응, 친숙함은 선전가의 무기고에서 가장 효과적인 세 가지 도구이다. 충분히 반복되는 메시지는 마치 노래처럼 사람들의 기억 속에 깊숙이 자리 잡을 수 있다. 가끔 이것이 정신적 오염 물질처럼 느껴진다. 지금 보고 있는 것이 국가가 후원하는 선전이라는 것을 안다고 해도 그것이 어떻게 피해를 줄 수 있는지까지는 알기 어려울 수 있다. 우리는 교묘한 방식으로 작동하는 권력 체계에 둘러싸여 있다. 저항하는 방법을 배우는 것은 고사하고 목에 걸린 것이 무엇인지 식별하기조차 쉽지 않다.

대리석의 역사를 훑어보면 내내 사람들은 계속해서 대리석의 먼지와 싸워왔다. 대리석이 깨지면서 생기는 먼지는 실리카 결정 입자를 공기 중으로 방출한다. 실리카 먼지는 사람의 호흡기에 유독하다.[8] 반복적인 접촉은 진폐증(즉, "검은 폐"), 만성 폐쇄성 폐 질환, 규폐증 및 천식을 포함한 다양한 직업성 폐 질환의 주요 원인이다. 석재, 화강암, 건설, 광업, 세라믹 생산 및 유리 산업에 종사하는 사람들이 모두 이런 질환의 고위험군에 속한다. 파키스탄, 중국, 남아프리카공화국, 오스트레일리아, 미국을 포함한 전 세계의 연구에 따르면, 대리석을 다루는 사람들은 일반인보다 규폐증과 자가면역 질환에 걸릴 위험이 더 높은 것으로 나타났다. 대리석 노동자들이 더 높은 위험에 처하는 이유 중 하나는 그들의 일반적인 삶의 환경과 관련이 있다. 이들 집단은 문맹률이 높고, 사회경제적 지위가 낮으며, 안전 수칙 이행률이 낮고, "고용주에게 착취"를 당하는 경우가 많은 것으로 나타났다.[9] 관심을 받는 탄광 노동자와 달리, 우리는 석영 작업대에서 합성물을 섞거나 치약을 만들기 위해 대리석을 가는 사람들에 대한 이야기는 하지 않는다(대리석은 많은 브랜드의 치약에서 연마제로 사용되며 그렇기 때문에 더욱 안전해야 한다). 이 사람들은 건장하고 지저분한 석탄 노동자들처럼 위대한 미국의 과거를 대표하지 않는다. 이들은 주로 창고와 공장에서 일한다. 우리가 고속도로를 달리다가 바로 옆을 지나칠 수도 있지만 보이지는 않는 크고 지루한 시설, 미관상 의도적으로 심은 소나무들 뒤에 숨겨진 산업 단지가 이들의 작업장이다. 이 유형의 먼지는 모르타르mortar에서부터 시멘트, 라텍스 벽 페인트에 이르기까지 매우 다양한 제품에 사용되며, 그 생산량은 미국에서 채석한 단단한 대리석 양을 훨씬 능가한다.

실리카 먼지에 노출된다고 해서 바로 죽는 것은 아니지만, 많은 양을 흡입하면 사망에 이를 수도 있다. 먼지와 함께 일하는 대부분의 사람들의 이야기는 다음과 같이 진행된다. 그는 매일 수년간 직장에서 일하면서 먼지를 조금씩 흡입한다. 그의 상태는 아주 천천히 진행되어 그가 불평하면서도 다니고 있는 직장과는 별 관련이 없어 보이기도 한다. 그는 너무 늦어버릴 때까지 상태의 심각성을 인식하지 못한다. 먼저, 먼지가 폐의 상부에 쌓이기 시작하면서 작은 염증을 일으키는데, 통증이 거의 없어서 잘 느껴지지 않는다. 기침을 할 수도 있지만 그저 감기일 수도 있다. 그의 몸은 치유되지만 손상된 부위에는 이제 흉터가 생겼다. 이렇게 손상된 조직은 다른 조직과는 다른 두꺼운 질감을 가지고 있다. 원래의 폐 조직처럼 잘 움직이지 않고 산소를 잘 흡수하지도 못한다. 그는 계속 일한다. 시간이 지남에 따라 손상 부위가 퍼지고 두꺼워진다. 아주 천천히 호흡이 변하기 시작한다. 숨을 들이쉴 때마다 통증이 있고 숨을 내쉴 때는 기침이 난다. 또한 전신 쇠약감을 느낄 수도 있다. 열이 나고 식은땀을 흘리기도 한다. 입술이 파랗게 변하기 시작한다.

이 손상은 되돌릴 방법이 없어서 신선한 공기를 마시며 일할 수 있는 새 직장을 구한다고 해도 이미 망가진 폐는 회복되지 않는다. 일단 진단을 받으면 이후 기대 수명이 6년 정도로 짧아질 수 있다. 규폐증은 결핵, 폐암, 신장 질환으로 이어질 수 있다. 때때로 폐 이식을 통해 지구에서 더 많은 시간을 벌 수 있을지도 모른다. 하지만 이는 일반적인 수술이 아니며 신체가 새로운 장기를 거부하는 경우도 많다. 이러한 유형의 질환을 검사할 수 있는 쉬운 방법이 없기 때문에 진단을 받기가 어려울 수 있다. 미국의 의료 체계는 심하게 망가지고 부패했기 때문에 미국인들이 치료비를 감당하는 것은 훨씬 더 어려울 수도 있다. 게다가 재활 비용은커녕 휴가 비용을 회사에서 부담하도록 인정받는 일조차 쉽지 않다.

그러나 이러한 운명을 피할 수 없는 것은 아니다. 회사가 작업장을 더 안전하게 만들기 위해 취할 수 있는 조치가 있다. 근로자에게 마스크를 제공하고 적절한 환기 체계를 구축할 수 있다. 특정 구역에 물을 뿌리면 입자가 공기 중으로 올라가는 것을 막을 수 있다. 정기적인 청소와 적절한 보호 장비만 있다면 석재를 다루는 일은 안전한 직업이 될 수 있다. 실리카를 조금 흡입한다고 해서 죽지는 않는다. 공장 화재로 질식사하거나 불에 타 죽는 것과는 다르다. 이것은 미국에서 건축 자재를 다루는 대부분의 사람들은 직면하지 않는 느린 위험이다. 나는 주택 설계 관련 기사를 쓰면서 수십 년 동안 해당 분야에서 일해온 건축업자와 조경업자를 많이 만나왔다. 이들은 돌가루, 톱밥, 유독 가스 및 기타 오염 물질에 노출되어 있지만 예방 조치 덕분에 건강하게 오래 살 수 있다. 그들은 늙고 괴팍해져서, 돈 많고 우둔한 고객에 대한 재미있는 뒷이야기를 들려줄 수 있을 만큼 오래 살 수 있다.

그러나 호세 마르티네즈의 경우는 그렇지 않다.[10] 서른일곱 살의 이 석공은 규폐증 진단을 받았다. 마르티네즈는 회사에서 이 문제를 겪은 사람이 자신뿐만이 아니며, 2018년에 다른 두 명의 직원이 같은 질병으로 사망했다고 말한다. 그는 1년 후 미국 공영 라디오 방송의 기자 넬 그린필드보이스에게 "화장실에 가도, 점심을 먹으러 가도 가는 곳마다 온통 먼지투성이입니다. 식사하는 테이블 위에도 먼지가 쌓여 있습니다"라고 말했다. "코, 귀, 머리카락, 몸, 입고 있는 옷까지 모든 것이 먼지로 뒤덮여 있습니다." 같은 해 미국 질병통제 예방센터의 주간 「질병률 사망률 보고서」에 따르면, 주로 히스패닉계 남성들 사이에서 작업장에서의 노출로 인한 규폐증 사례가 20건 가까이 발견되었다고 한다.

석공이나 광부가 규폐증에 걸리는 데는 대개 수십 년이 걸리지만, 인조 석재를 다루는 사람들에게는 이 과정이 훨씬 더 빨리 진행된다. 인조석에는 천연 대리석이 일부 포함되어 있지만 순수한 대리석은 아니다. 오히려 대리석은 석영과 같은 쇄석과 혼합되어 폴리머polymer 수지로 서로 결합되어 있다. 천연 대리석에는 실리카가 10퍼센트 정도 들어 있지만, 인조 대리석으로 가공된 석판에는 그 비율이 90퍼센트까지 달해 일반 암석보다 작업하기가 훨씬 더 위험하다. 석공만 위험에 처한 것이 아니다. 석재 슬러리(석재를 자르거나 가공할 때 생기는 돌 가루/역주)를 혼합하고 결합제를 첨가하는 사람들도 많은 양의 실리카 분진을 접하게 된다. 비교적 최근에 개발된 제품이기 때문에 인조석과 그 성분으로 인해 얼마나 많은 사람들이 병에 걸리는지를 파악하기도 어렵다. 하지만 쉽게 피할 수 있는 질환인 만큼 단 한 명의 목숨도 너무 큰 손실이다. 이 문제는 조리대의 유행이 바뀌면서 더욱 증가하고 있다. 그 어느 때보다 더 많은 사람들이 친환경적이고 유지 관리가 쉬운(즉, 얼룩에 강한) "인조 석재" 또는 "인조 대리석"을 구매하고 있다. 일부 회사들은 이 제품을 "석영"이라는 이름으로 마케팅하기도 하는데, 이는 다른 제품보다 훨씬 더 오해의 소지가 있는 이름이지만 결국 어느 회사도 혼합물에 무엇이 들어 있는지 명확히 밝히지 않고 있다. 그것은 돌가루와 플라스틱이다. 이 얼마나 문화적인 상품인가?

지난 10년 동안 나는 인조석, 천연석 할 것 없이 수백 가지가 넘는 다양한 종류의 석재 조리대와 타일을 보았다. 인조 석재는 매력적으로 반짝이고 화려할 수는 있지만 결코 진짜 돌처럼 보이지는 않는다. 더 저렴하고 얼룩이 잘 생기지 않는 편리한 제품이다. 진짜 돌처럼 보이도록 디자인되어 마치 천연석인 것처럼 판매되고 있다. 하지만 압축된 종이로 만든 의자가 진짜 원목으로 만들어진 의자와 다르듯이 실제로는 차이가 있다.

소비자들이 채석한 석판보다 더 저렴한 옵션, 즉 중간 정도의 선택지인 인조 석재를 선택하는 것은 의외의 일이 아니다. 가짜 돌의 매력은 이해할 만하다. 하지만 이런 것들은 필수재가 아니다. 나는 모든 사람이 건강하고 안전하며 아름다운 공간에서 살 자격이 있다고 믿는다. 우리 모두는 우리를 품어줄 수 있고, 개인적이고 따뜻한 느낌을 주는 집을 원한다. 아무리 일을 많이 하고 책을 많이 써도 내가 일 때문에 방문하는, 잡지에 실릴 만한 집을 살 돈을 마련하기는 어려울 것 같다. 이 세상에서 집에 대한 욕망은 지극히 합리적이지만, 무시무시하고 고통스러울 정도로 손이 닿지 않는 곳에 있기 때문에 유독 끔찍한 욕망처럼 느껴진다. 큰 다이아몬드를 갖고 싶다고 해도 당장 돈으로 바꾸고 싶을 것이기 때문에 나에게 이런 욕망은 별 의미가 없다. 나는 다이아몬드를 팔아서 그 돈으로 식료품을 사고, 육아 비용을 지불하고, 여가 시간을 보내는 등 생활비를 충당할 것이다. 하지만 꿈에 그리던 집은 어떤가? 꿈의 집은 그 안에서 살기 위한 것이다. 소유나 비축을 위한 것도 아니다. 이상적으로는 과시하기 위한 것이 아니다. 잠들고, 일어나고, 아이들을 먹이고, 배우자를 사랑하기 위한 공간이다. 집은 당신이 돌보는 곳이며, 당신을 돌봐주는 곳이다. 슬퍼하고, 치유하고, 성장하는 곳이기도 하다.

이것은 자본주의하에서 아름다움을 사랑하는 데에 따르는 수많은 역설 중 하나이다. 나는 우리의 아름다움이 공유되어 누구나 쉽게 이용할 수 있기를 바란다. 하지만 동시에 나만의 사적인 아름다움도 가지고 싶다. 일부 마르크스주의자들은 모두에게 충분한 집이 있고, 모두에게 충분한 돈이 있으며, 모두에게 충분한 음식이 있고, 모두에게 충분한 아름다움이 있어야 한다고, 이것이 합리적이라고 말할지 모른다. 사치품은 충분히 존재하고 모든 것을 공유해야 하므로 우리 모두 약간의 사치를 누리며 살아야 한다는 것이다. 하지만 현실은 그렇게 돌아가지 않는다.

돈이 충분하다면 개인적인 공간을 대리석으로 장식할 수 있다. 하지만 대부분의 보통 사람들에게 대리석은 공공장소, 혹은 일터에서나 볼 수 있는 소재이다. 내 동생의 사무실은 보스턴에 있는 거대한 벽돌 건물에 있는데, 초록색, 분홍색, 갈색이 섞인 값비싼 대리석으로 마감된 웅장하고 넓은 로비를 뽐낸다. 나는 이렇게 화려한 사무실에서 일해본 적도 없고(동생은 금융업에 종사한다) 대리석을 가져본 적도 없다. 내가 살았던 집은 대부분 라미네이트나 값싼 세라믹 타일로 마감된 임대 아파트나 임시 숙소였다. 하지만 다행히도 대리석을 감상하기 위해 꼭 대리석을 구입할 필요는 없다. 그리고 모든 미국산 대리석이 은행가나 정치인의 이미지 보호용으로 쓰이는 것도 아니다. 원한다면 언제든지 무료로 이러한 돌을 볼 수 있다. 죽은 자들 사이를 기꺼이 걷는다는 전제하에 말이다.

나는 우울한 10대 시절부터 묘지에서 많은 시간을 보냈다. 어렸을 때는 교외에서 약에 취해 남자친구와 스킨십을 하기에 좋은 조용하고 한적한 곳이라서 자주 방문했고, 나이가 들면서는 뉴잉글랜드의 음울하고 삭막한 아름다움과 청교도의 과거에 대한 감상이 커지면서 역사적인 묘지가 더욱 매력적으로 느껴졌다. 프로이트의 말을 빌리자면, 묘지는 음산하거나 불길하지 않다. 오히려 친근하게 느껴질 수도 있다. 19세기의 농촌 묘지 운동 덕분에 미국 동부의 많은 도시에는 죽은 자를 수용하고 산 자를 기쁘게 하기 위해 의도적으로 설계되고 조성된 녹지 공간이 곳곳에 있다. 이들 공원은 산책로와 연못, 버드나무와 소형 대리석 신전 등을 갖추고 있다. 이곳은 도시에 거주하는 사람들이 운동과 여가에 활용할 수 있도록 만들어진 공간으로, 미국 도시공원 체계의 초기 모델이다. 사람들은 묘지에 가면 주로 명상을 곁들인 긴 산책을 할 것이라고 생각하기 쉽지만, 사냥과 사격 연습, 소풍, 마차 경주 등 좀더 시끌벅적한 활동을 위해 묘지를 이용하기도 한다.[11]

매사추세츠 주 케임브리지 근처에 있는 마운트 오번 묘지는 미국에서 가장 오래되고 아름다운 공원묘지 중 하나이다. 나는 그곳에 걸어서 갈 수 있는 거리에 살았기 때문에 마운트 오번에 가서 오후 시간을 보내는 것은 내가 가장 좋아하는 일상 중 하나였다. 연애 초기에 지금의 남편과 데이트를 하러 가기도 했다. 독특하게 보이거나 음울한 분위기를 내려고 한 것은 아니었다. 진달래가 피고 공기가 선선한 6월이면 이곳은 조각품, 꽃, 연못, 파랑새로 가득한 산책하기 좋은 야외 박물관이 된다. 평온하고 익숙한 곳이다. 또한 썩어가는 죽은 이들로 가득한 곳이기도 하다. 조각상들은 나의 즐거움을 위해서가 아니라 세상을 떠난 사람들을 기리기 위해 거기에 세워진 것이다. 그리고 그들 중 일부는 너무 어린 나이에 세상을 떠났다.

아이들의 무덤은 내 마음을 아프게 하고 내 낮은 목소리를 침묵하게 만든다. 날짜를 훑어보고 머릿속으로 계산해보지 않아도 그들을 쉽게 알아볼 수 있다. 장례 예술의 언어에 조금만 익숙해지면 시간과 산성비에 의해 퇴색된, 곱슬곱슬한 털을 가진, 이끼로 뒤덮여 귀와 꼬리가 거의 보이지 않는 주저앉은 어린 양의 대리석 형상을 쉽게 찾아낼 수 있을 것이다.

최근에 만들어진 어린 양보다는 더 쉽게 받아들일 수 있지만, 슬픔이 묻어나는 작은 조각상이어서 혹시나 그 슬픔이 전염될까 두렵기도 하다. 예전보다 덜 흔해지긴 했지만 여전히 석조 조각가에게 대리석 양을 의뢰하는 가정이 있다. 격리 기간 동안 미국에서 활동하는 10여 명의 석조 조각가 중 한 명인 메인 주의 2세대 조각가 시그리드 코핀과 이야기를 나눴다. 나는 현대 생활에서 대리석이 어디에 속하는지 알아보고 있었다. 코핀은 슬레이트(풍화에 잘 견디는 세밀한 돌)로 작업하는 것을 선호하지만 대리석 묘비도 "꽤 많이" 작업한다고 한다. "역사적으로는 뉴잉글랜드의 선장쯤 되는 여유가 있는 사람이라면 누구나 대리석을 선택했을 것입니다"라고 그녀는 말한다. 부유한 사람들의 무덤을 대리석으로 장식하는 전통은 로마 시대로 거슬러 올라간다. 코핀은 여전히 대리석은 지위의 상징이자 "순수와 빛의 상징"이라고 말한다. 최근 코핀은 스완스 아일랜드를 방문했다가 흰색으로 반짝이는 대리석 묘비로 가득 찬 인상적인 묘지를 발견했다. 장거리 트럭 운송이 등장하기 이전에는 대리석을 옮기는 일이 어려웠기 때문에 그 대리석은 아마도 현지에서 채석되었을 것이다. 버몬트 주 댄비에는 꽤 많은 양의 대리석을 시중에서 구할 수 있으며, 뉴잉글랜드의 많은 기념비들이 이 돌로 만들어졌다. 댄비는 "매우 예쁜" 석재를 생산할 수 있는 대규모 매장지라고 코핀은 말한다. 카라라(이탈리아 토스카나의 유명한 대리석 채석장/역주)보다 더 윤리적인 대안이지만, 많은 고급 주택 소유주들이 여전히 수입산을 선택하고 있다. 코핀은 댄비 대리석은 "연한 회색의 결"이 있다고 말한다. "채석장에 가보지는 못했지만 멀리서 카라라의 채석장을 본 적이 있어요. 산 정상에 하얗고 큰 구멍이 뚫려 있었는데 마치 눈이 쌓여 있는 것 같았죠."

코핀이 자신의 일에 대해 이야기하는 것을 듣고 있자니 부러운 마음이 들었다. 그녀는 성스러운 임무를 맡았다. 그녀의 작업에는 분명한 의미와 목적이 있다. 묘비나 기념비를 조각할 때 그녀는 자신이 왜 이 일을 하는지를 정확히 알고 있다. 슬픔에 잠긴 사람들에게 당장 도움이 되는 것은 아니지만, 그들의 슬픔을 내려놓을 물리적 장소를 제공하는 것이 그녀의 목표이다. 때때로 이것은 아름다운 대상을 조각하는 것을 의미하기도 하지만, 어쩌면 그것은 이미 아름다운 것 위에 무엇인가를 새겨넣는 작업인지도 모른다. 지구의 광활한 표면에 인간의 작은 흔적을 남기는 것을 의미한다고도 볼 수 있다. 나와 마찬가지로 코핀은 "묘지에는 아무리 자주 가도 질리지 않는다"고 말한다. "저는 묘지에서 다른 어디에서도 얻을 수 없는 에너지를 느낍니다."

그래서인지 한 부부가 자녀의 죽음을 기리기 위한 돌을 구하러 코핀을 찾아왔을 때, 그녀는 대리석 한 점을 찾아서 부부에게 선물했다. 그녀는 그들을 위해 작은 양을 조각했다. 일반적으로 코핀은 누군가를 위해 조각할 때, 그 사람의 생애와 인격의 요소를 작품에 담아낸다. 선원에게는 배를, 정원사에게는 담쟁이덩굴을, 가수의 묘비에는 춤추는 음표 등을 새겨넣는 것이다. 하지만 아이가 너무 어리다면 어떤 사람이 될 수 있었는지 알 수 없다. "어린아이에게 순진함, 연약함, 순수함, 그리고 어린 양의 볼살 같은 부드러움 외에 무엇이 있을까요?"라고 그녀는 묻는다. "봄, 탄생, 새로움의 뉘앙스가 담긴 이 작은 이미지만큼 아이들이 이곳에서 보낸 짧은 시간을 잘 담아낼 수 있는 것이 또 있을까요? 그리고 우리의 사랑을 표현할 수 있는 유일한 매체가 딱딱하고 차갑고 영구적인 돌뿐인데, 돌 중에서 가장 부드럽고 따뜻하며 포근함을 표현할 수 있는 소재는 무엇일까요?" 설탕 같은 질감과 반짝이는 특성이 있는 대리석이야 말로 이렇게 거대한 슬픔을 표현하기에 적합한 소재이다.

우리가 돌에 우리 자신을 많이 쏟아붓기 때문에 돌이 우리에게 이 에너지를 다시 돌려줄 수 있다고 믿고 싶은 것은 당연한 일이다. 고대 그리스인들은 대리석이 어떤 방식으로든 살아 있다고 믿었다. 지구의 거대한 몸의 일부로서, 어떤 잠들어 있는 거인의 한숨과 숨결로서 살아서 존재한다고 믿었다. 더 많은 것을 알게 된 지금도 우리는 소중한 물건이 신비로운 방식으로 우리와 소통하기를 원한다고 생각한다. 우리는 그것들이 말하고, 빛나고, 발산하고, 반짝이기를 원한다. 우리는 세상과의 친밀감을 갈망하며, 어떤 상호작용, 어떤 마법을 원한다. 휴 래플스는 『비순응성의 책*The Book of Unconformities*』에서 맨해튼의 대리석과 화강암, 그의 사랑스럽고도 사악한 섬의 몸체이자 기반을 이루는 이 반짝이는 광물에 대해 쓰고 있다.[12] 도시 밑에는 도난당하고 팔리고, 매립되고 분할되고, 허물어지고 다시 세워진 땅이 있지만, 그 표면 아래에는 여전한 강인함이 남아 있다. 그는 맨해튼으로 이사를 오기도 전에 들은 구비 설화의 일부를 기억하고 있는데, 그에 따르면 이 도시가 그토록 잠 못 이루는 이유는 반짝이는 기반암 때문이라고 한다. "이 반짝이는 암반은 렌즈에 비친 태양처럼 도시의 에너지를 집중시켜, 그 주민들이 타는 듯한 강렬함으로 삶을 살도록 강요한다"는 것이다. 과학적으로는 말도 안 되는 이야기이지만, 래플스는 이 마법 같은 이야기에서 한 가지 진실을 발견한다. 장소는 사람들에게 깊은 영향을 미친다. 우리가 어디를 걷고 무엇을 밟는지가 중요하다. 우리는 돌을 사용하여 기억을 간직하고 죽은 사람을 기린다. 원초적인 수준에서 우리는 돌이 우리보다 더 오래, 지구가 우리보다 더 오래 살아남을 것이라고 믿기 때문이다.

지구가 나보다 더 오래 살겠지만, 지구가 인류를 견디고 살아남을지는 아직 미지수이다. 우리는 지구 표면에 우리의 이름을 새길 수 있는 능력뿐만 아니라 암반을 폭파하여 산산조각 내고 지구를 산산조각 낼 수 있는 힘도 가지고 있다는 사실이 밝혀졌다. 맨해튼의 대리석은 설탕 같은 반짝임과 부드러움으로 다음과 같은 래플스의 주장을 뒷받침하는 바탕을 제공한다. "점진주의와 대격변은 더이상 모순되지 않으며, 시간은 헤아릴 수 없을 정도로 깊고 설명할 수 없을 정도로 얕으며, 영원한 지연과 순간적인 혼란을 모두 가지고 있다."

메인 주에 있는 나의 기반암은 다양한 종류의 혼합물이다. 이 지역은 거친 화강암 해안선으로 유명하지만 셰일과 이암 같은 부드러운 암석, 현무암과 유문암 같은 화성암, 심지어 대리석과 규암 같은 반짝이는 변성암도 존재한다. 나는 팬데믹 기간에 주로 점토가 풍부하고 숲이 우거진 우리 집에서 이 책을 썼다. 발밑에는 화강암이 있는 것 같지만 확실하지는 않다.

팬데믹으로 인한 주의 및 격리 기간이 길어지면서 이전에 나를 위로해주던 박물관, 갤러리, 스튜디오, 상점들을 방문하지 못했다. 「죽은 진주 다이버」와 그의 반짝이는 피부를 보러 갈 수도 없었다. 다른 사람의 집을 보러 나가지도 않았고, 부러움에 사로잡힌 채 집으로 돌아가지도 않았다. 대신 래플스가 우아하게 묘사한 깊고 얕고 고요하고 소용돌이치는 시간을 알게 되었다. 묘비 말고는 대리석 하나 보지 못한 채 조용한 시간을 보냈다.

언젠가 꿈에 그리던 집(바닷가에 지은, 댄비 대리석 조리대와 슬레이트 타일이 있고, 찬장에는 도자기가 있고, 바닥에는 실크 러그가 깔려 있으며, 남쪽을 향한 큰 창문이 있는 아름다운 집)을 마련할 수 있을지도 모르지만 그럴 가능성은 낮다는 것을 안다. 이제 어른이 된 내 욕망의 추악함은 이전의 것보다 더 복잡하다. 이 물건들은 말 그대로 그리고 물리적으로 더 많은 무게를 지닌다. 꽃의 함정에 빠지지 않고 그 과정에서 추하게 변하지 않고 꽃의 아름다움을 즐길 수 있는 방법은 너무나 많지만 꿈의 집과 같은 것에는 해당되지 않는다. 나는 내가 자란 집만큼 멋진 집에서 다시는 살지 못할 것 같다. 나의 경제적 위치는 달라졌고 이를 감당하는 것이 항상 쉬운 일은 아니다. 아버지와 달리 나는 돈을 거의 벌지 못하는 직업을 선택했고, 어머니와 달리 고등학생을 가르치는 직업을 가진 남자와 결혼했다(따라서 돈도 많이 벌지 못한다). 오래된 참나무 캐비닛을 사서 그 안을 도자기로 채울 수도 없고, 문 위에 스테인드글라스 창문을 설치할 수도 없으며, 대리석 타일로 집을 꾸밀 수도 없다. 대부분의 미국인처럼 플라스틱 바닥과 플라스틱 조리대에서 생활하는 우리는 도덕적인 고려뿐만 아니라 필요 때문에도 소비를 제한할 수밖에 없다.

지금은 다른 곳에서 경이로움과 화려함을 찾으려고 노력한다. 지난 한 해 동안 나는 애도와 도피의 목적으로 그 어느 때보다 묘지에서 많은 시간을 보냈다. 내가 가장 좋아하는 것은 해변에 가서 대서양을 받치고 있는 화강암 바위에 서서 하얀 파도 위로 내리는 눈을 바라보는 것이다. 바다에 갈 수 없을 때는 강이나 묘지, 숲, 심지어는 길 끝에 있는 벌목장에라도 갈 수 있다. 가는 곳마다 석영, 실리카, 운모 조각이 빛을 반사하며 반짝이는 것을 발견하곤 한다. 풍화되었거나 손으로 조각했거나 반쯤 묻혀 있거나 받침대 위에 놓여 있는 이 돌들은 나에게 한 가지 공통된 사실을 말해준다. 나에게 주어진 날은 한정되어 있고, 내가 발견하는 모든 아름다움은 퇴색되고, 퇴화되고, 부서지고, 변색될 것이기에, 내가 가질 수 없는 것을 요구할 필요는 없다는 사실을 말이다. 이는 사물뿐만 아니라 영속성, 안정성, 보장된 건강 같은 무형의 것에도 해당된다. 시간은 표면 위에, 한순간의 반짝이는 유희 속에 머문다. 시간은 엄청나게 길고 헤아릴 수 없을 만큼 깊다. 이 기묘하고 어두운 배경 속에서도 아름다움은 지속된다.

나는 항상 불타는 강렬함으로 삶을 살지는 않지만, 나의 죽음을 기억할 때, 더 중요하게는 살아 있다는 놀라운 행운을 기억할 때, 바다를 바라보며 부서지는 파도를 생각할 때, 내 몸 안에 나 자신과 함께 있을 때, 이 소금기 가득한 공기와 이 힘든 세상 말고는 더 이상 아무것도 원하지 않을 때, 아무것도 원하지 않고 아무것도 부족하다고 느끼지 않고 세상을 있는 그대로 사랑할 때, 그런 순간에는 나의 삶도 열정으로 채워진다.

나가는 말

탄생부터 죽음에 이르기까지 우리는 아름다운 것들에 둘러싸여 살아간다. 거울을 보며 울던 아기는 꽃을 먹는 아이로 성장한다. 체취를 풍기던 청소년은 어른이 되고, 부모가 되고, 주부가 된다. 운이 좋다면 우리는 연륜이 묻어나는 얼굴과 세월의 지혜가 담긴 목소리, 우리가 보았던 예술, 가본 장소, 사랑했던 사람들에 대한 기억으로 머릿속이 가득 찬 노인이 될 수 있다. 가장 좋은 시나리오는 우리가 늙어서 죽고 우리 몸이 흙이나 재와 같은 물질로 돌아가는 것이다. 나는 다이아몬드가 되고 싶지 않지만 어쩌면 여러분은 그렇게 되고 싶을지도 모른다. 사실 내가 무엇을 원하는가는 별로 중요하지 않다. 궁극적으로 우리에게는 원자가 어디에 머무르게 될지에 대한 어떤 통제력도 없으니까.

하지만 내가 살아 있는 동안에는, 문제가 이해할 수 없을 정도로 크고 도저히 해결할 수 없을 것처럼 보일 때조차도 내 의지를 행사하려 한다. 나는 세상의 아름다움에 감사하면서 이 일을 할 수 있다고 믿는다. 아름다움에 도덕적 요소가 있다고는 생각하지 않지만, 아름다움이 선함을 불러일으킬 수 있다고 믿기 때문이다.

나는 우리 문화가 변화하여 더 많은 형태의 아름다움을 수용하고, 과거의 공허한 물질주의에서 벗어나 보다 지속 가능한 삶의 방식을 지향하기를 바란다. 여러분이 사고파는 것에 얽매이지 않는 방식으로 세상의 아름다움을 즐길 수 있도록 영감을 주고 싶다. 동네를 산책하며 새를 관찰하고, 구름의 이름을 배우고, 공공 조각상을 찾아가 그 형태를 감상하고, 공원 벤치에 앉아 튤립을 바라보는 것처럼 말이다. 내가 간직한 가장 좋은 추억 중 많은 부분이 도서관, 공동묘지, 박물관, 해변, 사원, 성당, 정원 등의 공유 공간에서 만들어졌다. 하고 싶었지만 할 수 없었던 많은 일들이 아직 남아 있지만(런던 방문도 목록에 있다) 거의 항상 내가 찾으려고만 하면 우리 집 근처에서 아름다움을 찾을 수 있었다. 누구나 그럴 수 있다고 믿는다.

이 책을 쓰기 위해 조사하고 집필하는 동안 고통과 아픔에 대한 이야기에 압도당할 때도 여러 번 있었다. 질투와 상처, 판단과 비하를 느낀 적도 있고, 달콤했던 욕망이 시큼하게 변한 적도 있다. 걷잡을 수 없는 욕망으로 병이 들 만큼 절망감에 빠졌던 적도 있다.

그러나 아름다움에 너무 좁게 초점을 맞추다 보니 예상치 못한 긍정적인 효과를 얻게 되었다. 아름다움에 빠져 허우적거리는 대신 그 속에서 헤엄치는 법을 배운 것이다. 이전에는 발견하지 못했던 내면의 감상에 접근할 수 있는 방법을 찾았다. 아름다운 것을 소유하는 것은 아름다움을 바라보는 경험에 접근하는 한 가지, 다소 제한적인 방법일 뿐이라는 것을 알게 되었다. 그것은 유효한 방법이며, 나 역시 보석, 옷, 예술품 또는 꽃을 사는 습관을 포기할 생각이 없다. 하지만 나는 아름다움과 조화를 이루는 방법을 이해하게 되었고, 내 안에서 경이로움을 느끼는 경험을 더 잘 할 수 있게 되었다. 작고 정교한 디테일을 찾아내고 복잡하고 흐릿한 색상을 음미하는 데에 훨씬 더 능숙해졌다. 새를 식별하고 무지갯빛의 깃털을 가진 새를 찾아내는 법, 셀로판지에 싸인 카네이션의 향기를 즐기는 법, 깨진 도자기 컵으로 음료를 마시는 즐거움을 느끼는 법도 스스로 배웠다. 이러한 변화는 부분적으로는 관심, 부분적으로는 감사, 부분적으로는 상상력의 산물이다.

이러한 변화는 대부분 미묘한 것이었다. 자연의 패턴을 알아보고, 단순한 사물 구성에서 대칭을 발견하고, 썩은 과일에서 풍기는 향기를 음미하는 등의 변화가 있다. 하지만 때로는 미적 감각을 조정하는 것보다는 완전히 180도 전환하는 것이 더 중요할 때가 있다. 2017년에 진주에 대한 글을 처음 쓰기 시작했다. 당시 나는 진주를 좋아하지 않았다. 진주를 가지고 있지도 않았고, 원하지도 않았고, 필요성도 느끼지 못했다. 내 감성에는 너무 까다로웠던 것이다. 하지만 연체동물 내부에서 진주층이 어떻게 형성되는지, 빛이 탄산칼슘 표면과 어떻게 상호작용하는지 알게 되면서, 사람들이 진주를 바다의 눈물, 여신의 분비물이라고 믿었던 이유를 이해하게 되었다. 갑자기 메인 주의 바위 해변에서 반짝이는 조개껍데기가 떠오르는 태양의 파편처럼 보이기 시작했다. 2020년 여름, 나는 자주 해변으로 향했고 남편이 서핑을 하는 동안 아이와 함께 앉아 조개를 바라보았다. 바닷물에 씻긴 연보라색, 남색 줄무늬, 그리고 소용돌이 모양의 조개껍데기 안쪽의 연한 분홍색과 자개의 단순한 크림빛 노란색에 집착하게 되었다. 이 모든 것을 간직하고 싶었지만 신기하게도 조개는 물에서 멀어지면 그 매력을 조금 잃어버렸다. 아름다운 순간이 지나가버린 것이다.

그러나 무지갯빛을 가진 것들이 얼마나 많은지 깨닫고 나면 그 아름다움을 놓칠 수 없게 된다. 기름기 많은 물에 반짝이는 무지개, 델리 샌드위치의 무지갯빛 표면(로스트 비프는 섬유질 구조가 알맞아 이런 화려한 효과를 낼 수 있다), 오리의 목의 짙은 녹색 광택 등 머릿속에 떠오르는 순간들을 모으기 시작했다. 진주에서 점차 바깥쪽으로 시선을 옮기며 그물을 넓게 드리웠고, 매번 새로운 반짝이는 것을 발견할 때마다 감탄했다. 조개껍데기를 충분히 오래 들여다보고 나니 조개껍데기의 유령이 사방에서 보이기 시작했다.

아름다움은 우리가 예상하지 못한 순간에 나타나기도 하고, 종종 우리가 예상하지 못한 형태로 나타나기도 한다. 아름다움은 명확하게 정의하거나 예측하기 쉽지 않으며, 항상 우리를 순전히 행복하게 만들어주는 것은 아니다. 한번은 어느 오후, 먼 물가에 있는 수련을 보려고 진흙탕 연못을 헤엄쳐간 적이 있다. 하지만 긴 수영 끝에 만난 것은 수련이 아니라 가죽 같은 잎사귀를 가진 개연꽃뿐이었다. 이 토종 수생 식물은 수련의 섬세한 꽃잎과는 전혀 다른 둥글

납작한 모양의 이상한 꽃을 피우며 알코올 냄새를 풍긴다. 그 꽃은 칙칙한 날씨와 대조를 이루는 선명한 달걀노른자 같은 색이었다. 그 꽃의 존재에 실망하지는 않았다. 흐린 하늘과 물가를 둘러싸고 있는 소나무와 어우러져 왠지 모를 절묘한 아름다움을 자아내고 있었으니까. 하지만 이 기묘한 꽃들은 나를 다시 내 몸의 감각 속으로 되돌려놓았고, 추위로 팔다리에 돋은 소름과 긴 수영으로 인해 아픈 다리가 느껴졌다. 결국 그 꽃은 나를 우울한 순간에 고정시키고 말았다.

정신분석학의 용어를 빌리자면, 많은 아름다운 물건에는 적어도 약간의 즐거움이 깃들어 있다. 이 용어는 철학자 자크 라캉이 너무 강렬해서 고통이 되고, 너무 커서 고통이 되는 쾌락을 설명하기 위해 만든 용어이다. 꽃이 성적 또는 종교적 엑스터시를 불러일으킨다고 주장하려는 것은 아니다. 아무리 멋진 보랏빛 꽃이라도 나를 성녀 테레사로 만들어서 대리석처럼 하얀 황홀경에 빠져 눈을 감게 한 적은 없으니까. 하지만 무엇인가를 관조하고 아름답다고 판단하는 경험은 뇌에 약간의 정신적 희열, 즉 작은 죽음petit mort을 선사한다고 믿는다. 욕망은 좋은 느낌을 준다. 설령 그것이 어떤 것의 결핍, 무엇인가에 대한 갈망으로 해석된다고 해도. 욕망을 평가하고 창조하는 과정에서 우리는 쾌락(아름다움을 감지하고 지각하고 판단하는 데서 오는 즐거움)과 약간의 고통을 모두 경험한다.

결핍감은 여러 곳에서 올 수 있다. 아름다운 대상이 사람일 때 우리는 그 사람과 함께하지 못한다는 상실감을 느낄 수 있다. 아름다운 대상이 예술 작품일 경우, 그 작품을 아직 소유하지 못했거나 그것을 만들지 못했다는 사실에 슬픔을 느낄 수 있다. 꽃의 경우에는 꽃의 무상함에서 비롯되는 것 같다. 꽃은 하나하나 다 죽을 운명이고, 사람보다 훨씬 더 빨리 시들고 사라지니까. 세계에서 가장 많은 사람들이 찾는 박물관과 갤러리에 걸려 있는 갈색으로 변해가는 꽃잎과 썩어가는 과일을 그린 유화 작품들은 우리 자신의 죽음을 상기시켜주는 유용한 도구가 될 수 있다. 이 허무한 정물화는 보는 이로 하여금 육체적 영역의 퇴폐에서 벗어나 영적인 사색을 불러일으키기 위한 것이지만, 내게는 정확히 정반대의 영향을 미쳤다. 시들어가는 꽃다발, 시들어가는 튤립, 칙칙한 모란, 고개를 떨어뜨리는 장미를 좋아하게 만들었다. 시들고 죽어가는 세상을 바라보는 동안에도 이 세상을 붙잡고 싶은 내 욕망은 커져만 갔다.

한편으로는 여기서 끝내고 싶고, 내가 더 나아졌으니 여러분도 나아질 수 있다고 말하고 싶기도 하다. 하지만 나는 완전히 달라지지 않았다. 여전히 필요 없는 물건을 사고, 여전히 화장을 하고, 필요 이상으로 너무 큰 집에 대한 글을 쓰고 있다. 내 일을 통해 나는 소비주의를 조장한다. 나도 돈을 벌고 돈을 쓰지만, 우리의 가장 큰 사회 문제 중 많은 부분이 이러한 소비로 인해 발생한다고 생각한다. 박물관을 방문하고, 중고품을 쇼핑하고, 재활용하고, 재사용하는 등 축적의 충동을 억제하는 방법이 있다. 그리고 자동차에 의존하는 생활이 초래하는 피해를 해결하기 위해 노력하는 방법도 있다. 해변에서 쓰레기를 줍고, 아이들과 함께 자원봉사를 하고, 자선 단체에 돈을 기부한다. 나는 항상 더 나은 사람이 되려고 노력한다. 그리고 나는 끊임없이 실패하고 있다.

윤리적인 삶을 산다는 것은 어쩌면 불가능한 목표인지도 모른다. 최소한 명확히 알 수는 없는 목표이다. 내가 충분히 선했다고, 다른 사람들을 위해 충분히 노력했다고, 공식적으로 죄를 용서받았다고 말해줄 권위자는 없다. 적어도 가톨릭을 뒤로한 이 시점에서 내가 인정하는 권위자는 없다. 대신 나 자신을 직시하고 내 선택과 그로 인한 피해를 인정해야 한다. 여전히 내 안에는 추악함이 있다.

그런데도 나는 내 나름의 작은 방법들로 세상을 더 아름답게 만들기 위해 계속 노력할 생각이다. 나는 지구 온난화를 되돌릴 수도 없고, 자본주의와 국가 체제 밖에서 살 수도 없다. 하지만 부당한 기업의 제품을 구매하지 않을 수 있고, 쓰레기를 보면 주울 수 있다. 꽃을 심을 수 있고 식물, 조개껍데기, 반짝이는 돌을 나만큼이나 소중히 여기는 아이를 키울 수 있다.

지금도 가끔은 죽음을 생각하며 내 삶의 마지막을 조금이나마 기다릴 때가 있다. 다행히도 이제는 그런 일이 자주 일어나지는 않는다. 항상 파괴적인 욕망을 품고 있겠지만, 나는 그것을 받아들이며 살기 위해 노력하고 있다. 개연꽃처럼 내 삶은 내가 기대했던 것과는 다르다. 서툴고 엉성해 보인다. 작고 눈에 띄지 않는 삶이 두렵다. 그렇더라도 삶은 계속되고, 나는 계속 나아가고 있다. 왜냐하면 모래에서 엿볼 수 있는 무지갯빛의 조각, 강바닥에서 주울 수 있는 석영의 반짝임, 공기를 향기롭게 하는 늪지의 장미꽃, 새로운 그림, 새로운 노래, 감탄하며 바라볼 얼굴이 항상 있기 때문이다. 나이아몬드보다 더 아름다운 별과 실크보다 더 부드러운 구름, 그리고 물 위에서 반짝이는 빛의 유희가 항상 나의 시선을 밖으로 그리고 위로 향하게 한다.

감사의 말

먼저 치포라 베이치에게 감사를 진한다. 그녀가 아니었다면 이 프로젝트는 파일 보관함 어딘가에서 시들어버렸을 것이다. 베이치의 손길에 의해 이 책은 명확하고 정밀하게 편집되었고, 마침내 형태를 갖출 수 있었다. 그녀는 출판 과정의 첫날부터 나를 원만하게 이끌어주었고, 그 인내심과 배려에 매우 감사하고 있다. 그녀가 없었다면 나는 이 책을 쓸 수 없었을 것이고, 쓰고 싶지도 않았을 것이다.

나의 에이전트인 네온 리터러리의 켄트 울프와 다른 직원들도 훌륭한 취향을 가진 멋진 사람들이었다. 실비아 킬링즈워스는 이 아이디어에 관심을 보인 최초의 편집자였고, 「아울 *The Awl*」에서 그녀와 함께 일한 경험은 에세이 작가로서의 나의 작업에 큰 영향을 미쳤다. 「롱리즈」의 전 편집자였던 미셸 베버는 도전적인 질문과 뛰어난 편집 능력으로 아낌없는 찬사를 받기에 충분하다. 철저한 사실 확인과 예리한 안목을 보여준 매트 자일스에게도 감사하다. 이 아이디어를 믿어준 사이먼 앤드 슈스터의 모든 팀원들과 이들을 지지해준 조너선 카프에게 특별한 감사를 전한다.

값진 전문 지식과 시간을 내어준 이안 호더, 수전 마르샹, 레이 너
드슨, 힐러리 벨저, 제이콥 라우리, 자야 삭세나, 헬렌 스케일스, 조
제 레이우, 조 슈바르츠, 재클린 메니시, 차르나 에티어, 앤 세라노-
맥클레인, 제임스 피터슨, 조시 마이어, 조이스 매티스, 코라 해링
턴, 존 마우로, 톰 거닝, 카리나 코리건, 메그 콘리, 마크 애비, 시그
리드 코핀에게 감사의 인사를 전한다. 여러분들과 작업에 대한 이
야기를 나눌 수 있어서 행복했다.

타샤 그라프, 수전 켈러허, 메그 콘리, 지아 톨렌티노 등 많은 분
들이 자신의 이야기 일부를 사용하도록 허락해주었다. 그 솔직함과
너그러움에 감사를 표한다. 앤젤리카 프레이, 헤일리 E. D. 하우즈
먼, 사피-핼런 파라, 데이비드 스콧 카스탄, 데이지 알리오토, 레이
철 사임, 제이미 그린 등, 이 책의 각 부분을 읽고 도움을 주신 모든
분들에게도 감사하다. 여러분들의 피드백과 격려가 이 책을 완성하
는 데 큰 도움이 되었다.

세부적인 내용을 파악하기 위해 많은 작가, 학자, 과학자, 예술
가, 철학자, 사회학자의 도움을 받았다. 그중에는 살아 계신 분들
도 있고, 이미 돌아가신 분들도 있다. 그 모든 이들에게 감사를 표
한다.

훌륭한 자원과 유능한 전문가들로 구성된 케레베어 어린이집의
모든 관계자분들에게도 감사를 전한다. 나의 딸을 여러분의 손에
맡길 수 있었던 것은 큰 행운이었다.

마지막으로 나의 배우자 개릿 템키에비츠의 아낌없는 지지와, 항상 내가 하는 일을 믿어주신 나의 어머니 수전 켈러허에게 감사를 표한다. 그리고 두 사람에게 사랑하는 마음을 전한다.

주

들어가는 말

1 Umberto Eco, *History of Beauty* (New York: Rizzoli, 2004), 329–354.

2 Chloé Cooper Jones, *Easy Beauty* (New York: Avid Reader Press, 2022), 224.

3 Crispin Sartwell, *Six Names of Beauty* (New York: Routledge, 2004), 25.

1. 수은으로 칠한 마법의 주문, 거울

1 Jacques Lacan, *Écris* (New York:W. W. Norton & Company, 2006), 93–81.

2 Eric Jaffe, "An Evolutionary Theory for Why You Love Glossy Things," *Fast Company*, January 21, 2014.

3 Mark Pendergrast, *Mirror Mirror: A History of the Human Love Affair with Reflection* (New York: Basic Books, 2003), 1–4.

4 Liz Langley, "What Do Animals See in the Mirror?" *National Geographic*, February 14, 2015.

5 Alison Beard, "Hot or Not," *Harvard Business Review*, October 2011, https://hbr.org/2011/10/hot-or-not.

6 Jennifer Hattam, "What Happened to Turkey's Ancient Utopia?" *Discover Magazine*, July 27, 2016.

7 Annalee Newitz, "An Ancient Proto-City Reveals the Origin of Home," *Scientific American*, March 1, 2021.

8 Gerina Dunwich, *The Wiccan's Dictionary of Prophecy and Omens* (New York: Citadel, 2000), 95.

9 Dunwich, *Wiccan's Dictionary*, 30.

10 Dunwich, *Wiccan's Dictionary*, 74.

11 John James and Laura Sharman, "Nostradamus Hints at Terrifying 'Great War' in Chilling 2023 Predictions," *Mirror*, March 29, 2022.

12 Zhu Ying, "Reflections on Life in Ancient Times," *Shanghai Daily*, July 28, 2018, https://www.shine.cn/feature/art-culture/1807289481/.

13 Sabine Melchior-Bonnet, Jean Delumeau,and Katharine H. Jewett, *The Mirror: A History* (New York: Routledge,2014), 18–35.

14 Melchoir-Bonnet, Delumeau, and Jewett, *The Mirror*, 19.

15 Vasco Branco, Michael Aschner, and Cristina Carvalho, "Neurotoxicity of Mercury: An Old Issue with Contemporary Significance," *Advances in Neurotoxicology* 5 (2021):239–262, https://www.ncbi.nlm.nih.gov/pmc/articles/PMC8276940/.

16 Barry S. Levy, David H. Wegman, Sherry L. Baron, Rosemary K. Sokas, *Seventh Edition of Occupational and Environmental Health* (New York: Oxford University Press, 2018), 222.

17 Wendy Moonan, "Decorative Arts Galleries Offer Worthy Complements to the Armory Show," *New York Times*, January 19, 2007.

18 Melchior-Bonet, Delumeau,and Jewett, *The Mirror*, 37.

19 John Berger, *Ways of Seeing* (London: Penguin Books, 1972), 51.

2. 꽃잎으로 가득 찬 입, 밀랍으로 가득 찬 혈관

1 Jennifer Potter, *Seven Flowers: And How They Shaped Our World* (London: Atlantic Books, 2013), 13.

2 Potter, *Seven Flowers*, 23–27.

3 Sally Coulthard, *Flioriography* (London: Quadrille Publishing, 2021), 64.

4 Jeannette Haviland-Jones, "An Environmental Approach to Positive Emotion: Flowers," *Evolutionary Psychology* 3 (2005): 104–132.

5 Susan Orlean, *The Orchid Thief* (New York: Random House, 1998).

6 Charles Darwin, *The Various Contrivances by Which Orchids Are Fertilised by Insects* (London: John Murray, 1887), 2, accessed online, http://darwin-online.org.uk/converted/published/1877_Orchids_F801/1877_Orchids_F801.html/.

7 Jim Endersby, *Orchid: A Cultural History* (Chicago: University of Chicago Press, 2016), 87.

8 Michael Pollan, "Love and Lies," *National Geographic*, September 1, 2009.

9 Endersby, *Orchid*, 69.

10 Orlean, *Orchid Thief*, 56.

11 Orlean, *Orchid Thief*, 63.

12 Endersby, *Orchid*, 114.

13 H. G. Wells, *Thirty Strange Tales* (New York and London: Harper and Brothers Publishers, 1898), accessed online, https://www.gutenberg.org/files/59774/59774-h/59774-h.htm.

14 Endersby, *Orchid*, 8.

15 Endersby, *Orchid*, 135.

16 Endersby, *Orchid*, 169.

17 John McQuaid, "The Secrets Behind Your Flowers," *Smithsonian*, February 2011.

18 Kase Wickman, "Why Your Valentine's Day Roses Don't Look as Good as Ben Higgins'," *New York Post*, February 11, 2016.

19 Ana Swanson, "The Completely Unromantic—But Real—Reason We Give Roses on Valentine's Day," *Washington Post*, February 12, 2016.

20 James Wong, "Gardens: Expose Yourself to Atomic Gardening," *The Guardian*, March 13, 2016.

21 Paige Johnson, *Atomic Gardening*, https://www.atomicgardening.com/.

22 Forever Rose, LLC, "Luxury Floral Company Forever Rose, LLC Announces New Lifetime Warranty on all Forever Rose Brand and Beauty and the Beast Rose Products," PR Newswire, September 10, 2019, accessed online, https://www.prnewswire.com/news-releases/luxury-floral-company-forever-rose-llc-announces-new-lifetime-warranty-on-all-forever-rose-brand-and-beauty-and-the-beast-rose-products-300915284.html.

23 Danielle Tullo, "6 Real, Live Flowers That Will Last All Year And Don't Require Watering," *House Beautiful*, October 14, 2018.

24 Amy Stewart, Flower Confidential: *The Good, the Bad, and the Beautiful* (Chapel Hill, NC: Algonquin Books, 2008), 7–9.

25 Stewart, *Flower Confidential*, 151.

3. 빛나는 푸른색, 저주받은 컷

1 Judy Hall, *The Crystal Bible* (Iola, WI: Krause Publications, 2003).

2 Levi Higgs, "Is Your Diamond Cursed? A History of Wicked Stones," *The Daily Beast*, May 27, 2018, https://www.thedailybeast.com/is-your-diamond-cursed-a-history-of-wicked-stones.

3 Chloe Melas, "Kim Kardashian Thought She Would Be Raped, Killed During Paris Robbery," CNN, March 20, 2017.

4 Doris Payne with Zelda Lockhart, *Diamond Doris: The True Story of the World's Most Notorious Jewel Thief* (New York: Harper-Collins, 2019).

5 Payne, *Diamond Doris*, 12.

6 Payne, *Diamond Doris*, 34.

7 Payne, *Diamond Doris*, 79–81.

8 Daniel P. Ahn, *Principles of Commodity Economics and Finance* (Cambridge,

MA: MIT Press, 2019), 12.

9   Victoria Finlay, *Jewels: A Secret History* (New York: Random House, 2006), 320.

10 Courtney A. Stewart, "Twelve Jewels: Indian Diamonds in History and Myth," The Met (online), October 26, 2018, https://www.metmuseum.org/blogs/now-at-the-met/2018/indian-diamonds-benjamin-zucker-family-collection.

11 Peter J. Lu et al., "Earliest Use of Corundum and Diamond in Prehistoric China," *Archaeometry* 47 (2005): 1–12.

12 Leonard Gorelick and A. John Gwinnett, "Diamonds from India to Rome and Beyond," *American Journal of Archaeology* 92, no. 4 (1988): 547–552, https://doi.org/10.2307/505249.

13 Dr. Gerald Wycoff, "The History of Lapidary," International Gem Society, https://www.gemsociety.org/article/the-history-of-lapidary/.

14 Darcy P. Svisero, James E. Shigley, and Robert Weldon, "Brazilian Diamonds: A Historical and Recent Perspective," *Gems & Gemology* 53, no. 1 (Spring 2017): 2–29.

15 Maurício Angelo, "333 People Rescued from Slavery in Brazil Mines Since 2008, Exclusive Report Shows," *Mongabay*, August 3, 2021, accessed online August 29, 2022, https://news.mongabay.com/2021/08/333-people-rescued-from-slavery-in-brazil-mines-since-2008-exclusive-report-shows/.

16 "The History of Diamonds," Cape Town Diamond Museum, https://www.capetowndiamondmuseum.org /about-diamonds/south-african-diamond-history/.

17 Finlay, *Jewels*, 340.

18 Farai Chideya, "Diamonds and the Making of South Africa," NPR, https://www.npr.org/transcripts/15775777?ft=nprml&f=15775777.

19 Finlay, *Jewels*, 340.

20 Donna J. Bergenstock and James M. Maskulka, "The De Beers Diamond Story: Are Diamonds Forever?" *Business Horizons* 44 no. 3 (2001): 37–44.

21 Edward Jay Epstein, "Have You Ever Tried to Sell a Diamond?" *The Atlantic*, February 1982.

22 Finlay, *Jewels*, 347.

23 Rachelle Bergstein, *Brilliance and Fire: A Biography of Diamonds* (New York: HarperCollins, 2017), 104.

24 Alan Cowell, "Controversy over Diamonds Made into Virtue by De Beers," *New York Times*, August 22, 2000.

25 Pamela N. Danziger, "While Mined Diamond Sales Decline, the Future of Lab Grown Diamonds Is Much More Than Jewelry," *Forbes*, December 15, 2019.

26 Harriet Constable, "The Sparkling Rise of the Lab Grown Diamond," BBC, February 9, 2020, https://www.bbc.com/future/article/20200207-the-sparkling-rise-of-the-lab-grown-diamond.

27 Joan Meiners, "After You Die, Your Body Could Be Turned into a Diamond," *Discover Magazine*, March 24, 2021.

28 Abha Bhattarai, "A Diamond Is Forever and Forever Now Costs $200 from De Beers," *Mercury News*, https://www.mercurynews.com/2018/06/02/a-diamond-is-forever-and-forever-now-costs-200-from-de-beers/.

29 Benjamin C. Esty, "The De Beers Group: Launching Lightbox Jewelry for Lab-Grown Diamonds," Harvard Business School Case 719-408, August 2018. (Revised August 2018.)

30 Ellen Meloy, *The Anthropology of Turquoise: Reflections on Desert, Sea, Stone, and Sky* (New York: Pantheon, 2002).

31 Meloy, *The Anthropology of Turquoise*, 109.

32 Andrés Reséndez, "The Other Slavery: Histories of Indian Bondage from

New Spain to the Southwestern United States," *Smithsonian*, 2021, accessed online, https://americanindian.si.edu/sites/1/files/pdf/seminars-symposia/the-other-slavery-perspective.pdf.

33 Fara Braid, "Turquoise Symbolism," International Gem Society, accessed online, https://www.gemsociety.org/article/history-legend-turquoise-gems-yore/.

34 Bee Wilson, "Too Specific and Too Vague," *London Review of Books*, March 24, 2022.

35 Chris Gosden, *Magic: A History: From Alchemy to Witchcraft, from the Ice Age to the Present* (New York: Farrar, Straus and Giroux, 2020), 1–15.

4. 나선형으로 된 경이로움

1 Elaine Scarry, "On Beauty and Being Wrong," in *On Beauty and Being Just* (Princeton, NJ: Princeton University Press,1999), 1–54.

2 Elyse Graham, "How the Seashell Got Its Stripes," *The American Scholar* (Autumn 2010).

3 Helen Scales, *Spirals in Time: The Secret Life and Curious Afterlife of Seashells* (London: Bloomsbury, 2015), 49.

4 Maria Kielmas, "What Were Seashells Used for in Ancient Times?" Sciencing, April 25, 2017, last modified August 23, 2022, https://sciencing.com/were-seashells-used-ancient-times-7797.html.

5 Jan Hogendorn and Marion Johnson, *The Shell Money of the Slave Trade* (Cambridge: Cambridge University Press, 2009).

6 Jane I. Guyer and Karin Pallaver, "Money and Currency in African History," *Oxford Research Encyclopedia of African History*, May 24, 2018, accessed August 26, 2022, https://oxfordre.com/africanhistory/view/10.1093/acrefore/9780190277734.001.0001/acrefore-9780190277734-e-144.

7 *Historiansplaining* (podcast), episode #114:"The Newport Spirit Bundle,"

https://historiansplaining.com/individual-episodes/the-newport-spirit-bundle/.

8 National Museum of African American History and Culture, "Cowrie Shells and Trade Power," *Smithsonian*, accessed online, https://nmaahc.si.edu/cowrie-shells-and-trade-power.

9 "Director's Note Fall 2016," Newport Historical Society, https://newporthistory.org/directors-note-fall-2016/.

10 Audrey Lang, "Lafalaise Dion, 'Queen of Cowries,' Takes *Essence* on a Personal Journey," Essence, November 4, 2020.

11 Jason Farago, Vanessa Friedman, Gia Kourlas, Wesley Morris, Jon Pareles, and Salamishah Tillet, "Beyoncé's 'Black Is King': Let's Discuss," *New York Times*, July 31, 2020.

12 Susie Cagle, "Heatwave Cooks Mussels in Their Shells on California Shore," *The Guardian*, June 29, 2019.

13 Alec Luhn, "Massive Marine Die-Off in Russia Could Threaten Endangered Sea Otters, Other Vulnerable Species," *National Geographic*, October 16, 2020.

14 Jonathan Watts, "Severe Climate-Driven Loss of Native Molluscs Reported Off Israel's Coast," *The Guardian*, January 5, 2021, https://www.theguardian.com/environment/2021/jan/06/severe-climate-driven-loss-of-native-molluscs-reported-off-israels-coast.

15 Glenn Albrecht et al., "Solastalgia: The Distress Caused by Environmental Change," *Australasian Psychiatry: Bulletin of Royal Australian and New Zealand College of Psychiatrists* 15, suppl 1. S95-8(2007) 10.1080/10398560701701288.

5. 빨리 살고, 예쁠 때 죽어라

1 Ursula K. Le Guin, "Dogs, Cats, and Dancers," from *The Wave in the Mind*

(Boulder, CO: Shambhala, 2004), 163–170.

2 Thomas Bulfinch, *Bulfinch's Mythology*, accessed via Project Gutenburg, https://www.gutenberg.org/ebooks/4928.

3 Carl Engelking, "Scientists Have Mapped All of Ötzi the Iceman's 61 Tattoos," *Discover Magazine*, January 30, 2015.

4 Luisa Hagele, "Ancient Egypt's Most Indulgent Beauty Secrets," *The Collector*, January 16, 2022, https://www.thecollector.com/ancient-egypt-beauty-secrets/.

5 Julia Wolkoff, "How Ancient Egyptian Cosmetics Influenced Our Beauty Rituals," CNN Style, March 3,2020 (Originally published on Artsy.com), https://www.cnn.com/style/article/ancient-egypt-beauty-ritual-artsy/index.html.

6 Susan Stewart, *Painted Faces: A Colourful History of Cosmetics* (Gloucestershire: Amberley Publishing, 2017), 2–3.

7 Rae Nudson, "The Business of Blending In," *Topic Magazine*, Issue No. 14, August 2018.

8 Rae Nudson, *All Made Up: The Power and Pitfalls of Beauty Culture, from Cleopatra to Kim Kardashian* (Boston:Beacon Press, 2021), 80.

9 Megan C. Hills, "Miranda Kerr's New Beauty Secret Is Absolutely Terrifying," *Marie Claire*, June 14, 2017, https://www.marieclaire.co.uk/news/celebrity-news/miranda-kerr-leech-facial-514676.

10 Becky Little, "Arsenic Pills and Lead Foundation:The History of Toxic Makeup," *National Geographic*, September 22, 2016.

11 Edward H. Schafer, "The Early History of Lead Pigments and Cosmetics in China," *T'oung Pao* 44, no. 4/5 (1956): 413–438.

12 Roy Strong, *Gloriana: The Portraits of Queen Elizabeth* (New York: Thames & Hudson, 1987).

13 Gabriela Hernandez, *Classic Beauty: The History of Makeup* (Altgen, PA:

Schiffer, 2017).

14 Robert Hume, "Reflecting on Beauty: Maria Gunning's Sad Story," *Irish Examiner*, July 25, 2018, https://www.irishexaminer.com/lifestyle/arid-30857470.html.

15 "Being Rich in the Middle Ages Led to an Unhealthy Life," EurekaAlert!, October 20, 2015, https://www.eurekalert.org/news-releases/736049.

16 Danny Lewis, "Lead Poisoning Rampant for Wealthy Medieval Europeans," *Smithsonian*, October 22, 2015.

17 J. Lewis, "True Colors: Unmasking Hidden Lead in Cosmetics from Low- and Middle-Income Countries," *Environmental Health Perspectives* 130, no. 4 (2022): 42001, doi:10.1289/EHP9220.

18 Erin Broderick, Heidi Metheny, and Brianna Crosby, *Anticholinergic Toxicity* (Treasure Island, FL: StatPearls Publishing, 2022), https://www.ncbi.nlm.nih.gov/books/NBK534798/.

19 Micheal Largo, "Big, Bad Botany:Deadly Nightshade (Atropa Belladonna), the Poisonous A-Lister," *Slate*, August 18, 2014, https://slate.com/technology/2014/08/poisonous-plants-belladonna-nightshade-is-the-celebrity-of-deadly-flora.html.

20 David O. Kennedy, *Plants and the Human Brain* (New York: Oxford University Press, 2014), 132.

21 Megan Garber, "Why Do Witches Ride Brooms? (NSFW)," *The Atlantic*, October 31, 2013.

22 Meghan Racklin, "Before Beauty Vlogging, There Were Renaissance 'Books of Secrets,' " Literary Hub, January 15, 2020, https://lithub.com/before-beauty-vlogging-there-were-renaissance-books-of-secrets/.

23 Carolyn A. Day, *Consumptive Chic: A History of Beauty, Fashion, and Disease* (London: Bloomsbury Academic, 2020), 1.

24 Day, *Consumptive Chic*, 81.

25 Joanna Ebenstein, "The Brief, Mystical Reign of the Wax Cadaver," *Nautilus*, August 25, 2016.

26 Joanna Ebenstein, *The Anatomical Venus* (London: Thames & Hudson, 2016), 213.

27 *Dead Girls: Essays on Surviving an American Obsession* (New York: William Morrow, 2018), 13.

28 Jia Tolentino, "The Age of Instagram Face," *New Yorker*, December 12, 2019.

29 Helen Soteriou and Will Smale, "Why You May Have Been Eating Insects Your Whole Life," *BBC News*, April 28, 2018, https://www.bbc.com/news/business-43786055.

30 Pagan Kennedy, "Who Made Those False Eyelashes?" *New York Times*, January 18, 2013.

31 Kennedy, "Who Made Those False Eyelashes?"

32 Stewart, *Painted Faces*, 261.

33 Abrahm Lustgarten, Lisa Song, and Talia Buford, "Suppressed Study: The EPA Underestimated Dangers of Widespread Chemicals," *ProPublica*, June 20, 2018, https://www .propublica.org/article/suppressed-study-the-epa-underestimated -dangers-of-widespread-chemicals.

34 Sandee LaMotte, "Doctors Should Test Levels of PFAS in People at High Risk, Report Says," CNN, July 28, 2022, https://www.cnn.com/2022/07/28/health/pfas-testing-guidelines-wellness/index.html.

35 Le Guin, *Wave in the Mind*, 166.

6. 더럽고, 달콤하고, 꽃향기 나는 악취

1 Hannah Betts, "Let Us Spray," *The Guardian*, December 5, 2008, https://www.theguardian.com/lifeandstyle/2008/dec/06/perfume-ingredients.

2 Jude Stewart, *Revelations in Air: A Guidebook to Smell* (New York: Penguin,

2021), 242–245.

3 Zing Tsjeng, "Don't Forget Tapputi-Belatekallim," *Cosmos Magazine*, March 15, 2018, https://cosmosmagazine.com/history/forgotten-women-in-science-tapputi-belatekallim/.

4 Nuri McBride, "Tappu ti -Be let-ekallim: The First Perfumer?" *Death Scent Project*, https://deathscent.com/2022/07/12/tapputi-belatekallim/.

5 "Italy Discovers Scents of Venus," *Italy Magazine*, https://www.italymagazine.com/italy/italy-discovers-scents-venus.

6 Joseph P. Byrne, *Encyclopedia of the Black Death* (Santa Barbara, CA: ABC-CLIO, 2012), 120.

7 Lauren Zanolli, "Why Smelling Good Could Come with a Cost to Health," *The Guardian*, May 23, 2019.

8 Dr. Joe Schwarcz, *The Fly in the Ointment:70 Fascinating Commentaries on the Science of Everyday Life* (Toronto:ECW Press, 2004), 141–142.

9 Christopher Kemp, *Floating Gold: A Natural (and Unnatural) History of Ambergris* (Chicago: University of Chicago Press, 2012), 11–14.

10 Mark Wilding, "A Brief, Fascinating History of Ambergris," *Smithsonian*, September 2, 2021.

11 Kemp, *Floating Gold*, 78.

12 Helen Keller, *The World I Live In* (London: Hodder and Stoughton, 1904), 77, accessed online via Project Gutenberg, https://www.gutenberg.org/files/27683/27683-h/27683-h.htm#Page_77.

13 "Fragrance with Fecal Smells as an Additive" from Basenotes community discussion, https://basenotes.com/threads/fragrance-with-a-fecal-smell-an-addictive-do-you-like-fecal-scent-fragrance.274384/.

14 Karen A. Cerulo, "Scents and Sensibility: Olfaction, Sense-Making, and Meaning Attribution," *American Sociological Review* 83, no. 2 (April 2018): 361–389, https://doi.org/10.1177/0003122418759679.

15 Cerulo, "Scents and Sensibility," 382.

7. 여성과 벌레

1 "World's Oldest Silk Fabrics Discovered in Central China," *Archaeology News Network*, December 5, 2019, https://archaeologynewsnetwork.blogspot.com/2019/12/worlds-oldest-silk-fabrics-discovered.html.

2 Janet Tassel, "Yo-Yo Ma's Journeys," *Harvard Magazine*, March 1, 2003, https://www.harvardmagazine.com/2000/03/yo-yo-mas-journeys-html.

3 Pliny the Elder, *Natural History*, Loeb Classical Library, accessed online, https://www.loebclassics.com/view/pliny_elder-natural_history/1938/pb_LCL353.479.xml?main RsKey=V7FKrS&readMode=reader.

4 "The Silk Road," National Geographic Society (Resource Library), last modified on May 20, 2022, https://education.nationalgeographic.org/resource/silk-road/.

5 Kassia St. Clair, *The Golden Thread: How Fabric Changed History* (New York: W. W. Norton & Company, 2019), 65.

6 Neil MacGregor, *A History of the World in 100 Objects* (London: Penguin Books, 2012), 271–275.

7 Elizabeth Ten Grotenhuis, "Stories of Silk and Paper," *World Literature Today* 80, no. 4 (Jul/Aug 2006): 10–12.

8 Peter Ross Range, "Spin Cycle," *Smithsonian*, July 2008.

9 Trini Callava, *Silk Through the Ages* (New York:LID Publishing Inc., 2018), 83.

10 Christopher J. Berry, *The Idea of Luxury: A Conceptual and Historical Investigation* (Cambridge: Cambridge University Press, 1994), 183.

11 Callava, *Silk Through the Ages*, 177.

12 Chanel Vargas, "Every Detail About Princess Diana's Iconic Wedding Dress," *Town & Country*, August 30, 2022.

13 Susan Heller Anderson, "The Dress: Silk Taffeta with Sequins and Pearls," *New York Times*, July 30, 1981.

14 Terry Trucco, "Home-Grown Silk for a Royal Wedding," *New York Times*, May 30, 1986.

15 Molly Sequin, "Gypsy Moth Caterpillars Have Decimated Large Portions of New England Forests This Summer," Business Insider, July 19, 2016.

16 Donna Lindner, "Air Force Scientists Study Artificial Silk for Body Armor, Parachutes," U.S. Department of Defense, August 6, 2018, https://www.defense.gov/News/News-Stories/Article/Article/1594185/air-force-scientists-study-artificial-silk-for-body-armor-parachutes/.

17 Max Paradiso, "Chiara Vigo: The Last Woman Who Makes Sea Silk," BBC, September 2, 2015, https://www.bbc.com/news/magazine-33691781.

18 Randy Kennedy, "Gossamer Silk, from Spiders Spun," *New York Times*, September 22, 2009.

19 Eliza Shapiro, "Golden Girls Heather Graham and Tinsley Mortimer Lend Natural-History Museum Spider-Silk Opening Some Glitz," *Observer*, September 24, 2009.

20 David Foster Wallace, "Consider the Lobster," *Gourmet*, August 2004, 60.

21 "Small Change: Bonded Child Labor in India's Silk Industry," Human Rights Watch, January 22, 2003, http://www.hrw.org/reports/2003/india/.

22 "Small Change."

23 *Silk Slaves: A CNN Freedom Project*, CNN, https://www.cnn.com/videos/tv/2021/03/11/cfp-silk-slaves-doc-spc-intl.cnn.

24 Thorstein Veblen, *The Theory of the Leisure Class*, accessed online at http://moglen.law.columbia.edu/LCS/theoryleisure class.pdf/.

25 Maria Popova, "Conspicuous Outrage: Quentin Bell, Virginia Woolf's Nephew, on Sartorial Morality, the Art of Fashion, and the Futility of War," *The Marginalian*, September 6, 2013, https://www.themarginalian.

org/2013/09/06/quentin-bell-on-human-finery/.

26 L. M. Sacasas, "Ill With Want," *The Convivial Society* 2, no. 13, July 17, 2021, https://theconvivialsociety.substack.com/p/ill-with-want.

8. 속임수와 저주

1 Douglas Main, "Glass Is Humankind's Most Important Material," The *Atlantic*, April 13, 2018.

2 Dan Klein and Ward Lloyd, *The History of Glass* (New York: Orbis Publishing Limited, 1984), 9.

3 "The Origins of Glassmaking," Corning Museum of Glass, October 1, 2011, https://www.cmog.org/article/origins-glassmaking.

4 Klein and Ward, *The History of Glass*, 10–19.

5 Carolyn Wilke, "A Brief Scientific History of Glass," *Smithsonian*, November 24, 2021.

6 Rosemarie Trentinella, "Roman Glass," in *Heilbrunn Timeline of Art History* (New York: Metropolitan Museum of Art, 2000).

7 R. A. Grossman, *Ancient Glass: A Guide to the Yale Collection* (New Haven, CT: Yale University Art Gallery, 2002).

8 Rosemary Cramp, "Window Glass from the Monastic Site of Jarrow: Problems of Interpretation," *Journal of Glass Studies* 17 (1975): 88–96.

9 Audio guide of St. Paul's Monestary, featuring Rosemary Cramp, accessed online, https://www.english-heritage.org.uk/visit/places/st-pauls-monastery-jarrow/audio.

10 Kelly Richman-Abdou, "Stained Glass: The Splendid History of an Ancient Art Form that Still Dazzles Today," My Modern Met, April 28, 2019, https://mymodernmet.com/stained-glass-history/.

11 Virginia Chieffo Raguin, *Stained Glass: From Its Origin to the Present* (New York: Harry N. Abrams, 2003), 6–14.

12 Department of Medieval Art and The Cloisters, "Stained Glass in Medieval Europe," in *Heilbrunn Timeline of Art History* (New York: Metropolitan Museum of Art, 2000).

13 "Stained Glass in Medieval Europe."

14 Alexandra Kelly, "Medieval Artwork: Jewels of the Middle Ages," *The Collector, May* 29, 2022.

15 "Stained-Glass Demons, Strasbourg Cathedral, Strasbourg, France," *Atlas Obscura,* February 15, 2019, https://www.atlasobscura.com/places/stained-glass-demons-strasbourg-cathedral.

16 Allison C. Meier, "The Magic Lantern Shows that Influenced Modern Horror," *JSTOR Daily,* May 12, 2018, https://daily.jstor.org/the-magic-lantern-shows-that-influenced-modern-horror/.

17 Tom Gunning, "Illusions Past and Future: The Phantasmagoria and Its Specters," University of Chicago, https://www.mediaarthistory.org/refresh/Programmatic%20key%20texts/pdfs/Gunning.pdf.

9. 뼈처럼 희고, 종이처럼 얇은

1 Editors, "Porcelain," *Encyclopedia Britannica,* January 10, 2020, https://www.britannica.com/art/porcelain.

2 Sarah Archer, "A Western Cultural History of Pink, from Madame de Pompadour to Pussy Hats," *Hyperallergic,* February 20, 2017, https://hyperallergic.com/359159/a-western-cultural-history-of-pink-from-madame-de-pompadour-to-pussy-hats/.

3 "The Opium Trade in China," *Story of China,* PBS, https://www.thirteen.org/programs/story-of-china/opium-trade-china-bcwi05/.

4 Editors, "Opium Trade, British and Chinese History," Encyclopedia Britannica, https://www.britannica.com/topic/opium-trade/The-Opium-Wars.

5 Tasha Marks, "The Tea-Rific History of Victorian Afternoon Tea," *British Museum Blog*, https://blog.british museum.org/the-tea-rific-history-of-victorian-afternoon-tea/.

6 Jeanne Goswami, "Every Eleven Minutes," *Peabody Essex Museum Blog*, October 9, 2019, https://www.pem.org/blog/every-eleven-minutes.

7 Erick Trickey, "Inside the Story of America's 19th-Century Opiate Addiction," *Smithsonian*, January 4, 2018.

8 Suzanne L. Marchand, *Porcelain: A History from the Heart of Europe* (Princeton, NJ: Princeton University Press, 2020).

9 Marchand, *Porcelain*, 366.

10 Jen Graves, "Charles Krafft Is a White Nationalist Who Believes the Holocaust Is a Deliberately Exaggerated Myth," *The Stranger*, February 13, 2013.

11 David Lewis, "We Snuck into Seattle's Super Secret White Nationalist Convention," *The Stranger*, October 4, 2017.

12 Edmund de Waal, *The White Road: Journey into an Obsession* (New York: Farrar, Straus and Giroux, 2015).

13 de Waal, *White Road*, 5.

14 Paul Bedard, "Hitler's Gal Pal Eva Braun's Pink Lingerie Sells for $2,250," *Washington Examiner*, December 18, 2015.

10. 지구의 숨결

1 "Curator Andrew Eschelbacher Explains the Romantic Ideal of a 'Beautiful Death,'" PMA Guide, https://pmaguide.stqry.app/en/story/95098.

2 Fabio Barry, *Painting in Stone: Architecture and the Poetics of Marble from Antiquity to the Enlightenment* (New Haven, CT:Yale University Press, 2020).

3 Graham Lanktree, "Donald Trump's History of Bashing the U.N. and What It Tells Us About His Speech," *Newsweek*, September 18, 2017.

4 John Malathronas, "See Nicolae Ceaus,escu's Grandiose and Bloody Legacy in Bucharest," CNN Travel, December 5, 2014.

5 Stanislav Volkov, "'People are afraid to say a word': Inside the Closed City of Ashgabat," *The Guardian*, October 16, 2017.

6 Username: Demirgazyk, "Best Turkmen Song," uploaded on July 15, 2017, YouTube, https://www .youtube.com/watch?v=1xoXGv9JvgE.

7 Alan Taylor, "The City of White Marble: Ashgabat, Turkmenistan," *The Atlantic*, June 5, 2013.

8 Imran Butt et al., "Pulmonary Function Parameters Among Marble Industry Workers in Lahore, Pakistan," *F1000Research* 10 no. 938 (September 2021), doi:10.12688/f1000research.52749.1.

9 Butt, "Pulmonary Function Parameters."

10 Nell Greenfieldboyce, "Workers Are Falling Ill, Even Dying, After Making Kitchen Countertops," NPR, December 6, 2019, https://www.kcur. org/2019-12-06/workers-are-falling-ill-even-dying-after-making-kitchen-countertops.

11 Rebecca Greenfield, "Our First Public Parks: The Forgotten History of Cemeteries," *The Atlantic*, March 16, 2011.

12 Hugh Raffles, *The Book of Unconformities:Speculations on Lost Time* (Portland, OR: Verse Chorus Press, 2022).

옮긴이의 말

저자는 미국 메인 주의 숲 속에 살면서 다양한 잡지에 글을 기고한다. 자연과 함께하며 좋아하는 일을 한다. 사랑하는 가족과 개도 두 마리 있다. 얼마나 낭만적인가, 누구나 한 번쯤 꿈꿔봤을 만한 삶이 아닐까? 하지만 그녀는 만성 우울증 치료를 위해 받았던 상담 이야기로 글을 시작한다. 상담 치료사에게 "그다지 살고 싶지 않다고 수천 번도 넘게 말했"지만 그렇다고 "딱히 죽고 싶은 것도 아니"었다며 이야기를 풀어낸다. 서문에서부터 나는 저자에게 깊이 공감했다. 마치 내 이야기처럼 느껴졌으니까. 삶은 왜 이렇게 무거운가. 맞지 않는 옷을 입은 듯 왜 항상 이렇게 답답하고 불편한가. 귀를 바짝 세우고 그녀의 이야기를 들어본다.

"모든 것이 그렇게 지겹다면서 무엇 때문에 매일 아침 눈을 뜨고 자리에서 일어나는 거죠?" 어느 날 그녀의 치료사가 이렇게 물었다고 했다. 그리고 그녀는 이렇게 대답했다. "아름다운 것을 보거나 만져보려고 일어나요"라고.

아름다움. 그녀의 글은 주로 잡지에 실린다. 그녀가 감각적인 문장으로 쓴 "아름다움"에 대한 글은 독자들에게 구매욕구를 불러일으킨다. 글쓰기는 그녀가 잘하는 일이었고 당연히 재미도 있었지만 예쁜 것에만 집중하는 작업에 그녀는 갈수록 공허함을 느꼈다. 그러면서 혼자 있는 시간에는 독과 광기, 제의적 고행, 동물 실험 등 세상의 추악함에 집중하게 되었다고 한다. 그러다 이 책의 시발점이 된 칼럼 "아름다운 것들의 추한 역사"가 탄생하게 되었고, 그녀는 마침내 자신의 다양한 관심사와 좋아하는 일을 결합할 방법을 찾아냈다. 그녀는 다양한 연구를 통해 우리가 허울뿐인 아름다움 뒤에 얼마나 많은 추악함의 증거를 철저히 숨겨왔는지 밝혀낸다.

추악함. 우리는 자신의 쾌락을 위해서라면 타인의 고통을 놀랍도록 빨리 잊을 수 있다. 하지만 결코 충족되지 않는 이러한 욕망은 종국에는 파멸을 갈망하게 만들 수도 있다.

수년에 걸친 연구 끝에 그녀는 결국 욕망과 혐오는 짝을 이루어 존재함을. 가장 가슴 아픈 아름다움은 추악함과 짝을 이루고 있다는 사실을 받아들인다. 우리의 삶의 방식이 자연계에 해를 끼치는데도 자연은 놀랍도록 아름다운 장면과 소리와 향기로 우리를 계속 살게 한다.

그녀는 아름다움이 자신의 생명을 구했다고 말한다. 미적 경험은 우리에게 경외감을 주고 평화를 가져올 수 있다. 끝없이 얽혀 있는 우주의 물질과 연결되는 감각을 강화할 수 있고, 현재 순간과 연결된 닻을 내리는 데 도움이 될 수 있다.

저자는 이 책에서 소개하는 아름다운 것들과 그 감추어진 이면의 고통 혹은 추악함에 대해 알아가는 경험을 통해 아름다움과의 관계가 확장되고 더욱 깊어질 수 있기를 바란다고 했다. 고통을 목격하고 심연을 응시하는 데서 오는 혐오감을 넘어 수용의 느낌, 어쩌면 활력을 되찾을 수 있기를 바란다고.

아름다움은 저자를 매일 침대에서 일어나게 했지만, 한편으로는 끝 모를 무기력과 우울감에 빠지게 하기도 했다. 결국 그녀를 구원한 것 또한 아름다움이었지만, 그 구원은 그 뒤에 감추어진 고통과 추악함을 정면으로 응시할 수 있게 된 후에야 비로소 찾아왔다.

그 어떤 아름다움도 추악함 없이 홀로 존재할 수 없다. 이 세계에 존재하는 모든 것은 양면성을 가지고 있기에 그러하다. 달리 말하면 양면성이 곧 존재의 본질이라고도 할 수 있다. 결국 구원이란 내 안에 존재하는 양면성을 기꺼이 인정하고 받아들이는 순간, 그 저항 없는 수용의 순간에 문득 찾아오는 것이 아닐까. 그제야 지워버릴 수 없는 내 안의 그림자와 화해하고 진정한 평화에 이르게 되는 것이 아닐까.

독자 여러분이 진정한 평화에 이르는 길을 찾는 여정에 이 책이 조그마한 힌트라도 될 수 있다면 번역가로서 더없이 기쁠 것 같다.

2024년 가을
이채현

인명 색인